죽은 남편이 돌아왔다 2

죽은
남편이
돌아왔다

2

제인도
장편소설

팩토리나인

차례

재우 이야기 #49 **비즈니스 패밀리**

그 여자는 쌍년이었다.
난 한눈에 알아봤다. 그녀가 우리와 같은 족속이라는 것을.
종대의 말이, 맞았다.

* * *

6년 전 크리스마스였다. 눈이 엄청나게 내려 세상은 온통 하
얬고 거리마다 캐럴이 흘러나왔다. 바람이 차가웠지만 연말 기
분에 사람들은 들떠 있었다. 나 역시 마찬가지였다. 그때만 해도
난 창원에서 야간 경비원으로 일하고 있었는데, 밤새 건물을 순
찰하다가도 크리스마스트리만 보면 왠지 설레던 기억이 난다.

삼삼오오 떼 지어 다니는 아이들 무리와 젊은 연인들을 보며 이 좁고 답답한 건물에 갇힌 현실이 갑갑하고 심심하던 차였다.

한동안 연락이 없던 난희 누나에게 전화가 왔다.

"재우야, 요즘 뭐해?"

"뭐 하긴. 한창 업무 중이지. 순찰 돌고 있어."

"순찰? 이번엔 또 뭔데?"

"야간 경비원."

"그럼 여유 있겠네. 이번 주, 시간 어때? 서울 올라와라. 얼굴 좀 보게."

"갑자기?"

"크리스마스잖아. 종대와 범이도 오기로 했어. 네가 빠지면 섭섭하지."

한턱내겠다는 누나의 전화였다.

당시 나는 창원 CCTV 관제센터를 해킹하기 위해 야간 경비원으로 근무하고 있었다. 일반적으로 CCTV 관제센터는 보안이 이중, 삼중으로 되어 있어 외부에서 접근이 쉽지 않다. 침입한 흔적을 남기지 않고 CCTV를 자유자재로 컨트롤하려면 관제센터에 직접 잠입해 서버를 해킹해야 했다. 난 위장 취업한 지 얼마 되지 않은 터라 누나의 부름에 응하기가 쉽지 않았다. 그러나 종대의 결혼 이후 처음 모이는 자리인 데다, 꼭 참석해야 한다는 누나의 거듭되는 강요와 협박에 못 이겨 마지못해 휴가를 내고 서울로 올라왔다.

난희 누나가 마련한 모임 장소는 앨버타호텔 레스토랑이었다. 우리가 주기적으로 찾는 이곳은 이동 통로와 레스토랑 룸이 폐쇄적인 구조로 되어 있어 모임 장소로 제격이었다. 연말이라 교통 상황이 좋지 않아 난 약속 시각보다 무려 1시간이나 늦었다. 예상치 못한 지각에 머쓱해져서 룸으로 올라갔다.

그곳에는 이미 종대와 보경 부부가 앉아 있고, 평소 모습을 잘 드러내지 않던 범이도 참석해 있었다. 룸으로 들어서자 제일 먼저 누나의 볼멘소리가 튀어나왔다.

"뭐야, 왜 이렇게 늦게 왔어?"

"미안, 누나. 말했잖아. 요즘 매인 몸이라 올라오기 쉽지 않다고. 게다가 차도 막혔어."

나는 입을 삐죽거리는 난희 누나의 어깨를 한번 안아주고 종대, 범이와 차례대로 악수를 했다.

"어이, 김재우! 이게 몇 년 만이야?"

"짜식, 여전하다."

서로 바빠 연락만 하고 살았지만 보고 싶은 얼굴들이었다. 우리는 소위 말하는 비즈니스 패밀리다. 피보다 더 진하다는 돈으로 얽힌, 이 사회가 낳은 끈끈한 가족이었다. 벌써 10년이 넘었을 거다. 난희 누나가 벌인 사업에 참여했다가 친해진 우리는 각 분야의 전문가였다.

누나와 보경은 부동산과 보험 쪽에서 유명세를 떨치는 금융 전문가였고, 의대를 중퇴한 범이는 주로 병원과 일을 엮었다. 한때 카레이서를 꿈꿨던 종대는 차를 가지고 사기 치는 데 전문이었다. 해커이자 컨트롤러였던 나는 죽마고우인 녀석의 일을 종종 도왔다. 서로 바빠 자주 보지는 못하지만, 속내를 털어놓을 수 있는 유일한 사람들이었고 가끔 일도 도모하는 사이였다.

난 보경에게도 인사를 하고 난희 누나와 종대 사이에 앉았다. 그들은 이미 식사를 하고 있었고, 뒤늦게 온 나를 위해 추가로 요리를 주문했다. 배가 고팠던지라 종업원이 서빙해준 요리를 허겁지겁 먹었다. 양 볼이 터지게 음식을 씹으며 싱글벙글 웃는 종대에게 물었다. 그는 지난해 난희 누나가 선물한 캐시미어 스웨터를 입고 있었다.

"무슨 얘길 하고 있었어? 즐거워 보이는데?"

"난희 누나가 요즘 하는 일. 아주 큰 그림을 그리셨더라고."

"혼자?"

"얘, 넌 내가 혼자 움직이는 거 봤니? 최 사장 오빠랑 미자 언니 끼고 하는 거지."

"부동산이야?"

"응. 준준거물급 하나 물었어. 일단 타깃 잡고 후리긴 했는데 노인네, 만만치가 않네."

"수확까지 얼마나 잡았는데?"

"한 2~3년?"

"어휴, 공 많이 들이네."

"그래서 쉽지가 않아. 기둥 치는 거 하려는데, 니들 관심 있어?"

기둥 친다는 것은 세운 계획을 좀 더 공고히 보강하는 작업으로 우리끼리만 통하는 은어였다. 본 작업이 메인이라면 기둥 치는 것은 서브다. 전혀 상관없어 보이는 두 가지 사건이 서로 공조해 본 작업을 용이하게 만드는 것이다. 이를테면 신분을 조작해서 타깃에게 추가로 접근하거나, 일부러 사고를 일으키고 서류를 조작하는 등 타깃에게 혼란을 주는 모든 작업이 서브 작업에 속한다.

"관심이야 있지. 수당은? 얼마 줄 건데?"

"수당은 나중에 합의하자. 아직 재산 규모를 파악하지 못했거든. 대신 추가 작업해 번 것은 모두 니들이 가져가. 난 본업에만 관심 있으니까. 물론 협조는 해줄게."

"이야, 얼마나 큰 건이길래 난희 누나 입에서 저런 말이 나와?"

"난 무조건 콜이다."

종대와 범이는 자세한 설명을 듣지도 않고 찬성했다. 내가 오기 전, 난희 누나가 하는 작업에 대해 얼마나 자랑을 늘어놓았는지 보지 않아도 뻔했다.

"그래도 일단 전체 와꾸는 알고 달려들어야지. 괜히 최 사장 형 좋은 일만 하는 거 아냐?"

"걱정 마. 니들 돈은 뜯어가지 않아. 누굴 피라미로 보니?"

"기둥은 어떻게 칠 건데?"

"안전바로 쓸 업계 애를 하나 잡아서 며느리 삼을 거야."

"며느리? 누나가 애가 어딨다고?"

"니들 있잖아?"

나와 종대, 범이는 서로를 마주 봤다. 헉, 우리 중 하나가 누나의 아들이 돼야 한다니. 얼토당토않은 계획이었다. 누나도 참, 그걸 어떻게 저렇게 뻔뻔하게 말할 수가 있을까?

"누나, 거울 좀 봐. 누나 나이에 우리 같은 애가 있겠어? 누나 이제 겨우 50이야."

내 말을 듣고 있던 범이가 옆에서 킬킬대며 웃는다. 얌전히 얘기만 듣고 있던 보경도 나를 보며 웃었다.

"오빠, 언니 요즘 환갑이야."

"뭐?"

"누나 작업 치느라 나이 60으로 튀기고 노인네랑 사귄다잖아."

종대가 폭소를 터트렸다. 그 바람에 난희 누나가 조금 머쓱해졌는지 새침하게 말했다.

"노인네가 의심이 많아서 그래. 너무 젊어도 경계할 테니까 일부러 친근하게 굴려고 그런 거 아니겠어?"

"아니, 그래도 그렇지. 그걸 믿어? 그 노인네가?"

"동안인 줄 알던데, 뭐."

"이야, 우리 임난희 여사 전성기 다 지났네. 이 미모 보고 60이라 생각하면……."

"누나 요즘 늙어 보이려고 피부 관리도 안 한대."

종대와 범이가 계속 웃어댔다. 난희 누나는 될 대로 되라는 심정인 듯했다.

"그 노인네 눈이 진짜 침침한가 보네. 몇 살인데?"

"70이 넘었어. 곧 갈 늙은이야. 그러니까 내가 작업 치는 거지."

누나가 진지하게 덤비는구나 싶었다. 그렇다면 기둥 치는 작업도 결코 간단하지는 않을 것이다.

"업계 애를 며느리 삼으면 뭐 답이 나와?"

"말했잖아. 그 노인네가 여간 의심이 많은 게 아니야. 하지만 업계 사람이 가족이라면 얘기가 달라지지. 사람 관계나 업무가 얽힌 이상, 자신의 재산을 가지고 장난친다고 생각하겠어?"

"상대는 찾았어?"

"적당한 애로 찾는 중이야. 가족도 없고 친구도 없고 갑자기 사라져도 아무도 찾지 않을, 그런 애 말이야."

"조건 참 까다롭네."

"마지막은 죽음인 거야? 좀 잔인한데?"

"그만큼 완벽을 기하고 있다는 말이지. 어차피 작업은 니들 마음이야. 죽이든 말든, 마음대로 하라고. 어때? 나 믿을 만하지 않아? 니들 중에 누가 내 아들 할래?"

"……."

종대와 범이, 그리고 나는 서로의 눈치만 봤다. 우리는 모두 적임자였다. 어떻게 설계하느냐에 따라서 큰 목돈이 굴러올 수도 있다는 생각에 종대와 범이는 군침을 삼킨다.

"내가 할까?"

"아, 오빠!"

종대가 나서자 옆에 있던 보경이 옆구리를 꼬집는다. 그녀는 도끼눈을 뜨고 있었다. 하긴, 그럴 만도 하다. 종대와 보경은 결혼한 지 얼마 안 되는 신혼이니까. 게다가 그녀는 임신해서 배가 살짝 부른 상태였다.

"그럼 내가 하지, 뭐."

"안 돼. 넌 지난번에 했잖아. 바로 이어서 하는 건 위험해."

범이의 말에 이번에는 난희 누나가 반대하고 나섰다. 사실 범이는 2년 전에 결혼을 하고 죽은 아내의 사망보험금을 받아냈다. 일을 다시 벌이기에는 사건과 사건 사이의 시간차가 너무 짧아 보험 사기로 걸릴 공산이 크다. 그렇다면 남은 것은 단 한 명, 나다. 난 결혼도 하지 않았고 전과도 없었다. 하지만 그건 내 분야가 아니었다.

"설마…… 나더러 하라는 거야? 안 돼. 난 빼줘."

"왜? 너만 한 애가 어디 있다고?"

"나도 지금 작업 중이라니까? 이게 언제 해결될지 몰라. 아직 진입도 못 했다고. 시간을 장담할 수 없는데 또 다른 작업을 어떻게 해? 거리라도 가까우면 몰라. 창원과 서울이야. 누나, 현실적으로 불가능해."

"아…….”

난희 누나가 한숨을 내쉬었다. 누나는 자신이 설계한 빅 피처가 어그러질까 봐 걱정인 거다. 반면에 종대와 범이는 눈이 초롱초롱해졌다. 얼마가 될지 모르지만, 작업 수입을 모두 가져가라는 누나에 말에 강렬한 유혹을 느낀 듯했다.

잠시 침묵이 흘렀다. 우리는 각자 머릿속으로 계산기를 두드리고 있었다.

"잠시 화장실 좀 다녀올게."

보경이 일어서자 종대가 슬쩍 눈치를 본다. 그녀가 룸에서 나가자마자 때를 기다렸다는 듯 녀석이 입을 열었다.

"누나, 내가 하면 안 될까?"

"너 보경이한테 뭐라고 말하려고? 내가 시켰다고 그러려는 건 아니지?"

"저러다 맞지."

난희 누나와 범이가 어이없다는 표정을 짓는다. 나도 종대가 대체 무슨 생각을 하는지 알 수가 없었다.

"나 이번에 집 사느라고 영철이 형에게 빚을 좀 졌어."

"그 남양주 산속 꼭대기에 있는 거? 그걸 산다고 빚을 져?"

"형 칼 같은 거 알잖아. 기한이 다가오고 있어. 누나, 나 돈이 정말 필요해. 급하다고."

종대가 말하는 그 집은 나와 함께 산 집을 말하는 거다. 어렸을 때부터 절친이었던 우리는 늘 함께 살자고 얘기를 했고, 낚시 갔다가 꿈꿔왔던 집을 발견하고는 바로 계약했다. 하지만 종대가 도박으로 목돈을 날리는 바람에 마지막 잔금을 구하느라 꽤 고생했다. 자세히 말은 안 했지만, 그 일로 지금 돈이 꽤 급한 모양이다.

"보경이는 어쩌고?"

"내가 잘 설득할게."

"뭐라고 할 건데?"

"어떻게든 잘 둘러대야지."

"미친. 너 이미 유부남이야."

"명의를 빌려 쓰면 되잖아."

"누구 명의를 쓰려고? 누가 빌려는 준대? 이번 작업, 보험으로 가는 거야. 식 올리고 끝이 아니라고."

누나의 말에, 종대가 갑자기 내 손을 잡았다. 녀석의 눈은 애절하게 빛나고 있었다.

"재우야, 미안하다. 명의 좀 빌려줘."

"야야, 호적에 사람 올리는 걸 그렇게 쉽게 말하니? 안 돼."

"사람 하나 살린다고 생각해. 너도 영철이 형 알잖아? 그리고 푼돈 벌어서 내가 집값을 언제 갚겠니? 보경이도 반년 후면 곧 애를 낳을 텐데, 돈 들어가야 할 곳이 너무 많아."

"아, 안 돼. 내가 보경이를 모르는 것도 아닌데."

"두 눈 딱 감는 거지. 너만 그래 주면 돼."

"도대체 어떻게 하려고 그래?"

"우리는 집이 붙어 있잖아. 내가 왔다 갔다 하면서 살면 돼."

너무 억지였다. 아무리 종대와 내 집이 붙어 있다고 해도, 두 집 살림이라니. 보경이도 보경이지만, 우리의 희생 제물이 될 누군가 그걸 모를 수가 있을까? 그 사람을 바보라고 생각하는 것도 유분수지. 하지만 다른 사람들의 생각은 나와 다른 것 같았다.

"네 몫은 넉넉히 챙겨줄게. 약속해."

"그래, 재우야. 명의만 종대에게 빌려줘. 넌 아무것도 안 하면서 한몫 챙기면 되는 거야. 안 그래? 그렇게 쉬운 일도 없다?"

"아니, 누나까지 왜 그래?"

"야, 돈을 생각해. 나도 받아봤잖아. 그게 꽤 쏠쏠해. 한번 맛들이면, 계속 생각날걸?"

난희 누나에 이어 범이까지 가세해 나를 설득하려 한다. 여기에 종대가 힘을 얻었다.

"작업은 석 달 안으로 끝낼 거야. 길어야 반년이야. 너한테 피해 안 가게 할게. 걱정하지 마."

"약은 뭘로 치려고?"

"그야, 내 전공으로 가야지. 차 됐다 뭐해?"

적극적인 종대의 공세에 나는 무너진다. 호적에 이름 하나 올리는 것쯤이야, 눈 한번 질끈 감으면 되는 거다. 지겨운 야간 경비일 따윈 집어치울 수도 있다. 그러잖아도 작업에 너무 긴 시간을 들여야 하는 탓에 하는 일이 슬슬 지겨워지고 있었다.

문제는 보경이었다. 난 동생처럼 아끼는 보경에게 미움을 받기 싫었다.

"보경이가 동의한다면 나도 오케이 할게."

"걱정하지 마. 보경이는 내가 한다면 다 따라와."

종대가 씩 웃었다. 자신에 찬 얼굴이었다. 보경이 화장실에서 돌아오자 우리는 슬슬 분위기를 잡는다. 이를 알 리 없는 보경은 자리에 앉아 순진하게 우리를 쳐다봤다.

"결론 났어?"

"응. 재우가 낙점됐어."

"잘됐네. 오빠 돈 받으면 크게 한턱 쏴."

"잘 되면."

난 보경에게 씩 웃어 보였다. 종대가 어떻게 얘기를 꺼낼지 궁금했다. 녀석의 눈치를 보니 머리 굴리는 게 빤히 보인다.

"이제 재우 오빠가 우리 옆집에 사는 건가?"

"재우는 창원에서 하던 작업을 마저 해야지."

"그래? 살림은 창원에 차리는 거야?"

"아니, 그건 우리 옆집에."

"그럼 뭐야? 주말부부 하는 거야?"

"보경아, 결혼은 재우가 하는 게 맞아. 그런데 이름만이야. 실제 결혼은 다른 사람이 할 거야."

"뭐? 결혼은 누가 하는 건데? 범이 오빠?"

"나. 내가 하기로 했어."

"뭐야?"

보경의 눈이 커지더니 눈물이 뚝뚝 흘러내렸다. 놀랐는지 아무 말도 못 하고 눈물만 흘리고 있다.

"보경아, 미안해. 그런데 오빠 말 들어봐. 우리가 지금 돈이 없잖아. 영철이 형한테 돈 갚을 날짜도 다가오고 있고. 그거 다 다음 달인 거 알지?"

"그건 알지만…… 우리 아기가 곧 태어날 텐데?"

"알아. 알지, 그걸 왜 몰라. 나도 이런 거 맡고 싶지 않아. 하지만 우리가 돈이 있어야 아기한테 잘해주지. 안 그래? 오빠 마음 알지?"

"그럼 우린 이혼하는 거야?"

"아니. 결혼 명의는 재우 이름으로 한대도. 난 그저 재우인 척할 뿐이야. 우리가 부부인 것은 그대로라고. 나란히 옆집에 살면서 밤마다 집으로 올게."

"어떻게 그래……."

보경이 서럽게 울었다. 종대가 당황해서 쩔쩔맨다. 우리는 우리대로 임신한 보경이의 건강이 걱정됐다. 태아에게 나쁜 영향을 미치지나 않을까 우려된다.

"될 수 있는 대로 빨리 끝낼게. 오빠가 6개월 안으로 해결 본다고 약속할게."

"6개월이나 걸리면 영철이 오빠 돈은 언제 갚아? 다다음 달이 기한이라며?"

"아, 그건…… 난희 누나가 빌려줄 거야. 그치 누나?"

종대의 말에 난희 누나의 눈이 놀라서 커졌다. 돈을 빌려주기로 한 적이 없는데, 종대의 난데없는 소리에 당황한 듯싶다. 하지만 누나는 그릇이 큰 여자였다. 더 큰 일을 도모하기 위해서 그까짓 것쯤 용납하겠다는 분위기다.

"거 봐. 넌 걱정할 거 하나도 없어. 그러니까 보경아, 이번 한 번만 눈 딱 감고 허락해줄래?"

보경이 넘어갈 기색을 보였다. 누나는 이 기회를 놓치지 않고 말을 보탠다.

"그래, 보경아. 너만 동의하면 설계한 대로 진행할 수 있어. 게다가 보험으로 갈 거니까 너도 따로 수당 챙길 수 있잖아?"

그녀가 결국 고개를 끄덕였다. 돈의 힘은 역시 컸다. 난희 누나가 얼굴에 흡족한 미소를 짓는다.

"오케이, 좋아. 재우야, 너도 동의한 거지? 나 그럼 진행한다?"

우리의 설계는 끝났다. 이제 난희 누나가 적당한 인물만 물색해 오면 완벽한 작품이 나오는 것이다. 그때는, 그렇게 생각했다.

재우 이야기 #50 **두 번째 설계**

처음에는 모든 것이 순조로웠다. 난희 누나는 두 달 만에 적당한 여자를 찾아냈다. 그녀는 가족이 없고 친구가 없으며 돈도 없었다. 게다가 종대 스타일이 아니어서 보경을 안심시킬 수 있는 그런 여자였다.

종대가 그녀와 첫 데이트를 한 날, 녀석은 창원으로 나를 찾아왔다. 답답했던지 술 한잔 사달라는 거였다. 때마침 내가 임시 주간 근무를 맡은 터여서 업무를 마치고 우리는 포장마차에서 술을 마셨다. 녀석의 얼굴은 우울해 보였다.

"어떠냐?"

"뭐가? 보경이가? 아님 그 여자가?"

"둘 다지, 뭐."

"하아, 머리가 아파. 두 여자 거느리기가 쉽지 않네."

"보경이가 히스테리 부리냐?"

"말도 마. 이제 고작 한번 만났을 뿐인데 울고불고 난리가 났어. 걔 질투가 그렇게 심한지 처음 알았다니까."

"여자는 어떤데? 이뻐?"

"그럭저럭. 내 스타일은 아니야."

"사진 있냐?"

"봐서 뭐 하게?"

"야, 서류상은 내 마누라야. 나한테도 결혼해도 괜찮은지 컨펌받아야지."

종대가 한숨을 내쉬더니 휴대폰에 저장된 여자의 사진을 보여줬다. 난희 누나가 식사 자리에서 몰래 찍은 사진 같았다. 그 여자는 밥을 먹는 데 정신이 팔려 다른 사람이 자신의 사진을 찍는 것을 모르는 눈치였다. 미인이라고 할 수 없지만 나름 매력적인 얼굴이었다. 코가 좀 낮았고 입술이 도톰했다. 눈빛이 또랑또랑해 귀여운 인상을 풍겼다. 하지만 종대가 좋아하는 야리야리한 스타일의 여자는 아니었다. 보경을 생각한 난희 누나의 배려인 것 같다. 난 종대에게 휴대폰을 돌려주며 실없는 농담을 던졌다.

"딱 내 스타일이네."

"짜식, 눈도 참······. 내가 이런 여자 때문에 보경이를 울린다고 생각하니, 괴롭다."

"솔직히 말해. 그 여자 때문이냐? 돈 때문이지. 이 여자, 이름이 뭐야?"

"정효신."

"정효신이라……. 성격은 어때?"

"몰라. 얼마 살지도 않을 건데 그런 걸 뭘 따져."

"그래도 부부 될 거 아냐. 재미는 좀 봐야지."

"재미? 욕구가 생겨야 재미를 보지."

"매력이 없어? 사진은 괜찮던데?"

종대는 고개를 절레절레 흔들었다. 그리고 말없이 술만 마셨다. 돈에 눈이 멀어 작업에 선뜻 나섰지만, 마음은 내키지 않는 듯했다.

"난희 누나는 요즘 어때?"

"신났지. 알아보니 그 노인네 재산이 장난 아닌가 봐. 자식도 미국에 있고."

"작업이 수월하겠네. 그런 노다지를 어떻게 문 거야?"

"클럽에서 만난 사람이 연결해줬대. 누나가 공 하난 열심히 치러 다녔잖아. 그 덕을 본 거지."

"조만간 홀딱 벗겨 먹겠군."

"아마 뼈도 못 추릴 거야."

우리는 건배를 했다. 종대와 나의 부인이 될 여자를 위하여, 그리고 난희 누나의 희생양이 될 노인네를 위하여.

새벽까지 술을 마신 다음 종대는 첫차를 타고 서울로 올라갔다. 그리고 녀석은 한 달도 지나지 않아 그 여자와 혼인신고를 해버렸다.

그 소식을 들은 난 주민센터에 가서 가족관계증명서를 떼어 봤다. 내 이름 아래 '정효신'이라는 낯선 여자가 가족으로 등록

된 것을 보니 기분이 묘했다. 나도 이제 유부남인 건가. 작업할 때는 늘 다른 사람의 명의를 사용하기 때문에 가족관계증명서의 변동은 내게 큰 상관이 없다. 하지만 싱글이었을 때의 기분과는 확실히 달랐다.

종대는 결혼 후에도 가끔씩 전화를 걸어왔다. 괜히 결혼했다든가, 여자가 생각보다 영악해서 마음대로 이용하기 힘들다든가 하는 불평이 대부분이었다. 녀석은 보경과 그 여자 사이에서 스트레스를 많이 받는 것 같았다. 우리의 계획은 쉽게 풀리지 않았고 보경의 스트레스도 상당해서 첫아이를 그만 잃고 말았다. 그리고 이 일로 종대는 그 여자를 더욱 혐오했다.

그렇게 1년이 지난 어느 날, 한창 바쁠 때 난희 누나에게 연락이 왔다. 경비 근무 서는 일이 익숙해진 나는 업무가 업그레이드되어 방재실 일을 배우는 중이었다. CCTV 장비를 조절하고 카메라 설치 위치를 숙지하느라 바빠 휴대폰을 확인할 수 없었다. 모든 업무가 끝난 후, 휴대폰을 확인해보니 전화와 문자가 수십 통 와 있었다. 난 누나에게 전화를 걸었다. 짜증이 좀 났다.

"무슨 일이야?"

[재우야……, 보경이가 병원에 입원했어.]

"뭐? 왜?"

[조산 위기래. 그런데 얘가 자꾸 이상한 소릴 해.]

"뭐라는데? 걔가 무슨 소리를 했는데 그래?"

[종대가 죽었다고……, 자꾸 그 소리만 해. 나 무서워 죽겠어.]

"뭐라고? 죽어?"

[사실인지 아닌지는 몰라. 근데 자꾸 반복하니까⋯⋯.]

"범이는? 범이에게는 전화했어?"

[몰라. 연락이 안 돼. 재우야, 여기로 와주면 안 돼? 나 정말 무서워. 이러다 보경이가 죽을 거 같아.]

"거기가 어디야? 당장 올라갈게."

난 휴대폰을 끊자마자 차를 몰고 서울로 향했다. 머릿속이 하얘져서 교통편을 알아볼 여유도 없었다. 단 한 번도 쉬지 않고, 최고 속도로 액셀러레이터를 밟으며 난희 누나가 알려준 병원에 도착했다. 그곳에는 석고상처럼 얼굴이 창백하게 질린 보경이 누워 있었다.

"보경아! 괜찮니? 몸은 어때?"

"오빠, 오빠⋯⋯, 종대 오빠가⋯⋯."

보경은 말을 제대로 잇지 못하고 울음을 터트렸다. 이미 태어난 아기는 인큐베이터에 들어간 상태였다. 하지만 그녀의 머릿속은 아기가 아닌 온통 종대뿐인 것 같았다. 그녀는 울고 또 울었다. 난 보경의 손을 꼭 잡았다. 뭐라고 위로해야 할지, 어떻게 하면 안정을 시킬 수 있을지, 적당한 말을 찾지 못했다. 그녀는 눈물과 콧물이 범벅이 되어 한참을 울더니 결국은 실신 지경에 이르렀다. 간호사는 환자가 너무 흥분 상태라 위험하다며 우리를 병실에서 내쫓았다.

난희 누나와 나는 좁디좁은 병원 복도에 쪼그리고 앉았다. 말이 없던 누나는 몸을 사시나무 떨듯 떨었다. 눈빛은 초점이 없어 마치 넋을 잃은 것 같았다.

난 아무 말도 하지 못하고 그녀 옆에 가만히 앉아 있었다. 왜 이렇게 된 걸까? 대체 무슨 일이 벌어진 것일까? 한참을 조용히 있다가 누나에게 먼저 말을 걸었다.

"누나……, 괜찮아?"

"아니, 전혀."

누나는 바로 입을 다물어버린다. 평소의 누나답지 않았다.

"어떻게 된 일이야?"

"……."

"누나……."

"하아, 나가서 얘기하자. 담배 좀 피워야겠어. 너 담배 있니?"

누나가 퀭한 표정으로 시체처럼 말했다. 나나 누나나 담배를 끊은 지 오래됐기 때문에 둘 다 가진 담배가 없었다.

난 편의점으로 뛰어가서 담배를 사 왔다. 예전에 누나가 즐겨 피웠던 말보루를 건네주자, 그녀는 말없이 담배를 입에 문다.

"종대가 죽었다니, 그게 무슨 소리야?"

"네가 들은 그대로야. 종대가 죽었대."

"왜? 차 사고가 난 거야?"

"아니. 정효신이 죽였어."

누나의 말에 난 심장이 툭 떨어지는 것 같았다. 눈앞이 아찔하고 머리도 어질어질했다. 할 수 없이 나도 담배 한 개비를 입에 물었다. 담배의 알싸한 연기가 목으로 들어오자 머리가 핑 돌았다.

"보경이가 그래?"

"어. 봤대. 안 그랬으면 쟤가 저 야단이겠니?"

"잘못 본 걸 수도 있잖아?"

"아니. 정확한 거 같아. 종대가 연락이 없어. 전화해도 안 받고, 문자도 없어."

"죽이는 걸…… 본 거야?"

"그건 아니고…… 부부 싸움을 했대. 벽이 얇아서 옆집이니까 다 들린 거지. 평소보다 더 심하게 싸웠는지 물건 부서지는 소리가 들리고, 악쓰고 난리도 아니었나 봐."

"그 여자랑 부부 싸움 한 게 어디 한두 번이야?"

"이번엔 달라. 보경이도 잠잠해졌길래 처음엔 그러려니 했대. 그런데 종대가 올 시간이 됐는데도 오지 않는 거야. 이상하다고 생각했는데, 그때 옆집에 누가 찾아온 거지."

"경찰이었어?"

"아니, 웬 남자였어. 그러더니 둘이서 집에서 사람 같은 긴 물체 하나를 들고나오더래."

"그게…… 종대인 거구나."

"내 생각에도 종대가 맞는 것 같아. 망치가 꽁꽁거리면서 짖지 않았다니까. 걔가 종대 있을 때는 절대 짖지 않는 거 알지? 어쨌든 그 둘이 차 트렁크에 종대를 싣더니 어디론가 사라졌어. 그 야심한 시각에 말이야. 혹시나 몰라서 보경이가 그 집으로 가봤대."

"집에 핏자국이 있었던 거야?"

"아니. 아무것도 없었어. 지금 막 청소한 것처럼 오히려 지나치게 깔끔했대. 그게 더 의심스럽지 않니?"

"범행 현장을 치웠다, 이건가?"

"응. 그리고 아침이 되어서야 돌아왔대. 이번엔 혼자서."

"누나는 종대에게 언제 연락했는데?"

"보경이 전화 끊고 나서 바로. 보경이가 울면서 전화를 했는데 갑자기 실신했지, 뭐야. 내가 119 부르고 나서 바로 종대에게 연락했어. 그런데 안 받더라고."

"종대가 진짜 죽었다면…… 그 여자가 확실하겠네?"

"응. 그년 짓이야. 분명해."

우리는 담배를 한 개비씩 더 피웠다. 도저히 맨정신으로는 얘기를 나눌 수가 없었다.

"고아라고 너무 쉽게 봤어."

그렇다. 우리가 실수한 거다. 고아라면 자신을 보호해줄 방어막이 없어 더 치열하게 살아왔을 텐데, 그건 결코 만만한 상대가 아니라는 얘긴데, 우리가 그녀를 너무 얕잡아 봤다.

"앞으로 어떻게 할 거야?"

"보경이 정신 차리고, 범이 연락 닿으면 모여서 상의를 해야지."

"경찰에 신고는? 안 해?"

"미쳤어? 증거도 없는데? 그리고 우리가 설계한 게 들통 나서 안 돼."

착잡했다. 친구가 죽었는데도 죽음을 인정하고 분노할 수 없다는 것이. 항상 그림자 속에 묻어 지내야 하는, 내가 처한 현실이 나를 슬프게 만든다. 양심의 가책도 느꼈다. 그 여자와 결혼하는 건 원래 내가 맡아야 할 역할이었다. 하지만 내 개인적인 욕심으로 종대가 나를 대신했다가 죽임을 당했다. 내 잘못이 아니지만, 내 잘못이다. 종대는 결혼을 앞두고 있었고 그저 돈이 필요했을 뿐이다. 망할 년! 난 피가 나올 정도로 입술을 세게 깨물었다. 가만히 두지 않을 것이다. 내가 종대의 복수를 기필코 해낼 것이다.

보경이 정신을 차리고, 범이와 연락이 닿자 우리는 다시 한번 모였다. 이번에도 같은 호텔, 같은 레스토랑 룸이었다. 늘 다섯 명이 모이던 자리에 네 명만이 앉아 있으니 쓸쓸했다. 같은 생각을 했는지 보경이 눈물을 닦아냈다. 마음이 아팠다. 아기는 아직도 인큐베이터 안에 있었다.

"그 여자, 만나봤어?"

범이가 보경의 눈치를 살피며 조심스럽게 물었다. 난희 누나가 물을 한 모금 마시더니 입을 열었다.

"그년 보통 년이 아니야. 종대가 집을 나갔다며 나한테 종이 한 장을 달랑 내미는 거야. 유서인 거 같다고."

"유서?"

"그러니까. 웃기지도 않지. 직접 쓴 것도 아니고 컴퓨터로 작성해 출력한 걸 내가 믿겠어? 표정을 봤더니 또 완전 싸한 거야. 사람 죽인 애가 얼굴색 하나 안 변하더라. 게다가 뭐라는 줄 알아? 실종 신고를 하겠대. 사람 없어진 지 얼마나 지났다고.”

“뭐야. 보험금을 노렸던 건가?”

“설마.”

“실종 신고한 지 5년 지나면 자동 사망이야. 보험금을 받아낼 조건이 성립되는 거지.”

“독한 년이네. 내가 가만 안 놔둘 거야!”

“당연히 복수해야지. 아비 어미 없는 애를 거뒀더니 분수를 몰라. 천벌을 받을 거야.”

“죽여버려야겠어.”

“곱게 보내줄 수야 없지. 누구 좋은 생각 없어?”

우리는 서로를 쳐다봤다. 모두의 얼굴에는 종대에 대한 미안함과 그 여자에 대한 분노로 가득했다.

“설계 제안은 내가 했잖아? 그러니까 마무리도 내가 할게.”

난희 누나가 씁쓸하게 미소를 띠며 말했다. 나도 가만히 있을 수 없었다.

“아니, 이번 설계는 내가 할게.”

모두의 시선이 나에게로 집중됐다.

“됐어. 넌 이런 작업은 처음이잖아. 설계는 무리야.”

“누나, 그 여자의 사망보험금은 이미 사라졌고, 이제는 내 집까지 날아가게 생겼어. 그렇다면, 내가 나설 차례 아니야? 내가 당사자라고. 원래 김재우는 나잖아?”

“무슨 말을 하려는 거야? 계획이 뭔데?”

“내가, 남편이라고 나타나겠다, 이거야.”

"뭐? 재우야……, 네 마음은 알겠는데, 그게 말이 돼? 너와 종대의 얼굴이 전혀 다르잖아. 같은 사람이라고 어떻게 뻥을 치려고 그래? 누가 그걸 믿겠어? 이웃들은 또 어떡하고?"

범이가 걱정스러운 표정으로 되물었다. 하지만 내 결심은 단호했다. 죽은 종대를 위해서라도 그래야 했다.

"집 살 때 나와 종대가 같이 인사 다녔어. 사람들은 얼굴은 알지만 우리를 헷갈려할걸? 게다가 종대가 그동안 이웃과 교류가 없었다니까 사람들도 누가 누구인지 잘 모를 거야."

"시골 사람들이 이웃에 얼마나 관심이 많은데?"

"우리는 집이 나란히 붙어 있잖아? 그게 우리 집인지 종대네인지 어떻게 알아? 아마 모를 거야."

"좋아. 그렇다고 치자. 그럼 그년은 어떻게 속일래? 정신 멀쩡한 사람이, 넘어갈까?"

"한 사람 미친년 만드는 것쯤이야 식은 죽 먹기지."

곰곰이 생각하고 있던 난희 누나가 나섰다. 그녀는 그새 머릿속에 또 다른 설계를 세웠는지 표정이 자신만만했다.

"재우 네가 남편으로 나서면 우리도 지원 사격할게. 그년, 자근자근 밟다가 보내버리자."

"내가 언제 나타나는 게 좋을까? 지금은 너무 이르지 않아? 다들 의견 좀 내봐."

"그 여자가 실종 신고했잖아? 사망 선고받을 때 즈음이 어때? 보험금 받기 전에 나타나는 거야. 돈 받을 생각에 가장 신이 나 있을 때, 나락으로 떨어트리는 거지."

"굿 아이디어야. 5년 뒤라면 사람들 기억도 희미해졌을 테고."

"그 여자에게 처절함이 뭔지 맛보게 해주자."

"그리고 두 번째니까 판돈 올려!"

난희 누나가 호기롭게 외쳤다. 그녀의 말에 우리의 분위기가 처음으로 밝아졌다. 공동의 목표가 생긴 것이다.

"좋아, 두 배로 올리자고."

"뭐야? 고작 두 배? 저렇게 손이 작다니까, 두 배 가지고 되겠어?"

"그럼 다섯 배? 아니면 여섯 배? 사망보험 최고 금액이 대체 얼마야?"

그날 이후로 우리는 5년 뒤에 재회할, 그녀와의 만남을 손꼽아 기다렸다. 시간은 우리의 분노를 잠재워줄 것이다. 하지만 복수심은 더 불타오르겠지. 우리가 쳐놓은 덫으로 그녀가 어서 빨리 들어오기를 고대했다.

정효신, 너를 가만두지 않을 것이다.

재우 이야기 #51 **첫 만남**

내 머릿속은 온통 종대 생각뿐이었다. 창원 CCTV 관제센터를 해킹하고, 부산의 빅데이터를 수집해 일부 지역을 제어하는 과정에서도 늘 종대를 생각했다.

그날이 다가오고 있었다. 난 서둘러 청송 정신요양원으로 들어갔다. 청송 정신요양원은 범이가 종종 일을 봐주는 곳으로, 우리가 신분 세탁이 필요하거나 사람들의 눈을 피해 있어야 할 때 요긴하게 이용하는 곳이다. 이곳에서 몇 달간 머무르면 내가 저지른 일은 언제 있었나 싶을 정도로 조용히 잊히곤 했다. 시간이 흐르면 눈에 보이지 않고 입에 오르내리지 않는 이상, 사람들은 아무리 흉악한 범죄 사건이라도 금방 잊어버린다.

하지만 우리는 반대였다. 우리는 이곳에서 재기를 꿈꾼다. 환자로 가장하고 편안히 휴식을 취하면서 또 다른 일을 벌일 적당한 때를 기다리는 것이다. 오늘이 바로 그날이었다.

난희 누나가 올 거라고 범이에게서 미리 연락을 받은 나는 아침부터 가슴이 두근거렸다. 곧 그 여자를 만난다는 생각에, 복수할 날이 머지않았다는 기쁨에, 마음이 설레어 잠시도 가만히 있을 수가 없었다. 방안을 계속 서성대며 생각하고 또 생각했다. 정효신이라는 여자는 과연 어떤 사람일까? 얼마나 악독한 년이길래 종대를 죽인 걸까? 그녀를 보는 순간, 만난 게 기뻐서 웃어버리면 어쩌지? 복수는 상상하는 것만으로도 달콤했다. 나를 들뜨게 한다. 난 누나와 그녀가 오는 것을 기다리며, 푸시업을 하면서 흥분된 몸과 마음을 진정시켜야 했다.

오후 4시가 되자 고대하던 벨이 울렸다. 그녀가 도착했다는 알림이다. 난 휠체어에 올라타고 대기실로 향한다. 휠체어를 사용하는 건 범이 아이디어였는데, 경찰에게 동정표를 얻기 위한 하나의 장치였다.

범이와 함께 대기실로 들어서자 제일 먼저 그녀가 눈에 들어왔다. 쭉 뻗은 키에 몸집이 당당해 보이는 여자였다. 종대가 보여준 사진보다 실물이 더 나았다. 그러나 일부러 그녀 쪽은 보지 않는다. 아니, 그러기도 전에 난희 누나가 내게 달려와 울기 시작해 볼 수가 없었다. 누나는 나를 보고 혼이 빠질 정도로 울어댔다.

"아이고 재우야, 연락이라도 하지 그랬니? 그동안 이 어미가 얼마나 애타게 찾았는지 알아? 이 불효자식! 그래도 살아 있으니 됐다. 무사하니 됐어."

난희 누나는 능청스럽게 연기를 해댔다. 그 연기에, 난 웃음이 터질 지경이었다. 하지만 간신히 참고 최대한 안타까운 표정을 지어 보였다. 누나의 눈에는 눈물이 한 방울도 맺히지 않았다.

"김재우 씨, 사모님 알아보시겠어요?"

뒤에서 휠체어를 밀어주던 범이 역시 연기에 가세했다. 난 그제야 그녀를 똑바로 바라본다. 얼이 나간 채 나를 보고 있던 그녀의 눈에 의심이 가득했다. 난 저 의심을 잠재우고 어떻게 그녀에게 접근할 수 있을까를 고민한다. 여자를 상대하는 사기는 내 전문 분야가 아니다. 게다가 그녀는 경계심이 강했다.

"저 사람은 제 남편이 아니라고요! 어머니는 저 사람이 재우 씨로 보이세요?"

눈 하나는 제대로 달린 여자였다. 당돌한 그녀의 말에 난 속으로 비웃었다. 그래, 그렇게 계속 외쳐봐라, 누가 널 믿어주나. 경찰은 경찰서에 가서 내 신원을 조회하겠다며 그녀를 안심시켰지만 얼굴에는 귀찮은 티가 역력했다. 우리가 바라던 바였다.

드디어 청송 정신요양원을 나와 집으로 가는 길. 차의 맨 뒷 좌석에, 나는 난희 누나와 그녀 사이에 앉았다. 난희 누나는 뭐가 그리 신이 났는지 자꾸 나에게 말을 건다.

"재우야, 기억을 찾았으면 전화를 해야지. 왜 그동안 연락을 안 했어? 엄마 걱정하는 거 몰라?"

"머리가 뒤죽박죽돼서 연락하는 거 생각도 못 했어."

"요양원은 어땠어? 지낼 만했어?"

"몰라. 매일 약 먹고 잠만 자서 기억이 가물가물해."

"약? 무슨 약?"

"신경안정제지, 뭐. 거기가 정신병원이잖아."

"같은 말을 해도 정신병원이 뭐니? 요양원이라는 단어가 있는데. 어디 다른 아픈 데는 없고?"

"엄마, 피곤해. 약 기운이 퍼졌나 봐. 나 좀 자도 될까?"

말을 많이 했다가는 괜히 꼬투리라도 잡힐까 봐 누나의 말을 끊었다. 대신 옆자리에 앉아 눈을 감은 그녀를 본다. 꽉 다문 입매가 꽤 고집이 세다는 걸 말해주는 것 같았다. 가끔 다른 차의 라이트가 비칠 때마다 언뜻 보이는 피부는 창백했고 얼굴은 무표정했다. 이런 마네킹 같은 여자를 어떻게 공략해야 할까.

나는 호기심에 허벅지를 슬쩍 대본다. 그리고 그녀의 다리 위에 손을 올려놨다. 말랑말랑하고 따스한 피부의 감촉이 옷을 뚫고 내 손바닥에 와 닿는다. 여자가 어떻게 나올지 반응이 궁금했다. 화를 버럭 낼까, 아니면 다리부터 오므릴까.

답은 두 번째였다. 그러나 그녀는 거기서 한발 더 나아가 우리의 사이에 가방을 끼워 넣는다. 이 여자, 말이 아닌 행동부터 하는 타입이었다. 더 관심이 생겼다. 경찰서에 가서 지문으로 내 신원 확인을 한 이후에 여자의 표정은 더 안 좋아졌다. 마치 세상이 무너지기라도 한 것처럼 그녀는 넋이 나가 있다.

우스웠다. 나에게서 시선을 돌리지 못하도록 그녀의 얼굴을 잡고 똑똑히 말해두고 싶었다. 몰랐지? 내가 종대 뒤에 숨어 있던 당신 진짜 남편이야. 녀석은 쉽게 처리할 수 있었을지 몰라도 나는 힘들 거야.

여자는 이내 풀이 죽어서 난희 누나의 눈치를 본다. 나와 단둘이 집으로 들어가기 싫었기 때문이다. 하긴 미쳤을지도 모르는 낯선 남자와 단둘이 밤을 보낸다는 게 쉽지 않은 일이다.

하지만 난희 누나는 타고 온 택시를 타고 가버렸다. 어둠 속에 멀어지는 택시 미등을 아쉬운 듯 지켜보던 여자는 할 수 없다는 듯 집으로 들어간다. 그녀의 뒤를 따르며 난 가슴이 설렜다. 집을 산 후, 단 한 번도 살아본 적 없었다. 그 집에 거의 6년 만에 첫발을 내딛는 거다. 집 안 내부는 내가 꾸며놓은 그대로였다. 종대와 함께 고른 가구와 테이블, TV와 냉장고까지, 모두가 그대로인데 지금은 녀석만 없다. 씁쓸한 기분이 들었다.

난 그녀를 따라 2층 침실로 올라갔다. 그곳은 어떻게 바뀌었는지 궁금했다. 그러나 방에 들어선 순간, 화가 치밀어 올랐다. 침대 옆 탁자 위에는 샴페인잔 두 개가 놓여 있었고 바닥에는

다 마신 병이 나뒹굴고 있었다. 루이 로드레, 이 샴페인은 아기가 생긴 종대에게 내가 축하 선물로 준 것이었다. 저 여자는 이게 얼마짜리인 줄 알고 마신 걸까?

"이걸 마신 거야?"

내가 물었다. 말이 퉁명스럽게 나왔다. 그녀는 나를 똑바로 바라보며 뻔뻔스럽게 대답을 한다.

"그거 당신이 아끼는 술이었던가? 당신이 그리워서 내가 마셨어."

화를 참으려 시선을 침대 위로 돌렸다. 침대 위에는 이불이 어지럽게 널려 있었다. 누가 봐도 분명한 남자의 흔적이다. 여자는 경찰의 연락을 받을 때까지, 딴 놈과 질펀하게 섹스를 즐기고 있었던 거다. 내 머릿속에는 요사스러운 여자의 몸짓이 연상됐다. 당장이라도 뺨을 한 대 치고 싶었다. 하지만 여기서 폭주한다면 우리의 계획은 수포로 돌아가고 만다. 참아야 한다, 참아야 한다……. 여자는 내 마음을 아는 듯 모르는 듯, 도발을 멈추지 않았다.

"그리고 잊었나 본데, 우리 각방 쓰고 있었잖아. 미안하지만 나가줬으면 좋겠어. 여긴 내 방이야."

난 별다른 대꾸를 하지 않고 2층 침실에서 나왔다. 어차피 이 방에서 잘 생각은 없었다. 다만 내 집과 내 방에서 주인 행세를 하는 그녀에게 화가 났다. 기다려. 조만간 바로잡아줄 테니. 분명히 말해두지만 이건 내 집이고, 네 거라 말한 그곳은 내 방이야.

쾅 소리가 나며 문이 닫혔다. 난 지하 방으로 내려왔다. 불을 켜고 계단에서 아래를 내려다보니 방이 휑했다. 책꽂이에 있어야 할 음반과 프라모델이 모두 사라지고 없었다. 저 여자가 갖다버린 게 틀림없다. 나는 너무 기가 막혀 화도 나지 않았다.

계단에 앉아 이성을 되찾으려 심호흡을 했다. 남의 물건에 함부로 손을 대다니 정말 용서하기가 힘들었지만, 후일을 기약하며 참기로 했다. 그나마 TV와 오디오, 소파 겸용 침대가 남아 있으니 다행이라고나 할까. 마음을 진정시키니 어디선가 퀴퀴한 냄새가 났다. 습하고 눅눅한 곰팡내였다. 그녀는 5년 동안 단 한 번도 환기를 안 시킨 듯하다. 아직 날씨가 쌀쌀했지만 난 커튼을 젖히고 창문을 모두 열었다. 찬바람이 방안으로 들어오니 좀 살 것 같았다. 난 소파 겸용 침대에 앉아 오늘 그녀를 만난 일을 머릿속으로 정리하고 있었다.

똑- 똑- 똑-. 어디선가 노크 소리가 들렸다. 똑- 똑-. 반가운 소리였다. 어렸을 때, 종대와 내가 사용했던 암호였다. 소리가 난 책꽂이를 향해 다가갔다. 그리고 책꽂이의 두 번째 선반을 잡아당겼다. 5년 동안 꿈쩍하지 않았던 책꽂이가 문처럼 소리 없이 열렸다. 그리고 그 안에 있는, 좁고 어두컴컴한 복도에 보경이 서 있었다. 그녀는 나와 종대의 암호를 기억하고 있었다.

쉿! 보경이 손을 입에 가져다 댔다. 조용히 따라 나오라는 눈짓에, 책꽂이로 위장한 문을 닫고 그녀를 따라나선다. 복도는 한 치 앞도 보이지 않을 정도로 어두웠지만 보경은 그곳을 익숙하게 걸어갔다. 난 그녀의 뒤를 따르며 또 종대를 생각한다.

낚시터에 왔던 날, 나와 녀석은 우연히 이 집을 발견했다. 합리적인 가격에, 1층 공간만큼 넓은 지하 방이 서비스 면적으로 주어진다는 게 매력적인 집이었다. 무엇보다 눈길을 끈 것은 지하의 보일러실과 연결된 대피 통로였다. 약간의 인테리어만 가미하면 두 개의 집을 은밀한 통로로 연결할 수 있겠다는 생각에 홀딱 반한 우리는 재지도 않고 이 집을 바로 계약했다. 나란히 옆집에 살자는 우리의 꿈을 실현하는 동시에 두 집을 몰래 오고 갈 수 있다는 재미와 스릴이 우리를 유혹했던 것이다. 보일러실 출입구는 지하 방 쪽으로 내고, 대피 통로의 입구는 책꽂이로 가려 우리만의 아지트를 꾸몄다.

보경과 곧 결혼할 계획이었던 종대는 이곳에 신접살림을 차릴 생각에 들떠 있었다. 하지만 녀석은 옆집에서 제대로 살아보지도 못하고 세상을 떠났다. 모두 2층에서 편히 자는 그 여자 탓이다.

옆집과 연결된 문은 몇 걸음 떨어지지 않은 곳에 붙어 있었다. 난 보경을 따라 문을 열고 그녀의 집으로 들어간다. 우리 집 구조와 똑같은 이곳 지하 방에는 택시를 타고 돌아갔던 난희 누나가 앉아 있었다.

"어휴, 만나기도 어렵다. 이게 뭐니? 스파이도 아니고."

"집에 안 갔네?"

"택시에서 내려 걸어 올라왔지. 오늘 같은 날 어떻게 집에 들어가."

"언니, 여기서 자고 가. 밤도 늦었는데."

"그래야지. 사람들 눈에 띌까 조심하느라 조마조마했어. 효신인 뭐하고 있어?"

"몰라. 자겠지. 들어오자마자 날 지하 방으로 내쫓더라고."

"어머, 그게 누구 집인 줄이나 알까?"

"알면 기절하겠지. 내가 전에 모았던 음반과 프라모델 있잖아. 그것도 싹 다 버렸어. 그게 얼마짜린데."

"곧 배로 갚아줄 건데, 뭐. 그 정도는 참아야지."

"그리고 엄마, 있잖아……."

"엄마? 야, 우리끼리 있을 땐 엄마라고 부르지 말랬잖아. 나 늙은 것 같아 싫어."

난희 누나는 엄마라고 불리자 인상부터 썼다. 저런 멘탈로 어떻게 그 여자에게 어머니라는 존칭을 받고 살았는지 모르겠다.

"익숙해져야지, 어떡해? 내가 실수하는 것보다 낫잖아?"

"어휴, 내가 말을 말아야지."

"어쨌든 들어봐. 내가 웃긴 거 말해줄게. 그 여자, 집으로 남자 끌어들여 침대에서 뒹굴었더라?"

"뭐야? 오늘? 뻔뻔하기도 하지."

"내가 종대에게 선물한 샴페인 알지? 루이 로드레. 그거 한 병을 싹 다 비웠어."

"그거 10만 원도 넘는 거 아냐?"

"무식한 게 샴페인이 뭔 줄이나 알겠어?"

난희 누나와 보경, 나 그렇게 우리 셋은 그 여자를 한참 비웃었다. 그렇게라도 해야 우리 안의 울분이 풀렸기 때문이다.

"내가 첫눈에 알아봤어. 엉덩이가 가벼운 년일 줄 딱 알았다고."

"오히려 잘 됐지. 그 여자 죽을 이유가 마땅하지 않았는데 남자가 있다니, 영화가 한 편 나오잖아?"

"애정행각으로 인한 살인인 건가? 아니면 자살? 어려울 것도 없지, 뭐. 보경아, 보험은 가입했니?"

"몇 개 더 들어놓긴 했는데, 보험사에서 의심할까 봐 조심하고 있어. 시간이 조금 더 지나면 추가하려고."

"최대 액수로 들어놔."

"당연하지. 어쨌든 언니, 그 여자 보내기 전에 종대 오빠의 시체부터 찾아야 하는 거 알지? 그건 확실하게 하고 넘어가자."

"걱정 마. 강을 뒤지든 산을 뒤지든 종대의 시체는 꼭 찾고 말 테니까."

난희 누나가 전의를 불태웠다. 나 역시 누나와 보경을 향해 주먹을 불끈 쥐어 보였다. 종대의 시체를 찾는 것, 그것은 우리에게 주어진 공동 임무였다. 돈은 그다음이다.

"그 여자, 커피를 좋아한다고 했던가?"

"달고 살았다더라. 빵도 좋아한대. 이참에 토스트도 준비해놔 봐. 참, 너 요리는 할 줄 아니?"

"자취 15년 차야. 할 만큼은 하지."

"그럼 됐네. 내일부터 시작할 거야?"

"아니. 좀 더 보고. 그 여자를 아직 파악하지 못했어."

"파악은 개뿔. 그냥 질러."

누나의 말에 난 실소가 나올 뻔했다. 누나가 전과 몇 범이었더라? 저러니까 걸리는 거다. 철저해서 나쁠 건 없다. 난 내 원칙대로 진행할 것이다.

"내가 알아서 할게. 가끔 연락이나 하자고."

"너한테 연락을 어떻게 하지? 지금 휴대폰 있어? 없지?"

"범이에게 맡겼어. 내일 갖고 오겠지. 그런데 누나, 당분간 우리 연락 안 하는 게 나을 것 같아. 딱 아들과 엄마 정도로만 거리두자고. 걸리는 것보다 낫잖아?"

"그치? 걔 눈치가 보통이 아니지?"

우리는 몇 가지 상의를 더 하고 헤어졌다. 혹시라도 우리가 내통하는 걸 들킬까 봐 난 재빨리 지하 방으로 돌아왔다. 다행히 내 방에는 그 여자가 다녀간 흔적은 없었다. 난 창문을 닫았다. 보경의 집에서 빌려온 이불을 덮고 소파 겸용 침대에 누웠다. 잠이 오지 않았다. 종대가 죽은 이곳에서 편히 누워 있다는 생각만으로도 마음이 편치 않았다. 종대야, 미안해. 조금만 기다리면 네 복수를 꼭 해줄게.

재우 이야기 #52 **그 여자 공략법**

아침에 일찍 일어났다. 그 여자를 위한 식사를 준비하기 위해서이다. 잡아먹기 전까지 충실히 먹이를 줄 생각이었다. 때마침 그녀가 조심조심 계단을 내려온다. 마치 쥐새끼처럼, 잔뜩 겁을 집어먹은 표정이었다.

"나가는 거야?"

그저 평범하게 말을 붙였을 뿐인데, 여자가 소스라치게 놀란다. 커피를 권하는 내 말에, 이해할 수 없다는 표정을 지었다. 그나마 일말의 양심은 있었나 보다. 그럴수록 난 다정하게 굴었다.

"뭐 해? 이리 와 앉아."

그녀의 눈빛이 묘하게 빛난다. 더 이상 의아해하는 눈빛은 아니었다. 그건 호기심이었다. 여자는 내가 준비한 커피와 토스트를 먹으며 조심스럽게 나를 관찰한다. 모르는 척했지만 다 알고 있었다. 그녀가 힐끔거리는 게 느껴진다. 내가 궁금해? 그럼 원하는 걸 보여주지. 당신이 원하는 남자가 되어줄게. 난 속으로 그녀를 비웃었다.

"여전히 빵을 좋아하는구나?"

주워들은 정보대로 마치 그녀를 잘 알고 있다는 듯이 말했다. 아니나 다를까, 그녀가 흠칫 놀란다. 난 통쾌해서 웃었다. 저녁을 함께 보내고 싶다는 내 고백에 그녀는 더 당황해했다.

"지금 대답하기 곤란하면 일 보고 전화 줘."

"당신…… 휴대폰 없잖아?"

"아, 그랬지. 그럼 어떻게 할까? 퇴근 시간이 몇 시지?"

나는 재빠르게 말을 돌렸다. 하마터면 실수할 뻔했다. 2년 동안이나 정신요양원에 입원했던 사람이라면 전화해달라는 말 같은 건 하지 않았을 것이다. 불현듯 튀어나오는 단어 하나하나가 위기를 만들 수 있다. 조심해야 한다. 다행히 그녀는 내가 한 말에 큰 의미를 두지 않고 흘려버렸다.

그녀가 출근한 후, 나는 지하 방 통로를 통해 보경의 집으로 갔다. 난희 누나는 여전히 그 집에 머물러 있었다. 머리는 산발이었고 막 자고 일어난 얼굴은 퉁퉁 부은 채였다. 자연인 그대로의 누나 모습은 정말 오랜만이다.

누나는 입안에 시리얼을 가득 넣고 우물거리며 말했다.

"효신이 갔어?"

"응. 커피와 토스트 줬더니 잘 먹더라. 엄마, 정보 땡큐야."

"이게 또? 우리끼리 있을 땐 그렇게 부르지 말래도!"

누나가 발끈했다. 난 그 모습이 재밌어서 깔깔대며 웃는다. 종대와 함께 있을 때는 이런 식으로 난희 누나를 곧잘 놀리곤 했었는데. 그때가 그립다.

"범이는 언제 온대?"

"올 때 됐을걸?"

보경의 말이 끝나기 무섭게 벨 소리가 들렸다. 범이였다. 보경이 문을 열어주러 나간 사이 난 커피를 내린다.

잠시 후, 범이가 종이봉투 하나를 들고 집 안으로 들어왔다.

"모두 모여 있네?"

"어서 와. 청송 일은 잘 끝냈어?"

"내가 누구야? 완벽하게 처리하고 왔지."

"사무장은 뭐래?"

"아무 말도 안 해. 말했잖아. 돈 봉투만 쥐여주면 끝이래도."

"입 무거운 건 확실한 거지?"

"날 믿어. 어디 한두 번 이용해?"

"누나, 그 양반 진짜 물건이야. 믿어도 돼."

"하지만 다른 환자랑 간호사도 있잖아? 요양사, 간병인은 어떻해? 원장은?"

난희 누나는 여전히 조바심 나는 눈치였다. 큰돈이 걸려 있으니 그럴 만도 하다. 게다가 어제 경찰 입회하에 입원 기간을 확인한 터라, 혹시 나중에 조작한 게 걸리면 빼도 박도 못할 것이다. 우리 같은 사람들은 늘 작은 틈을 주의해야 한다. 작은 틈 하나가 전체 설계의 붕괴를 가져올 수 있다.

"거긴 사람이 워낙 자주 바뀌어서 괜찮아. 그리고 정신병자 얘길 누가 믿겠어? 정신요양원의 강점이 뭔데? 정신 병동 특별실은 요양사 자체를 쓰지 않아. 간병인이라 해봤자 우리말이 서툰 조선족뿐이야. 말이 새나갈 일이 없어."

범이가 차근차근 누나를 달랬다. 난희 누나는 이해한다는 듯 고개를 끄덕였지만 여전히 불안해 보였다. 난 예민해진 누나의 신경을 달래기 위해 화제를 바꾼다.

"범이야, 망치는 잘 있어?"

망치는 범이가 종대에게 준 결혼 선물이었다. 부드러운 털을 가진 보더콜리 종이었는데 영리하고 활동량이 많았다. 그 여자는 망치를 싫어했다. 볼 때마다 발로 차고 물건을 던지고 괴롭혔다니까, 아마 망치도 그녀가 자신을 싫어한다는 것을 알았을 거다. 슬프게도 망치는 종대를 죽인 부부 싸움의 원인이기도 했다.

종대가 죽은 후, 망치의 안전이 걱정됐던 보경은 그 개를 범이에게 맡겼다.

"걔가 뭘 알겠어? 간식만 주면 신나지."

"아, 망치 보고 싶다."

보경이 아련하게 말한다. 범이는 그런 보경의 어깨를 살짝 감싸 안았다.

"조금만 기다려. 그년 보내고 나면 바로 데리고 올게."

우리의 생각도 마찬가지였다. 그 여자에게는 죽음을, 망치에게는 자유를, 그리고 죽은 종대에게는 안식을 주는 게 우리의 목표다.

"집 안은 둘러봤어?"

"응, 거의 그대로야. 인테리어는 손대지 않고 지하 방에 있던 내 수집품만 가져다 버렸더라."

"주인 없다고 집에 함부로 손대고 지랄이구나."

범이가 혀를 끌끌 차더니 종이봉투에서 휴대폰과 노트북을 꺼내 건네준다. 무연고 환자로 보이기 위해 그에게 맡겨뒀던 내 물건들이다.

난 휴대폰 전원부터 켜고 비밀번호를 입력했다.

"이번에도 세팅할 거지? 적당한 장소 찾았어?"

범이가 시리얼을 간식 삼아 집어 먹으며 말한다. 그러나 내 생각은 달랐다.

"아니, 아무것도 설치 안 할 거야."

"왜?"

"조금 두고 보려고. 그 여자, 생각보다 만만하지 않은 것 같아."

내 전문은 컴퓨터나 제어 장치의 해킹이었다. 도청기나 몰래카메라 같은 소형 전자제품을 만질 줄은 알지만 집에 그런 장비를 들이는 것은 싫었다. 내 집만큼은 일을 떠나 신성한 구역이고 싶었다. 그리고 꼬리를 잡히면 안 된다. 흔적은 언제나 남는다. 공격도 중요하지만 방어가 우선이다. 그 여자를 안심시키고 마음을 얻는 게 먼저인 것이다. 그러기 위해선 생각의 전환이 필요했다.

"그래도 빨리 처리하는 게 낫지 않아? 무슨 수를 쓰면 어쩌려고 그래?"

"아직 시간은 많아."

"그래 오빠, 재우 오빠 말이 맞아. 우리 보험 가입 때문에라도 안 돼. 몇 개 더 들어야 하거든. 조금 더 기다려."

"나만 맘이 급한가 보다?"

범이가 들고 왔던 종이봉투를 우리에게 내밀었다. 난희 누나가 재빨리 받아 봉투를 열어본다. 그 안에는 약병이 하나 들어 있었다.

"이거 뭐야?"

"보면 몰라? 약이지. 항우울제야."

"항우울제?"

"누나가 그랬잖아. 한 사람 미치게 만드는 것쯤이야 식은 죽 먹기라고. 그래서 내가 준비했어."

"항우울제 먹여 뭐 하게?"

"정신병 이력 정도야 만들 수 있지."

난 약병을 손에 쥐고 라벨에 적힌 이름을 본다. 알 수 없는 영어 단어들이 길게 나열되어 있다. 하지만 벌써 비기를 쓰기는 싫었다. 안전이 먼저였다. 여자를 파악한 다음 이 약을 사용해도 늦지 않을 것이다.

"나중에 필요할 때 말할게. 괜히 갖고 있다가 의심받으면 어떡해?"

난 종이봉투를 돌려주며 말한다. 범이 대신 보경이 봉투를 받았다.

"그럼 이건 내가 보관하고 있을게. 범이 오빠, 그래도 되지?"

"통풍 잘 되고 그늘진 곳에 잘만 보관한다면야, 상관없어. 언젠가는 쓰게 될 테니까."

"재우 오빠는?"

"나도 괜찮아. 너희 집이라면 안전하지. 언제라도 가지러 갈 수도 있고."

"그럼 지하 방에 놔둘게."

보경이 화사하게 웃었다. 우리의 계획이 실행된 이후로 그녀의 얼굴이 많이 밝아졌다. 그나마 다행이었다.

우리는 순조로운 출발을 자축하며 점심을 먹고 헤어졌다. 난희 누나는 머리를 하러 가야 한다며 서둘러 먼저 떠났고, 난 그여자의 환심을 사기 위해 범이의 바이크를 타고 마트에 가서 장을 잔뜩 봐 왔다. 범이가 집 앞에 내려주면서 나를 짓궂게 놀린다.

"야, 아주 정성을 다해 공들이는구나."

"차근차근 공략해 나가는 거야. 두고 봐. 확 사로잡아서 처절하게 내다 꽂을 거니까."

"어째 메인과 서브가 바뀐 거 같다?"

"아니야, 인마!"

"아니긴. 흑심이 보인다. 첫날밤 보내면 말해주기다. 알지? 재밌는 것은 같이 공유해야지."

"기대나 하고 있어. 조만간 넘어올 테니까."

범이가 떠난 후, 난 본격적인 요리에 들어갔다. 종대가 그녀를 처음 만났을 때 먹은 요리가 무엇이었는지 아직도 기억하고 있다.

'먹는 거 하나는 진짜 잘 먹어. 그러니 그렇게 살이 쪘지. 어깨가 아주 둥글둥글하더라. 2만 원짜리 파스타를 쉬지 않고 입에 처넣는데, 아휴, 그런 년한테는 3분 요리도 아깝지.'

녀석의 투덜대는 소리가 바로 옆에서 들리는 것 같다. 지금 내가 그녀를 위해 요리하는 것을 보면, 종대는 뭐라고 할까? 난 녀석이 알려준 대로 그 여자가 좋아한다는 녹차 아이스크림까지 후식으로 준비했다. 그리고 스테이크를 굽는다. 스테이크는 종대와는 다른, 나의 새로운 면을 어필할 수 있는 무기였다.

그녀가 집에 왔다. 예상대로 내가 준비한 저녁에 놀라는 눈치다. 난 맛있게 저녁을 먹는 그녀를 보며 마음껏 비웃었다. 다정한 남편인 척하면서, 종대와 처음 만난 날을 일부러 떠올리게 만든다. 녀석을 살해한 기억을 되살려 양심의 가책을 느끼게 하고 싶었다.

하지만 그녀의 얼굴에 죄책감은 없었다. 오히려 내가 어떻게 알고 있느냐는 표정이었다. 그럴수록 난 더욱 다정하고 친절하게 굴었다. 종대에게 들었던 얘기를 해서 그녀가 깜짝깜짝 놀랄 때마다 아드레날린이 샘솟는다. 내 안의 악마가 군침을 흘린다.

"최근 기억이 없다면서 어떻게 그런 걸 기억해냈어? 처음 봤을 땐 내가 누군지도 못 알아봤으면서."

그녀가 도발했다. 내가 신이 난 꼴을 못 봐주겠다는 심보다. 잠시 난 당황했지만 이성을 곧 찾았다. 어차피 승패는 내가 쥐고 있다. 그녀는 막다른 길에 몰린 생쥐나 다름없다. 태연한 척하지만 지금쯤 머릿속이 복잡해서 미칠 것 같을걸?

난 와인을 마시며 태연하게 말했다.

"기억이 반만 되살아났다고 해야 할까? 어쨌든 지금 내 상태가 그래. 모든 게 뒤죽박죽이야. 이해해줄래?"

그녀의 얼굴이 살짝 일그러졌다. 그래, 아마 많이 답답할 거다. 하지만 이번엔 내 공격 차례야.

"이번엔 당신 얘기 좀 해봐."

"내 얘기? 무슨?"

내 물음에 그녀는 다시 당황한다. 그리고 종대가 사라진 후 난희 누나가 난리 피운 거며, 경찰서에 다니느라 힘들었다는 얘기를 줄줄이 풀어낸다. 돈이 없어 자신의 차를 팔았다는 말에, 내 신경은 곤두섰다. 종대의 시체를 그 차로 옮겼다, 이거군. 증거를 없애기 위해 차를 빨리 내다 판 거고. 게다가 실종 신고까지 했다는 사람이, 종대가 연락이 없어 살아 있을 거란 생각을 아예 하지 않았다는 말에 기가 찼다. 자기가 종대를 죽여놓고 저렇게 태연하게 거짓말을 하다니. 지하 방의 수집품을 몽땅 갖다 버린 것도 녀석 생각이 날까 봐였다니, 내 억장이 무너져 내린다. 내 너를 가만두지 않을 것이다. 난 입술을 잘근잘근 씹으며 다짐했다.

"설거지는 내가 할게. 잘 먹었어."

그 여자의 말에 간신히 정신을 차렸다. 여자가 개수대 앞에 서서 설거지를 시작했다. 나는 뒤에서 그녀의 뒷모습을 노려보며 목이라도 조르고 싶었다. 하지만 때가 아니었다. 난 다시 다정한 남편 캐릭터로 돌아가야 했다. 그녀에게 다가가 머리카락을 쓸어 올리고 자연스럽게 허리를 안았다. 그리고 귀에 대고 뜨겁게 속삭인다.

"오랜만에, 할까?"

예상치 못했던 상황에 그녀의 몸이 얼어붙었다. 당황했군. 의외인데? 이런 부분에 약할 줄이야. 난 그녀의 목을, 혀와 입술로 천천히 훑었다. 한 손은 허리에 두르고 다른 손으로는 등을 애무한다. 여자의 몸이 조금씩 떨리는 게 느껴졌다. 이대로 침실로 향해야 할지 고민이 됐다. 하지만 여자는 곧 몸을 비틀어 내 품에서 벗어났다.

"당신 불편해. 아직도 좋지 않은 감정이 남아 있다고."

여자가 날 보며 또렷이 선을 긋는다. 하지만 내 눈에는 보였다. 그녀의 몸은 이미 흥분해 있었다. 머리는 차가울지 몰라도 몸 하나는 뜨거운 여자였다.

"당신 마음 풀릴 때까지 기다리라는 거야? 나 힘든데?"

일부러 능글맞게 대꾸했다. 여자의 눈빛이 떨린다.

"너무 친한 척은 안 해줬으면 좋겠어. 부탁이야."

여자는 서둘러 2층으로 올라가 버렸다. 난 그 뒷모습을 보며 씩 웃는다. 천천히 그리고 깊숙이, 그녀를 공략해 무너트릴 방법을 찾은 것 같았다.

재우 이야기 #53 미행

내가 서울로 올라왔다는 소식은 업계에 빠르게 퍼졌다. 예전에 일했던 곳에서 벌써 전화가 몇 통 왔고, 개인적으로 일을 의뢰하는 연락도 받았다. 하지만 모두 거절했다. 아직 몸을 추슬러야 하는 시기였다. 정신요양원에서 좀 더 있어야 신변을 안전하게 보장받을 수 있는데, 종대의 사망 확정이 내려졌다는 소식을 듣고 부랴부랴 나온 것이다. 대신 난 종대를 죽인 그 여자에게 온 신경을 집중한다. 여자의 출근 시간, 입고 나가는 옷, 그리고 내게 하는 말 한마디 한마디까지. 그 모든 게 그녀를 옭아맬 수 있는 토대가 될 것이다. 난 그렇게 믿는다.

오늘 아침, 출근하려는 그녀를 막아섰다. 그리고 아……, 내가 들어도 느끼한 말투로 여자에게 수작을 걸었다.

"부부간에는 보통 모닝 키스를 하지 않던가? 아니면 뽀뽀라도?"

"우리가 보통 부부였어야 말이지. 쇼윈도 부부 몰라? 우리 그거였잖아. 비켜줘. 늦었어."

톡 쏘는 여자의 대답이 돌아왔다. 그녀의 말이 내 안의 악마를 부추긴다. 여자를 배웅할 겸 집 밖으로 나갔다.

때마침 아침 일찍 마트에서 장을 보고 온 보경이 짐을 내리고 있었다. 옆집에 사는 그 애는 요즘 내가 먹을 것까지 사다 나르느라고 바빴다. 미안한 마음에, 그리고 그녀의 반응을 보려고 일부러 보경과 알은체를 했다.

"안녕하세요, 오랜만입니다. 바깥 분은 잘 지내시나요?"

"계속 바빠요. 지금은 해외 출장 중이고요."

역시나 여자의 눈이 샐쭉해진다. 보경을 상당히 신경 쓰는 눈치였다. 꼴에 여자라고 질투를 하나 보다. 내가 마음에 들어서 그러는 건 분명히 아니다. 자신보다 더 나아 보이는 여자에게 남자의 시선이 가는 걸 못 견디는 거다.

난 그녀를 배웅하고 보경과 얘기를 나눴다.

"어젯밤엔 계획대로 잘 됐어?"

"말했잖아. 만만한 여자가 아니래도."

"딴 놈이 있어서 그래. 뒷조사라도 해봐야 하는 거 아니야?"

"그래야지. 이제 슬슬 시동 걸 때가 된 것 같아."

"이게 필요하다 이거지?"

보경이 열쇠를 흔들어 보였다. 누군가의 뒤를 밟으려면 기동력이 필수이다. 나는 보경에게 차를 빌려야 했다. 그날 밤은 난희 누나네 집에 간다고 거짓말을 하고 보경이네에서 잤다. 아침 일찍 그녀를 뒤쫓기 위해서였다.

다음 날, 나는 큰 길가에서 이른 시간부터 대기 중이었다. 보경이 빌려준 차가 흔하고 눈에 안 띄는 차였으면 했지만, 취향이란 어쩔 수 없나 보다. 작고 깜찍한 빨간색 티볼리라니. 난 눈에 띄는 이 차를 타고 조심스럽게 그녀의 뒤를 쫓았다. 그녀가 눈치채지 못하길 빌면서 말이다.

몰래 훔쳐본 그녀의 일상은 단조로웠다. 사람들과 끊임없이 얘기를 나눴고, 입가에 경련이 일 정도로 미소를 짓고 있었다. 모자를 깊게 눌러쓴 나는 그녀의 모습을 잠시 훔쳐보다 분양관에서 나왔다.

그리고 차를 공영주차장에 세운 다음, 밖에서 그녀가 퇴근하기를 기다렸다. 혹시나 퇴근 뒤 그녀가 누군가를 만나지 않을까 하는 기대감에서다. 내 예상은 적중했다.

여자는 회식이 끝난 후, 어린 녀석이랑 단둘이 오붓한 시간을 보냈다. 그 녀석은 20대 후반, 많아 봐야 30세로 보였다. 하지만 카페에서 다정하게 손을 맞잡는 것을 보면 보통 사이가 아니다. 분명 저놈과 함께 종대의 시체를 날랐을 거다.

난 그놈의 얼굴을 외워뒀다. 두 번째 타깃이었다. 여자와 그 어린 녀석의 관계를 더 확인해보고 싶었지만, 미행했다는 것을 들키지 않으려면 먼저 집에 도착해 있어야 했다.

당장이라도 카페에 들어가 한 대 치고 싶은 유혹을 이겨내며 보경의 티볼리에 올랐다. 아직 시간은 많다. 오늘이 지나면 내일이 또 온다. 너무 집요하게 그들의 뒤를 좇으면 안 된다. 두 사람의 사이를 알고 있다는 티를 내서도 안 된다.

매일매일 그 여자를 미행했다. 그녀는 퇴근한 후에 동료로 보이는 다른 여자와 술집에 들러 대부분의 시간을 보냈다. 차를 가지고 다니기 때문인지 늘 콜라를 마셨으며, 이야기를 하기보다는 들어주는 입장을 취할 때가 많았다. 사람을 죽여놓고 동료와 태평하게 웃고 떠들고 있다니. 여자가 죽일 듯 밉다.

하지만 다행이라고나 할까, 자세히 보니 그녀는 웃고 있었지만 즐겁지 않아 보인다. 그런데도 그녀가 이렇게 늦게까지 술집에서 버티는 것을 보면 이유는 단 하나, 나를 피하려는 것으로밖에 생각되지 않았다. 나로서는 긍정적인 반응이었다. 그만큼 내가 위협적이라는 얘기일 테니까. 어쩌면 그녀는 내게 끌리는지도 모르겠다. 다정하게 대할 때마다 당황해하고 스킨십을 시도할 때마다 몸이 가늘게 떨리는 게 눈에 보인다. 키스라도 한다면 금방 넘어올 것만 같다. 난 종대가 주지 못한 감정을 몇 배로 퍼부어주리라 마음먹는다. 그러기 위해서는 더 친밀해져야 했다. 먼저 다가가는 수밖에 없었다.

그래서 그날은 일부러 대중교통을 이용해 일산으로 가서 그녀를 지켜봤다. 여자는 오늘도 어제처럼, 실내포차에서 술을 마셨다. 나도 실내포차로 들어가 일부러 그녀의 모습이 잘 보이는 자리에 앉았다. 아주 천천히 술을 마시면서 그녀가 나를 발견하길 바랐다.

그러나 나를 먼저 발견한 사람은 맞은편에 있던 여자 동료였다. 여자 동료는 연신 나를 힐끔대면서 관심을 보인다. 이성으로서 상당한 호감이 있는 듯했다. 기분이 나쁘지 않았다. 잘하면 이용할 수 있겠다는 생각도 들었다. 그렇게 계속 혼자 술을 마셨다.

한참 후에야 나를 발견한 여자는 당황했다. 얼굴은 딱딱하게 굳고 눈은 커졌으며 시선이 마주치자마자 고개를 돌려버린다. 흡사 못 볼 것을 본 얼굴이었다. 하지만 내 생각은 달랐다. 아는 이를 만나면 인사를 하는 게 예의 아니겠는가.

난 그녀 옆자리로 가서 앉았다.

"안녕하세요? 김재웁니다. 이 사람, 남편이에요."

내 소개를 하자 여자 동료의 얼굴에는 아쉬워하는 기색이 스쳤다. 반면에 여자의 얼굴은 딱딱하게 굳어버렸다. 내가 여기 나타날 줄은 꿈에도 생각하지 못했겠지. 고소했다. 하지만 이제 시작일 뿐이다. 그녀가 그걸 알 리 없겠지만.

난 박정주라는, 여자의 동료와 술을 마시며 즐겁게 얘기를 나눴다. 여자가 돌처럼 굳어져 입도 벙긋 안 했지만 신경 쓰지 않았다. 박정주가 별별 얘기를 다 해줬기 때문이다. 난 맞장구를 치며 재밌게 들었다. 내게는 피가 되고 살이 될 정보였다.

하지만 못마땅한 얼굴을 하고 있던 여자는 더 이상 못 참겠는지 집에 가겠다고 일어섰다.

"왜? 벌써 가게? 내일 휴일이잖아. 좀 더 있다 가."

"우리 일에 휴일이 어디 있어요?"

"내일도 출근하려고? 효신아, 잔여분도 얼마 안 남았어. 낼 하루는 휴가 내도 돼."

"언니, 그만 갈게요."

동료 언니의 부탁에도 그녀는 쌀쌀맞게 실내포차 밖으로 나가버렸다.

난 서둘러 카운터로 가서 계산을 한다. 자신이 계산하겠다는 박정주와 실랑이를 했다.

"어우, 이거 내가 마신 건데 재우 씨가 왜 내요? 미안하게."

"제가 감사해서 그렇죠. 평소 와이프를 많이 도와주시잖아요."

"그래도 그렇지, 미안해서 어떡해……."

"괜찮습니다. 정 그러시면 다음에 한잔 사세요."

"다음번에? 그럴까요?"

"제가 나중에 따로 연락드릴게요. 효신이가 제 속 썩일 때요."

마지막 말은 일부러 속삭이듯 작게 했다. 그 말이 마음에 들었는지 박정주는 지갑에서 냉큼 명함을 꺼내 건네준다.

"언제든지 연락하세요. 효신이 일이라면 제가 다 아니까, 상담해드릴 수 있어요. 요즘 사이가 안 좋은 거 들었어요. 그래도 이렇게 노력하시는데, 제가 도와드려야죠."

사이가 안 좋다라……. 그녀가 이런 식으로 부부 관계를 떠벌리고 다니는구나 싶었다. 그런 식으로 주변 사람들에게 동정표를 얻어냈을 거라 생각하니 기분이 확 상한다. 종대의 실종을 어떻게 둘러대고 다녔는지 듣지 않아도 알 것 같았다. 어쨌거나 여자의 지인을 포섭한 것은 잘한 일이었다. 난 박정주의 명함을 지갑에 넣고 실내포차에서 나왔다.

찬바람을 맞으며 여자가 우리를 기다리고 있었다. 박정주와 헤어지고 차를 타고 돌아오는 길에 여자는 자신이 있는 곳을 어떻게 알았느냐며 또박또박 따졌다. 내비게이션 핑계를 댔지만 믿지 않는 눈치였다.

그녀를 계속 미행했다. 난 분양관 밖에서 여자와 어린 녀석의 밀회를 보고 휴대폰으로 사진을 몇 장 찍어뒀다. 약아빠진 여자는 얼마나 신중한지 밖에서는 좀처럼 그놈을 따로 만나지 않았다. 조심하는 게 분명했다.

그리고 기회는 의외의 순간에 찾아왔다. 박정주가 집에 와서 술을 진탕 마시고 자고 간 다음 날, 여자가 남자를 쇼핑몰에서 만난 것이다. 남자의 차를 타고 모텔로 들어가는 것을 확인한 나는 근처에 차를 세우고 보경을 불러냈다. 20분도 안 되어 그 애가 택시를 타고 도착했다.

"잡았어?"

"좀 전에 저기로 들어갔어."

난 모텔을 턱으로 가리키며 말했다. 보경이 작게 한숨을 내쉬었다.

"이것들, 드디어 꼬리가 밟혔구나?"

"증거 사진도 찍어놨어. 대낮에 회사 뒤에서 아주 진하게 애정행각을 벌이더라고. 지금도 아마 침대에서 뒹굴며 끈적대고 있을 거다."

"간통죄가 있었으면 둘 다 감방에 처넣었을 텐데."

"그건 너무 약하지. 저년은 살인죄야. 사체유기죄이고."

"게다가 보험 사기죄도 추가지. 아마 오빠 사망보험금까지 타먹으려고 했을걸?"

보경이 분에 차서 말했다. 저 여자만 없었더라면 보경은 종대와 함께 누구보다도 행복하게 살고 있을 텐데.

"같이 들어간 남자가 공범자야? 이름은 뭐래?"

"알아서 뭐 하게?"

"남편 죽인 놈, 이름 석 자는 알고 있어야 하는 거 아냐?"

"기다려 봐. 곧 알려줄 테니까. 너 누나한테 유서 얘긴 들었냐?"

"유서? 컴퓨터로 쳤다는 거?"

"종대가 자신이 죽든 말든 잘 살라고 했대. 이제 끝이라 속 시원하다고. 그게 말이 되니?"

"종대 오빠라면 절대 그렇게 말 안 하지."

"오늘 휴대폰도 새로 개통하더라고. 내가 복제라도 할까 걱정됐나 봐."

"오빠를 진짜 의심하나 보다. 조심해."

"그래야지. 하지만 기대에 부응해줘야 하지 않겠어?"

"기대? 뭔 기대?"

"몰카나 도청이나 뭐 그런 거 원한 것 같던데, 해줘야 하지 않겠어?"

"지난번엔 안 한다며?"

"내 집에야 안 하지. 그놈 집이 있는데."

"그럼 오늘 미행할 거야?"

"너한테 부탁하려고. 난 집에 가서 그 여자를 융숭하게 맞을 준비를 해야지."

"좋아. 서준이 늦게 데리러 간다고 전화해야겠다."

"어디 갔는데?"

"친구네 갔어. 친구 생일이라 지금 파티하거든."

보경은 바로 휴대폰을 들어 서준이 친구네 집에 연락했다. 조금 늦게 데리러 가야 한다며 양해를 구하고 전화를 끊었다.

"이제 내 일은 미행만 남은 건가?"

"언제 나올지는 장담 못 해."

"길어야 2~3시간이겠지. 걱정하지 마."

"그럼 난 먼저 갈게. 수고해."

나와 보경이는 작게 파이팅을 외치고 헤어졌다.

택시를 타고 돌아온 나는 집에서 여자를 기다렸다. 생각보다 여자는 빨리 집에 왔다. 우리는 맥주를 마시며 별 시답지 않은 얘기들을 나눴다. 보경이 밤중에 차 소리를 들었다고 얘기를 했더니 그녀는 쉽게 흥분해 말이 많아졌다. 이건 거짓말을 하고 있다는 증거다. 사람들은 감추거나 꾸며대야 할 때 말이 많아진다. 정직하면 말을 길게 할 필요가 없다. 하지만 약삭빠른 그녀는 위험한 순간을 용케 피해가며 오히려 날 반격해온다. 내가 죽은 남편이 아니라고, 종대와 얼굴이 전혀 다르다고 공격했다.

"생전 처음 본 사람이 갑자기 나타나 내 남편이라고 하는데 어떻게 의심이 안 가? 믿는 게 더 이상한 거 아닌가?"

맞다. 나는 종대가 아니다. 그녀가 결혼한 사람과 얼굴도, 몸도, 머릿속도 다르다. 하지만 법적으로는 엄연히 내가 그녀의 남편이다. 나를 공격하기 전에, 그녀는 그 사실을 알아야 했다. 난 속으로 그녀를 비웃으면서 기억을 잃은 애절한 남편의 연기를 한다.

"왜…… 나를 몰라봐? 부부였다면, 날 알아봐야 하는 거 아냐?"

청승맞게 꺼낸 부부라는 단어에, 그녀가 무너지는 게 보였다. 그녀의 눈가에 쓸쓸함이 비친다. 오호라, 이거구나, 바로 이거였어. 그녀에게 다가설 길을 드디어 찾았다. 난 그녀의 무릎을 어루만지며 가까이 다가가 나지막이 속삭였다.

"앞으로 내가, 당신이 나에 대해 잘 알도록 만들어줄게. 다시는 날 못 잊게."

재우 이야기 #54 **보고 있다**

보경이 알려준 주소로 찾아가 하루 종일 이필주의 집 밖에서 대기했다. 골목길에 낡은 회색 쏘렌토가 세워져 있는 것을 보면 바로 찾긴 찾은 모양이다. 하지만 그는 도통 집에서 나올 생각을 하지 않는다. 밥도 거르고 화장실도 참으며 골목길에서 끈질

기게 기다렸다. 골목길에는 CCTV가 없어 그나마 다행이었다.

얼마나 기다렸을까. 드디어 그가 나왔다. 낡은 후드티에 보풀이 잔뜩 난 트레이닝 바지를 입고 나온 그는 어슬렁어슬렁 어디론가 간다. 그가 사라지기를 기다려 조심스럽게 2층 계단을 올라갔다. 미리 준비했던 포장 끈을 문틈에 집어넣고 가볍게 당겼다. 도어록이 달린 문은 쉽게 열렸다. 운동화를 벗어 점퍼 주머니에 넣고 조심스럽게 방 안을 둘러봤다. 퀴퀴한 악취가 달착지근한 향과 섞여 방 안은 상당히 역한 냄새를 풍기고 있었다. 난방바닥에 놓여 있던 그놈의 노트북에 USB를 꽂고 가져온 해킹 프로그램을 설치할 준비를 한다.

그가 노트북을 켜둔 이상, 몰카와 도청은 이거 하나로 해결될 것이다. 설치를 하려는데 밖에서 계단을 올라오는 소리가 들렸다. USB를 빼서 재빨리 베란다로 나갔다. 세탁기 옆에 사람 하나가 숨을 수 있는 작은 공간이 있었다. 내가 몸을 숨기자마자 문이 열렸다. 젠장, 그놈이다. 그가 이렇게 빨리 돌아올 줄 몰랐다.

이필주는 들어오자마자 검은 비닐봉지에서 라면을 꺼내더니 물을 넣고 끓인다. 라면 끓이는 냄새가 이 방 특유의 냄새와 섞여 더 고약해졌다. 구역질이 올라왔다. 메슥메슥한 속을 부여잡고 간신히 숨을 내쉬었다. 바람이 조금이라도 통하는 베란다에 있다는 게 그나마 다행이었다. 그렇게 라면을 끓여 먹은 그는 다시 이불 속으로 들어가더니 뭘 하는지 한동안 움직이질 않았다.

삐리리리- 삐리리리-. 전화벨이 울렸다. 난 그 여자에게 온 전화가 아닐까 싶어 귀를 기울였다. 하지만 내 바람은 여지없이 깨진다.

"영태냐? ……그냥 있지. 뭐? ……아, 몰라. ……지금? 어디서? ……아, 귀찮은데. ……그럼 2시간만, 콜? ……오케이, 바로 나갈게."

그놈이 주섬주섬 점퍼를 챙겨 입고 나간다. 난 10여 분을 꼼짝하지 않고 있다가 그가 다시 돌아오지 않을 거라는 확신이 들자 베란다에서 나왔다. 그리고 아까 못다 한 작업을 위해 노트북을 열었다. 다시 USB를 꽂고 해킹 프로그램을 설치했다.

그동안 방안을 둘러봤다. 10평 남짓한 좁은 공간은 발 디딜 틈이 없이 너저분했다. 식탁으로 쓰였을 것으로 보이는 탁자와 의자에는 한 번 입었던 옷이 산처럼 쌓여 있었고, 침대와 바닥에는 벗은 양말과 팬티, 종잇조각이 널려 있었다. 그 쓰레기 더미 사이에서 잡지 〈맥심〉을 보자 난 헛웃음이 나온다. 역시 아직 어린 녀석이었다. 이런 어린 것을 꼬드겨 정부로 삼고 시체 유기하는 데 활용했다니, 정효신도 참 대단한 여자다. 이필주의 집안 구석구석을 촬영한 뒤 노트북을 열어놓은 채로 재빨리 집에서 나왔다. 역한 냄새가 옷에 배었을까 신경이 쓰였다.

집에 오니 아직 여자는 돌아오지 않았다. 난 오늘의 수확을 빨리 확인하고 싶은 욕심에 보경의 집으로 갔다.

"어휴, 이게 무슨 냄새야?"

보경은 나를 보자마자 미간부터 찌푸렸다. 아까 그놈 집에서 잠시 머무는 동안 집 냄새가 배었나 보다. 그 애는 나를 향해 섬유탈취제를 여러 번 분사하고 난 다음에야 집 안으로 들어오는 걸 허락해줬다.

"오빠, 그놈 집에 간 거 아니었어?"

"갔다 왔으니까 이런 냄새가 나는 게 아니겠니."

"설치는? 안 걸리고 잘 했어?"

"당연하지. 확인 좀 해볼까?"

난 보경과 함께 지하 방으로 내려갔다. 이곳에는 최첨단 컴퓨터가 세팅되어 있었다. 바로 옆에 있는 내 방에서 단 1분이면 쉽게 오고 갈 수 있어 내가 작업하기에는 최적의 장소였다. 컴퓨터에 접속해 프로그램을 작동시켰다. 작은 창이 나타나더니 어지러운 방 안이 보였다.

"장난 아니게 더럽네. 청소는 하고 사나?"

영상을 보고 있던 보경이 비웃는 듯 말한다.

"옷에서 냄새나는 이유를 알겠지?"

"보기만 해도 구역질 난다. 그년도 웃기지. 이딴 놈이랑 붙어 먹은 거야?"

"뭐, 우리가 모르는 매력이 있지 않겠어?"

잠시 후, 이필주가 들어왔다. 맨발로 이불을 질겅질겅 밟으며 돌아다니는 그의 발이 보인다. 한동안 서성이던 그는 바지를 벗고 팬티만 입은 채로 이불에 엎드렸다. 그리고 노트북으로 유튜브 영상을 몇 개 보기 시작했다. 난 그가 어떤 영상을 보는지 컴퓨터로 확인해본다. 신차 소개 영상이었다.

"이 남자, 이름이 뭐야? 컴퓨터에 개인 정보 없어? 차 번호만 알아도 바로 나오잖아?"

"이필주."

"이필주? 흐응……, 이필주라……."

보경은 그의 이름을 절대 잊지 않겠다는 듯, 몇 번이고 되뇌었다. 모니터를 통해 보이는 그의 일상은 지루했다. 김이 빠진 우리는 녹화로 돌려놓고 위로 올라가 밥이나 먹기로 했다. 보경과 함께 밥을 먹고 서준의 재롱을 보며, 난 종대가 살아 있었다면 이런 평온한 일상을 즐기며 행복해했겠지, 하는 생각에 또 우울해진다. 여기에 있을 사람은 내가 아니라 종대였다. 그 여자만 아니었다면, 모두가 행복했을 것을.

"오늘도 자고 갈 거야?"

"개시 첫날인데 전화하는 것 정도야 들어줘야 하지 않겠어?"

"그 여자랑, 할까?"

"하겠지. 밤마다 통화하는 것 같던데."

난 다시 지하 방으로 내려가 컴퓨터 앞에 앉는다. 밤이 깊었다. 헤드폰을 끼고 휴대폰으로 뉴스를 검색한다. 이 긴긴 시간을 보내기 위해서는 무엇이든 해야만 했다.

[여보세요?]

드디어 그놈, 이필주의 목소리가 들렸다. 난 휴대폰을 내려놓고 컴퓨터 볼륨을 높였다.

[무슨 일이야? 지금 전화해도 괜찮은 거야? ……그 남자는? ……안 좋은 일 있었어? 자기 목소리에 힘이 없어.]

이필주는 여자에게 어리광을 부리고 있었다. 하지만 그가 눈으로는 〈맥심〉을 보고 있다는걸, 나는 다 안다. 여자의 야한 사진을 보는지 그의 시선이 한 곳에 고정되어 있다. 아마 보이지 않는 한 손은 바지에 들어가 있겠지.

[다행이다. 바로 찾았구나? 뭐, 단서 될 만한 게 있었어? ······ 다른 회사는? 찾아봤어? 그 새끼, 직장 자주 옮겼다며?]

회사 간다더니, 그 여자는 오늘 종대의 뒷조사를 했나 보다. 아쉽게도 원하는 것은 못 찾은 것 같다. 자꾸 누가 뭔가를 사 갔다는 얘길 하는 걸 보니 종대와 관련이 있는 것을 회사 사장이 팔아버린 것 같다. 뭐, 나로서는 상관없는 일이지만. 종대의 옛 회사까지 찾아간 그녀의 정성은 높게 살 만했다.

[뻔하지. 그 새끼가 사주한 게 맞아. 자기 남편 자리를 꿰차려는 거야. 재산도 다 차지하고. 재수 없는 놈!]

저건 내 얘긴가? 이필주의 말에 고개를 갸웃했다. 나를 고작 몇 푼 재산에 눈먼 놈으로 보고 있다는 생각을 하니 어이가 없었다. 게다가 그 재산은 원래부터 내 것이었다.

[그럼 자기야, 지금이 기회일 수도 있어.]

기회? 이건 무슨 소리지? 나는 귀를 기울였다.

[당장 지하 방에 가서 그 자식 물건을 뒤져봐. 혹시 알아? 자기에게 유리한 단서를 찾을 수 있을지?]

이런 망할 것들! 난 컴퓨터 의자에서 황급히 일어났다. 비밀 통로로 통하는 문을 열고 지하 방 입구까지 갔다. 그러나 곧 판단 착오라는 걸 깨달았다. 여기가 아니다. 이곳을 들키면 안 된다.

난 다시 보경이네 집으로 돌아와 현관문으로 뛰어갔다. 집 안으로 들어서니 불길한 고요함이 느껴진다. 난 천천히 지하 방 입구로 향했다. 문을 열려는 찰나, 지하 방에서 그 여자가 나왔다.

"어머, 뭐얏!"

여자가 화들짝 놀랐다. 하지만 내 표정을 보고 심상치 않음을 직감했는지, 한 손에 든 무선 청소기를 보여주며 지하 방 청소를 하러 왔다고 핑계를 댄다. 이 야심한 시각에 청소라니, 그걸 누가 믿는단 말인가.

"내가 여기엔 절대 들어오지 말라고 했을 텐데?"

"오호라, 이런 건 또 기억이 나나 보지? 당신에게 유리한 건 잘만 기억하네?"

여자의 빈정대는 말에 화가 솟구쳤다. 난 당장이라도 죽이고 싶은 욕구를 억누르며, 그녀의 손목을 꽉 잡았다. 내 분노가 그녀에게 전해지길 바랐다. 이 방에 또다시 들어오면 어떻게 되는지 똑똑히 알려줘야 했다. 그녀가 혹시라도 이 방에 드나들게 되면 우리의 비상 통로가 발각될지도 모른다.

"또 한 번 이랬다간 알아서 해."

난 문을 쾅 닫고 지하 방으로 들어가 버렸다. 그리고 소파 겸용 침대에 앉아 앞으로 그녀를 어떻게 대해야 할지 고민했다. 그 여자는 어디로 튈지 예측할 수 없는 공 같았다. 조금만 방심해도 무슨 일을 벌인다. 뜬금없이, 아니 내 존재가 궁금해서였겠지만, 어쨌든 종대의 뒤를 알아보고 다니다 이제는 내 물건까지 확인하려 든다. 여자의 의심은 계속될 것이다. 밤새 뜬눈으로 그 여자를 생각하다가 늦게 잠이 들었다.

아침에 일어나니 보경에게 텔레그램 메시지가 와 있었다.

'난희 언니 온대.'

수염을 깎고 목욕을 한 뒤 옷을 갈아입었다. 오후 8시 전까지는 그녀가 집에 돌아올 일이 없는 터라 당당하게 현관문을 통해 보경의 집으로 들어갔다. 난희 누나는 이미 보경이네 와 있었다. 빨간 립스틱을 바르고 머리는 곱게 세팅된 상태로 애지중지하는 막스마라 원피스를 입고 있다. 언뜻 보면 부잣집 마나님 같다. 그러나 입을 여는 순간, 그녀를 우아하게 만들었던 분위기가 단번에 깨진다.

"자빠트린 거야?"

"거 참, 표현하고는. 누나, 작업할 때처럼 고급지게 좀 말해."

"내가 뭐 틀린 말 했니? 효신이하고는 어떻게 됐어? 진도는 뽑았어?"

"뭐, 이제 서서히 다가가고 있는 단계지."

"이제? 그래서 언제 작업 들어갈래?"

"언니, 걔 딴 남자 있어서 쉽지 않아. 어제 우리가 미행해서 밝혀냈잖아."

보경이 일러바치듯 말한다. 난희 누나가 한숨부터 내쉬었다.

"어휴, 재우 너도 이제 좋은 시절 다 갔구나. 여자 하나 제때 못 후리다니."

"상대가 어려. 20대 후반 같던데?"

"효신이 보기보다 능력이 좋네? 그래, 그놈 집에 설치한 건 화질이 괜찮아?"

"직접 가서 보든가. 지금도 쌩쌩하게 돌아가고 있을 테니."

우리는 지하 방으로 갔다. 노트북 웹캠을 통해 지저분한 이필주의 방이 보였다. 출근했는지 방은 비어 있었다.

"어휴, 더러워라. 저런 놈이랑 정분난 거야? 나 참······."

난희 누나는 영상을 조금 보다가 고개를 돌려버린다. 빈방을 계속 볼 이유도 없어 나도 컴퓨터 창을 닫아버렸다.

"어제 싸웠다며?"

"싸운 건 아니고 지하 방에 들어왔길래 주의 좀 줬을 뿐이야."

"어쨌거나 큰소리를 낸 건 사실 아니야? 어떻게 만회하려고 그래?"

"알아서 할게. 걱정하지 마."

"효신이 걔 조심해. 보기보다 애가 얼마나 약은데. 쥐새끼처럼 숨어서 뭔 짓을 꾸밀지 몰라."

"그러지 않아도 그 여자, 종대가 다녔던 회사에도 찾아갔었어."

"뭐? 왜? 가서 뭐라 했대?"

"종대가 갖고 있던 물건을 찾으려 했나 봐. 근데 뭔지 모르겠지만, 누군가 사 갔대."

"수입차 열쇠고리 같은 건가? 종대가 그런 거 모았잖아. 아, 모르겠다······."

"중요한 건 아닌 것 같아. 나도 신경 쓰지 않으려고."

"넌 걔 꼬시는 것만 신경 쓰면 돼. 아, 어떡할 거야? 무드 조성해도 부족할 판에 큰소리 내고 그러면 넘어오겠어?"

난희 누나가 또 짜증을 냈다. 일이 마음대로 진행되지 않을 때마다 찾아오는 조급증이 도진 탓이다.

"걱정하지 마. 얼마 안 남았어."

난 누나의 어깨를 다독이며 웃었다. 그녀가 원하는 게 뭔지 아는 이상, 어려울 게 없었다. 그녀의 마음을 훔치는 건 시간문제다. 난 그녀가 바랐던 완벽한 남편이 되어 회사로 찾아갈 계획이었다.

재우 이야기 #55 **미끼**

말을 채찍으로 후려쳤으면 당근을 주는 게 세상의 이치다. 난 어젯밤 깜찍한 일을 벌인 그 여자를 달래기 위해 일산으로 향했다. 말쑥하게 차려입고 나타나면 깜짝 놀라겠지. 내가 무슨 수를 쓰려고 하는지 무척 궁금할 거다. 그리고 그 여자라면 호기심에 못 이겨, 내가 쳐놓은 덫으로 스스로 걸어올 것이다. 이때를 잘 이용해야 한다.

지하철을 타고 3호선 백석역에서 내렸다. 계단을 올라오니 눈앞에 사거리가 나타난다. 분양관 앞까지 갈 것도 없이 그 여자의 모습이 보였다. 난 지하철 출구에 서서 그녀를 빤히 바라본다. 그녀는 사거리 횡단보도 앞에서 비닐봉지를 들고 이 사람, 저 사람에게 말을 붙이고 있었다. 입가에 미소는 짓고 있지만 묘하게 뚱한 얼굴이었다. 생각보다 영업이 잘 되지 않는 것 같았다.

시계를 보니 퇴근 시간까지 1시간 반이 남았다. 지체하고 있을 시간이 없어 난 그녀에게 다가가 알은체를 했다. 나를 본 그녀의 얼굴이 사색이 됐다.

"여긴 왜 또 왔어?"

"당신 만나려고 왔지."

난 웃으며 뻔뻔하게 말했다. 여자가 제아무리 뻣뻣하게 나와도 꿈쩍하지 않을 거라는 걸 보여주고 싶었다. 여자를 내 마음대로 조리하고 싶다는 욕심도 생겼다. 이참에 회사 구경이나 하겠다고 말해볼까? 난 괜히 심술궂어진다. 내가 분양관까지 따라 들어갈 기세를 보이자 그녀는 당황한 기색이 역력했다.

"분양관 앞에 커피 전문점이 하나 있어. 거기서 기다려."

여자가 나를 달래기 시작했다. 말투가 갑자기 부드러워지고 얼굴 표정도 상냥해졌다. 난 속으로 코웃음을 친다. 내 그럴 줄 알았지. 하지만 여기서 물러나지 않아. 그녀가 혹할 만한 이벤트를 제안해야지. 아마 거절할 수 없을걸?

"오늘 근사한 외식하자."

"그러든가. 어쨌든 거기서 꼼짝 말고 기다려. 알았지?"

오케이, 시작이 순조로웠다. 여자는 행여 내가 회사까지 쫓아올세라 하는 말을 다 들어줄 기세다. 서둘러 분양관으로 들어가는 그녀의 뒷모습을 보면서 커피 전문점으로 향했다. 그리고 오늘 저녁 시간을 보낼 장소를 검색한다. 어둡고 조용하고 한적한 곳, 여자들이라면 누구나 좋아할 만한 그런 곳을 살살이 찾았다. 그녀의 취향을 모르기 때문에 가장 무난해 보이는 곳 위주로 골랐다.

적당한 장소를 물색했을 무렵, 그녀가 커피 전문점으로 들어왔다. 나를 경계하는 눈빛은 여전했지만 의외로 사근사근했다. 어제 있었던 일에 대한 불평과 회사 앞으로 찾아오는 게 싫다는 얘기를 똑 부러지게 말한다.

"자꾸 이러면 나 진짜 곤란해. 여긴 내 일터야. 왜 자꾸 오는 거지? 오기 전에 나에게 허락이라도 맡아야 하는 거 아냐?"

뭐, 좋다. 원한다면 들어줘야지. 원만한 관계를 위해서라면 한 발자국 물러설 줄도 알아야 한다.

"미안해. 앞으로 진짜 안 그럴게."

"약속하는 거지?"

"그럼, 사과하는 의미에서 어때? 이 근처에서 밥이나 먹고 들어갈까?"

난 계획된 장소로 그녀를 유인하기 위해 상냥히 대했다. 하지만 여자의 생각은 달랐다. 시계를 들여다보더니 당장 집으로 가려고 한다. 급할 것도 없는데 서두르는 폼이 좀 수상했다. 그녀의 마음대로 집으로 가게 내버려 둘 수는 없어 난 운전을 하겠다며 차 키를 받아 들었다. 그리고 예약해둔 레스토랑으로 그녀를 데리고 갔다.

여자는 처음에는 불평하는 듯하더니, 막상 레스토랑 테이블에 앉자 얌전해진다. 창밖으로 보이는 한강의 멋진 야경과 레스토랑의 고급스러운 분위기에 압도된 듯했다. 이런 곳에 한 번도 와보지 못했다는 티가 물씬 풍겼다. 그녀의 행동 하나하나를 관찰했다. 집에서는 당당한 그녀였는데 지금은 살짝 주눅이 들어 있었다. 준비한 이벤트가 성공이라는 걸 직감하자 난 기뻤다. 예고 없는 친절은 상대를 감동시킨다. 이는 내 머릿속에 각인된 말이다. 난 그녀를 더 감동시키기 위해 스테이크를 먹기 좋게 잘라 앞에 놔주고 다정하게 말을 거는 등 최선을 다했다. 저녁을 먹은 후에는 아래층에 있는 칵테일바로 데려가 분위기도 잡았다. 종대와는 전혀 다른 모습으로 그녀에게 다가서야 했다.

"당신과 이런 데 올 줄은 상상도 못 했어."

왠지 쓸쓸해 보이는 그녀의 얼굴에, 난 일부러 가벼운 어조로 얘기를 건넨다. 무슨 말이 나올지 몰라 분위기를 좀 더 부드럽게 조정할 필요가 있었다.

"과거의 내가 멋이 좀 없었구나?"

"진짜 별로였어. 외제 중고차 할부금 내야 해서 돈이 없다고, 내 생일에 조각 케이크 하나 사주지 않았지. 그뿐인 줄 알아? 결혼할 때는 나더러 몸만 오라더니, 나중에 생활비를 모두 나한테 떠안겼잖아?"

하긴……, 종대는 상냥함과는 거리가 먼 녀석이었다. 당연히 이 여자에게도 잘해줬을 리 없고 그녀가 서운해하는 게 이해가 갔다. 감상에 젖은 그녀를 쳐다봤다. 아까부터 흘러내린 앞머리가 눈에 거슬린다. 참고 참다가 내가 앞머리를 쓸어 올리려 하자 그녀가 움찔했다. 평소 부부 싸움을 심하게 했다더니, 내 작은 손짓 하나에도 움츠러드는 그녀를 보며 처음으로 안쓰럽다는 생각이 들었다. 갑자기 위로가 될 말을 해주고 싶었다. 이건 내 계획에는 원래 없었던 거다.

"과거의 나는 잊어. 앞으로는 지금 당신 앞에 있는 나만 기억하라고."

여자의 머리를 쓸어 올리며 귀에 속삭이자 그녀의 입술이 파르르 떨렸다. 감동을 한 걸까? 아니면…… 설마, 키스를 바란 건 아니겠지? 그녀의 마음을 확인해보고 싶었다. 내가 얼굴을 가까이 들이대자 그녀가 눈을 깜박이며 긴장한다. 이건 분명 키스를 바라는 표시일 거라 생각했다. 난 그녀의 입술에 내 입술을 살포시 포갰다. 그러자 그녀가 흠칫 놀라며 내게서 몸을 멀찍이 떨어트린다. 웃음이 나왔다. 아니, 원하는 대로 해줬잖아? 얼굴은 왜 붉어지는 건데? 순진한 척하기는. 난 괜히 짓궂어져 몸을 더 밀착시켰다. 그리고 그녀의 얼굴을 빤히 들여다본다. 내 입술에 그녀의 시선이 고정되어 있다. 몸이 떨리는 게 느껴졌다.

"한 번 더 하자. 이번엔 좀 더 길게."

"자꾸 이렇게 나오면 나 간다?"

그녀가 새침하게 가방을 들고 일어섰다. 화가 난 척했지만 내가, 이 상황이 싫은 것 같지는 않았다. 어차피 나도 진도를 더 나갈 생각은 없었기에 기분 좋게 자리에서 일어났다. 무사히 한 관문을 통과한 것 같아 마음이 유쾌했다. 집으로 돌아오는 차 안에서도 나는 한껏 흥이 올라 라디오에서 나오는 음악을 따라 흥얼거렸다. 이 여자와의 미래가 궁금해지기 시작했다. 오래가지 못할 사이라서 더 흥미로웠다.

다음 날, 눈을 뜨니 6시다. 일찍 일어난 나는 항상 그랬듯 뒷산으로 운동을 갔다. 다양한 운동기구를 이용할 수 있는 피트니스센터를 다니면 좋겠지만 집에서는 너무 멀어 이 정도로 만족하고 있다.

한창 운동하고 있는데 전화벨이 울렸다. 모르는 번호였다. 하지만 전화를 받았다. 대신 아무 말도 하지 않고 상대가 먼저 얘기하기를 기다렸다. 난 전화를 걸어온 사람이 자신의 정체를 먼저 밝히기 전에는 절대 말을 하지 않는다.

"……."

[김 선생님, 휴대폰입니까?]

"누구십니까?"

[안녕하십니까? 저는 나주의 최 이사 소개로 전화한 정 씨라고 합니다.]

최 이사라……, 그는 3년 전 내가 잠깐 일을 봐줬던 업체의 대표였다. 직함을 대지 않는 것으로 보아 그는 브로커 같았다. 최 이사의 소개라면 딱히 문제가 될 것 같지 않았다. 아직 조심해야 할 때이지만 몸이 근질근질했다.

"무슨 일이시죠?"

[제안 하나 하려고 연락드렸는데요, 시간 되십니까?]

"정확한 날짜를 말씀해주십시오."

[저흰 빠르면 빠를수록 좋습니다. 오늘도 좋고요. 괜찮으십니까?]

잠시 고민이 됐다. 하지만 최 이사 소개라면 뒷배가 든든할 것이다. 걸릴 일이 없고 걸려도 쉽게 빠져나올 수 있을 거다. 돈도 필요했다. 게다가 언제까지 그 여자 뒤를 쫓아다닐 수는 없지 않은가. 지금 하는 작업은 아주 천천히 진행될 것이고, 혼자 노력으로 성과를 거둘 수 있는 일도 아니다. 따라서 내 본업으로 돌아가도 큰 문제가 없을 터였다.

정 씨를 만나기 위해 한 호텔로 갔다. 호텔 비즈니스 센터에서 만나자는 것을 보면 의뢰할 일의 규모가 제법 큰 것 같았다.

"안녕하십니까."

내가 비즈니스 센터로 들어서자 작고 땅딸막한 남자가 먼저 손을 내밀었다. 생각보다 나이가 많아 보이는 의뢰인을 보고 난 정중히 인사를 한다.

"안녕하십니까."

"최 이사님께 말씀 많이 들었습니다. 앉으시죠. 커피 드시겠습니까?"

내가 고개를 끄덕이자, 직원이 커피를 따라주더니 밖으로 나간다. 이곳 비즈니스 센터에 정 씨와 나, 단둘이 남았다.

"부산에서도 작업하셨다고 들었습니다. 회장님께서 아주 만족하고 계시더군요. 김 선생님이 업계 최고라고 칭찬하셨습니다."

"과찬이십니다. 다 예전 일인걸요. 의뢰하고 싶으신 일은 어떤 겁니까?"

"본론으로 바로 들어갈까요? 제가 추진하는 업무는 두 가지입니다. 큰 것부터 말씀드리죠. 잘 아시다시피 전국에 스마트시티가 들어설 겁니다. 그 포석을 까는 작업을 하고 싶은데요, 제일 먼저 세종시를 컨트롤해볼까 합니다."

"세종시라면 정부종합청사가 있지 않습니까?"

"그게 매력적인 거죠."

위험부담이 너무 큰 작업이었다. 도시 전체를 컨트롤하는 것은 시간이 오래 소요되는 작업인 데다, 정부와 부딪칠 수 있는 일이라서 더 조심해야 했다.

"스마트시티는 아직 진행 단계 아닙니까?"

"그러니까 지금 시작해야죠. 어떻습니까? 작업하기 편하시도록 원하는 신분은 저희가 만들어드리겠습니다."

그렇게까지 지원해준다면 한번 욕심내볼 만한 일이었다. 자잘한 프로그램으로 교통 따위를 통제하는 것이 아닌 도시 전체를 마음대로 컨트롤할 수 있다니, 이 얼마나 멋진 일인가. 하지만 나에게는 종대의 복수가 먼저였다. 세종시 건을 허락하면 집에서 나와야 한다. 이제 겨우 여자와 감정이 생기기 시작했는데, 오래 떨어져 있을 수는 없었다.

"죄송합니다. 지금 하는 일이 있어 시간이 안 될 것 같습니다."

"그래요? 아쉽네요. 꽤 큰 건인데 말입니다."

"원하신다면 다른 사람을 소개해드리죠."

"아닙니다. 저희도 두 번째 후보자는 물색해뒀습니다."

"다행이네요. 좋은 결과 있길 바랍니다."

용건은 끝났다. 일은 물 건너갔고, 정 씨라는 브로커와는 더 이상 볼일이 없다. 난 미련 없이 자리에서 일어났다.

"두 번째 제안이 남았습니다만."

남자의 말이 나를 붙잡았다. 그는 얼굴에 잔잔한 미소를 띠며 말했다.

"바쁜 일이라도 있으십니까?"

"아닙니다."

다시 자리에 앉았다. 그리고 그를 똑바로 바라봤다. 그가 하려는 제안은 대체 뭘까?

"김 선생님께 의뢰하기에는 아주 미미한 일입니다. 업무는 아르바이트 정도라고 할까요?"

그 말은 부담 없이 할 수 있는 일이란 얘기일 거다. 난 그가 제안한 첫 번째 일보다 두 번째 일이 더 구미가 당겼다.

"보수는요?"

"건당 다르게 책정될 겁니다. 하지만 꽤 쏠쏠할 거예요. 제가 장담하죠."

"기업 일입니까?"

"업체는 말씀드릴 수 없고, 정확한 업무도 얘기할 수 없습니다. 매번 바뀔지도 모르니까요."

"불확실한 일을, 저더러 하라는 겁니까?"

"보기에만 그럴 뿐입니다. 의뢰받은 업체는 많아요. 하지만 일은 우리가 선정합니다. 이번 밑 작업은 이미 끝낸 상황입니다. 선생님께서는 대기하고 계시다가 신호가 들어오면 진행하시면 됩니다."

"업체로 잠입하는 겁니까?"

"아니요, 출장은 없습니다. 작업은 사무실에서 이루어질 거예요. 안전이 보장되지 않은 일은, 우리가 안 받아요."

썩 괜찮은 제안이었다. 혹시라도 경찰이 냄새를 맡는다 해도 개인 사무실이면 미리 준비해둔 통로로 바로 튈 수 있다.

"얼마나 걸리는 일입니까?"

"미정입니다. 길지는 않을 거예요. 하지만 매일 출근하셔야 해요. 8시간이나 근무할 필요는 없지만 말입니다. 비밀 엄수는 필수이고요. 어떻습니까? 함께 일해보시겠습니까?"

"좋습니다. 제가 근무할 곳을 미리 보고 싶은데요?"

내가 수락하자 정 씨가 만족스러운 미소를 지었다. 그는 명함 한 장을 내밀더니 커피를 마저 마신다.

"내일 테크노상가 4층으로 오십시오. 삼일전자에서 함 부장을 찾으시면 됩니다. 미리 일러두겠습니다."

처음 만났을 때처럼 그와 악수를 하고 헤어졌다. 일이 바쁜지 정 씨는 먼저 일어섰고, 나 혼자 비즈니스 센터에 남아 식은 커피를 마셨다. 아무도 없는 이 고요한 공간은 생각을 정리하기에 그만이었다. 두 마리의 물고기를 낚기가 어렵지 않을 것 같다. 미끼는 이미 드리운 상태다. 찌가 움직일 때까지 가만히 기다리고 있으면 된다. 정 씨가 물어다 준 부업이나 하면서 말이다. 창문 사이로 보이는 나무들이 푸르렀다. 오랜만에 기분이 상쾌했다.

재우 이야기 #56 **아직은 아니야**

브로커 정 씨가 알려준 대로 테크노상가 4층에 왔다. 점심때가 막 지난 터라 매장은 한산했다. 삼일전자의 상호를 달고 있는 오디오 매장은 구석진 곳에 있었는데, 다른 매장에 비해 규모가 큰 편이었다.

난 매장에 들어가자마자 함 부장을 찾았다. 곧 덩치가 좋고 멀끔하게 생긴 남자가 매장 안쪽에서 나왔다. 그가 가까이 다가오자 김치찌개 냄새가 확 풍긴다. 밥을 먹다 나온 듯했다.

"아, 어서 오십시오. 이게 골드문트 메티스 타워입니다."

함 부장은 검고 길쭉한, 아직 포장도 벗기지 않은 스피커 앞으로 가더니 다짜고짜 설명을 시작한다.

"와이어리스 제품이지만 골드문트의 음향은 그대로인 제품입니다. 디자인이 끝내주지 않습니까? 성능은 더 좋습니다. 음의 시간차가 없어 사운드가 살아 있고 디지털 크로스오버 기술까지 구현됐어요."

함 부장의 오디오 설명은 끝날 줄을 몰랐다. 관심도 없는 얘기를 계속해서 듣고 있으려니 하품이 났다. 난 지루해진 나머지,

참다못해 그의 말을 막았다.

"함 부장님, 저 정 씨 소개로 왔는데요."

"네? 아, 정 씨……. 진작 말씀하시지. 예약 주문한 고객인 줄 알았습니다. 따라오십시오."

함 부장은 나를 데리고 삼일전자 매장 밖으로 나갔다. 그는 멀지 않은 곳에 있는 코너를 돌더니 간판도 없는 매장으로 나를 데리고 들어간다. 매장 안은 고급스러운 인테리어로 꾸며져 있었고, 소파와 오디오에 스크린이 설치되어 있었다.

"여기가 저희 매장 AV룸입니다. 당분간 여기 직원으로 일하시는 거죠?"

"네. 인사가 늦었습니다. 김 선생입니다."

"함 부장입니다. 여기는 늘 오픈해 있지만 일반 고객을 받지는 않아요. 예약 고객 위주로 운영되는 곳입니다."

"제가, 여기에서 일하는 겁니까?"

"형식상으로는요. 이쪽으로 오시죠."

함 부장이 AV룸 안쪽으로 나를 안내했다. 비밀번호를 입력하고 문을 열자 좁고 짧은 복도가 나왔다. 복도 양 끝에는 짐을 보관할 수 있는 개인 사물함이 있었고, 또 다른 출입문에는 공항에서 볼 법한 검색기가 설치돼 있었다.

"저희가 보안이 철저해서요. 휴대폰이나 USB, 동전 같은 것은 이 안에 가지고 들어가지 못하십니다."

난 휴대폰과 지갑 등을 그가 시키는 대로 사물함에 넣었다. 그리고 그를 따라 복도 안쪽의 문 앞에 섰다. 함 부장이 문 옆에 달린 출입 제어 시스템으로 신원을 확인하자 굳게 닫혀 있던 문이 자동으로 열렸다. 난 출입문에 얼굴과 홍채를 동시에 인식하는 시스템을 적용한 것을 보고 속으로 조금 놀랐다. 이곳은 일반적인 기업의 특수 관리 구역보다 보안이 더 철저했다. 문 안으로 들어가니 그곳에는 매장보다 훨씬 큰 공간이 있었다. 3면은 모니터와 컴퓨터로 가득했고, 최첨단 장비를 구비해 웬만한 기업의 관제센터를 방불케 했다.

"김 선생님께서 일하실 곳은 여기, 모니터룸입니다. 일하시는 데 부족하지 않도록 장비를 갖춰놨습니다. 그리고 오른편에 있는 등 보이시죠?"

"위급 상황을 알리는 표시입니까?"

"맞습니다. 위급 시에는 붉은빛이 들어올 겁니다. 그때는 모니터 뒤에 비상 출구가 있으니 그쪽으로 대피하시면 됩니다. 하지만 가끔 푸른빛이 들어올 때가 있어요. 그럴 때는 당황하지 마시고 AV룸으로 나오세요. 고객이 왔다는 신호니까요."

"고객도 응대해야 하는군요."

"형식상입니다. 저희가 관리하지만 이곳이 워낙 좁은 세계라, 주변에 눈이 많거든요. 가끔 AV룸에도 나와 계시는 게 좋을 겁니다."

"전 언제부터 출근하면 됩니까?"

"대표님께 확인 후 연락드리겠습니다. 뭐, 이제는 우리 직원이시니 오신 김에 등록부터 할까요?"

함 부장은 문 옆에 달린 자동문 출입 제어 시스템 앞으로 나를 데리고 갔다. 그가 내 얼굴과 홍채를 등록하는 과정을 나는 흥미롭게 지켜본다. 과정은 간단했지만 기술은 결코 단순하지 않은 시스템이다.

"이제 전 매장에 가봐야 됩니다. 식사도 하다 말았고요. 선생님께서는 남아서 더 둘러보시겠습니까?"

"네, 조금 더 보고 싶네요."

"가실 때는 문을 닫고 그냥 나가시면 됩니다. 자동 잠금장치로 되어 있거든요. 그러면 조만간 뵙겠습니다."

함 부장이 깍듯하게 인사를 하고 나갔다. 난 이곳에 남아 주변을 둘러본다. 앞으로 내가 근무할 이곳은 적당한 장소에 제대로 장비를 갖춘 요새였다. 다양한 전자 기기를 다루는 건물에 있는 이상, 필요 이상의 전력을 소모하는 것을 아무도 이상하게 생각하지 않을 것이다. 그들이 나에게 시킬 일이 정확히 뭔지는 모르겠지만 대략적인 그림은 그려졌다. 아마도 어딘가를 해킹해 그곳의 CCTV를 통제하고 조작하며, 오고 가는 주요 인물을 분석해 데이터를 모으라는 거겠지. 자리에 앉아 장비의 위치를 하나하나 확인하고 모니터룸에서 나왔다.

출입 제어 시스템을 좀 더 자세히 보려는데, 희미하게 전화벨 소리가 울렸다. 사물함을 열고 휴대폰을 확인해보니 난희 누나였다.

"웬일이야?"

휴대폰 너머로 지지직거리는 소리만 들려왔다. 누나가 뭐라고 하는 것은 같은데 목소리가 제대로 들리지 않는다.

"누나? 누나!"

몇 번을 시도해도 마찬가지였다. 그제야 난 모니터룸에 외부 전파를 방해하는 재밍 장치가 있어 복도에서도 영향을 받는다는 것을 깨닫는다. 재빨리 그곳에서 나왔다. 이 은밀한 공간의 문은 자동으로 조용히 닫혔다.

[재우야, 너 어디니?]

난희 누나의 목소리가 제대로 들려왔다.

"제의받은 거 하나 있어서 미팅하러 왔는데, 왜?"

[지금 시간 되면 순천 좀 다녀와야겠다.]

"순천? 거기는 왜?"

[아……, 정말 피곤한 애야. 효신이가 여수 갔다가 교통사고를 냈대. 그것도 종대 차로. 어쨌든 지금 순천경찰서에서 전화 왔어.]

"교통사고?"

[그러니까, 참 가지가지 하지. 근데 그 차가 네 이름으로 돼 있잖아? 넌 사망 상태고. 그래서 차주가 직접 와야 한다네? 경찰이 꼭 본인 확인을 해야겠대. 근데 너, 가도 괜찮겠니? 엮인 건 없어?]

"문제는 없는데……. 아, 거길 왜 갔대?"

[몰라, 뭔 꿍꿍인지. 가서 네가 물어봐. 난 생각하고 싶지도 않아. 어쨌든 전했다. 가든 말든 알아서 해.]

난희 누나는 복잡한 일에 얽히고 싶지 않다는 듯 전화를 끊어버렸다. 갑자기 순천으로 가야 하는 나로서는 그저 황당할 뿐이다.

할 수 없이 매장 AV룸에서 나와 용산역으로 향했다. 달리는 택시 안에서 나는 그 여자에게 전화를 걸었다. 여자의 휴대폰은 꺼져 있었다. 난 그녀의 단순함을 비웃는다. 휴대폰만 꺼놓으면 연락이 안 될 줄 알았나? 인터넷을 검색해서 순천경찰서로 연락했다. 전화를 받은 경찰관은 친절하게도 그녀를 금방 바꿔줬다. 나는 다시 다정한 남편 연기에 돌입한다.

"몸은 괜찮아? 사고 났다며?"

[괜찮아. 별거 아냐.]

여자가 애써 태연한 척하며 말한다. 그녀의 말에 짜증이 났다. 별거 아니면 그런 곳에 있겠냐고, 나를 부를 필요 없는 거 아니냐고, 따지고 싶었지만 입을 꾹 다물었다. 대신, 내가 꾸며낼 수 있는 한 최대한 자상하게 말을 건넨다.

"문제 생기면 나한테 먼저 전화를 했어야지! 전화기는 왜 꺼놨어?"

[배터리가 없었나 봐. 미안.]

뻔한 거짓말이다. 그녀가 그곳에 그냥 갈 리가 없다. 일이라고 둘러댔지만, 평범한 일개 상담사가 멀리 여수까지 갈 일이 뭐가 있겠는가? 난 당장 데리러 가겠다고 말하고 전화를 끊었다.

용산역에 도착해 간신히 표를 끊고 KTX에 올라탔다. 서울에서 순천까지는 3시간 가까이 걸렸다. 어두운 밤이 되어서야 순천역에 도착한 나는 다시 택시를 타고 순천경찰서로 갔다. 한

치 앞이 보이지 않을 정도로 비가 너무 많이 내려 예상보다 경찰서에 늦게 도착했다. 경찰서 문을 열고 들어가니 그 여자는 초췌한 모습으로 구석에 놓인 벤치에 앉아 있었다. 그 모습이 짠하기보다는 고소했지만, 일단 착한 남편을 연기하고 있기에 그녀를 끌어안으며 경찰이 들을 정도로 크게 말했다.

"당신 괜찮은 거야?"

내가 연출해낸 훈훈한 광경에 경찰은 안도하는 것 같았다. 그녀 역시 고분고분 얌전해진다. 풀이 죽은 듯 말도 하지 않았다. 신원을 확인하고 빨리 사망 선고 무효 신청을 하라는 경찰의 충고를 받았다.

경찰서에서 나오자 비는 아까보다 더 세차게 내리고 있었고, 운전해서 집까지 간다는 것은 거의 불가능해 보였다.

"집에 못 가겠다. 비가 너무 오네. 이 근처에서…… 자고 갈래?"

내 제안에 흔들리는 그녀의 모습이 보인다. 내일 새로운 곳에 출근하는 것만 아니었다면 당장이라도 모텔로 가고 싶은 눈치였다. 난 그녀를 다시 살살 달래본다.

"잠을 잘 자야 일도 할 수 있을 거 아냐? 자고 가자. 응?"

운전대를 잡은 여자의 손을 다정하게 잡았다. 잠시 망설이던 그녀는 어쩔 수 없다는 듯, 모텔 주차장으로 차의 방향을 바꿨다.

모텔은 만실이었다. 난 그녀와 함께 좁은 모텔 방으로 들어간다. 순천 외곽에 있는 모텔이라 화려하거나 세련된 맛은 없었지만 웬만한 편의시설은 다 갖추고 있었다. 모텔 방이라는 좁은 공간에 갇힌 그녀와 나. 이곳은 애정 행위를 벌이기 딱 좋은 곳이었다. 옆방에서는 간드러진 신음이 들려왔고, 애정이 없는 사람이라도 애정이 솟을 만큼 공간은 비좁았다.

긴장한 여자의 모습이 느껴진다. 그녀는 모텔 방으로 들어오자마자 탁자에 앉더니 나를 경계하고 있다. 난 목욕을 먼저 마치고 나와 카운터에 맥주와 안주를 주문했다. 어색한 분위기를 누그러뜨리기 위해서다. 그녀가 수건으로 머리를 감아올리고 욕실에서 나왔다. 목이 시원하게 드러나고, 물에 젖은 머리카락 몇 가닥이 흘러내려 분위기가 왠지 야했다. 게다가 싸구려 보디워시 냄새가 코끝을 자극한다. 갑자기 여자를 안고 싶었다. 여자의 목덜미에 있는 작은 점에 입을 맞추고 싶었다.

"하던 거, 마저 할까?"

난 여자에게 몸을 밀착하며 수작을 건다. 셔츠 사이로 보이는 그녀의 가슴이 꼿꼿이 선 게 느껴졌다. 키스를 했다. 그녀가 기다리고 있었다는 듯 눈을 감고 입을 벌린다. 그녀가 흥분한 듯 숨을 헐떡인다. 하지만 그녀의 손이 내가 입은 트렁크 팬티에 닿자 순간 정신이 퍼뜩 들었다. 잠깐, 아직은 아니야. 너무 일러. 이건 계획에 없던 일이야. 난 움직임을 멈췄다. 그리고 그녀를 보며 씩 웃었다.

"오늘은 여기까지."

내 말에 당황한 여자의 얼굴이 벌게진다. 반나체 상태로, 가슴 전체를 드러냈던 그녀는 옷부터 추슬렀다. 내게 흥분한 모습을 보인 게 많이 부끄러웠을 거다.

"우리, 쇼윈도 부부였다며? 그런데 왜 그럴까? 당신 반응 보면 그게 아니었던 것 같은데?"

더 이상 나를 도발하지 않도록 일부러 난 그녀를 자극했다. 솔직히 나도 아직 흥분한 상태였다. 여전히 그녀를 안고 싶었고 아랫도리도 묵직했다. 여자가 안 끌리는 것도 아니었다. 그녀는, 종대를 죽인 여자만 아니었어도 꽤 호감을 가지고 다가갔을 타입이었다. 하지만 안 되는 건 안 되는 거다. 여기서 끝내야 했다.

그러나 쇼윈도 부부라는 말을 들은 여자는 대체 무슨 생각을 했는지, 묘하게 얼굴을 일그러트리더니 내 앞에서 옷을 하나씩 벗어던진다. 그녀가 나를 똑바로 보며 바지와 셔츠를 벗는 모습에 나도 모르게 마른침을 삼켰다. 여자의 풍만한 몸매가, 드러난 굴곡이 내 시각을 자극한다. 당장이라도 침대 속으로 뛰어들고 싶었지만 참았다.

그녀는 맨살이 거의 비치는 속옷 차림이 되어서야 침대로 들어갔다. 나는 어서 그녀가 잠이 들기만을 기다렸다. 그리고 여자의 고른 숨소리를 들은 후에야 이불 속으로 들어가 잠을 청할 수 있었다. 그날 밤은 그렇게 인고의 시간을 보냈다.

잠은 3시간도 자지 못했다. 여자는 출근을 해야 했고, 나 역시 전날 밤에 잠시 볼 수 있겠냐는 함 부장의 문자를 받았기 때문이다. 미친 듯 운전을 해 그 여자를 분양관에 내려주고 테크노상가로 갔다. 이른 시간이라 상가 대부분의 매장은 문이 닫혀 있었다. 난 곧장 매장 AV룸으로 향했다. 그곳에는 한 남자가 눈을 감고 소파에 앉아 혼자 음악을 듣고 있었다. 검은 머리와 흰 머리가 적절히 섞인, 세련된 외모를 지닌 60대 정도의 남자였다. 내게 연락했던 함 부장의 모습은 보이지 않았다. 그래도 난 AV룸으로 들어갔다. 오디오에서는 〈탄호이저〉 서곡이 흘러나와 방 안을 가득 채우고 있었고, 내가 들어오는 소리에 남자가 눈을 떴다.

"김 선생님이십니까?"

"아, 네……, 맞습니다만."

"전 강 대표입니다. 기다리고 있었습니다."

그가 명함을 내밀었다. 명함에는 삼일전자 대표 강석호라고 적혀 있었다. 나는 인사를 하고 그가 시키는 대로 소파에 앉았다.

"어제 사무실 둘러보셨다고요? 어떠셨습니까? 마음에 드십니까?"

"아주 훌륭하던데요. 저 혼자 거기서 일하는 겁니까?"

"한 분 더 오실 겁니다. 그때까진 혼자 계시겠지만요."

강 대표는 다시 눈을 감았다. 그가 음악 감상하는 것을 방해하지나 않을까 난 조용히 있었다. 그러자 그가 먼저 입을 열었다.

"아침 일찍 여기 나와서 음악을 들으면 그렇게 좋을 수가 없어요. 김 선생님도 음악을 좋아하십니까?"

"아니요. 음악은 잘 몰라서……."

"여기서 근무하시면 곧 좋아지게 될 겁니다. 국내에서 제일 좋은 오디오 시스템을 갖춰놨거든요. 좋은 소리는 머리를 맑게 만들죠. 전 틈이 날 때마다 이곳에서 음악을 들어요. 주로 클래식에 국한되어 있지만요. 아, 몽블랑 펜을 잘 아십니까?"

강 대표는 탁자 위에 놓여 있던 펜을 집어 나에게 건넸다. 펜 끝부분에 장식된 하얀 몽블랑의 스타 로고를 들여다보며, 이걸 왜 나에게 보여주는지 궁금했다.

"이건 선물용으로 돌릴 제품입니다. 명품 브랜드이니만큼 아마 평범한 사람들에게 가는 물건은 아니겠죠."

그에게 펜을 돌려줬다. 강 대표는 로고가 있는 펜의 뒷부분을 돌리더니, 그 안에서 쌀알보다 더 작고 납작한 칩이 가는 유리관에 꽂힌 것을 내게 보여준다. 기존의 마이크로 칩과는 전혀 다른 형태의 칩이었다. 난 다시 그에게 펜을 받아 칩을 자세히 들여다본다.

"보이십니까? 이놈이 바로 우리가 쫓을 막대한 부입니다."

"무선 칩인가요?"

"역시 아시는군요. 와이파이 해킹 칩입니다. 메인보드나 회로에 꽂는 것과는 전혀 다른 형태지요. 아주 어렵게 구한 물건입니다."

"작동은 어떻게 되는 겁니까? 전파 방식인가요?"

"감지되지 않을 정도의 아주 미세한 전파가 이 안에 흐르고 있죠. 특정 시간이 지난 후에는 멈추도록 설계돼 있습니다. 꼬리가 길면 아무래도 잡히기 쉬우니까요."

"얼마나 갑니까?"

"이건 딱 10일짜리입니다. 10일이면 와이파이에 접속한 모든 기기를 해킹하고도 남는 시간이죠. 어떻습니까? 쓸 만하지 않습니까?"

"훌륭한데요."

솔직히 감탄했다. 처음 해보는 작업 방식에 가슴이 설렌다. 내가 하는 작업들은 불법이지만 최신 기술을 접할 수 있다는 강점이 있다. 그 맛에, 이 세계에서 사는 것이다.

"이건 기념으로 가지십시오. 이제 우리는 한 식구니까요."

"고맙습니다. 그런데…… 이 펜을 제가 써도 괜찮겠습니까?"

"외부로 유출해도 상관없습니다. 사용할 수 있는 프로그램은 어차피 저 안에서만 쓸 수 있으니까요. 그리고 전 김 선생을 믿습니다. 직접 사용해보시면 알겠지만, 앞으로 김 선생님은 하시는 일에 자부심을 가지셔도 좋을 겁니다. 우리가 하는 일은 스페셜하고 집약적이니까요. 원하는 곳만 딱 짚어서 데이터를 추출하게 될 겁니다. 자, 업무 얘기는 이쯤에서 그만하고 우리 음악이나 마저 들을까요?"

강 대표는 오디오의 볼륨을 높이더니 다시 눈을 감고 소파에 머리를 기댔다. 나 역시 편한 자세로 앉아 음악을 들었다. 저 펜 속의 칩을 통해 원하는 업체의 와이파이를 해킹하고 메인 서버에 침입하는 것이 앞으로의 내 임무인 것 같다. 하지만 내 머릿속에는 자꾸 다른 생각이 비집고 들어온다. 저 칩을 활용하면 여자의 휴대폰을 엿볼 수 있다는 데 생각이 미쳤다. 그녀를 엿보고 싶다는 해커로서의 욕망이 들끓는다. 그녀가 숨긴 그날의 비밀을 파헤치고 싶다는 야심이 몰아쳤다.

단 10일, 어떻게 하면 여자에게 저 칩을 심을 수 있을까? 몽블랑 펜을 선물하는 것처럼 아주 자연스럽게, 늘 지니고 다니게 할 수는 없을까? 그러면 그녀의 범죄도, 종대가 있는 곳도 드러날지 모르는데.

AV룸을 꽉 채운 〈탄호이저〉 서곡은 강하고 빠르게, 절정을 향해 치닫기 시작했다. 내 가슴도 음악을 따라 빠르게 뛰었다.

재우 이야기 #57 **손바닥 안**

집으로 돌아오자마자 난 여수에서 일하는 아는 형님에게 연락을 했다.

[이게 누구야? 어쩐 일이야?]

휴대폰 너머로 반가워하는 목소리가 들린다.

"그동안 잘 지내셨습니까?"

[김 선생 덕분에 아주 편하게 지내고 있지. 여수 한번 내려와. 시원하게 쏴줄게. 그나저나 웬일이야? 전화를 먼저 주고.]

"죄송하지만, 차 번호 하나만 추적 부탁드리려고요."

사실 여수는 내가 몇 년 전 작업했던 곳 중 하나였다. CCTV 관제센터를 해킹해 필요할 때마다 제어할 수 있는 권한을 모 조직에 넘겼다. 하지만 아무리 내가 작업한 곳이라도 이제 남의 것이 된 이상, 타인의 구역에 들어갈 때는 미리 양해를 구하는 게 예의였다. 그건 업계 룰이다.

[차? 김 선생이 직접 알아보지? 앉은 자리에서 다 보일 거 아냐?]

크게 웃는 소리가 들려왔다. 별거 아닌 거 가지고 연락했다는 뉘앙스가 전해진다. 내가 했던 작업이라 마음만 먹으면 쉽게 해킹할 수 있다는 것쯤은 나도 알고 있다. 그러나 그의 말에 넘어가서는 안 된다. 해킹은 언젠가는 걸린다. 최대한 발견 시기를 늦추는 게 우리의 기술이다. 프로그램에 접속하면 기록이 남기 때문이다. 그 흔적을 다른 이에게 걸리기라도 하면 나는 한 줌 먼지가 되어 사라질 것이다. 내가 공과 사를 철저히 나누고 있다는 것을 그들에게 보여줘야 했다.

"잠시 들여다봐도 괜찮겠습니까?"

[문제는 없지만 왜? 이유는 알아야 우리도 보고할 거 아냐.]

형님의 목소리 톤이 미묘하게 달라졌다. 정식으로 내 부탁을 받아들이겠다는 거다.

"제 차가 사고가 나서 확인해보고 싶어서 그럽니다."

[여수에 왔었어?]

"아니요. 차를 아는 친구에게 빌려줬습니다."

[그래? 문제가 생겼었구나? 사고 난 상대가 누군데?]

"모릅니다. 그래서 확인해보려고요."

[흠……. 그 정도는 이해해야지. 김 선생에게 도움을 많이 받았는데 우리도 갚아야 할 거 아냐? 문제 생기면 말해. 도와

줄게.]

"고맙습니다. 그럼 접속하겠습니다. 아, 그리고 형님……."

불현듯 강 대표가 생각났다. 형님에게 물어보면 어떤 사람인지 알 수 있지 않을까? 당분간 그의 밑에서 일할 처지이기에 그에 대한 정보가 궁금했다.

"혹시 강석호 대표라고 아십니까?"

[강석호? 그 데이터 뱅커?]

"데이터 뱅커요? 그게 뭡니까?"

[왜 해커 여럿 거느리고 주요 기업이나 정재계 인물 데이터 수집해다가 비싸게 파는 걸로 유명하잖아. 암흑계의 거물이지. 그 사람은 왜?]

"아, 아닙니다. 그냥 궁금해서요."

[의뢰받았어?]

"아니에요. 누가 묻길래……."

[웬만하면 가까이하지 마. 우리 같은 피라미는 안전한 게 최고야. 괜히 큰물에서 놀겠다고 덤볐다가는, 알지?]

조만간 찾아가겠다고 인사하고 좋게 통화를 끊었지만, 형님의 마지막 말이 찜찜했다. 강 대표가 단순 해커가 아니란 말이지. 내가 쉽게 맺어서는 안 될 계약을 했나 보다. 하지만 계약 기간도 길지 않고 똑똑히 정신 차리고 있으면 문제없을 거다. 이번 일만 하고 발을 빼자. 지금은 정효신의 뒤를 밟는 데 집중할 때이다.

형님의 허락을 받은 난 여수 CCTV 관제센터에 접속했다. 차

번호와 예상 시간대를 대충 검색하니 여자의 경로가 쉽게 잡힌다. 회사에 출근했다는 말은 모두 거짓이었다. 그녀는 아침 일찍 집에서 나와 바로 여수로 왔던 것이다. 여자는 카페에서 1시간 이상 머물렀다. 혼자 다닌 것을 봐서는 딱히 누군가를 만난 것 같지도 않은데, 왜 이곳에 들른 것인지 그 이유를 도통 모르겠다. 그 후 카페에서 나온 여자의 모습은 CCTV 밖으로 사라졌다.

아쉽게도 그 이상은 CCTV에 잡히지 않아 행적을 알 수 없었지만, 카페에 주차해놓은 상태로 20여 분 만에 돌아온 것을 보면 그 근방 어디에 들렀거나 잠시 산책을 하고 온 듯했다. 수상했다. 그녀는 대체 여수에는 왜 간 것일까?

'그년 머릿속에 뭐가 들었는지 진짜 음흉하다니까. 같이 있으면 기분이 더러워져.'

종대가 투덜거리던 말이 떠올랐다. 음흉하다……. 이제껏 이 말의 뜻을 이해하지 못했는데 녀석이 뭘 말하려고 하는지를 드디어 알 것 같았다. 그녀가 나한테 뭔가 숨기는 게 확실하다. 그러지 않고서야 경찰서에서 나를 봤을 때 그런 표정을 지을 리가 없다. 뭘까? 그녀는 뭘 숨기는 걸까?

난 여자가 낸 교통사고도 확인했다. 사소한 부주의로 낸 가벼운 접촉 사고였다. 하지만 상대방 차에서 내린 남자를 보면 우락부락한 폼이 예사 사람 같지는 않았다. 아마 여수나 순천 지역 조폭 출신이겠지. 중요하다고 생각되는 장면을 모두 녹화하고 난 프로그램에서 나왔다. 머릿속은 여자의 알 수 없는 행적을 꿰맞추느라 복잡했다. 이대로 있어서는 안 된다. 그녀의 머릿속을 들여다볼 수 없는 이상 나를 보호할 수 있는 방어막을 쳐 둬야 했다.

난 옷을 갈아입고 쇼핑몰로 가서 옷과 액세서리, 샴페인 등을 샀다. 고급 오디오 매장에서 일하는 것으로 위장한 터라 그에 맞는 복장이 필요하기도 했지만 여자에게 줄 선물이 필요했다. 아침에 AV룸에서 본 몽블랑 펜 같은 것 말이다. 매일 몸에 지니고 있어도 의심을 사지 않을 만한 것, 선물로 줬을 때 부담 없이 받을 수 있는 것……, 어떤 게 있을까?

난 여러 매장을 돌아다녔다. 패션 소품점과 주얼리숍 그리고 속옷 매장까지, 쇼핑몰 곳곳을 샅샅이 뒤지고 나서야 마침내 적당한 물건을 하나 발견했다. 그건 금색 로고 장식이 큼지막하게 박힌 빨간 지갑이었다.

저거다! 지갑이라면 늘 갖고 다니는 물건인 데다 여자는 여수에서 지갑을 잃어버렸잖은가. 선물로 주면 분명히 고맙게 받을 거다. 난 지갑을 사서 집으로 돌아왔다. 그리고 지갑 로고 뒤에 있는 작은 틈에 핀셋으로 마이크로 칩을 부착했다. 몽블랑 펜에서 꺼낸 해킹 칩이었다. 로고와 가죽 사이에 정교하게 칩을 붙인 터라 삽입한 흔적은 남지 않았다. 지갑을 다시 박스에 넣고 포장을 하며, 난 회심의 미소를 지었다. 그 여자에게 줄 선물을 정말 잘 고른 것 같았다.

이른 저녁을 먹고 지하 통로를 통해 보경이네 집 지하 방으로 갔다. 보경은 아직 들어오지 않은 듯, 집 안은 조용했다. 난 컴퓨터를 작동시키고 맥주 한 캔을 깐다. 모니터에 띄운 창에는 별 볼 일 없는 이필주의 집 풍경이 보였다.

오후 6시 30분, 이제 슬슬 그녀와 그가 연락할 시간이었다. 기다리는 시간이 무료해서 아침에 들었던 〈탄호이저〉 서곡을 재생했다. 매끄러운 선율을 들으며 그의 행동 하나하나를 지켜본다. 그 역시 연락을 기다리는 듯 초조해 보였다.

잠시 후, 기다렸던 전화가 왔다.

[왜 이렇게 늦게 전화했어?]

그 여자인가 보다. 이필주는 전화를 받자마자 어리광부터 부렸다. 여자의 목소리는 들리지 않았다. 할 수 없이 난 그의 휴대폰을 해킹해 통화 내용을 들여다봤다. 새로 생긴 작은 창에 그들의 대화가 깨알같이 입력돼 올라온다.

'미안. 사정이 있었어. 자기 면접은 어떻게 됐어?'

'붙었지.'

'축하해. 잘됐다.'

'다음 달 초부터 나오래.'

'뭐? 다음 달 초라고 해봤자 이번 주잖아? 4일 뒤, 수요일 아니야?'

시답지 않는 그들의 대화 내용을 보면서, 그가 어딘가 취업을 했고 곧 떠난다는 사실을 알게 됐다. 그것이 나에게 악재로 작용할지 호재로 작용할지 궁금했다. 그러나 곧 이어진 그놈의 말을 확인하는 순간, 머리끝이 쭈뼛 서는 것 같았다.

'여수 간 거는 어떻게 됐어? 여동생은 만났어?'

여동생? 종대는 여동생이 없었다. 그 여자도 여동생이 없다. 그러면 혹시…… 재연을 만났다는 얘긴가? 난 연락이 뚝 끊긴 재연을 떠올렸다. 작고 불쌍해 보이는 얼굴에, 나만 보면 겁에 질려 벌벌 떨었던 불쌍한 내 여동생. 잘도 피해 다니더니 거기에 숨어 있었구나. 잠깐, 재연이 여수에 살고 있었던 거야? 이것들이 재연을 대체 어떻게 안 거지? 역시 여자는 만만히 볼 상대가 아니었다. 내 앞에서 온갖 가식은 다 떨어놓고 뒤에서는 날 뒷조사하고 있었던 거다. 장안동 회사에 갔던 것도 종대가 아닌 나에 대한 정보를 얻기 위해서였다. 그렇게 생각하니 이해가 안 갔던 그녀의 행동이 맞아떨어지기 시작한다. 이것들 봐라…….

마우스를 잡은 내 손끝이 떨리는 게 보였다. 분해서가 아니었다. 엔도르핀이 마구 솟구쳐 오히려 희열을 느끼고 있었다. 이 앙큼한 년을 어떻게 혼내줘야 할까? 머리끝부터 발끝까지 자근자근 밟아주고 싶다.

'만나긴 했는데……, 여동생이라는 사람이 내 얘기를 듣지도 않고 싫어하더라고. 남매끼리 사이가 그냥 안 좋은 게 아닌 것 같아. 무슨 사연이 있을 거야, 분명히.'

'진짜, 그 자식 여동생이 맞긴 한 걸까?'

'모르겠어. 그걸 어떻게 알아봐야 할지도 모르겠고.'

계속해서 그들의 대화 내용이 컴퓨터 창에 입력됐지만, 더 이상 눈에 들어오지 않았다. 지금이라도 당장 여수에 내려가 그 여자가 무슨 얘기를 지껄였는지 재연을 만나보고 싶었다.

다음 날, 새벽같이 일어나 KTX를 타고 여수로 향했다. 그 애가 아무리 개명을 하고 타 지역에서 산다고 해도 재연의 집 주소를 찾는 것은 어렵지 않았다. 여자가 카페에 차를 세우고 주변에서 깔짝거린 게 큰 힌트가 됐다.

여수역에서 내려 택시를 타고 그녀가 들렀던 카페로 갔다. 그리고 CCTV에서 본 것처럼, 그녀가 프레임 밖으로 사라진 방향으로 걸어가니 몇 걸음 지나지 않아 작은 펜션이 나왔다. 여수 비치 펜션, 여기가 내 동생 재연이 있는 곳인가?

난 지체하지 않고 건물 안으로 들어섰다. 그 안에는 예상했던 대로 재연이 있었다. 청소를 하느라 정신이 팔린 그 애는 누군가 들어온 것을 눈치채지 못할 만큼 열심히 일하고 있다.

"잘 있었어?"

가급적 상냥하게 말을 건넸다. 하지만 날 돌아본 재연의 작고 노란 얼굴은 하얗게 질렸다.

"오랜만에 봤는데, 인사도 안 해?"

"여긴 왜 온 거야?"

"사랑하는 동생을 보러 왔지. 그런데 어째 넌 반갑지 않은 표정이다?"

"곧 그이가 올 거야. 가, 어서 가라고."

"이런, 이런……. 하나밖에 없는 오빠가 왔는데 문전박대를 하겠다는 거야?"

"나, 난 할 말 없어."

"며칠 전에 와이프가 왔다 갔다며?"

그제야 재연의 눈이 동그래져서 나를 본다. 눈에는 공포가 가득했다.

"둘이 무슨 얘길 한 거야? 아무리 시누이와 올케 사이래도, 나 몰래 만나는 건 좀 그렇지 않나?"

"아무 말도 안 했어. 진짜야."

"와이프도, 과연 그렇게 말했을까?"

"그 여자가 뭐라고 했는지는 몰라도 난 아무 말도 안 했어."

"삼자대면 한번 해볼까?"

"역시…… 그 여자와 한통속이었군."

재연은 청소 도구를 주섬주섬 챙기더니 안으로 도망갈 채비를 한다. 그 애가 움직일 때마다 한쪽 다리가 심하게 절룩거렸다.

"아직 얘기 안 끝났어. 해줄 말은 하고 들어가야지?"

"없어. 아무 말 안 했대도."

"그러지 말고 말해. 안 그러면 알지?"

난 재연의 손목을 잡고 세게 비틀었다. 입을 앙다문 그 애는 신음 하나 내지 않고 나를 노려봤다.

"설마, 오빠가 널 다치게 하겠니?"

"내 다리를 이렇게 만들어놓고 또 뭐가 부족해 찾아온 거야?"

내 말에 꼼짝도 못 하던 애가 이젠 다 컸다고 반발을 한다. 난 그게 기특해서 일부러 과거 일을 되짚어줬다. 그 애의 가슴이 더욱 쓰리게 말이다.

"말은 바로 해야지. 왜 그게 내 탓이야? 너도 동의한 거 아냐?

그리고 사고는 종대가 냈다? 난 아무 짓도 안 했어."

"네가 보험금 들고 날랐잖아. 그 돈만 있었어도, 내 다린 이렇게 안 됐어."

"의사를 탓해. 물질만능주의에 찌들어 치료를 중단한 의사를 탓하라고!"

난 주먹으로 카운터 옆벽을 내리쳤다. 그 바람에 석고 보드로 된 벽이 움푹 들어가고, 벽에 장식되어 있던 작은 액자가 떨어졌다. 내 주먹이 다시 재연에게로 향하자, 그 애는 다칠까 봐 얼굴을 가리면서도 소리를 절대 내지 않았다.

"무슨 말 했어? 와이프한테 무슨 말 했냐고? 정말 아무 말도 안 했어?"

재연의 멱살을 잡고 흔들어댔다. 그 애의 작고 가녀린 몸이 부들부들 떨리는 게 느껴진다. 그 모습에 더 흥분한 난 재연의 머리를 벽에 짓찧었다. 쿵- 쿵-. 얇은 석고 보드가 깨지며 나는 소리가 펜션 전체를 울린다. 재연이 입을 열 때까지 난 계속 위협을 가했다.

그때, 갑자기 나타난 누군가 나를 밀어 넘어뜨렸다. 몸집이 건장한 남자였다.

"누구십니까? 누구시길래 남의 집에서 행패입니까?"

그 남자는 재연의 몸을 감싸고 분노에 찬 얼굴로 나를 내려다보고 있다. 재연의 남편으로 보였다.

"오호……, 남자가 있었어?"

난 빈정대며 자리에서 일어났다. 그리고 그 남자와 마주 서서

몸을 훑어본다. 단단한 체구가 꽤 다부져 보였다. 나도 싸움에서
는 밀리지 않는 편이지만, 그와 붙으면 승산을 장담하기 어려울
듯싶었다. 게다가 남자의 분노 게이지는 극에 달해 당장이라도
나를 칠 기세였다. 다행히 재연이 그를 가까스로 말리고 있다.

"너, 내 와이프에게 입만 뻥긋해봐. 나머지 한쪽 다리도 똑같
이 만들어줄 테니까. 알았어?"

큰소리를 치고 펜션에서 나왔다. 뒤에서 나에게 뭐라고 하는
소리도 없고 따라 나오는 기척도 느껴지지 않았다. 그래도 동생
이라고, 재연이 자기 남편을 잘 통제하는 것 같았다.

택시를 잡아타고 여수역으로 향했다. 손등이 쓰라려서 내려
다보니 피가 나고 있었다. 아까 펜션에서 벽을 내리칠 때 난 상
처였다. 주먹을 쥐었다 폈다 하며, 다른 데 이상이 없는지 살폈
다. 살갗이 까졌을 뿐 문제는 없어 보였다. 난 내 손을 보며 다시
그 여자를 생각했다.

정효신, 넌 아무리 뛰어봤자 부처님 손바닥 안이야. 내가 네
머릿속은 꿰뚫지 못해도 네 말, 네 행동을 분석해 무슨 일을 벌
이는지는 유추할 수 있어. 앞으로 우리, 잘 해보자고. 과연 누가
이기는지.

난 씩 웃었다. 그 여자가 빨리 보고 싶었다.

6시가 넘어 퇴근 시간이 되자 난 옆집 지하 방으로 가서 다시 컴퓨터를 켰다. 이필주의 동정을 엿보기 위해서다. 며칠 전 여자와의 통화 내용으로 유추할 때, 두 사람이 오늘 중으로 만날 것 같다는 예감이 들었다. 그의 일상은 컴퓨터 창 안에 훤히 드러났다. 늘어난 티에 제대로 깎지 않은 수염. 아무리 좋게 생각하려 해도 초라하고 별 볼 일 없는 놈이었다. 장점이라고는 젊다는 거 하나 정도? 좀처럼 이불 속에서 일어날 기미를 보이지 않는 걸 보면 게으르기까지 하다.

난 괜히 초조해져서 물만 벌컥벌컥 들이켠다. 그리고 스피커의 볼륨을 높인 다음 눈을 감았다. 한시라도 빨리 그가 통화하기를 기다리며 말이다. 30여 분이 흐른 후, 고대하던 전화가 왔다.

[벌써? 지금 어딘데?]

그의 목소리에 난 눈을 떴다. 평소보다 음색이 부드러워진 걸 보면 그 여자에게 걸려온 전화가 분명했다.

[20분만 기다려. 늘 만나던 곳으로 갈게.]

여자와 밖에서 만나려는 걸까? 이대로 내 시야에서 사라져버리면 곤란한데. 난 절호의 기회를 놓칠세라 긴장한다. 다행히 그는 옷을 갈아입더니 방 안을 정리하기 시작했다. 여자가 이곳으로 오기로 한 것이다. 그는 탁자와 의자 위에 널어놨던 옷들을, 붙박이장을 열고 닥치는 대로 쑤셔 넣었다. 노트북을 탁자 위에 올리고 바닥에 뒹굴고 있던 〈맥심〉과 종이 쪼가리도 재빨리 치웠다. 5분도 지나지 않아 방은 꽤 깨끗해졌다. 그리고 스프레이 방향제를 마구 뿌리더니 밖으로 나갔다. 나는 침을 꿀꺽 삼켰다. 조금만 기다리면 그녀가 그의 집으로 오는 것이다. 둘이서 무슨 얘기를 할지, 과연 어떤 일을 공모할지 기대가 됐다.

드디어 35분 후, 여자의 모습이 보였다. 하얀 비닐봉지를 들고 들어온 그녀는 가방을 내려놓기도 전에 그와 포옹을 한다. 그가 뒤에서 안자 몸을 뒤로 빼는 것 같더니 오히려 도발적인 포즈를 취하며 놈을 유혹하고 있다. 고단수였다. 순진한 남자는 여자의 몸에 매달려 가련하게 헐떡이고 있다. 흥분한 몸을 제대로 조절하지 못해 여자의 몸을 무작정 쓰다듬고 비벼대기만 한다.

난 저 더러운 방에서 잘도 그런 짓을 한다고 생각했다. 저절로 냉소가 머금어졌다. 하지만 이건 예습이라고 스스로를 달랬다. 자세히 지켜봐야 한다. 어디를 만질 때 여자의 몸이 변화하는지, 쾌감을 느낄 때의 표정은 어떤지, 모두 알아두고 싶었다. 그리고 나중에 그녀를 안았을 때 최고의 기분을 맛보게 해주고 싶었다. 가장 환희에 들떠 있을 때 바닥으로 내리꽂아 처절함을 보여줄 거다.

어느새 나체가 된 두 사람은 침대 위에서 본격적인 섹스를 시작했다. 살과 살이 부딪혀 들리는 소리와 참다 참다 내뱉는 간드러진 여자의 신음에 나도 모르게 바지의 지퍼 부분이 불룩해진다.

난 혀로 입술을 축였다. 영상을 보는 사이 내 아래가 묵직해져 참기 힘들었다. 여자와의 섹스를 상상해본다.

그의 침대 위에서 벌어지는 모습들은 포르노가 따로 없었다. 흥분될수록 내 안의 분노도 점점 커진다. 종대를 죽인 두 짐승의 몸짓과 울부짖음이 더럽게 느껴졌다.

섹스가 끝난 후, 두 사람은 홀딱 벗은 상태로 여자가 사 온 초밥을 먹었다. 난 여자의 몸매를 훑어보며 그들의 대화에 귀를 기울인다. 여자를 안고 싶었다. 그들이 한 섹스의 여운이 아직 내 안에 남아 있었다.

[자기는 치매 병동이잖아. 그 남자가 있었던 곳이 정신 병동이었던 것은 알지? 그쪽 사람들과 친해져야 한다고.]

여자의 목소리에 난 정신이 번쩍 들었다. 아니, 치매 병동이라니? 정신 병동은 또 뭐지? 지금 무슨 소리를 하는 거야? 저놈은 분양 상담사가 아니었던가? 이해할 수 없는 대화에 내 머릿속은 혼란스러워졌다. 그들의 말을 하나하나 분석해보려 애를 썼다.

하지만 여자는 화제를 오 팀장이라는 남자에게로 돌려버린다. 그들의 관계를 알고 있다는 오 팀장의 얘기에 난 귀가 솔깃해졌다. 특히 그가 질투하는 모습이 매우 고소했다.

[오 팀장 그 새끼, 자기에게 관심 있는 거 아냐?]

[관심? 나한테? 그럴 리가 없어. 날 좋아했다면 벌써 들이댔겠지.]

[자기가 눈치 못 챈 건지도 몰라. 개새끼, 음흉하게 생겨서.]

이필주의 말에 여자가 얼굴을 살짝 찌푸렸다. 못마땅한 것이다. 난 그녀의 미묘한 감정 변화를 놓치지 않았다. 작은 틈이 생겼다. 그녀와 그놈 사이에. 그 틈을 더 벌려야 한다. 나는 오 팀장이라는 존재를 기억해둔다. 그를 잘 활용하면 두 사람을 갈라놓을 수 있을 것이다. 비밀을 공유한 사람이 헤어지면 가장 최악의 적이 된다. 그들도 그럴 것이다.

여자가 옷을 입기 시작했다. 나에게 의심받지 않으려면 빨리 가야 한다는 핑계를 대며 그녀는 일어섰다. 이필주의 얼굴에 서운한 기색이 가득하다.

"나…… 자기 두고 청송 가기 불안하다. 매일 전화해줄 거지?"

내 귀를 의심했다. 청송? 지금 저놈이 청송이라고 했단 말이야? 뒤통수를 세게 맞은 듯한 충격을 받았다. 깜찍하게도 놈은, 나를 뒷조사하기 위해 청송 정신요양원에 취업한 것이다. 아까 말한 치매 병동과 정신 병동 얘기가 바로 그곳 얘기였다.

난 머릿속이 하얘졌다. 청송 정신요양원은 폐쇄적인 곳처럼 보이지만 사실 원칙 없이 운영되는 곳이다. 병원장은 그저 허수아비 월급쟁이일 뿐 사무장이 실질적인 대표인데 돈만 넉넉히 지불하면 모든 게 용인되는, 우리에게는 매우 편의적인 공간이었다. 이곳에 들어가 친분을 쌓고 돈만 잘 찔러준다면 내 존재를 알게 되는 건 순식간일 것이다. 범이의 정체도 밝혀낼 수 있다. 긴급 상황이었다. 이른 시일 안에, 아니 내일이라도 당장 패밀리를 불러 모아야겠다고 생각했다. 이 사실을 안 이상 가만히 있을 수 없었다.

텔레그램으로 메시지를 넣었다.

'그 여자가 내 뒷조사를 하고 있어.'

잠시 후, 난희 누나와 보경이 접속해 텍스트를 남긴다.

'걔 웃긴다. 지가 뒷조사를 어떻게 하겠다고.'

'해봤자 탐정 놀이겠지. 별거 있겠어?'

난희 누나와 보경은 그 여자의 역공을 걱정하지 않는 눈치였다.

'공범이 청송 요양원 치매 병동으로 출근할 예정이래.'

텔레그램 창이 잠시 멈춘 듯했다. 청송이라는 단어에 사태의 심각성을 깨달은 것이다. 그녀들의 태도는 바로 바뀌었다.

'어머, 미친년. 거긴 어떻게 알고?'

'범이 오빠에게 알렸어?'

'가만있으면 안 되겠다. 무슨 수를 쓰던가 해야지.'

'공범이 모텔 갔던 그놈이야?'

누나와 보경은 쉴 새 없이 말을 쏟아내며 걱정하기 시작한다. 텔레그램 창에 늘어나는 단어의 개수만큼 그녀들의 걱정이 커지는 게 보인다.

'만나서 얘기하자. 그냥 넘어갈 일이 아니야.'

'대책 회의가 필요해.'

'범이 얘는 왜 이럴 때 연락이 안 되니?'

'일단 날부터 잡자. 다들 시간 언제 괜찮아?'

우리는 우왕좌왕한 끝에, 며칠 뒤 만나기로 하고 연락을 끊었다. 곧 그 여자가 집에 도착할 시간이 돼서 대화를 길게 이어갈 수 없었다.

집으로 돌아온 나는 어제 사 온 슈트로 갈아입고 쇼핑백을 챙겨 현관 앞에 있는 거울 앞으로 갔다. 거울에 비친 내 모습이 제법 괜찮아 보였다. 난 여자에게 멋지게 보이고 싶었다. 그런 보잘것없는 남자와 섹스하고 온 여자에게, 나는 다르다는 것을 보여주고 싶었다.

밖에서 차가 들어오는 소리가 들렸다. 그녀가 집에 온 것이다. 차 시동이 꺼지고 현관으로 올라오는 발소리를 들으며, 난 심호흡을 하고 거울을 보는 척을 한다.

문이 열리고 그녀가 들어왔다.

"야밤에 웬 패션쇼야?"

"어때? 괜찮아 보여?"

난 여자에게 자랑스럽게 옷을 보여준다. 하지만 내 목적은 이게 아니다.

"잘 어울리네. 그 옷 산 거야?"

"응. 오늘 취업했거든. 그 기념으로 몇 벌 샀어."

그녀를 향해 환히 웃어 보였다. 마치 아내가 외도를 하고 온 것을 모르는 사람처럼. 우리는 거실로 올라가 내 취업을 축하하기 위해 싸구려 샴페인을 마셨다. 안주 삼아 생라면을 부숴 먹으면서 난 그녀가 순천에서 낸 차 사고를 처리했다고 말했다. 엄밀히 말하면 내가 아닌 아는 형님이 처리해준 것이지만 그녀의 약점 하나를 잡아도 좋을 것 같았다. 그녀는 내가 일을 쉽게 처리한 것에 대해 고마워하면서도, 사고 낸 사람들이 자신을 무시했다며 기분 나빠한다. 조금이라도 자신이 손해 보는 것을 못 참는 성격인 듯했다. 난 그녀의 기분을 맞춰줄 겸 선물 상자를 내민다.

"뭐야, 이건?"

"열어 봐. 취업 기념으로 샀어."

상자를 열고 지갑을 본 순간, 여자의 얼굴은 감동으로 빛났다. 흡사 프러포즈를 받은 여자처럼 감격해 어쩔 줄 몰라 한다. 내게도 선물을 해주겠다는 그녀의 제안을 말리며, 난 속으로 웃었다. 뭘 그 정도쯤이야. 잘 갖고 다녀, 잊어버리지 말고. 앞으로 그건 당신의 족쇄가 될 거야.

아침에 일어나 운동을 하고 그녀가 출근한 것을 확인한 다음 보경의 집으로 갔다. 서준을 어린이집에 데려다주러 갔는지 집 안은 텅 빈 상태였다. 난 자연스럽게 냉장고에서 사과와 우유를 꺼내고 시리얼을 먹는다. 바삭바삭한 시리얼을 씹으면서 거실을 둘러봤다. 빈집이어도 확실히 아이가 있는 집에는 활기가 돈다. 바로 옆의 내 집과 똑같은 구조, 비슷한 인테리어인데도 분위기가 확연히 달랐다. 거실에는 온갖 아이 장난감이 널려 있었고, 아침이라 햇살이 가득 들어와서 사람 사는 온기가 충만했다.

딱 하나 부족한 것은 종대가 없다는 거다. 지금 우리가 함께 있었더라면 정말 좋았을 텐데. 가끔 술을 마시며 부부 싸움 한 이야기를 하고, PC방에 가서 게임도 하면 얼마나 재밌을까? 하지만 지난간 일은 돌이킬 수 없다. 종대와 함께 이 집을 사면서 우리가 꿈꿨던 평범한 일상은 그의 죽음과 함께 멀어져버렸다.

아마 내가 제자리로 돌아간다는 것은 불가능하겠지.

"오빠, 오늘은 일찍 왔네?"

현관문이 열리는 소리와 동시에 보경의 활기찬 목소리가 들렸다.

"에이그, 어젯밤 또 생각하느라 잠을 못 이루셨군."

"범이와는 연락됐어?"

"팔자 좋게 외국으로 놀러 나갔더라고. 내일 온대."

"그때까지 기다려야 한다, 이거군. 그나마 다행이네. 하룻밤만 참으면 되니."

"왜? 마음이 급해?"

"아무래도 이필주가 청송엘 간다니까……, 보나마나잖아?"

"확실한 뭔가를 알고 간 거야, 아니면 무턱대고 취업한 거야? 들은 거 없어?"

"가서 단서를 잡으려는 것 같아. 피곤한 일이지. 나로 끝나면 괜찮은데 범이까지 위험해질 수 있으니까."

"그전에 막아야겠네."

"응, 빨리 대책을 강구해야 돼."

난 다 먹은 시리얼 그릇을 개수대에 넣고 커피를 내렸다. 여자가 회사에 도착할 때가 됐으니 이제 슬슬 움직여야 할 때이다.

"지하에서 일하려고? 오빠, 출근은?"

"오후에 나갈 거야."

커피가 가득 든 머그잔을 들고 지하 방으로 내려갔다. 그리고 컴퓨터를 켜고 이필주의 노트북 안을 들여다본다. 그의 노트북은 각종 프로그램과 잡다한 게임으로 그의 방만큼이나 뒤죽박죽이었다. 청송에 관련된 자료도 없고 건질 만한 데이터도 거의 없어서 나는 그만 프로그램을 종료해버린다. 이런 한심한 작자와 경쟁해야 한다니. 어처구니없는 상황에 쓴웃음이 나왔다.

그는 확실한 근거 없이 여자의 감에만 의존해 내 뒤를 쫓는 듯했다. 만약을 위해 대비한다거나 계획을 하고 머리를 쓰는 타입은 아닌 것 같았다. 그렇다면 내게도 승산이 있다. 그가 청송에 있는 것을 이용해 멋지게 반격을 가해야지. 공격을 할 때는 상대가 뭉쳐 있는 것보다 흩어져 있는 게 더 유리하다.

.

재우 이야기 #59 **모의**

점심시간이 끝나갈 무렵, 나는 AV룸으로 출근을 했다. AV룸 내부에 불은 켜져 있었지만 문은 잠긴 상태였다. 난 얼굴과 홍채를 인식하고 내부의 모니터룸으로 들어가 빈자리 아무 데나 앉았다. 컴퓨터와 모니터의 전원은 모두 꺼져 있었다. 처음부터 장비를 마음대로 만진다는 게 꺼림칙해 누군가 오기를 기다리기로 했다.

무료해서 휴대폰으로 게임을 하는데 함 부장이 들어왔다.

"일찍 나오셨네요?"

"1시가 넘었는걸요. 세팅은 끝났습니까?"

"아직 아닙니다. 시간이 좀 더 걸릴 것 같아요. 예상보다 일이 늘어지네요. 일도 없는데, 저와 커피 한잔하시겠습니까?"

함 부장의 제의에 흔쾌히 동의했다. 그는 미리 준비해온 테이크아웃 커피잔을 내게 건넸다. 지금 막 사 왔는지 진하게 풍기는 커피 향이 좋았다.

"하이엔드 오디오 브랜드는 좀 아십니까?"

"잘 모릅니다. 하지만 보스나 제이비엘 정도는 들어본 적이 있습니다."

"주된 업이 판매가 아니지만, 일부 브랜드를 알고 계시면 좋을 것 같습니다. 가끔 예상치 못할 때 고객이 들를 때가 있거든요."

"그때 당황하지 않으려면 외워둬야 하겠군요."

"그렇죠. 스피커부터 말씀드릴까요? 저기 있는 스피커가 순서대로 탄노이, 바워스앤윌킨스, 드비알레, 메리디안, 골드문트입니다. 그 옆에 앰프는 마크 레빈슨과 스레숄드구요. 자꾸 보시면 저절로 외워질 겁니다."

나는 함 부장이 일러주는 대로 브랜드를 되뇌어본다. 익숙지 않은 외국 브랜드를 외우고 구분할 줄 아는 게 이곳에 있는 최소한의 예의 같았다.

"작동법도 배워야 합니까?"

"아, 그건 신경 쓰실 필요 없습니다. 말씀드렸듯, 이건 주 업무가 아니니까요. 강 대표님께 일에 대한 대략적인 얘기는 들으셨죠?"

"몽블랑 펜을 받았습니다."

"잘 이해하셨겠네요. 강 대표님은 굳이 말로 설명하는 타입이 아니시라 눈치껏 받아들이셔야 할 겁니다. 참, 파트너가 있다고 말씀하셨나요?"

"한 사람 더 온다고 들었어요."

"그분은 다음 주부터나 출근할 겁니다. 추출이 주 업무이고요."

"전 오늘 뭘 해야 합니까?"

"몽블랑 펜 받으셨잖습니까?"

나는 함 부장의 말속에 무슨 의도가 있는지 몰라 그의 얼굴을 바라봤다. 그가 나를 보고 씩 웃는다.

"펜을 갖고 오셨습니까?"

"아니요. 집에 뒀습니다."

"그럼 프로그램을 사용해보시면 어떻습니까? 예행연습이라 생각하시고요."

좋은 생각이었다. 최신식 장비로 여자의 회사 생활을 엿볼 수 있다니 이 얼마나 통쾌한가. 그러잖아도 강 대표가 준 마이크로 칩을 일반 해킹 프로그램에 적용할 수가 없어 곤란하던 차였다. 어떻게 하면 몰래 구동할까 고민하고 있었는데 이렇게 선뜻 사용을 용인해줄 줄이야.

함 부장이 매장으로 돌아간 후, 난 모니터룸으로 들어와 컴퓨터와 모니터의 전원을 켜고 해킹 프로그램을 작동시켰다. 와이파이 해킹 칩의 파워는 막강해서 와이파이에 연결된 휴대폰과 컴퓨터는 물론 CCTV 제어도 가능했다.

곧 여러 개의 모니터에 분양관 내부의 모습이 시원시원하게 펼쳐진다. 집의 컴퓨터로는 누릴 수 없는 호사였다. 분양관에는 싸구려 CCTV 카메라를 달았는지 화질이 좋지 않았다. 하긴 은행도 아닌데 이런 곳에서 고가의 장비를 사용할 리 없다. 사람들은 CCTV가 있다는 것만으로 안심할 것이고, 운영자 측에서는 대충 형태만 보여도 가성비가 높다고 생각될 테니 최선의 선택 아니겠는가.

고객을 상대로 열심히 얘기하는 여자의 모습을 곧 찾아냈다. 몸의 형태와 입은 옷으로 간신히 그녀를 유추해냈다. 보정값을 적용해 화질을 개선했지만 여전히 화질은 좋지 않았다. 회사에서 여자는 친절하고 성실한 사람 같았다. 하지만 한 남자에게만은 유난히 경직되는 모습을 보인다. 그를 의식하고 있다는 티가 났다. 난 바로 알아차렸다. 저 사람이 여자가 말한 오 팀장이라는 것을.

난 와이파이에 접속된 기기 중 오 팀장의 것으로 추정되는 사람의 휴대폰을 찾아냈다. 성실하게도 오 팀장이라는 사람은 휴대폰 일정표를 살뜰히 사용하는 사람이었다. 만날 사람의 목록과 미팅 일정은 물론 그 시간에 맞춰 미리 알림까지 설정해 놨다. 사람에 대한 설명이나 자세한 내용은 없었지만 그 정도면 장난치기에 충분했다.

그의 다음 주 일정표에는 이필주의 이름도 보였다. 그 남자의 이름이 다른 사람의 이름 옆에 적힌 것을 보면, 아마도 관련된 사람을 만나는 것 같다. 오 팀장이 여자와 그 사이의 관계를 확실히 짚고 터트리려나 보다. 늦은 시간에 만나는 것을 보면 필히 그럴 것이다. 이건 기회였다. 그녀가 그를 의심하게 만들 수 있는 기회 말이다. 더 늦기 전에 여자와 그놈 사이의 틈을 확실히 벌려놔야 한다.

나는 오 팀장의 휴대폰 안에서 사진 하나를 골라내어 프린트기로 출력한다. 값비싼 프린트기를 사용해서인지 그의 얼굴이 사진처럼 또렷하게 나왔다. 오현철이라는 신원까지 확보하자 그녀의 일상을 지켜보는 게 지루해졌다. 고객과 상담을 하고 옆자리의 젊은 남자와 잠시 잡담을 나누는 게 전부인 그녀의 하루가 따분했다.

의미 없는 장면들을 계속 지켜보다 약속했던 4시간을 대충 채운 것 같아 모니터룸의 전원을 내리고 밖으로 나왔다. 하지만 집으로 가지는 않았다. 대신 보경이네 집 지하 방으로 가서 여자와 그놈의 통화를 엿들을 준비를 한다. 저녁은 샌드위치로 간단히 때웠다.

한참이 지나서야 기다렸던 통화가 재개됐지만 영양가 있는 내용은 없었다. 요양원에 잘 적응하고 있다는 얘기와 안부가 전부였다. 난 짜증이 나서 들고 있던 헤드폰을 책상 위로 집어 던졌다. 하긴, 입사한 지 고작 하루가 지났을 뿐인데 무슨 일을 벌인다는 게 쉽지는 않겠지. 주변 상황을 살피지도 않고 모르는 사람을 상대로 정보를 캐는 바보가 어디 있겠는가. 어쨌거나 중요한 것은 이필주가 청송 요양원에 갔다는 거다. 거기서 내 흔적을 찾을 목적으로 그는 지금 그곳에 머무르고 있다.

다음 날, 업무를 마치고 난희 누나의 집으로 갔다. 보경은 서준이가 아프다고 자리를 비웠고, 난희 누나와 범이는 치킨에 맥주를 마시고 있었다. 남쪽의 섬나라에서 새카맣게 그을린 범이는 매우 건강해 보였다. 녀석은 더 길어진 머리를 하나로 묶고 있다.

"이야, 팔자 좋다. 어디 갔다 왔냐?"

"팔라우."

"누구랑?"

"누구겠어? 여자지."

"다시 작업하는 거냐?"

"아냐. 그냥 순수하게 연애하는 거야. 젊을 때 연애도 많이 하고 그래야지. 넌? 와이프는 어떠냐?"

"얘기 못 들었냐? 뒷구멍으로 수작질 중이라고?"

내가 떨떠름하게 말하자 범이가 호탕하게 웃었다.

"내 그럴 줄 알았어. 만만한 여자가 아니래도. 그러길래 속전속결하자고 했잖아. 약 한 통이면 간단히 끝날걸."

"안 돼. 증거가 남아."

"내가 있잖아. 의료 기록 조작쯤이야 간단하지. 그냥 미친년으로 만들면 돼."

"얘도. 공범이 있는데 그게 가능하겠니?"

치킨만 먹고 있던 난희 누나가 대화에 끼어들었다. 그녀는 몸매 관리를 위해 평소에 술 따위는 입에 대지 않는다. 튀김 요리는 아주 좋아하지만 말이다.

"효신이 걔, 아주 보통이 아니야. 어린 정부 두고 종대 죽인 것도 괘씸한데, 이제는 내 뒤도 밟는 거 있지?"

"누나 뒤를? 왜?"

"내가 전에 작업 쳤던 남자 아, 너도 알지? 김호중 사장. 걔가 그 사람 장례식에 다녀왔다는 거야. 지가 무슨 관계라고 거길 갔다 와? 안 그래?"

"연락받고 간 거래? 아님 그냥 간 거래?"

"몰라. 그리고 따지듯이 묻더라. 나더러 죽인 거 아니냐고. 시침 딱 뗐지만 어휴, 괘씸하더라, 고거. 내가 그래도 시어머닌데 따박따박 따지고 드는데……."

"누나를 의심했나 보네."

"날 떠보는 것 같더라고. 그래서 간만에 연기 좀 해줬지. 내 연기가 대상감인 건 다들 알지?"

"누나야 명배우지. 그 여자 의심도 안 하지?"

"못하지. 내 연기가 완벽했거든."

난희 누나는 의기양양하게 말하며 다시 치킨을 뜯는다. 그 여자와 통화를 하며 절묘하게 속여 넘겼다는 사실을 무척이나 말하고 싶었던 모양이다.

"청송에 갔다는 새끼는 누구야?"

범이가 맥주를 마시며 말했다. 햇볕에 그을린 그의 얼굴이 전장에 나간 장군처럼 굳세어 보였다.

"보경이랑 내가 그 여자 모텔 가는 거 봤다고 했잖아? 그때 같이 있던 남자."

"아, 그 젊다는? 공범자? 그놈 집에 프로그램 깔았다고 했나?"

"엄밀히 말하면 노트북에 깔았지."

"흐음……. 요양원 어느 부서에 취업했다는 건데?"

"치매 병동 요양사래. 거기 있으면서 내 소문 좀 수집해보겠다는 건가 봐. 기숙사에 들어갔다니까 간호사나 다른 요양사를 포섭하는 건 어렵지 않을 거야."

"아, 사무장 그 자식 돈 더럽게 밝히는데, 이번에도 꽂아줘야 하나?"

"아무리 사무장을 커버쳐도 다른 사람들 입까지 막을 수 있을까?"

"나에 대해서도 곧 알겠네?"

"요양원의 존재 이유도 낱낱이 드러나겠지."

범이의 얼굴이 험상궂게 일그러졌다. 난 그런 범이를 무심히 보며 맥주를 마신다. 이미 쏟아진 물 잔의 물은 다시 담을 수 없다. 젖은 탁자를 깨끗이 닦아내고 잔에 새로 물을 따르는 수밖에 없다.

"그래서 말인데……."

내가 조심스럽게 입을 열었다. 난희 누나와 범이의 시선이 나에게 집중됐다.

"이필주를 역이용하는 것도 나쁘지 않을 것 같아."

"역이용?"

"가만히 보면 둘이 아주 끈끈하진 않더라고. 놈은 섹스에 눈이 멀었고 여자는 그걸 이용해 잘 부려 먹고 있지. 단순히 그런 관계야.”

“오호, 섹파였어?”

“내가 보기엔 그래. 게다가 그 여자가 그를 아주 못마땅해하더라고.”

“왜? 잘 붙어 다니더니?”

“새로운 놈이 나타났거든.”

“이런, 천하의 김재우가 밀리는 거야? 딴 놈에게?”

“아니, 그게 아니고, 둘 사이를 의심하는 동료 남자 직원이 있는 거야. 그 사람이 이필주를 만나지 말라고 경고도 했대.”

“흥미진진한데? 여자에게 관심 있는 거야?”

“그건 모르지. 어쨌거나 그 문제로 둘이 다투더라. 그때 알았지. 여자 하나 끼어들면 여지없이 깨질 사이구나, 하고.”

“여자?”

“응. 그의 주의를 돌릴 젊고 예쁜 여자.”

내 말에 순간 정적이 감돌았다. 그 조건에 맞는 사람은 단 한 명, 이 자리에 없는 보경뿐이었다.

“어휴, 애. 안 돼. 우리 보경이를 어떻게 그런 놈한테 보내.”

난희 누나가 고개를 절레절레 흔들며 말한다. 어이가 없었다. 지금 죽은 종대의 복수는 오롯이 내가 지고 있지 않은가.

“누나, 나는? 난 그런 여자한테 보내놓고 괜찮았다는 거야?”

“넌 네가 나섰잖아. 그건 다른 문제지.”

“섭섭하네, 진짜.”

“일이잖아. 프로가 왜 이래?”

"보경이가 김호중 작업 칠 때 누나 도운 건 괜찮고?"

"그, 그건……."

"재우야, 이건 보경이가 결정할 문제야."

"다른 사람 시키면 안 될까? 내가 영입해올게."

"외부인 불러들이면 이 일, 일파만파 커져. 여기에 엮인 일이 어디 한두 개야? 그년 죽이자고 우리까지 죽을 필요는 없잖아?"

"그래도 나…… 왠지 꺼림칙하다."

"가장 복수하고 싶은 사람은 보경이야. 얘기라도 꺼내봐야지."

내가 단호하게 말했다. 난희 누나와 범이는 그 말에 수긍하는 분위기였다. 그러나 서로의 눈치를 본다. 우리는 답이 하나라는 것을 알고 있었지만 먼저 선뜻 나서는 사람은 없었다.

범이가 잠시 주저하다 입을 열었다.

"만약에, 만약에 말이야, 보경이가 수락하면 청송에 가야 하는 거겠지?"

"아무래도. 그 남자가 청송에 있는 거니까."

"그럼 보경이 취업은 내가 주선할게. 그 새끼를 잡으려면 같은 직원인 게 낫지 않겠어? 사무장에게 두 장 정도 찔러주면 될 거야."

"보경이가 힘든 일을 할 수 있을까?"

"누나도 참. 요양원에 간병인만 있는 줄 아네. 원무과도 있고 매점도 있어."

범이의 지적에 난희 누나가 웃음을 터트렸다. 본인이 말해놓고도 무안했던가 보다. 범이와 내가 눈빛을 교환하자, 누나가 가볍게 한숨을 내쉬었다.

"아, 이제 내 차례가 된 건가? 니들이 뭐라고 말할지 알아. 보경이를 포섭하는 건, 내 일이라는 거지?"

역시 누나는 눈치가 빨랐다. 일을 빠르고 쉽게 진행시키는 재주가 있다.

"부탁해, 누나. 보경이 마음 안 상하게, 잘 얘기해줘."

"그래, 일단 노력은 해볼게. 보경이가 싫다 그러면 난 모른다."

"그땐 다른 방법을 찾아봐야지. 그리고 범이야, 우린 다른 할 일이 또 있어."

"또? 뭐?"

이번에는 범이의 눈이 커졌다. 난 준비해 온 오현철의 사진을 꺼내 범이에게 건넸다.

"오현철이라는 사람이야. 정효신과 이필주의 사이를 의심한다는 동료 직원."

범이는 A4지에 인쇄된 사진을 들고 호기심이 가득한 눈으로 본다. 거기에는 눈이 가늘고 선이 여린 한 남자가 있었다.

"장난을 치자 이거지? 아, 이건 종대 전문인데. 내가 잘할 수 있을까?"

"몇 번 해봤잖아. CCTV는 내가 조작할 거니까 걱정하지 말아. 그래도 가급적 카메라 없는 데서 일을 벌이는 게 좋겠어. 그냥 겁을 주는 정도로만."

"차 기종은?"

"쏘나타 신형이야. 차 번호는 2264고."

"오케이, 접수했어. 날짜 알려주면 바로 고 할게. 이제 역할 분담은 끝난 건가?"

범이가 어깨를 으쓱했다. 나도 마음이 가벼워져 치킨과 맥주를 먹기 시작한다. 이제 보경만 역할을 받아들이면 차근차근 복수를 진행할 수 있다. 우리는 이필주를 조정해 여자를 파멸로 몰아넣을 것이다. 잘 꼬드긴다면 종대를 유기한 곳도 알 수 있겠지.

하지만 내가 그 여자 때문에 여수에 갔던 일에 대해서는 언급하지 않았다. 우리는 가족이지만, 나와 여동생의 문제는 종대외에는 아무도 모르기 때문이다. 그 일은 우리 패밀리와 만나기 전에 벌어진 일이었다.

재우 이야기 #60 **은밀한 만남**

[어머, 저와 단둘이요?]

휴대폰 너머로 당황해하면서도 묘하게 기쁜 듯한 박정주의 목소리가 들려왔다.

"네. 번거로우시겠지만 시간을 내줄 수 있으실까요? 그 사람에겐 비밀로 하고 말입니다."

[그건 문제가 아닌데……, 효신이 때문인가요? 심각한 일이에요?]

"만나서 말씀드릴게요."

[좋아요. 그럼 언제 볼까요? 전 저녁때는 시간 다 괜찮아요.]

"그럼 모레 어떠신가요? 제가 편하신 장소로 가겠습니다."

이건 사흘 전 박정주와 통화한 내용이다. 그때까지만 해도 나는 정효신을 모니터로 마냥 지켜볼 수가 없어서, 그녀 옆에 내가 조정할 수 있는 감시자를 두자는 정도로만 생각했다. 박정주를 잘 포섭하면 끝나는 간단한 일이었다.

그러나 이틀 동안 생각이 눈덩이처럼 점점 불어나서, 그녀의 주변을 아예 모두 단절시키면 어떨까 하는 생각이 들었다. 궁지에 몰린 그녀가 손을 내밀었을 때 도와줄 사람이 아무도 없게 만드는 거다. 처절한 외로움과 괴로움을 모두 맛보게 만든 다음 벼랑 끝으로 밀어버리는 거다. 마침 보경도 이필주에게 접근하는 데 동의를 했고 박정주와 같은 회사 동료 몇몇을 제외하고 그녀는 자기편이 없었다. 나만 남기고 주변의 모두를 쳐내버리자. 그리고 그녀가 애원할 때 자근자근 짓밟아줘야지. 상상이 거기까지 미치자 희열이 솟구쳤다.

그날이 머지않았다고 생각하니 여자에게 더 잘해주고 싶었다. 난 면도를 한 다음 말끔하게 옷을 차려입었다. 거울 속의 내 모습이 스스로도 썩 괜찮았다. 박정주의 호감을 사기 위해 이 정도의 투자는 필요하다고 생각했다. 호감의 첫 번째 관문은 외모가 아니겠는가. 포장이 잘 된 외모는 이성의 호감을 사기도 쉽다.

박정주가 사는 동네, 연신내로 찾아갔다. 집에서 멀리 떨어진 곳이라 여자의 눈에 띌 걱정이 없어 마음이 편했다. 약속 시각보다 30분가량 일찍 도착한 나는 소박한 이자카야에 들어가 박정주를 기다렸다.

"어머, 오래 기다리셨어요? 제가 좀 늦었죠?"

얼굴이 살짝 상기된 채 들어온 박정주가 호들갑스럽게 인사를 한다. 급히 온 사람치고 얼굴이 매끄러운 것을 보니 메이크업을 새로 하고 온 것 같았다.

"아, 아닙니다. 저도 이제 온 걸요."

그녀에게 메뉴판을 건네고 잔에 물을 따랐다.

"식사 전이시죠? 드시고 싶은 거 주문하세요."

"글쎄요……, 뭘 시켜야 할까요?"

박정주는 메뉴판을 여러 번 뒤적이더니, 모둠 스시와 바지락 술찜 그리고 소주 한 병을 시켰다. 내가 차를 갖고 왔을 거라고는 전혀 생각하지 않는 듯했다. 그녀는 배가 고팠던 모양이다. 테이블에 덜어놓은 초생강을 집어먹으며 슬쩍 내 눈치를 본다.

"중요한 얘기란 게, ……뭔가요?"

"그 사람 얘기인데요, 아, 이런 말을 드려도 되나 모르겠어요. 하지만 제가 어디 가서 말할 데도 없고…….."

"편하게 말씀하세요. 오늘 일, 비밀로 할게요."

"고맙습니다. 정주 씨라면 제 얘길 들어주실 것 같았어요."

"효신이가, 요즘 문제가 있나요?"

"밖에서도 그렇게 보입니까?"

"안색도 좋지 않고, 생각도 많아 보이고 그래요. 처음에는 일이 바빠서 그런 줄 알았는데, 재우 씨 전화받고 지켜봤더니 좀 이상하긴 했어요."

"……."

난 일부러 침묵했다. 박정주의 호기심과 궁금증을 더 유발할 필요가 있었다.

"부부…… 문제인가요?"

"왜 그렇게 생각하십니까?"

"실은 전에…… 왜, 예전에 한번 실내포차에서 뵈었잖아요. 그때쯤이었어요. 효신이가 부부 사이가 좋지 않다고 하더라고요."

사정을 설명하지 않았는데도 박정주 입에서 얘기가 술술 나왔다. 그 여자가 먼저 부부 사이가 나쁘다고 선수 친 덕이다. 그때 그녀가 무슨 생각으로 그런 얘기를 했는지 모르겠지만, 어쨌거나 그 덕에 박정주의 동정을 사기가 편해졌다.

"저에게 지방 일을 알아봐 달래서 눈치를 챘죠. 부부 사이에 떨어져 있을 시간이 필요하다면 뻔한 거 아니겠어요? 사이가 나빠지고 있다는 얘기잖아요."

"……."

"그때 집 나갔던 문제가 아직 해결 안 된 거예요?"

"……."

"재우 씨…… 여자 문제는 아니죠?"

"그런 문제라면, 제가 정주 씨에게 어떻게 도움을 요청하겠습니까?"

난 처연한 표정을 지어 보였다. 지금은 아내에게 인정받지 못

하는 불쌍한 남편의 역할이다. 박정주가 나를 동정해주길 바랐다. 다행히 그녀는 내가 생각했던 것보다 훨씬 감정이 풍부한 사람인 듯했다.

"걱정하지 마시고 다 말씀하세요. 제가 큰 도움은 못 되어도 속상한 거 들어드릴 순 있어요."

"그 사람이…… 남자가 있는 것 같습니다."

"네? 효신이가요?"

박정주가 뛸 듯이 놀란다. 예상했던 반응에 난 더 괴로운 듯 얼굴을 일그러트렸다.

"꽤 오래된 것 같습니다."

"설마요. 효신이는 그럴 애가 아니에요. 걔가 딴 남자를 만나다니요."

그녀가 부정을 한다. 이것도 내가 예상했던 그대로다.

"사실이에요. 저도 처음엔 부정했지만…… 부부 관계를 이어 가기가 힘이 드네요."

"헤어지실 건 아니잖아요."

"계속 같이 살고 싶습니다. 그런데…… 전, 그 사람 마음을 모르겠어요."

"……."

아직 요리가 나오지도 않았는데 박정주가 빈 잔에 소주를 가득 따른다. 그리고 연달아 두 잔을 깨끗이 비워냈다.

"상대가 누군지는 아세요?"

"추측만 할 뿐입니다. 확실하지 않지만 직장 동료인 것 같아요.”

“말도 안 돼……. 제가 효신이랑 같은 회사에 다니고 있지만 이제껏 그런 낌새는 없었어요. 재우 씨가 뭔가 착각하시는 걸 거예요.”

“그 사람을 너무 순진하게 생각하시는군요.”

나도 잔에 소주를 따랐다. 그리고 그녀처럼 단숨에 마셨다.

“하긴…… 모르실 수도 있죠. 1, 2년 사귄 관계가 아니니까.”

“재우 씨! 확실하지 않다면서요.”

“상대 남자가 누구인지 확신할 수 없는 거지, 그 사람이 바람 피운 것은 확실해요. 증거도 있고요.”

“증거요?”

“그 사람, 매일 밤 누군가와 전화를 해요. 평소에 쓰지 않는 다른 휴대폰으로요. 통화 내용을 들었습니다. ……웃기는 일이 죠? 딴 남자가 있다는 거 알고 따라다녀 봤어요. 모텔을 가더군 요. 일을 핑계로 종종 외박도 하고요.”

박정주의 눈이 커졌다. 난 똑똑히 기억하고 있다. 그녀가 남편의 외도로 이혼을 했다는 것을. 아마도 그녀는 내 얘기에 크게 공감을 하고 있을 것이다.

“그래도 전 효신이를 믿어요.”

“정주 씨는 좋은 상사이시군요.”

난 술을 홀짝였다. 그리고 말을 아꼈다. 그녀가 몸이 달아 먼저 입을 열기만 기다렸다.

“누굴까요? 회사에 그럴 만한 사람은 없는데…….”

"한 사람이 아닐지도 몰라요."

그녀의 얼굴이 딱딱하게 굳어졌다.

때마침 안주가 나왔다. 테이블 위에 모둠 스시와 김이 모락모락 나는 바지락 술찜이 차려진다. 그녀는 젓가락질을 하면서도 곰곰이 생각에 잠겼다.

"효신이가 남자가 있다는 것은 언제 아신 거예요?"

"집에 돌아오고 얼마 안 돼서요. 저와 술집에서 만났던 거, 기억하시죠?"

"아아……, 그래서……."

박정주는 고개를 끄덕거리며 뭔가를 기억해내는 듯했다. 난 그녀의 기억이 또렷해지길 고대하며 얌전히 기다렸다.

"저 사실은, 생각나는 게 있긴 해요……."

"네? 어떤 일이오?"

"얼마 전, 현철 씨와 술을 마셨는데 이상한 소리를 하더라고요. 예전에 같이 일했던 필주 씨라는 사람이 있는데 진짜 마음에 안 든다고, 효신이를 말려달라는 거예요. 그때 뭔 소린가 했어요. 제가 상당히 취해 있어서 잘못 들었는지 알았는데, 이제 알겠네요. 효신이가 남자 문제가 있다면, 아마 그 두 사람 중 하나일 거예요."

"아내와 오래 일한 사입니까?"

"그럼요. 5년도 더 됐을걸요?"

"두 사람, 모두요?"

"네. 그때 필주 씨는 신입이었는데 바로 위 사수가 효신이었어요. 근데 효신이가 현철 씨와는 별로 친한 것 같지 않았는데.”

“사람 일은 모르니까요. 5년 전이면…… 시간도 얼추 맞아떨어지네요.”

박정주와 나, 우리 두 사람은 계속 술잔을 기울였다. 처음엔 한 병이던 테이블 위의 소주병이 두 병, 세 병 점차 늘어난다.

“그것 때문에 집을 나가신 거였어요?”

“모르겠어요……. 예전 기억이 없으니까요. 그 사람, 정주 씨에게 그때 얘기를 하던가요? 제가 집을 나갔을 당시 얘기를요?”

“아뇨. 전혀 들은 게 없어요.”

난 최근에서야 집으로 돌아왔다는 얘기를 털어놓았다. 실종된 지 5년이 흘러 지금은 사망 선고를 받은 상태라는 것도, 그동안의 기억이 사라졌기 때문에 그때 무슨 일이 있었는지 몰라 답답하다는 얘기도 덧붙였다.

“전 그 사람이 다시 돌아올 거라고 믿어요. 오래 걸려도 기다리려고요. 하지만 우리 문제를 빨리 해결하기 위해서는 5년 전 무슨 일이 있었는지 알아야 할 텐데, 그 사람이 도통 말을 안 하네요.”

“…….”

“혹시…… 제게 도움이 될 만한 얘기는 없을까요? 아무 얘기나 좋습니다.”

“글쎄요? 그때가 가평 빌라 분양할 때 같은데…….”

“가평 빌라요? 두 사람도 함께 일할 때였나요?”

“아니에요. 이 일은 효신이와 저 단둘이 한 일이에요. 제가 아는 분께 의뢰받은 일인데, 규모가 크지 않아 저희 둘이 했죠. 현철 씨와 필주 씨는 바로 전에 함께 일했던 거고요."

"당시 일을 기억하고 계시네요?"

"그럼요. 전 재우 씨가 집을 나간 다음 날도 생각이 나요."

"네? 그때 일을요?"

"무척 추웠던 날이라 똑똑히 기억하고 있어요. 시멘트가 언다고 공사가 잠시 중단됐거든요. 사실 자금 조달 문제였지만요. 어쨌든 분양 업무는 계속해야 돼서 전 억지로 출근을 했죠. 그런데 효신이가 그날따라 늦게 나온 거예요. 원래 지각 같은 건 안 하는 앤데. 항상 일찍 출근해서 사무실 난방을 해놓던 애가 안 나오니까 너무 추워서 짜증이 났어요. 그때 제가 몸살 기가 있었거든요."

"많이 늦었습니까?"

"아마 점심때 다 되어서 나왔을 거예요. 그런데 출근한 애 얼굴이 너무 창백한 거예요. 춥다면서 목에 스카프를 여러 겹 두르고요. 겁이 더럭 났죠. 빌라 분양하는 일은 효신이와 저 단둘이 하는데, 둘 다 아프면 큰일이잖아요?"

"그 사람…… 왜 늦었는지 얘기는 안 했나요?"

"했죠. 재우 씨 집 나갔다고, 밤새 꼬박 기다리느라 잠을 못 잤다고 하더라고요. 그래서 제가 걱정하지 말라고 했어요. 다 큰 성인이 나가봤자 뭔 일 있겠느냐고요. 근데 부부 사이는 역시 다르더라고요."

"뭐가 다른데요?"

"여자에게는 촉이라는 게 있거든요. 얘가 뭔가 이상했던 거예요. 재우 씨가 실종된 것 같다고 횡설수설하더니."

"그날 그런 얘기를 했다는 겁니까?"

"네. 아무래도 불길하다는 거예요. 유서 같은 걸 남기고 나갔다나? 어쨌든 예감이 안 좋았던 거죠. 그러더니 결국, 계속 연락이 없어 실종 신고를 내게 된 거죠. 어휴, 그때 생각만 하면…….."

"또 무슨 일이 있었습니까?"

"그건 아니고요, 당시 빌라 분양 일이 잘 안 됐어요. 제법 큰 빌라 단지였는데 선 분양이라 한 동만 지어놓고 나머진 공사 중이었거든요. 저흰 완공된 동 1층에서 분양하는 일을 했어요. 겨울이라 날씨가 을씨년스럽고 분위기가 뒤숭숭한 데다, 효신이 얘는 정신이 없지, 제 몸은 아프지……, 기분이 묘하게 나쁘고 오싹해서, 그때 일을 생각하면 어휴, 기억하고 싶지도 않아요."

"그래도 그날 있었던 일, 기억나는 거, 모두 말씀해주실 수는 없을까요? 부탁입니다."

"글쎄요……. 도움이 될까 모르겠네요. 기억나는 게 별로 없어서요. 아, 맞다, 그날이 아마 점검 나왔던 날일 거예요."

"점검이오?"

"공사가 중단된 지 시간이 좀 지나서 상황 파악하러 시행사에서 몇 분이 나왔거든요. 그런데 아시잖아요, 효신이 걔가 나서고 그런 성격이 아니라는 거. 이상하게 그날따라 공사 현장을 안내하겠다는 거예요. 몸도 안 좋다는 애가."

"공사 현장이 분양 사무실 바로 뒤에 있다고 하지 않았나요?"

"가까웠지만 현장이 좀 넓어야죠. 게다가 우리가 공사 현장에 대해 뭘 아나요? 업무가 분양하는 건데. 시행사분들이야 옳다구나, 했겠죠. 동마다 공사 상황이 제각각이라 옆에서 누군가 설명해주면 편하기야 하니까요. 그때, 효신이 걔가 과하게 친절하다고 생각했어요."

"단지만 둘러본 겁니까?"

"제대로 보지도 않았어요. 날씨가 너무 추워서인지 아니면 효신이가 어떻게 잘 둘러댔는지, 몇 군데만 보더니 금방 가버리더라고요."

박정주의 말에 소름이 쪽 끼쳤다. 거기다! 종대의 시체가 유기된 곳은 바로 그곳일 것이다. 그 여자는 공사 중이었던 빌라 어딘가에 종대를 숨겨놓고 태연하게 업무를 봤던 것이다. 그리고 행여 자신의 짓이 들킬까 두려워 공사 현장을 파악하러 나온 시행사 사람들에게 과한 친절을 베풀었던 것이다. 현장을 안내해주는 척, 종대의 시체를 숨긴 근처에는 얼씬도 못 하게 말이다.

"거기가 어딥니까?"

"한번 가보시게요? 가셔도 소용없을 거예요. 이제 폐허가 됐거든요."

"그게 무슨 말씀이십니까?"

"말씀드렸잖아요, 분양이 잘 안 됐다고. 결국 시행사와 시공사가 동시에 부도나서 짓다 말았어요. 아마 지금은 지역 흉물이 되어 방치되고 있을걸요."

폐가라……. 오히려 잘 됐다. 사람이 살지 않는 곳이면 종대를 찾기도 수월할 것이다.

"괜찮습니다. 궁금해서 그래요. 그때 그 사람이 어디서 일했는지 알고 싶어요."

"인터넷에 하우스 빌리지라고 치면 나와요. 요즘 젊은 애들이 귀신 얘기 꾸며내서 폐가 탐사도 가고 그러나 보던데, 그 때문에 그쪽에서는 좀 유명하대요. 하지만 재우 씨, 재차 말씀드리지만 거긴 효신이 문제와는 전혀 상관없는 곳이에요."

박정주가 고개를 갸우뚱한다. 난 그녀가 행여 의심할세라 열심히 둘러댔다.

"그 사람이 하도 기억 못 한다고 구박해서 그래요. 한번 놀래주려고요."

"네? 무슨 말씀인지?"

"가평 빌라 분양했던 일, 제가 기억하면 놀라지 않을까요? 제 기억이 돌아오고 있다고 믿을 수도 있고요. 그렇게 해서라도 그 사람을 잡고 싶어서 그래요."

"에그, 재우 씨 혼자 애쓰시네요. 효신이 걘 그런 것도 모르고……."

"언젠가 알아주겠죠."

"큰 도움이 못 돼 죄송하네요."

"아, 아닙니다. 제 얘기를 들어주신 게 어딥니까? 그 사람에게 비밀만 지켜주세요."

"당연하죠. 저 오늘 일 기억 못 할 거예요."

"고맙습니다."

"그리고 걱정하지 마세요. 효신이 곧 돌아올 거예요. 잠깐이니까. 제 말 무슨 뜻인지 아시죠?"

"저도 그분들과 아내가 오래갈 거라 생각하진 않습니다."

"잘 생각하셨어요. 제가 현철 씨와 필주 씨, 잘 지켜보고 있을게요. 혹시 문제 생기면 바로 연락드리고요."

"그래도…… 괜찮겠습니까?"

"동병상련인걸요. 저도 남편 여자 문제로 속 많이 썩었어요. 도움 필요하시면 언제든지 연락 주세요. 도와드릴게요."

박정주와 처음으로 건배를 했다. 그녀는 여자에 대한 이런저런 얘기를 들려주며 나를 진심으로 동정하고 있었다. 그리고 우리 부부 사이가 좋아지도록 적극 돕겠다는 그녀의 말에, 난 장기판의 말을 하나 얻은 기분이 들었다.

재우 이야기 #61 그곳 어딘가에

새벽같이 일어났다. 커피를 진하게 내려 마시며 머릿속으로는 오늘 일과를 재빠르게 정리해본다. 보경의 차를 빌려 지금 출발한다면 가평을 다녀와도 오후 1시까지 테크노상가로 출근할 수 있을 것이다. 티볼리의 스페어 키는 보경에게 이미 받아놓은 상태였다.

난 빨간 티볼리를 타고 가평으로 향한다. 이 작고 앙증맞은 차는 아무리 타도 적응이 되지 않았지만 이럴 때 사용하기에는 정말 요긴했다. 차 창문을 내리고 차가운 새벽바람을 쐬며 달리니 정신이 맑아진다.

1시간 남짓 달리자 박정주가 알려준 하우스 빌리지가 나타났다. 산으로 둘러싸인 평지에 건물들이 오밀조밀 들어선 이곳은 생각보다 규모가 컸다. 2~3층 정도의 짓다 만 건물들은 비바람을 맞아 흉측해진 몰골로 서 있었다. 빌라 단지 입구에는 철조망이 둘러져 있었으며, 역시 폐허가 된 초소에는 출입 금지를 알리는 팻말도 달려 있었다. 박정주의 말대로 폐가를 탐사하는 이들이 이곳을 얼마나 드나들었는지 철조망 일부는 사람 하나가 들락거리기 좋을 정도로 뜯겨 있었다.

초소 앞에 차를 세우고 구멍 난 철조망을 통해 단지 안으로 들어갔다. 그리고 폐허 안을 천천히 거닐면서 박정주가 얘기한 곳의 이미지를 떠올리려 노력한다.

'선 분양이라 한 동만 지어놓고 나머진 공사 중이었거든요. 저흰 완공된 동 1층에서 분양하는 일을 했어요.'

단지 맨 앞에 완공된 3층짜리 건물이 있었다. 아마 분양 사무실이 있었다면 바로 이곳일 것이다. 그렇다면 종대가 있는 곳은 어디일까? 정효신은 완공된 건물에서 가장 가까운 곳에 종대를 숨겼을까, 아니면 가장 먼 장소를 선택했을까? 그곳은 단지를 둘러싸고 있는 산속일까, 아니면 단지 내부 어디인 걸까?

주변 산속과 단지 곳곳을 훑고 다녔다. 하지만 건물은 10개 동이 넘는 터라, 내 친구 종대가 있을 마땅한 장소를 짐작하기가 힘들었다. 아직까지는 주인이 있는 폐가라 무작정 부술 수도 없었다. 정확한 위치를 알려면 그 여자를 족쳐 실토하게 하거나 공범인 그놈을 잘 구슬려 자백을 받아내는 방법밖에 없다. 하지만 두 가지 모두 쉽지는 않을 거다.

어디선가 서늘한 바람이 불어왔다. 마치 이곳에 있는 종대가 나를 부르는 것 같았다.

* * *

종대가 사라지기 얼마 전이었다. 창원에서의 일이 끝난 나는, 오랜만에 휴가를 얻어 녀석을 만나러 집으로 올라왔다. 2박 3일 정도를 종대의 집에서 머물렀는데, 다시 임신한 보경이가 친정에 가 있어 우리는 마음껏 술판을 벌였다. 처음 이 집을 샀을 때 계획대로 지하 방은 우리의 아지트였다.

"두 집 살림하니 어떠냐? 할 만해?"

"야, 말도 마. 죽겠어. 보경이는 징징대지, 그 여잔 떽떽거리지, 어휴. 옛날 왕들은 어떻게 살았나 몰라."

"네가 중간에서 잘 못 하는 거 아냐? 눈치껏 양쪽에 잘해야지."

"아냐, 인마. 보경이가 그러는 건 이해라도 하지. 근데 그년은…… 아, 말을 말자."

"왜? 왜 그러는데."

"됐어. 생각하기도 싫다."

"말을 왜 하다 말아?"

"네가 알아서 뭐 하려고?"

"몇 번을 말해, 서류상은 내 와이프이잖냐. 내 마누라 데리고 사는데 나도 알고는 있어야지."

종대가 맥주를 병째 벌컥벌컥 마셨다. 난 쥐포를 씹으며 녀석이 입을 열기를 기다렸다.

"그 여자…… 결혼하자마자 내뺀 거 알지?"

"갑자기 난희 누나랑 선을 그은 거지?"

"그 바람에 누나가 난처해졌잖아. 김호중 사장 작업하는 데 차질이 생겼다고. 그래서 처음에 내가 구슬리려고 했지. 좋게 좋게 가려는데, 그 여자가 반대를 하는 거야. 난희 누나라면 아주 질색을 하더라고. 그러니 내가 좋게 나갈 수 있겠어?"

"중간에서 애먹었겠네. 그래서 부부 싸움 시작한 거냐?"

"그것만이겠어? 삐걱댄 게 한두 가지가 아니야."

"아직도 망치를 학대해?"

"말이라고 해? 얼마 전에도 발로 걷어찼어."

"너를 안 찬 게 어디냐?"

"나는 안 당했을 거 같아?"

"맞았어? 너도?"

"이거 봐. 이거 그때 내가 다친 상처야. 눈깔을 똑바로 뜨고 대드는데 어휴, 나도 모르게 손이 나갔다? 그랬더니 거품 물고 달려들더라고."

종대가 옷소매를 걷어 올리며 팔에 난 길쭉한 상처를 보여 줬다.

"이야……, 상처가 깊은데? 뭐로 찔렀어?"

"포크. 사과 먹다가 그거로 그냥 찔러 올리더라고. 그래서 쭉 찢어졌지."

"흉측하다, 흉측해. 그러게 왜 여자를 때려."

"나도 욱해서 그랬지. 그 여자 거짓말 때문에 내가 동네에서 입장이 난처했었거든."

"거짓말?"

"지가 잘못해놓고 동네 이장에게 보경이 핑계를 댔더라고. 그게 한두 번이 아니야. 사사건건 보경이를 음해하더라니까? 그리고 거짓말을 아주 밥 먹듯이 해. 또 그걸로 사람을 얼마나 잘 이용해 먹는데. 완전 소시오패스야."

"얼굴 봐서는 순박하게 생겼던데?"

"여자의 얼굴을 믿냐? 눈을 봐봐. 답이 딱 나온다니까? 그 여자는 죽여도 절대 미안하지 않을 그럴 사람이야. 아주 질긴 년이라고. 누나가 사람 하나는 참 잘 골라왔어."

"뭐, 우리랑 잘 어울리고 좋네."

내 자조에 우리는 낄낄대며 웃었다. 박스째 사다 놓고 마셨던 맥주가 점차 비워져 갔다.

"게다가 눈치는 겁나 봐. 그게 또 기분이 얼마나 나쁜데. 매일 내 눈치만 보고 있다니까. 아, 그게 날 신경 쓰는 건지, 날 노리는 건지…… 모르겠어."

"조금만 참아. 얼마 안 남았어."

"내가 안 죽이면…… 그 여자가 날 죽일지도 몰라. 요즘 들어 자꾸 그런 생각이 든다."

"자식, 우울증 왔나 보다. 스트레스를 너무 많이 받았네."

난 새로운 맥주병을 따서 종대에게 건넸다. 녀석은 계속 맥주를 마셔댔는데도 목이 마른 듯 원샷 할 기세로 벌컥벌컥 마셨다.

그 마지막 모습이, 아직도 눈앞에 선명하다. 그때 아무렇지도 않은 척 녀석의 투정을 넘기는 게 아니었는데. 그러지 않았더라면 종대의 불길한 예감은 이뤄지지 않았을 텐데. 나는 후회하고 또 후회한다.

* * *

AV룸으로 출근하니 낯선 얼굴이 있었다. 강 대표가 말한 나의 파트너인 듯했다. 나를 본 그가 먼저 깍듯하게 인사를 건네 왔다.

"안녕하세요, 김 선생님이십니까? 전 함께 일할 이 실장입니다."

"이 실장이오?"

"다들 그렇게 불러서요. 김 선생님도 그렇게 불러주십시오."

얼굴이 작고 갸름한 그는 밝고 싹싹한 사람이었다. 우리는 함께 모니터룸으로 들어가 함 부장의 지시를 기다리는 동안 잠시 대화를 나눴다. 강 대표에게 역시 몽블랑 펜을 받았다는 그는 새로운 마이크로 칩의 존재에 감탄을 감추지 못했다.

"김 선생님도 보셨어요? 그거 10일짜리라는데 완전히 정교해요. 우와, 기술이……. 작동해보셨어요?"

"실험 삼아 해봤죠. 아주 잘 먹히던데요?"

"장난 아니죠? 처음에 이 일 제안받았을 때, 거절하려고 했는데 그랬으면 후회할 뻔했어요."

그는 해킹 작업이 끝나기만을 학수고대하는 것 같았다. 마이크로 칩의 수명이 다하기 전에 빨리 그 원리를 알고 싶어 했다. 하지만 내 예상으로는 10일이 지나도 할 일은 여전히 많을 것이다. 단순히 아이디와 패스워드만 훔치는 게 아니라, 업체의 메인 서버를 뒤져 원하는 콘텐츠를 찾아내고 CCTV 데이터를 분석해 주요 인물들의 정보를 모으는 작업을 계속해야 하니 말이다.

우리는 함 부장의 지시대로 각자 맡은 마이크로 칩을 통해 와이파이 해킹을 시도했다. 해킹하는 데 걸리는 시간은 약 5분 정도. 와이파이를 정복한 우리는 이를 통해 접속할 수 있는 모든 기기를 차분히 해킹해나갔다. 하나의 와이파이에 수없이 많은 기기가 접속해 있어, 두 번째 작업에 시간이 더 많이 소요됐다. 컴퓨터의 아이디와 패스워드, 휴대폰 번호, 이메일 주소 심지어는 계좌번호까지, 우리가 접속하는 기간이 길면 길수록 업체에서 모은 정보는 점점 방대해져 갔고, 이 정보는 모니터룸의 서버에 차곡차곡 쌓였다.

그러나 우리가 해킹할 수 있는 기간은 딱 10일이다. 선물로 돌린 몽블랑 펜이 수십 개인 걸 감안하면 그때까지는 밤낮을 가리지 않고 정신없이 바쁠 터였다. 당연히 그 여자의 회사 생활을 들여다볼 여유는 없었다.

며칠 뒤, 그날도 일을 마치고 늦게 집으로 돌아왔다. 아니, 우리 집이 아닌 보경이네 집으로 갔다. 지하 방에는 이미 난희 누나가 도착해 편한 자세로 누워 TV를 보고 있었다.

"누나 일찍 오셨네?"

"그럼, 현장 감시하러 나와야지."

"보경이는 자요?"

"지금 서준이 재우고 있어. 곧 내려올 거야."

"스탠바이야? 몇 시 시작인데?"

오늘은 범이가 오현철을 상대로 장난치기로 한 날이었다. 시간을 확인한다. 범이가 움직일 시간까지는 여유가 있었다. 난 컴퓨터와 모니터를 켜고 용인시의 CCTV 관제센터에 접속해 카메라를 조작한다. 범이가 기흥 일대를 휘젓고 다니는 동안, 녀석의 차가 노출되어서는 안 되기 때문이다. 교통 CCTV 카메라 조작은 그 지역에 대한 지리적 이해와 차량의 흐름, 시간대별 교통량을 알지 못하면 절대 할 수 없는 일이다.

난 오늘을 위해 며칠 전부터 그 일대를 샅샅이 조사해왔다. AI 덕분에 요즘 일이 편해지긴 했지만 흔적을 남길 확률이 커 직접 조작하는 게 낫다. 용인은 내가 작업하지 않은 구역이라 해킹할 때 더 조심해야 했다. 하지만 내 클라이언트 구역은 아니었기에 장난친 게 걸리지만 않으면 문제없을 것이다.

"누나, 보경이에게 청송 얘기는 꺼내봤어?"

"어, 생각해보겠다더라. 지도 내키지는 않은데 해야 할 거라 생각하는 것 같아. 에그, 딱한 것."

전화벨이 울렸다. 범이였다. 난 컴퓨터로 그의 위치를 확인한다.

"하이, 지금 인터체인지야?"

[진입 중이야. 정확히 2분 후부터 날 가드하면 돼.]

"오케이, 처음이니까 살살해. 겁만 주고 오라고."

[보경이네 다 모인 거야?]

"응. 이따 보자."

종대의 이동 경로에 맞춰 CCTV 카메라를 조작하고 자동 감지 센서를 껐다. 종대가 지나간 곳의 CCTV는 바로 정상으로 돌려놓기 때문에 조작한 흔적은 거의 남지 않을 것이다.

보경이 간식거리를 들고 지하 방으로 내려왔다. 출출했던 참이라, 눈으로는 모니터를 확인하면서 과일을 먹는다. 난희 누나와 보경은 소리 없이 TV 영상을 보고 있다.

긴 침묵이 흘렀다. 분양관 근처에서 멈춰 있던 범이의 차는 40분이 넘도록 움직이지 않았다. 난 뚫어지게 모니터를 보면서 차가 움직이기만을 기다렸다. 10여 분이 흐른 후, 한동안 멈춰 있던 범이의 차가 빠른 속도로 달리기 시작한다.

나도 그 속도에 맞춰 CCTV 카메라를 조절했다. 빠르게 달리던 범이의 차가 인터체인지를 지나 고속도로에 접어들자 난 안도의 한숨을 내쉬었다.

"이제 볼륨 높여도 돼."

"끝났어?"

"응, 이제 30분 정도면 집에 올 거야."

"아, 조마조마했어. 오빠, 음료 마실래? 목마르지 않아?"

"맥주나 마실까?"

말이 떨어지기 무섭게 보경이가 찬 맥주를 몇 병 가지고 왔다. 난 잔에 따를 새도 없이 병째 들고 맥주를 마신다. 긴장해서 목이 말랐다.

"일은 잘 끝났겠지?"

"일단 차가 움직이고 있으니까 범이는 무사하겠지."

"상대는…… 괜찮겠지? 우리 일과는 상관없는 사람이라며?"

"장난친 정도니까, 크게 다쳤겠어?"

"범이가 차로 장난치는 건 처음이잖아. 잘했을까?"

우리가 궁금해하고 있던 차에, 범이가 지친 얼굴로 들어왔다. 검게 그을린 얼굴이 흙빛으로 변해 있었다. 장난쳐서 재밌었다기보다는 당황한 기색이 역력했다.

"범이야, 괜찮아?"

"몰라. 망했어."

"오현철은?"

"모르겠어. 그냥 도망쳐서 확인하지도 않았어."

"어떻게 됐는데?"

"난 그냥 겁주려고…… 맞은편에서 들이댔을 뿐인데, 그 사람이 막 오버해서 핸들 돌리더니 가드레일 박고 차를 전복시키더라?"

"주변에 본 사람 있어?"

"없을 거야. 주차된 차도 없는 휑한 길이었거든."

난 다시 컴퓨터에 앉았다. 재빨리 CCTV 카메라를 확인해 전복된 오현철의 차를 찾아냈다. 그의 주변에는 경찰차가 세워져 있었고, 사람들은 그를 119 앰뷸런스에 태우는 중이었다. 뒤늦게 작동된 CCTV 자동 감지 센서가 교통사고를 감지하고 경찰에 신고했던 것이다.

"큰 문제는 없겠네. 다행이다."

"진짜? 어휴, 나 심장 떨려 죽는 줄 알았어. 내가 죽는 줄 알았다니까."

"겁만 준다더니 왜 크게 일을 벌였어?"

"그게 조절이 되나. 앞으로 나, 차는 안 할래. 어렵고 위험해서 못 하겠어."

"달리 전문가가 있겠니. 이건 종대 전문인데……."

난희 누나가 씁쓸하게 말을 흐렸다.

난 가평에 갔다 온 이야기를 해야 할지 말지 잠시 고민했다. 종대 얘기가 나온 이상, 정보는 공유해야 하지 않을까 하는 생각이 들었다.

"나……, 종대가 어디 있는지 대충 알 것 같아."

"뭐?"

난희 누나는 눈이 동그래져서 소파에서 일어났다. 보경도 몸시 놀랐고, 범이 역시 정색을 했다.

"어디야? 그걸 어떻게 알았어?"

"정확하지는 않아. 내 짐작일 뿐이야."

"그러니까 어디냐고?"

"가평. 예전에, 종대가 사라지기 전에 그 여자가 일했던 곳."

"왜 거기라고 생각하는데?"

"그 여자가 제일 잘 알고 인적이 드문 곳이니까. 그땐 그곳이 공사 중이어서 시체를 숨기는 것도 어렵지 않았을 거야."

"확실한 거야?"

"완전범죄는 제일 잘 알고, 자신 있는 것을 활용하잖아. 그럼 답 나온 거 아니야?"

"거기 어디니? 가서 직접 봐야겠어."

"내가 이미 갔다 왔어. 서두를 거 없어."

"오빠, 말해줘, 제발. 거기가 어디야, 응?"

"지금 가봤자 찾을 수 없어. 우리에겐 정보가 좀 더 필요해. 그때 가도 늦지 않아."

"주소만이라도 알려줘. 알고만 있을게."

"가평 하우스 빌리지. 폐가야. 하지만 가도 흔적은 못 찾을 거야. 일일이 찾기에는 공간이 너무 넓어."

그때 컴퓨터에서 이필주의 목소리가 들려왔다.

[자기한테는 몇 시인지가 중요해?]

우리는 급작스러운 상황에 서로의 얼굴을 바라봤다. 난 컴퓨터의 볼륨을 높였다. 동시에 내용을 보다 잘 이해하기 위해 대화가 자동으로 입력되는 창도 켰다. 시간을 확인하니 벌써 새벽 1시다.

[연락 기다리는 사람, 생각도 안 해? 내 생각은 하지도 않냐고!]

그놈의 투정에 난희 누나가 침을 삼켰다. 보경의 눈이 빛나기 시작했고, 범이의 얼굴에도 차가운 미소가 번졌다.

[전화 안 한 지 며칠째인지도 모르지? 요새 좋았나 봐? 그 새끼 때문에 나 따위는 잊어버린 거야? 내가 지금 어디 있는 줄 알아? 어떤 줄 아느냐고!]

이필주의 말에 범이가 나를 보고 엄지를 들어 보인다. 나도 괜히 으쓱해져 씩 웃었다. 이제 시작이다. 두 사람 사이에 생긴 틈을 내가 더 넓게, 더 많이 벌릴 것이다.

재우 이야기 #62 **도청**

우리는 맥주를 마시고 마른안주를 씹으며 정효신과 이필주의 통화 내용을 엿듣고 있었다.

[내가 자기 하는 일을 모르는 게 아니잖아. 아무리 바빠도 전화할 여유 정도는 있잖아!]

놈의 외침에, 벌게진 얼굴과 핏줄 선 관자놀이가 상상됐다. 고소했다. 그래, 잘한다. 계속 그렇게 싸워라. 하지만 내 바람과는 반대로 여자가 그를 달래기 시작한다. 돋보기를 쓰지 않으면

글자가 잘 보이지 않는 난희 누나를 위해, 보경이가 컴퓨터 창에 입력된 그녀의 말을 읽어줬다.

"그동안 여러 가지 일이 있었대."

"일은 개뿔. 네년 때문에 우리야말로 일이 여러 가지로 많다. 알긴 하냐!"

난희 누나의 뜬금없는 대꾸에, 우린 또 웃는다.

[일? 무슨 일? 계약 사고? 아니면 VIP가 까다롭게 구는 거? 분양관이 무너지기라도 했니? 전화를 못 할 정도로 바쁜 일이 대체 뭔데?]

이필주는 여전히 악을 써댔다. 여자에 대한 미련을 저렇게라도 표출하는 것을 보면, 그녀를 좋아하긴 꽤나 좋아하나 보다.

"어머, 언니, 김호중 사장이 죽었다는데?"

"들었어. 갈 사람은 가야지. 그 영감, 생각해보면 빨리 가긴 했네. 아직 80도 안 됐는데."

"우와, 병문안까지 갔었대."

"망할 년, 이 시어미한테나 정성을 다해보지."

"사람들에게 그 일 관련해서 연락을 많이 받았다는데? 그 영감이 그 정도로 파워 능력자였어? 죽고 나서도 찾는 사람 많을 만큼?"

"돈이 많았으니까 그렇지. 그래 봤자 다 어중이떠중이야."

"돈 다 털렸을 때는 쳐다보는 사람도 없더니. 언니, 나 솔직히 이 아저씨, 마지막에는 좀 불쌍했다?"

"고양이 쥐 생각하네. 야, 지난 일은 잊어. 그 영감 지긋지긋해서 이젠 생각하기도 싫다."

난희 누나와 보경이 수다를 떠는 동안, 난 흥미롭게 정효신과 이필주의 대화창을 들여다보고 있다. 나에게는 새침한 척하더니 그에게는 어리광을 잘도 부리는 게, 깜찍하다는 생각이 든다.

[자기, 기억나? 그 자식 처음 봤을 때, 휠체어 타고 나왔다고 했잖아? 그때 휠체어 밀고 온 간호사, 누군지 기억나?]

이번엔 범이가 놀랄 차례였다. 말없이 맥주만 마시고 있던 녀석은 마시는 것을 멈추고 맥주병을 바닥에 내려놓았다. 표정이 아주 진지하다.

[묘한 소문이 돌더라. 그 간호사가 파트타임인데, 정신 병동에 노숙자들 받기 바로 전에 들어왔대. 자기 남편이라고 우기는 그 자식, 전에 노숙자였던 거 알지?]

범이와 나의 눈이 마주쳤다. 녀석은 그들이 자신의 존재까지 알아볼 거라고는 생각하지 못한 듯했다.

[이 병원에서는 정기적으로 노숙자를 받는대. 마지막 받은 게 석 달 전이었는데, 그 간호사가 그때 노숙자들과 함께 들어왔다는 거야. 그 자식, 2년 전에 들어왔다는 거 순 거짓말이야. 석 달 전 이곳에 들어온 사람이라고.]

꽤 구체적으로 아는 이필주의 말에 방 안 분위기가 싸늘해졌다. 난 그들의 대화 창을 확인하며 범이에게 경고를 해준다.

"그 여자, 너 장발이었던 것도 기억하고 있어."

"뭐야? 나도 의심받는 거야?"

"얘, 내가 전부터 너 그 머리 어떻게 좀 하라고 했지? 눈에 띌

줄 알았어."

"그래도 얼굴은 기억 못 하나 본데, 뭐."

"그나마 다행이다. 그 머리나 빨리 잘라."

"아이 씨, 어떻게 기른 머린데."

범이가 자신의 머리를 만지며 아깝다는 듯 투덜거렸다. 그러면서도 정체가 탄로 날까 봐 걱정됐는지 난희 누나에게 슬쩍 기대려고 한다.

"누나, 우리가 그때 무슨 말을 했더라?"

"몰라, 언제 적 얘기야. 기억 안 나지."

"내가 쓸데없는 말 했던 건 아니겠지?"

한번 어긋나기 시작한 일은 성가신 문제를 불러온다. 우린 또다시 예상치 못한 일이 벌어질까 전전긍긍해한다. 이필주는 이미 청송 정신요양원에 침투했고, 소리소문없이 우리의 정보를 모으고 있다. 우리의 정체를 알게 되는 건 시간문제일 것이다.

"오빠, 걱정하지 마."

조용히 있던 보경이 나섰다. 그 애의 얼굴에는 결연한 의지가 엿보였다.

"나 청송에 갈 거야."

"보경아……."

"결심한 거니?"

"저 소릴 듣고 어떻게 안 갈 수가 있겠어?"

"미안하다."

"뭐가 미안해. 이게 어디 나만의 일인가? 우리 전체가 달린 일이라고. 그리고 나, 종대 오빠 복수를 위해서라도 그렇게 해야 겠어. 그 사람들, 가만히 내버려 둘 수 없다고."

"쉬운 일이 아닐 거야."

"나도 알아. 며칠 동안 계속 생각했어. 그런데 답은 하나더라."

"괜찮겠어?"

"그럼 어떡해. 내 걱정은 하지 마."

"우리 보경이 아까워서 어쩌."

"범이야, 요양원에 빈자리는 있대?"

"기왕이면 보경이 고생 안 시키는 그런 자리로 알아봐."

"언니, 나 고생해도 돼. 잠깐이잖아. 그 정도는 참을 수 있어."

보경의 당찬 말에, 우리는 더 미안해졌다. 편안한 이곳에서의 삶을 포기하고 청송에 내려가 산다는 것은 쉬운 일이 아닐 거 다. 혼자, 가뿐한 몸으로 이곳저곳 돌아다니는 나와는 입장이 다 르다.

"그럼 서준이는 어떡하지? 내가 봐줄까?"

"아니, 내가 데리고 갈 거야. 거기서 어린이집 보내면 되지."

"너 진짜 힘들어서 어쩌려고 그래?"

"나 생각보다 강해. 그리고 서준이랑 함께 있는 게 더 자연스 럽지 않아? 그놈에게 의심을 덜 살 거라고."

"아, 그냥 약 한 통 먹이는 게 빠르고 편한데."

범이의 투덜대는 혼잣말에, 난 녀석이 얼마 전에 준 약이 생 각났다. 가급적 사용하지 않으려고 했지만 어쩌면 그 약을 쓸 날이 조만간 올지도 모르겠다. 미리 연습을 해둬야 할까?

"그래. 그놈은 그놈이고 이제 슬슬 그 여자에게 약 쓸 때 되지 않았니?"

"길게 끌어서 뭐해? 더 이상 나올 얘기도 없는 것 같은데."

"아니, 아직은 아니야. 종대가 있다고 생각되는 곳을 찾았잖아. 정확한 위치를 알아야지. 그전에 죽여버릴 수는 없어."

"야, 나 당장 죽이자고는 안 했다? 독살이 한 번에 보내는 것만 있는 줄 아니? 서서히 중독시켜 죽이는 게 더 많아. 일단 우리는 중독 쪽으로 시도를 해보는 거야. 어때?"

"……."

나는 대답할 수 없었다. 독약을 사용하는 게 맞는 것인지 아닌지 판단이 서질 않았다. 독살은 내 스타일은 아니었다.

"나는 찬성이야."

난희 누나가 먼저 의견을 표시했다. 누나가 찬성한다면 보경의 의견도 저리로 쏠리겠지. 다수결의 원칙으로 이제 난 어쩔 수 없이 따라야 할 분위기다. 탐탁지 않았다.

"흔적 안 남기고 쉽게 먹이는 법, 있어?"

"당연히 연구해뒀지. 재우야, 너무 고민하지 마. 어차피 그 여자 죽어도 의심은 이필주 그 남자가 받게 될 거야. 네가 아니라고."

난 포기한 심정으로 범이의 의견을 들어보기로 했다.

"그때 준 약을 사용할 거야?"

"아니. 그건 장난칠 때 쓰는 거지. 항우울제의 중독 증세는 약 끊으면 바로 사라지거든."

"그런데 왜 약을 준 거야? 어디에 쓰라고?"

"밑밥 까는 용도로 사용하라, 이거지. 음식물에 섞어 먹이면 장난치기 딱 좋아. 한번 실험해봐. 그 여자도 공포 좀 느껴봐야지. 안 그래? 이상 증세가 나타나서 사람들이 보면 더 좋고. 나중에 정신 이상으로 몰 수도 있으니까."

"보경아, 보험은 어떻게 됐니?"

"한도 끝이야. 이제 진행해도 될 것 같아."

"오케이, 그럼 약을 제대로 만들어서 내일 보낼게."

"어떤 스타일로 조제할 건데?"

"기다려봐. 이 형님이 곧 강의 한번 해줄 테니까."

우리는 내일 다시 만나기로 하고 헤어졌다. 만족스러운 결과를 얻지는 못했지만 일이 차근차근 진행되는 건 확실했다. 오현철의 차 사고로, 아마도 정효신은 이필주를 의심하게 되겠지. 보경은 청송 요양원에 잠입한 그놈에게 접근해 그녀와의 거리를 벌리는 데 주력하고, 나 역시 그와의 사이가 벌어지도록 종용할 것이다. 이것이 우리가 계획한 일이다.

아, 그리고⋯⋯ 내키지는 않지만, 난 앞으로 그녀에게 약을 먹여야 한다. 그것이 내게 추가로 주어진 일이었다. 보경의 집에서 나오면서 난 예전에 범이가 줬던 약을 가지고 나왔다.

밤새 뒤척였다. 내 방식이 아닌 다른 이의 방식을 강요받는다는 게 심히 껄끄럽고 긴장이 됐다. 커피에 탈 약의 적정 분량을 범이가 알려줬지만 내가 제대로 해낼지 걱정이다. 녀석이 어제 오현철에게 장난을 치려다 긴장해서 큰 사고를 낸 상황이 이제야 이해가 간다. 나라도 그랬을 것이다.

사람은 자신의 전문 분야가 아닌 일을 하게 되면 쉽게 주눅이 든다. 평소와 다름없이 커피를 내리는데도 손이 떨렸다. 난 커피를 텀블러에 담고, 약을 타면서 그녀가 이것을 갖고 가지 않았으면 좋겠다고 생각했다. 범이가 약에 대한 감도와 반응을 보는 정도로만 농도를 조절해 큰 이상이 없을 거라 말했지만, 정말 괜찮을까? 녀석이 알려준 것보다 약을 조금 넣었는데, 괜찮겠지?

출근 준비를 마친 그녀가 거실로 내려왔다. 밤새 잠을 설쳤는지 얼굴빛은 좋지 않았다. 이필주와 통화한 후, 아마 생각이 많았을 거다. 나를 경계하는 게 느껴졌다.

"못 잤어? 얼굴이 안 좋네?"

"좀 설쳤어."

"이런……. 왜? 당신 스트레스가 장난 아닌가 보다."

난 일부러 걱정하는 척을 해준다. 그리고 텀블러를 내밀었다. 그녀가…… 이걸 받을까?

"이거라도 좀 마셔. 방금 내린 커피야. 빈속이라 좀 그렇지만, 당신 가다가 쓰러지겠다."

"고마워."

정효신이 아무 의심 없이 텀블러를 받았다. 순간 놀란 것은 나였다. 이런, 미련한 여자 같으니라고. 그걸 덥석 받아 들다니. 난 네가 의심하는 남자잖아! 당황한 나는 그녀를 쫓아 나가지도 못하고 멍하니 뒷모습만 바라봤다.

일부러 일찍 출근했다. 온갖 잡생각이 들러붙어 집에 있기 싫었다. AV룸의 불은 켜져 있었지만, 안쪽의 모니터룸은 빈 상태였다.

이제 겨우 8시. 이 실장이 회사에 나오기는 이른 시간이었다. 난 작업을 하기 전 여자의 회사 상황부터 둘러보기로 한다. 자글자글한 저화질 영상으로 보이는 회사 분위기는 평소와는 달랐다. 일찍 출근한 사람들은 삼삼오오 모여 뭔가를 속닥거리기에 바빴다. 이미 오현철의 사고가 회사에 전해진 것 같았다.

정효신은 평소보다 조금 늦게 출근했다. 집에서 일찍 떠났는데, 왜 이제 도착했는지 모르겠다. 혹시 다른 곳에 들렀다 온 것은 아닐까? 상황을 분석하기 위해 좀 더 지켜보는데 그녀가 갑자기 쓰러진다. 내 가슴이 쿵쾅대기 시작했다. 설마, 내가 커피에 탄 약의 효과인가? 그 약 때문에 쓰러진 거야? 진짜? 사람들은 여자를 분양관 내부에 있는 어느 방으로 옮겼고, 그녀는 한참 만에 깨어났다. 일어난 그녀는 아무 일도 없다는 듯 바로 업무를 보기 시작했다.

멀쩡한 여자의 모습을 보고 난 안도를 한다. 큰 이상은 없는 것 같았다. 종대의 말대로 독한 여자였다. 약을 먹었든 말든 눈하나 깜짝하지 않는다. 쓰러졌다가 일어났는데도, 마치 숙면을 한 사람처럼 가뿐하게 일을 하고 있다. 아니, 쓰러지기 전보다 상태가 오히려 좋아 보였다. 난 감탄을 하며 정효신의 모습을 계속 지켜본다. 그래, 저 정도는 돼야 상대할 맛이 나지.

"일찍 출근하셨네요?"

갑자기 들려오는 목소리에 고개를 돌아보니 이 실장이 서 있었다. 오후 1시는 돼야 출근할 줄 알았는데. 난 서둘러 여자의 회사를 해킹하던 프로그램을 닫았다.

"아, 하던 일마저 하십시오. 전 괜찮습니다."

"왜 이렇게 일찍 나오셨어요?"

"이것저것 뒤져보는 게 재밌어서 어디 가만히 있을 수가 있어야죠."

이 실장은 해킹 광인 듯했다. 실력은 좋았지만 아직 젊어서 그런지 업체의 서버에 담긴 이런저런 불필요한 정보에도 눈독을 들였다.

"작업 내용은 비밀인 거 아시죠? 외부 유출도 안 되고요."

"알다마다요. 그냥 보는 것뿐이에요."

난 신이 나서 해킹 프로그램에 접속하는 그를 바라본다. 혹시 모를 사고를 미연에 방지하기 위해 그를 철저히 감시해야겠다고 생각했다. 혼자서도 할 수 있는 이 일을, 굳이 짝을 지워 일하게 한 회사의 의도가 뻔하지 않은가. 위험을 미연에 방지하려면 한 사람에게만 일을 맡겨서는 안 된다. 게다가 이 실장 이 사람, 가끔 폭주하는 것을 보면 조만간 큰 문제를 일으킬지도 모르겠다.

저녁 식사 시간 즈음해서 우리는 보경의 집 지하 방에 다시 모였다. 중요한 얘기는 뒤로 미뤄놓고 일단 중국집에서 배달한 요리로 배부터 채운다. 천진난만한 서준은 입에 단무지 하나를 물고 우리 사이를 뛰어다니며 놀고 있었다.

"보경아, 너 경리 일은 볼 줄 알지?"

"대충이야 알지. 전에 두어 달 일해봤으니까. 왜?"

"원무과에 자리가 났대. 근데 경리 업무야. 괜찮겠어?"

"오빠, 못해도 해야지. 지금 그런 거 따질 때야?"

"그래, 닥치면 못 할 일이 어디 있겠니?"

"이제 서준이 어린이집도 알아봐야겠네."

"얘도 걱정은. 거기도 사람 사는 곳인데 어린이집이 없겠어?"

"그래도 나, 집은 괜찮은 곳으로 얻어줘야 해. 구질구질한 데서 살기 싫어."

"알았어. 그건 내가 시내로 알아볼게."

우리는 얘기를 나누며 젓가락을 부지런히 놀렸다. 요리 접시는 하나둘씩 비워졌으며, 보경이 후식으로 준비한 과일까지 먹었다. 누가 봐도 진짜 가족처럼 허물없이 농담하며 웃고 떠들었다.

커피를 마시며 얘기에 장단을 맞추고 있던 나는 범이 옆에 있는 상자 두 개에 눈길이 쏠린다. 한약 상자였다.

"그거 한약이지?"

"봤냐? 이 형이 특별히 준비한 비장의 무기다."

"완제한 거야? 그러다 걸리면 어떡하려고?"

"내가 하수냐? 걸릴 짓을 하게? 보경아, 너 고데기 있니?"

"고데기? 머리할 때 쓰는 전기 고데기 말이야?"

"응, 그것 좀 갖다 줘."

범이가 박스에서 한약 파우치를 꺼내며 말했다. 가방에서 얇은 주사기와 주사약병도 꺼낸다. 보경이가 분홍색의 납작한 전기 고데기를 가져다주자 녀석은 전원을 연결하고 고데기 열판을 달궜다.

"자, 강의 들어갑니다. 잘들 봐."

범이의 말에 우리는 진지하게 그의 행동 하나하나를 주목했다. 녀석은 파우치가 봉합된 바로 윗부분에 주사기를 조심스럽게 찔러 넣었다. 그리고 주사기를 뺀 후에는 구멍 난 부분을 뜨거운 고데기로 지그시 눌러 파우치를 다시 봉합하는 과정을 거쳤다. 이렇게 만든 한약 파우치는 약물을 주입한 티가 나지 않을뿐더러 거꾸로 들어도 새지 않았다.

"어때? 감쪽같지?"

범이가 의기양양해하며 말했다. 우리는 파우치를 돌려 보며 그의 수법에 찬사를 보냈다.

"절대 알 수 없겠는데?"

"기술 좋다, 야."

"근데 이거, 매번 주사질을 해야 하는 거야?"

"응. 이렇게 해야 증거가 남지 않을 것 아냐."

"귀찮겠는데?"

"재우 네가 수고스럽겠지만, 혹시라도 나중에 걸리면 문제가 될 수도 있잖아? 그때를 대비한 거라 생각해."

"혹시 걸려도 멀쩡한 나머지 한약 덕분에 무고를 주장할 수 있겠네."

"그럼. 이래 봬도 나, 이 한약에 녹용도 넣었어. 시어머니의 애정 어린 선물이라 특별히 신경을 썼지."

"안 그래도 돼, 얘. 대충 먹이면 되지, 뭘 그렇게 신경을 써."

"누나도 참. 난 완벽을 추구하는 남자라고. 아, 재우 네 것도 있어. 의심받지 않으려면 같이 먹는 게 좋지 않겠어?"

"내 거는? 없어?"

"누난 돈도 많으면서. 직접 지어 드셔."

"이젠 없다니까. 알면서 그래."

난희 누나가 눈살을 찌푸렸다. 누나는 돈 얘기만 나오면 민감해진다. 김호중 사장을 등쳐 한 재산 마련했지만, 그렇게 얻은 대부분의 돈을 도박으로 날렸기 때문이다. 우리의 삶은 생태계의 먹이사슬과 똑같다. 세상에는 우리를 노리는 더 높은 포식자가 어딘가에 늘 있다.

"그럼 약병에 든 건 뭐야?"

"아, 카페인. 뭘로 할까 생각해봤는데, 이게 제일 나은 것 같아. 카페인 중독은 현대인에게 가장 흔한 증상 아니겠어? 그 여자 평소에도 커피 많이 마시지?"

"박카스랑 믹스커피 같은 걸 아주 입에 달고 사는 것 같긴 하더라."

"잘됐네. 집에다 핫식스나 레드불 같은 에너지 드링크도 많이 준비해놔. 재수 없게 조사 나오면 평소에도 그런 걸 많이 마셨다는 걸 보여줘야지."

"카페인은 얼마나 넣어야 해?"

"처음에는 소량만 넣어. 400mg 정도? 이게 아마 아메리카노 서너 잔 정도의 카페인 양일 거야."

"너무 적지 않아?"

"주입량을 점차 늘려야지. 그래야 중독성이 커지거든."

난 한약이 든 상자를 들고 집으로 돌아왔다. 주사기와 카페인이 든 약병은 보경이네 집에 맡겨두기로 했다.

현관문을 여니 라면 끓이는 냄새가 풍겨왔다. 여자가 퇴근해 집에 온 것이다.

"일찍 들어왔네?"

그녀에게 반갑게 말을 걸었다. 그러나 여자의 반응은 어딘가 시큰둥하다. 그녀의 시선이 내가 든 박스로 향하는 게 느껴졌다.

"어머니가 당신과 내 거 한약 지어줬어."

"나 약 같은 거 싫어한댔잖아."

지난번에는 분명히 먼저 한약을 먹겠다고 했는데 지금은 싫다니, 이 여자의 변덕은 종잡을 수가 없다. 난 어떻게 하면 그녀에게 한약을 먹일 수 있을까 머리를 쓴다. 때마침, 오현철이 사고 나는 바람에 용인에서 일을 한 주 더 하게 됐다는 그녀의 말에, 나는 그녀의 건강을 걱정하는 척했다. 하지만 아까부터 그녀가 퉁명스러웠던 것은 한약 때문이 아니었다.

"나, 또 사고 냈어."

"뭐? 다친 데는 없어?"

아, 그래서 출근이 늦은 거였군. 그녀의 차 사고 얘기에, 난 진짜 당황했다. 내가 준 커피 때문에 사고가 난 것 같아 가슴이 철렁한다. 너무 빨리 움직였다. 아직은 그녀를 위험에 몰아넣어서는 안 되는데.

"몸은 괜찮은데, 차 수리비가 좀 나올 것 같아."

"얼마나 부서졌는데? 사고가 컸어?"

"앞에서 오는 덤프트럭 피하다가 가드레일 박았는데, 오른쪽 펜더랑 라이트가 깨졌어. 폐차장에서 부품 알아봐야 한대. 당신 차가 오래됐잖아."

"그만하길 다행이네. 덤프트럭은?"

"몰라. 뺑소니쳤어. 미안해, 사고 내서."

난 입술을 깨물었다. 법원에서 내린 사망 선고에 대해 무효 신청을 하지 않은 터라, 이번에도 보험은 적용되지 않을 거다. 돈이 적지 않게 들겠지만 그 정도는 감수할 수 있다. 하지만 뺑소니라니. 누가? 왜?

우리는 오현철에게만 장난을 쳤을 뿐이다. 설마 이 여자가 헛것을 본 건 아니겠지. 앞으로 음식에 약을 섞는 것은 조심해야겠다. 난 극약 쪽의 전문가는 아니니까 양 조절에 실패할 확률이 높다. 대신 범이가 준 한약을 먹이는 것으로 만족해야지. 이렇게 결심을 내리고 여자를 바라봤다. 그녀는 무척 지치고 피로

해 보였다.

"설거지는 내가 할게. 빨리 올라가 자."

"내가 먹은 건데?"

"괜찮아. 올라가서 쉬어."

"미안한데……."

그녀는 설거지를 자처한 내가 정말 고마웠던가 보다. 2층으로 올라가면서도 거듭 나를 뒤돌아본다. 난 냄비와 그릇을 닦으며, 내일 어떻게 하면 그녀에게 자연스럽게 한약을 먹일 수 있을지 고민했다.

평소보다 일찍 일어났다. 익숙지 않은 일을 하는 날은 늘 긴장이 된다. 보경이네 지하 방으로 가서 어제 범이가 가르쳐준 대로 한약 파우치 2개에 카페인을 주입했다. 고데기로 구멍을 감쪽같이 메꾸고 티가 나는지 검사한 다음 집으로 돌아왔다. 그리고 정효신이 출근하기를 기다렸다.

예상대로 그녀는 아침 일찍 2층에서 내려왔다. 얼굴은 딱딱하게 굳어 있었다.

"아침부터 힘들겠네. 차는 언제 가지러 가?"

"모르겠어. 부품이 없어서 구하면 연락 준대. 다녀올게."

그녀가 서둘렀다. 왠지 나를 피하는 눈치였다. 어제와는 또 다른 분위기에 이필주, 그놈과 밤에 또 전화를 했구나, 짐작해 본다.

난 현관문으로 향하는 그녀를 막아섰다. 한약을 꼭 먹여야 했다.

"이거 마시고 가."

미리 데워놓은, 한약이 담긴 머그컵을 내밀었다. 그녀가 안 먹는다고 말했지만 난 물러서지 않았다. 마실 때까지 비키지 않을 생각이었다. 그녀는 할 수 없이 그 쓴 한약을 단숨에 마신다.

"됐지. 이제 갈게."

"잘 다녀와. 몸조심하고."

난 만족스러워서 씩 웃었다. 한약 파우치를 하나 더 내밀자, 그녀가 그걸 받아들고 급히 나간다.

난 다시 보경이네 지하 방으로 가서 컴퓨터를 켜고 이필주와의 통화 내용을 확인했다. 녹화된 파일에는 별 내용이 없었지만 나를 주의하라는 놈의 경고에는 실소가 나왔다.

[자기, 주의해. 그 자식, 뭔가 수상해.]

뭐야, 아침에 본 정효신의 표정은 바로 저 말 때문이었어? 나를 경계하던 그녀의 눈빛이 떠올랐다. 그녀와의 관계가 진전했다고 생각했는데, 이런 젠장, 짜증이 난다. 앞으로 한발 더 나아가기 위해서는 극적 장치가 필요했다.

모니터룸에 출근했다. 이 실장은 오늘도 일찍 출근해 해킹한 업체 서버 이곳저곳을 들여다보고 있었다.

"일찍 나오셨네요?"

"아……, 오셨어요? 이거 들여다보느라 시간 가는지 몰랐네요."

그가 서버를 터는 동안 난 CCTV 시스템을 해킹하고, AI 분석을 통해 업체에 드나드는 주요 인물을 검토하는 동시에 외부에서 작동할 수 있게끔 프로그램을 심어뒀다. 와이파이 해킹 칩의 수명은 며칠 남아 있었지만 작업을 미리 해두는 게 좋을 것 같았다. 시간은 항상 남아도는 게 아니니까. 이 실장과 나는 성격이 모두 급해서 작업하는 스타일이 잘 맞았다. 일도 주어진 시간만 하는 게 아니라 스스로 만족할 때까지 했다. 물론 휴식 시간도 충분히 가졌지만 말이다.

"김 선생님은…… 결혼하셨어요?"

이 실장이 커피를 마시며 조심스럽게 물었다. 뜬금없는 질문에 난 픽 웃는다. 하지만 속으로는 경계심을 늦추지 않았다. 우리가 아직 사적인 얘기를 할 사이가 아닐 텐데. 불법적인 일을 하는 만큼 서로에 대해 모르는 게 업계 예의다.

"아직인데요? 왜요? 제가 기혼자처럼 보여요?"

"아니요, 그건 아니고요. 저번에 어떤 회사를 들여다보고 계시길래…… 궁금해서요."

"아는 친구에게 부탁해 테스트해본 거예요. 이 실장님은 테스트 장소를 어디로 하셨습니까?"

"비밀이에요."

"어차피 테스트잖습니까? 비밀로 할 건 아닌 것 같은데요?"

"그래도 비밀이에요."

이 실장이 의뭉한 표정을 지으며 웃었다. 그 바람에 나도 어이가 없어 따라 웃었다. 비밀? 흥, 웃기는 사람이군.

그는 아직 어려서 그런지 발랄하지만 예의가 있는 편은 아니었다. 4차원이라고 해야 할까, 가끔 신경을 거스른다. 하지만 집중력 하나만은 대단해서 두 사람이 할 몫을 혼자서도 충분히 해냈다. 그런 강점 때문에 이런 자잘한 단점이 용서가 된다. 유명한 해커들과 여러 번 일해봤지만, 이 실장은 세 손가락 안에 꼽을 정도로 빠르고 출중한 기술과 응용력을 지녔다.

우리는 다시 모니터룸으로 돌아가 퇴근할 때까지 부지런히 일한다. 아이디와 패스워드를 따고, 서버를 들춰 데이터를 추출하는 동안 시간은 순식간에 흘러 벌써 퇴근 시간이 됐다. 집에 일찍 가서 여자를 감동시킬 이벤트를 준비하려고 했는데, 일에 너무 몰입해서 시간이 많이 지체됐다.

난 더 일을 하고 싶어 하는 이 실장을 뒤로하고 서둘러 AV룸에서 나왔다. 그리고 만원 버스에 올라탔다. 테크노상가에서 집까지 한 번에 가는 버스가 있다는 게 그나마 다행이었다. 퇴근 시간과 겹친 터라 버스 안은 매우 혼잡했다. 사람들 틈에 껴 있던 나는 집 근처에 다다라서야 몸을 움직일 수 있었고 집 앞 버스 정류장에 간신히 내릴 수 있었다.

짧은 시간이었지만 몸이 고됐다. 당분간 이런 상황에서 출퇴근을 해야 하는 여자가 안됐다는 생각을 잠시 했다. 그리고 뜻밖에도, 그녀의 생각을 하고 있었는데 낯익은 목소리가 들려왔다.

"수술이 잘 돼서 의식을 찾았대. 그런데 아직 말은 잘 못 하나 봐."

정효신의 목소리가 틀림없었다. 난 걸음을 재촉해 그녀에게

다가갔다.

"아니. 사람 마음이 다 그런 거 아닐까?"

그녀는 통화를 하고 있었다. 아마 통화의 상대는 또 이필주겠지. 난 여자가 그와 길게 통화를 이어가는 게 싫었다.

"CCTV 분석 중인데, 못 잡을 것 같다나 봐."

대화에 끼어들었다.

"뭘 못 잡는데?"

내 목소리에 정효신이 뛸 듯이 놀란다. 얼마나 놀랐는지 휴대폰을 떨어트릴 정도였다.

"왜 그렇게 놀라?"

"갑자기 나타나니까 그렇지. 이렇게 어두운데 안 놀라겠어? 인기척이라도 좀 내지, 그랬어?"

그녀가 화를 냈다. 난 얘기를 듣는 둥 마는 둥 휴대폰 플래시를 켜고 수풀을 뒤진다. 그녀가 떨어트린 휴대폰을 찾기 위해서다. 어둠 속에서 수풀을 뒤적여 찾아낸 것은 분홍색 아이폰이었다. 내게 숨기는 그녀의 두 번째 휴대폰 말이다. 하지만 난 일부러 모르는 척 주운 휴대폰을 건넸다. 내가 의심하지 않는다는 것을 보여줘야 했다. 그리고 상냥하게 말을 걸었다.

"집에 올 때 무서우면 전화해. 내가 데리러 갈게."

"생각해볼게."

말끝을 흐리는 그녀의 목소리에서, 나에 대한 감정을 읽을 수 있었다. 이 여자, 지금 헷갈리고 있다. 나를 경계하고 있지만 싫지는 않은 거다. 천천히 조금만 더 분위기를 잡으면 될 것 같다.

집에 오는 길에 우리는 사이좋게 나란히 걸었다. 서로의 손끝이 스칠 때마다 손을 잡을까 말까 망설이다가 그 일은 다음 기회로 미루기로 했다.

하늘은 별이 보일 만큼 청명했고 바람은 시원했으며, 멀리 보이는 우리 집은 아늑했다.

재우 이야기 #64 **국면 전환**

오늘도 이 실장은 아침 일찍 출근해 있었다. 원래 오전에는 근무 시간이 아니었지만 매번 하는 일이 뭐가 그리 신기한지 또 업체 서버와 관련자들 컴퓨터를 뒤져보는 것 같았다. 난 그에게 인사를 하고 자리에 앉아 어제 한 작업을 점검한다.

회사에서 사용하는 신규 해킹 프로그램은 실행 즉시 로그 기록을 저절로 삭제하고 실시간으로 조작하는 기능이 있어 매우 편리했다. 백업에 대비해 쫓기듯 일하지 않아도 된다는 얘기다. 그래서 짬이 날 때마다 여자의 회사 생활을 엿보고 싶었지만, 옆에 이 실장이 있는 이상 그럴 수 없었다. 공과 사는 철저해야 한다. 이게 내 업무 수칙이었다. 하지만 그는 나를 전혀 신경 쓰지 않는 눈치였다. 이번에는 마음대로 업체 서버 관리자의 휴대폰을 엿보더니 사진 하나를 발견하고 감탄을 내뱉는다.

"우와, 이 여자 진짜 예쁘네요. 여자 친군가 본데, 죽여요."

이 실장은 천진한 얼굴로 내게 사진 하나를 보여줬다. 연예인처럼 늘씬하고 예쁜 여자 사진이었다.

"이 실장님, 타인의 사생활을 엿보는 건 아닌 것 같은데요?"

"뭐, 어때요? 우리가 보는 거 모를 텐데."

내 지적에 그는 눈 하나 깜짝하지 않았다. 오히려 사진이 마음에 들었는지, 그 여자가 나온 다른 사진도 찾아보고 있다. 참 뻔뻔스러운 친구다. 우리의 업무는 업계 주요 인사들의 측근 데이터와 동향 정보다. 그래서 해킹을 하고 서버를 뒤지는 거다. 이렇게 사생활을 엿보라고 해킹하는 게 아니다. 나는 자꾸 선을 넘는 그가 몹시 마음에 안 들었다. 그의 작은 행동이 폭풍을 몰아올까 봐 걱정됐다.

"잠깐 나갔다 올게요."

해킹에 푹 빠져 있던 그가 자리에서 일어났다. 난 무심히 그를 보며 묻는다.

"어디 가시게요?"

"사우나에서 눈 좀 붙이고 오려고요. 어제, 밤을 새웠거든요."

"어제요? 설마 여기에서요?"

"네. 헤헤……."

그가 쑥스러운지 웃다가 혀를 쏙 내민다. 그러더니 재빨리 모니터룸에서 나갔다. 난 머리가 아팠다. 어젯밤 내내 여기에 혼자 있었다?……. 그가 이곳에서 무슨 짓을 하고 있었는지 감이 오지 않았다. 단, 느낌은 좋지 않았다. 아무래도 강 대표를 만나 얘기를 해야 할 것 같았다.

잠을 깰 겸 믹스커피를 진하게 타왔다. 그리고 이 실장이 없는 틈을 타, 여자의 회사 서버에 잠입했다. CCTV로 보이는 그녀의 일상은 오늘도 변함이 없었다. 이번에는 여자의 일정 체크나 해볼까 하는 생각에 인트라넷에 접속한다. 때마침 내일 현지 출근하겠다는 품의서가 올라와 있었다. 병원에 입원한 오현철을 만나 업무 조언을 받겠다는 내용이다. 난 회심의 미소를 지었다. 내일 오전 오현철이 입원한 병원에 간다, 이거지? 국면 전환이 필요하던 차에 마침 잘 됐다.

AV룸에서 나와 범이에게 전화를 걸었다.

[하이, 아침부터 어쩐 일이야?]

자다 깬 듯한 범이의 목소리가 들려왔다.

"자고 있었냐?"

[몇 시야? 뭐야, 아직 열두 시도 안 됐잖아? 나한테는 한밤중이야.]

"미안해. 중대한 일이 생겨서 그래. 내일 오전에 일어날 수 있겠냐?"

[왜? 무슨 일이 있어?]

"그 여자, 정효신 말이야. 정신 좀 차리게 해주려고."

[그런 의도라면 언제든지 대환영이지. 하지만 나 차는 싫다.]

"천하의 오범이가 그런 약한 소리도 하네. 차가 싫다면, 네 애마는 어때?"

[바이크로 해도 되는 거야?]

사실 범이는 폭주족이라는 소리를 들을 만큼 바이크 하나는 끝내주게 모는 바이크 마니아였다. 지난번 오현철의 사고는 좀 실수했지만, 바이크로 장난치는 것은 식은 죽 먹기일 거다.

"치는 척만 해줘. 진짜 치지는 말고."

[고전 스타일로 가겠다는 거야? 기사가 나타나서 구해주는? 야, 야, 너무 눈에 보이잖아.]

"뻔해도 할 수 없어. 단순하면서도 센 게 필요해. 한 방에 혹 와닿을 수 있어야 하거든."

[자식, 너도 이제 급해졌나 보다?]

"중간에 그놈이 자꾸 이간질해서 그래."

[그 연놈들, 어제도 통화했구나? 마음에 들지는 않지만 그렇다면 한번 해보지, 뭐. 어디에서 몇 시야?]

범이가 흔쾌히 내 장난질에 동참하기로 했다. 전화를 끊으며 내일 벌일 일에 벌써부터 마음이 설렌다. 내일 장난칠 거니까 오늘 밤은 다정하게 굴어야지. 그러기 위해서는 일찍 퇴근을 해야 한다.

난 김밥으로 점심을 때우며 열심히 일했다. 사우나에서 돌아온 이 실장도 정신 차리고 작업에 몰두했다. 우리 두 사람이 생각보다 더 빨리 일을 처리하는 것을 보며 함 부장은 매우 만족해했다.

퇴근 후, 버스 정류장에서 무작정 그녀를 기다렸다. 용인에서 잠실로 이동하는 동안 그녀가 버스를 탈지 지하철을 이용할지 몰라 버스 정류장에 도착하는 시간을 정확히 알 수 없었기 때문이다. 호젓한 버스 정류장에 서 있는 사람은 나 하나였다.

그녀를 기다리는 30여 분 동안 지나가는 사람을 단 한 명도 보지 못했다. 큰 길가도 이런데, 어두운 밤길을 여자 혼자 걸어가기에는 무리가 있다. 게다가 집까지 이어진 비탈길은 가로등이 하나도 없어 어둡고 후미졌다. 내가 마중 나왔다는 것만으로도 그녀는 아마 고마워할 거다.

잠시 후, 그녀가 지친 모습으로 버스에서 내리는 게 보였다. 내 얼굴을 보더니 그녀는 예상치 못했다는 표정을 지었다.

"언제부터 기다린 거야? 내가 언제 올 줄 알고?"

분명 반가울 텐데, 여자는 얄밉게도 뾰족하게 말한다. 성격 같아서야 당장이라도 그녀를 버리고 혼자 집에 가고 싶지만, 현재 내 캐릭터는 다정한 남자였다.

"퇴근 시간이야 뻔하잖아? 밥 먹었어?"

"아니."

"배고프겠다. 가서 국수라도 해 먹자. 나도 안 먹었어."

다정하게 말하며 그녀의 손을 잡았다. 피부와 피부 사이에, 여자의 가는 떨림이 느껴진다. 하지만 손을 빼지 않았다. 예상컨대, 그녀는 이 상태가 좋은 거다. 난 그녀의 손을 꼭 잡고 이런저런 얘기를 하며 집으로 향하는 어두운 비탈길을 올랐다. 긴장했는지 여자의 손에서 땀이 차오른다. 슬쩍 내려다본 그녀의 얼굴은 어둠 속에서 자세히 보이지 않았지만 왠지 수줍어하는 것 같았다.

분위기에 취한 난, 그녀에게 그만 매일 마중 나오겠다고 말해 버렸다. 그녀가 내 손을 꼭 쥐는 게 느껴졌다. 긍정적인 징조였다. 역시 여자를 공략할 때는 정공법이 확률이 제일 높다. 손부터 잡고 차근차근 여자의 빈틈을 노리는 거다. 일단 첫 단계는 성공한 것 같다. 하지만 성공에 취해 서두르지는 말아야지. 여자는 겁을 먹으면 달아나버린다. 난 일이 계획대로 착착 진행되는 것 같아 기분이 좋았다. 그녀의 손을 잡고 흔들며, 우리는 사이좋게 집으로 돌아왔다.

다음 날, 거사가 있는 날이라 늦잠을 잘 수가 없었다. 여자는 현지 출근할 생각에 늑장을 부리며 내려오지 않는다. 커피를 진하게 내려 마시며 그녀를 기다리다가 할 수 없이 먼저 집에서 나왔다. 구의동 사거리에 도착하니 범이가 먼저 와 있었다.

"일찍 일어났네?"

"간신히 나왔어. 앞으론 웬만하면 새벽에 일 잡지 마라."

범이의 한탄 섞인 엄살에, 커피 전문점으로 들어가 아메리카노 투 샷을 시켜줬다. 그리고 여자가 언제쯤 오는지 창밖을 내다보며 기다린다. 커피 전문점은 병원의 정문이 잘 보이는 찻길 건너 맞은편에 있었다.

"약은 써봤냐?"

범이가 이제야 잠이 깬 듯 항우울제의 효과를 묻는다.

"생각보다 센 거 같던데?"

"진짜? 내가 알려준 건 극소량이었는데. 너, 더 넣은 거 아냐?"

"적정량보다 덜 넣었어. 그런데도 여자가 민감하게 반응하더라고."

"참고해둬야겠네. 그 여자, 보기보다 예민한가 보네. 증세는 어땠는데?"

"교통사고를 냈대. 앞에서 오는 덤프트럭을 피하다가 가드레일을 받았다는데, 그것도 약 효과일까?"

"에이, 그건 부주의지. 부작용으로 어지럼증이 있긴 한데 사고 낼 정도는 아닐걸?"

"기절도 했는데?"

"뭐? 기절? 한 번 먹은 거로는 웬만해서는 쓰러지지 않아. 다른 이유가 있겠지."

그녀의 사고가 약 때문이 아니라는 범이의 말에 조금 마음이 놓인다. 난 지저분한 일은 싫다. 기왕 할 거 깔끔히, 깨끗하게 처리하고 싶다. 그래서 약을 쓰는 게 자꾸 마음에 걸리는 거다.

"조만간 날을 한번 잡자."

"날? 무슨 날?"

"얼굴 한번 봐야겠어. 그 여자가 무슨 생각 하는지도 알아야겠고. 너 혼자 끙끙대는 것보다는 우리가 모여 공격하는 게 낫잖아?"

"너 알아보면 어떡하려고?"

"이 머린 이따 잘라버릴 거야. 그럼 기억하지 못할걸? 내가 네 담당의로 되어 있으니까, 날 소개하는 게 어렵지는 않잖아?"

범이는 지금 모험을 하려고 하고 있다. 여자에게 얼굴이 한번 노출됐으니, 외모를 다르게 꾸민 다음 다시 그녀 앞에 나타나겠다는 거다. 난 썩 내키지 않았다. 아무리 범이라고 해도 내가 하는 일에 참견하는 건 싫었다. 내 선에서 그녀를 적당히 조리하고 싶었다. 범이가 끼어들면 무슨 수를 쓸지 모른다.

"날 믿어봐. 내 상담 기술로 그녀의 머릿속을 탈탈 털어낼게."

"네 기술이야 믿지. 하지만 이르지 않을까?"

"얘 참, 뜸 들이는 거 좋아하네. 그 여자랑 길게 끌어봐야 좋을 거 없어."

"그래도 우리가 처음 설계한 게 있잖아."

"누가 그대로 안 한대? 그건 그거고, 이건 이거지. 내가 말하는 것은 기존 설계에 디테일을 추가하자는 거야. 내 생각이 틀려?"

내가 범이의 말에 대꾸할 답을 못 찾고 있을 때, 여자의 모습이 눈에 들어왔다. 그녀는 손에 주스 상자를 들고 있었다.

"왔다. 그건 나중에 천천히 얘기하자."

우린 각자 맡은 일을 확인한 다음, 커피 전문점에서 나와 헤어졌다. 난 병원으로 따라 들어가 1층 접수처에 앉아 그녀가 다시 나오길 기다렸다. 20분도 지나지 않아 여자의 모습이 보였다. 난 조심스럽게 그녀를 따라 나간다. 병원 문을 나선 그녀는 버스 정류장 쪽을 향해 걸어갔다. 머릿속이 복잡한지 멍한 상태였다. 내가 따라가고 있다는 것도 모르는 것 같았다.

나는 범이에게 신호를 보내고, 녀석의 바이크가 다가올 즈음 재빨리 그녀의 팔을 낚아챘다. 무방비 상태의 그녀는 힘없이 내 품에 안겼다. 범이의 바이크가 요란한 소리를 내며 멀어져 간다. 그녀는 몹시 놀랐는지 다리에 힘이 풀려 길바닥에 주저앉으려고 했다. 그런 그녀를 간신히 일으켰다.

"당신 괜찮아? 안 다쳤어?"

내 말에 그녀가 놀라 나를 올려다본다. 사색이 된 그녀는 마치 저승사자라도 본 것 같았다.

"앞 좀 제대로 보고 다녀. 큰 사고 날 뻔했잖아. 사람이 왜 그렇게 주의력이 없니?"

난 천연덕스럽게 말을 이었다. 당황한 그녀는 제대로 대꾸도 하지 못한다. 진짜 많이 놀랐나 보다. 내가 근처 카페에서 쉬다 가자고 제안했지만 그녀는 회사에 들어가 봐야 한다며 거절했다. 그리고 나를 의심쩍은 눈초리로 훑어봤다.

"당신은 여기 어쩐 일이야?"

"나도 병원 왔지. 정신과 다닌다고 했잖아."

명쾌한 내 말에 그녀는 그제야 의심을 풀었다. 딱딱하게 굳어졌던 얼굴이 조금 편안해진다. 난 이 틈을 놓치지 않았다.

"버스 타고 갈 거지? 정류장까지 데려다줄게."

"됐어. 혼자 갈게."

"데려다준다니까! 당신 또 넋 놓고 다닐까 봐 걱정돼서 안 되겠어."

그녀의 손을 재빨리 잡았다. 이번에도 그녀는 손을 빼지 않고 가만히 있었다. 그리고 버스가 올 때까지 우리는 손을 꼭 잡고 있었다. 여자는 말을 아꼈지만, 이 상황을 충분히 즐기는 것 같았다. 내가 생각 없이 떠드는 말에 가끔씩 웃으며 바라보는 눈길이 확실히 부드러워졌다.

버스가 와서 헤어질 때도 아쉬운 기색을 숨기지 않았다. 뭐라고 말할 듯 입술을 달싹이다 돌아서는 여자의 모습을 보며, 이번 일이 제대로 먹혔구나 하는 생각에 쾌재를 불렀다.

재우 이야기 #65 주홍 글씨

말 그대로 눈코 뜰 새 없이 바빴다. 서버에서 추출할 데이터는 끝없이 나왔고, CCTV 카메라를 외부에서도 제어할 수 있게 시스템을 조작하느라 시간이 생각보다 오래 걸렸다. 업무 시간은 회사에서 약속했던 것을 훌쩍 넘어섰다. 게다가 이 실장이 좀처럼 자리에서 일어나지 않는 바람에 묘한 경쟁심마저 들어, 나 역시 늦게까지 일하느라 퇴근이 점점 늦어졌다.

오늘도 그랬다. 일하는 데 정신이 팔려 퇴근 시간을 놓쳤다. 뒤늦게 정신을 차린 나는 지하에 있는 대형마트에서 레토르트 식품을 잔뜩 사서 퇴근을 서둘렀다. 요리를 준비할 시간이 없어 즉석식품으로 대신할 생각이었다.

택시를 타고 집에 와서 짐을 푼 다음, 여자를 마중 나갔다. 오전에 그녀가 느꼈을 감정을 계속 이어가고 싶었다.

버스 정류장에서 그녀를 기다렸다. 머릿속으로는 어떻게 해야 여자를 사로잡을 수 있을까 생각했다. 버스가 여러 대 지나갔다. 지나가는 버스 수가 늘어날수록 그 안의 승객 수는 점점 줄어들었다. 시계를 보니 40분 이상을 기다린 것 같다. 하지만 아무리 기다려도 그녀의 모습은 보이지 않는다. 난 혹시나 그녀가 마을 입구의 다른 정류장에서 내렸을지도 모른다는 생각에 발길을 돌렸다. 그녀가 이미 집에 왔을지 모른다는 생각을 했다.

휴대폰 플래시에 의지해 좁고 어두운 비탈길을 올라갔다. 삼거리 부근에 다다랐을 즈음, 어둠 속에서 SUV 한 대를 발견했다. 급히 플래시를 껐다. SUV에 가까이 다가섰다. 차 안에서 수상한 기척이 느껴졌기 때문이다. 길의 후미진 곳에 서 있는 차는 구형 쏘렌토였다. 이런 차가 거리에 한두 대 돌아다니는 게 아니겠지만, 난 왠지 이필주의 차 같다는 느낌이 들었다.

그 자리에 서서 차를 지켜본다. 눈이 점차 어둠에 적응되자 차의 실루엣과 미세한 움직임이 보이기 시작했다. 차의 앞 유리창에는 부옇게 성에가 끼었고 가끔 차체가 흔들렸다. 이필주의 차가 맞는다면 아마 저 안에 그 여자도 함께 있겠지. 내가 둘 사이의 틈을 제대로 못 벌린 건가? 아니면 육체적 욕망에 지나치게 솔직한 그녀가 그새를 못 참고 쌓아놓은 욕정을 풀고 있거나.

그때 턱- 하는 소리와 함께 유리창에 손자국이 났다. 웃음이 피식 나왔다. 더 지켜볼 것도 없었다. 정효신, 그 여자가 저기에 있는 것이 맞다. 그녀의 대범함에 경악을 금치 못하겠다. 아무리 몸이 급했다지만 집 근처에서 카섹스라니. 난 그들의 정사를 끝까지 지켜보지 않고 집으로 왔다. 섹스로 에너지를 몽땅 소진하고 출출함을 느낄 그녀에게 맛있는 음식을 대접하기 위해서였다. 바람난 아내를 둔 남편의 역할이 이런 것 아니겠는가. 영화나 소설 속에서는 늘 그랬다. 아내가 바람피우는 것을 남편만 모른다. 나 역시 몰라야 했다.

난 자조적인 심정으로 냄비를 올리고 물을 끓인다. 그리고 내 예상은 적중했다. 10여 분이 지나지 않아 그녀가 집으로 돌아왔다.

"늦었네? 마을회관 쪽에서 온 거야?"

난 모르는 척, 그녀의 속을 떠본다. 그녀는 당황한 눈치였다.

"응? 으응……."

"난 또. 그쪽에서 왔구나. 큰길까지 나갔다가 당신 안 오길래 기다리다 먼저 올라왔는데. 다음에는 버스 어디에서 내릴지 알려줘. 데리러 갈게. 밥은 먹었어?"

나는 기다리다 올라왔다는 얘기에 힘을 주어 말했다. 내가 그들의 정사 장면을 목격했을 수 있다고 생각하길 바랐다. 여자의 얼굴에 긴장한 기색이 역력하다. 일부러 나는 환하게 웃어 보였다.

"뭐 해? 씻고 빨리 와서 앉아. 밥 먹어야지."

그녀는 내 말을 순순히 따랐다. 내 기색을 살피며 될 수 있으면 거스르려 하지 않고 있다. 흥, 양심은 있나 보지?

난 특별히 준비한 고량주를 내 앞에 놓인 잔에 따랐다. 그녀에게 매일 한약을 공급하는 터라, 모순되지 않게 내 잔만 준비했다. 술을 마시며 그녀를 슬쩍 보니 약간 의기소침해 있다. 이제 슬슬 다가가 볼까.

"아까 놀란 건 이제 진정됐어?"

"고마웠어."

"말로만? 표정 보면 어째 하나도 안 고마운 거 같다?"

"진짜야. 당신 아니었으면 나 크게 사고 날 뻔했어."

"내가 생명의 은인인 거 인정하나 보네?"

내 말에 그녀가 미소를 짓는다. 얼굴이 아직도 살짝 상기된 것을 보니 아까의 흥분이 아직 가라앉지 않은 것 같다.

"의사는 뭐래? 당신 상태 좋아지고 있대?"

고맙게도 여자는 내가 원하는 방향으로 화제를 돌린다. 그녀는 내가 받는 정신과 치료에 대해 궁금한 게 많았다. 하지만 난 치료 방식과 약 등에 대해 두루뭉술하게 알려줄 수밖에 없다. 실제로 정신과 치료는 단 한 번도 받아본 적이 없으니 말이다. 범이가 여자를 보고 싶다고 말한 게 떠올랐다. 그 둘의 만남을 자연스럽게 주선하는 방법이 없을까 고민하는데 그녀가 정신요양원에 대해 물어왔다.

"나 궁금한 게 있어. 우리 같은 경우는 VIP를 따로 관리하거든. 병원도 그래? 특별히 관리하는 사람들이 있어?"

내 신경이 날카로워졌다. 아직도 나를 의심하고 있다는 속내를 그녀는 에둘러 표현하고 있다. 입을 다물게 할 필요가 있었다. 이럴 때 그녀의 약점을 공격해야 한다. 난 지루했던 내 요양원 생활에 대해 성의 없이 대충 알려준 다음 오현철에 대해 물었다.

"오 팀장이라는 사람, 어때?"

"아까 말했잖아, 상태 멀쩡하다고. 자꾸 그 사람 얘기는 왜 물어?”

“같은 회사 사람이라고 해도 연락처 하나 받으러 거기까지 가는 건 좀 그렇지 않아?”

여자의 얼굴이 묘하게 일그러졌다. 결코 유쾌하지 않다는 감정을 드러내고 있지만 반면에 이상야릇한 미소도 엿보인다. 뭘까? 저 표정은. 난 그녀의 얼굴을 유심히 살핀다.

“우리 팀장이야. 그가 하도 VIP 연락처를 안 내놓으니까 내가 받으러 간 거라고.”

“당신 전부터 그 사람 얘기만 많이 했어. 그거 알아?”

“주로 불평이었잖아?”

“그게 이상한 거지. 그 오 팀장이라는 남자, 당신이 관심 가진 건 아니지?”

질투하는 척을 해본다. 여자의 표정이 의외로 밝아졌다. 내가 그녀의 주변에 신경 쓰고 있다는 사실이 기쁜 듯했다. 그녀가 낮게 소리 내어 웃었다.

“아니면 됐고. 오해했다면 미안해.”

“아, 웃겨. 그런 생각을 왜 한 건데? 그래도 그렇지, 하필 오 팀장이라니. 어휴, 생각만 해도 싫어.”

“그럼 당신, 다른 남자는 없는 거야?”

“없어. 정말이야.”

여자의 당돌한 거짓말에 난 속으로 웃는다. 아까 이필주의 차 속에서 무슨 짓을 했는지 뻔히 아는데 다른 남자가 없다니. 종대의 말대로, 거짓말을 입에 달고 사는 여자다. 그런 나쁜 버릇

은 혼을 내줘야 한다. 그녀를 놀리고, 괴롭히고 싶다는 생각이
들었다. 난 그녀에게 키스를 할 것 같이 다가갔다. 테이블 너머
로 천천히 몸을 기울이자 그녀가 긴장을 한다. 섹스의 여운이
사그라들지 않은 듯, 얼굴이 다시 달아올랐다. 그녀가 키스를 바
라는 듯 눈을 감았다.

"아까부터 이거 거슬리더라."

난 그녀의 어깨에서 긴 머리카락을 떼어내며 말했다. 그리고
장난스럽게 웃었다. 하지만 그녀의 표정이 이상했다. 입을 살짝
벌리고 나를 애타게 바라보는 눈빛이 심상치 않았다. 뭐야, 이
여자. 다른 놈과 섹스하고 와서 나에게 안길 생각을 하다니. 너
무 하는 거 아냐?

"왜? 하고 싶어?"

난 괜히 빈정거려 본다. 그녀가 굴욕감이라도 느꼈으면 했다.
그러나 여자의 표정이 점점 더 야릇해진다. 그녀가 내뱉는 나직
한 한숨에 나도 모르게 아래가 묵직해졌다. 얇은 셔츠 밖으로
드러난 여자의 탐스러운 가슴 굴곡이 눈에 들어왔다. 셔츠의 단
추가 너무 많이 풀어져 있었다.

"그럼 말해봐. 날 원한다고."

"당신을 원해……."

여자의 뜨거운 목소리에 더 이상 나 자신을 제어할 수 없었
다. 당장 그녀를 안아야 했다. 그녀와 이필주의 섹스 장면이 떠
올라 더 흥분됐다. 난 지체하지 않고 여자를 안았다. 생각했던
것보다 화끈한 여자였다. 그녀의 키스에 내 몸이 마음대로 제

어가 되지 않을 정도였다. 그녀에게 빠져 숨이 막혀올 것만 같았다.

그때 어디선가 목소리가 들렸다.

[안 돼! 멈춰!]

종대의 목소리였다. 난 순간적으로 멈칫했다. 그래, 녀석의 말대로 이래선 안 된다. 종대의 말이 맞는다. 그러나 여자는 도중에 멈출 생각이 없어 보였다. 요염한 표정으로 날 올려다보면서 다시 안으려 한다. 그녀의 붉고 통통한, 살짝 벌어진 입술이 가쁜 숨을 토해냈다. 반쯤 벗은 그녀의 몸이 나를 유혹한다.

"왜 그래?"

그녀를 밀쳐냈다. 아직도 내 몸은 흥분 상태였다. 그녀는 마치 늪 같아서, 지금 이대로 섹스를 했다가는 내 감정이 어떻게 휘둘릴지 모르겠다.

"그만하자."

"왜? 내가 뭘 잘못했어?"

아직도 섹스를 포기하지 못한 그녀가 애처롭게 묻는다. 더 이상 옆에 있다가는 다시 그녀를 안을 것만 같았다.

"아니야. 피곤해서 그래. 먼저 들어갈게."

난 그녀를 쳐다보지 않고 재빨리 지하 방으로 돌아왔다. 흥분한 내 몸을 가까스로 가라앉히며 대책을 강구해본다. 하마터면 여자에게 말려들 뻔했다. 이렇게 무방비 상태로 여자와 섹스를 하다가는 실수를 할 것이다. 잊어서는 안 된다. 내 목적은 분명하지 않은가. 종대의 시체를 찾고 그녀에게 복수하는 거다. 그런데 그녀를 안으면 머릿속이 하얘져서 다른 생각이 들지 않는다. 주체할 수 없는 성욕에 달떠 그녀 외에 아무것도 보이지 않는 것이다. 이게 문제다. 이러다가는 일을 그르칠 거다. 잊지 말아야 한다. 순간의 쾌락은 달콤할지 몰라도 원하는 바를 충족시켜주지 않는다는 것을.

내 심연의 소리였겠지만 종대의 목소리가 들리지 않았더라면 어쩌면 난, 그녀에게 삼켜졌을 거다. 진짜 위험했다. 내 이성을 일깨울 무엇인가가 필요하다. 최면술에 걸린 사람을 자각시키는 물건 같은, 그녀의 도발 속에서도 나 자신을 지킬 수 있는 특별한 아이템을 구해야 한다. 그때까지는 그녀를 조심해야 했다.

온종일 일이 손에 잡히지 않았다. 어젯밤 흥분한 그녀의 모습이 계속 떠올라 참기 힘들었다. 여자에게 이렇게 욕정을 느끼기도 오랜만이었다. 그녀 생각에, 일이 더디게 진행되어 오늘도 퇴근이 늦었다.

하지만 퇴근 후에 난 집으로 가지 않고 집 근처에 있는 대형 쇼핑몰로 갔다. 천천히 숍을 둘러보면서 내 이성을 붙들 만한 물건이 없을까 계속 배회했다. 그러다 어느 주얼리숍 앞에서 발길을 멈췄다. 투명한 유리 너머로 보이는 목걸이 하나가 눈에 들어왔기 때문이다. 알파벳 'Y'와 'M'의 이니셜이 달린 목걸이였다. 이니셜이라……. 주홍 글씨로 제격이지 않은가. 남편을 죽인 방탕한 아내에게 찍을 낙인으로 이만한 게 없는 듯했다. 그 여자에게 저 목걸이를 채운다면 섹스를 할 때마다 난 종대를 생각할 수 있을 거다. 내 목적을 잃지 않고 계획대로 여자의 마음을 조정한 다음 원하는 것을 손에 넣어야지. 난 지체하지 않고 주얼리숍으로 들어갔다.

늦은 시간이어서 그런지 퇴근 준비를 하던 매장 점원이 반갑게 나를 맞았다.

"어서 오세요. 선물하실 거 찾으시나요?"

"진열된 알파벳 목걸이를 사고 싶은데요. 혹시 J가 있나요?"

"아⋯⋯, 잠시만요."

점원은 컴퓨터 앞에 서서 뭔가를 입력하더니 나에게 곧 미안한 표정을 지어 보였다.

"고객님, 죄송한데, 지금 저희 매장에는 없습니다. 하지만 본사에는 재고가 있어요."

"주문은 가능한 겁니까?"

"그럼요. 오늘 주문하시면 빠르면 내일, 늦어도 모레 정도면 갖다 드릴 수 있습니다. 어떻게 하시겠어요?"

두 번 생각할 것도 없었다. 이만큼 적당한 물건이 어디 있겠는가. 난 당장 계산을 했다. 물건은 며칠 후 받기로 했지만 날짜는 나에게 상관이 없었다.

목적을 이루고 나니 갈증이 심하게 났다. 누군가를 만나 시원하게 속을 털어놓고 싶었다. 이럴 때 종대가 있으면 좋을 텐데. 난 아쉬운 대로 범이에게 전화를 걸어 술 약속을 잡는다. 오늘 밤은 잔뜩 취하고 싶었다.

한남동 위스키 바에서 술을 마시며 범이를 기다렸다. 녀석은 이 바의 단골이었다. 난 범이가 킵해 놓았다는 발베니 더블우드를 주문했다. 위스키의 진한 황금빛 컬러를 감상하며 안주로 나온 치즈와 땅콩, 초콜릿을 먹었다. 녀석을 기다리기 무료해서 여자에게 늦는다고 문자도 넣는다. 몇 분 후에 답 문자가 왔다.

'알았어.'

성의도, 특별한 내용도 없는 답변이었다. 마음이 설레면서도 덤덤하게 문자를 보냈던 그녀의 모습이 짐작됐다. 여자의 포장된 시크함에 괜히 웃음이 나온다.

20여 분쯤 지나자 범이가 왔다. 녀석의 앞머리는 일자로 짧게 잘려 깔끔해 보였다. 수염은 살짝 기른 상태였다.

"어어, 머리 잘했는데? 비싼 데서 했나 보다?"

"청담동 컷이야. 7만 원짜리."

"잘했네. 확 달라져서 못 알아보겠다."

"요즘 유행하는 스타일로 잘랐는데 뒤가 많이 허전하네."

녀석이 손을 목덜미에 가져다 대며 짧아진 머리를 만지작거렸다. 난 그를 위해 스트레이트 잔과 얼음 잔을 주문했다. 나는 위스키를 스트레이트로, 범이는 하이볼 스타일로 토닉 워터를 믹싱해 마신다.

"웬일이냐? 네가 먼저 술 마시자고 하고. 문제 있냐?"

"문제는. 일이 술술 풀려서 긴장 좀 하려고 그러지."

"그 여자랑, 잤냐?"

"……아니."

난 발베니를 단숨에 들이켰다. 그리고 한잔 더 따른다. 오늘은 진짜 양껏 마시고 취할 예정이었다.

"여자가 널 유혹하던?"

"유혹이야 늘 하지."

"그럼 그냥 넘어가. 임도 보고 뽕도 따는 거지. 안 그래? 어차피 그 여잔 우리 목표물이야. 돼지 키워 잡아먹는다고 양심의 가책을 느끼는 거, 봤어?"

"그거랑 다르잖아. 대상이 사람인데."

"다르긴 뭐가 달라. 자식, 넌 인마, 그래서 안 돼. 너무 감성적이잖아. 하여간 컴퓨터만 들여다보던 것들은 이렇게 순해빠져서 안 된다니까. 아, 내가 맡았어야 했는데."

범이는 혀를 끌끌 차며 얼음을 씹어 먹는다. 와그작거리는 소리가 귀에 거슬렸다.

"혹시 너, 내 방식이 마음에 안 드냐?"

"익숙하지는 않지. 지난번에 네가 말한 대로 약 썼다가 그 여자가 사고 내고 기절했잖아. 그때 아……, 진짜, 심장이 쫄깃하더라. 내가 사람을 죽이는구나, 했어. 약 쓰는 건, 나랑 안 맞아."

"죽일 거였잖아. 그럴 땐 일정이 앞당겨졌구나, 그렇게 생각해. 뭘 복잡하게 살아?"

녀석은 무심히 땅콩을 씹으며 말한다. 사람 죽이는 일을, 아무렇지 않은 듯 속 편히 얘기한다. 난 또 위스키를 마셨다. 범이는 종대와 달리 대화가 잘 통하지 않았다. 예스와 노, 고와 스톱이 뚜렷한 녀석이라 내가 갈등하는 것을 이해하지 못한다. 종대의 죽음에 화가 나 이 일에 섣불리 끼어든 것은 아닌지 처음으로 후회했다.

"목걸이를 샀어."

"그 여자 주려고?"

"응. 주홍 글씨를 새긴다는 심정으로 이니셜 목걸이 하나 구입했지."

"알파벳이 P야, J야?"

"J. 아마도 여자는 자기 이니셜인 줄 알걸?"

"그러겠다. 정효신의 J, 딱 속아 넘어가겠네."

"그거라도 봐야 종대 생각하며 날 붙들어 맬 수 있을 것 같았어."

"잘했어. 왜 최면이나 꿈 같은 무의식 상태에서 깨려면 자각이 필요하거든. 내가 이런 상태구나, 하고 인식시켜줄 수 있는 뭔가가 있다면 쉽게 헤어 나올 수 있는 거지. 아마 너한테 목걸이가 그런 효과일 거야."

"목걸이 주문했으니까 사용 후에 결과를 말해주마."

"기대된다, 인마. 그리고 그냥 눈 딱 감고 저질러버려. 너 종대를 숨긴 곳도 갔다 왔다며? 종대만 생각해. 그 여자, 나쁜 년이라고."

초콜릿을 입안에 넣고 천천히 녹여 먹으며 잠시 여자를 생각했다. 이필주와의 사이가 멀어진 후 나에 대한 태도가 적극적으로 바뀐 그녀. 카섹스를 하고 온 것을 보면 나와 그 사이에서 갈등하는 것 같다. 빨리 이필주와의 끈을 끊어버려야 할 텐데. 두 사람이 공범이라 쉽지는 않을 거다.

"시간은 언제 되냐?"

"그 여자 보여주게? 난 내일도 돼."

"내일은 너무 이르지. 모레 보자. 집 근처 레스토랑 예약해놓을게."

"오케이. 아……, 기대되는데? 본격적으로 그 여자에 대해서나 들어보자. 너를 담당하는 정신과 의사로서 말이야. 상대에 대해 기본적인 것은 알고 있어야 하잖아?"

그녀를 떠올렸다. 어제 마지막으로 본, 흥분한 여자의 입술과 눈의 잔상이 머릿속에 남아 있다. 청송에서 처음 만났을 때 그녀는 나를 경멸하듯 봤었지. 하지만 이제는 사랑에 빠진 눈으로 나를 본다. 눈빛이 마주칠 때마다 미치겠다. 그녀는 내가 자신을 죽이려 한다는 것을 짐작이나 하고 있을까? 사람의 감정이라는 것은 참 묘하다. 여자의 감정 변화는 나까지 변화시킨다. 가끔 흔들릴 때도 있다. 그래서 전면에 나서기가 점차 꺼려지는 거다.

"일단 난희 누나를 싫어해."

내 말에 범이가 고개를 끄덕이며 큰 소리로 웃었다.

"누나가 호불호가 좀 있는 스타일이지. 특히 여자들에게는. 성격은 어때?"

"글쎄……. 말이 많지는 않아."

"난희 누나와 진짜 안 맞겠군. 야, 모레 누나도 불러. 그 여자 반응 좀 보게."

"누나 오면 더 새침해져서 말을 잘 안 할 텐데?"

"그런 건 전문가에게 맡기셔. 또, 다른 건 없어?"

"속에 다른 꿍꿍이가 있는 게 뻔한데 모르는 척한다고나 할까? 음흉한 스타일이야. 다른 남자 만나고 다니면서도 세상 조신한 척하거든."

"사람이라면 다 그러지 않나? 나 바람피워요, 누가 이러고 광고하고 다니겠어? 너도 참, 같이 살면서 파악한 게 겨우 그거야? 성격은 차분해?"

"아주 침착하지. 냉정하고. 정에 굶주린 것 같은데 필요 없다 생각되면 금세 차가워지거든. 이기적인 면이 많아."

"애인한테 그런가 보구나? 그 새끼도 안 됐네. 머지않아 버림받겠어."

"그리고 절대 당하고만 있는 스타일이 아니야. 한 대 맞으면 한 대 때리는 성격이지. 험악하게 생긴 남자들 있잖아, 그 앞에서도 절대 안 꿀려."

"종대 사건 겪고 짐작은 했다."

"순천에서 차 사고 한번 냈거든? 장정 둘이 덤비는데 끄떡도 안 했다더라."

"독한 여잘세. 모레가 기대된다, 진짜."

"아무리 오범이 너라도, 그 여자 입에서 정보 털기가 쉽지 않을 거야."

"프로인데, 그 정도는 생각해두고 있지. 만반의 준비를 해야 하지 않겠어?"

"또 약 쓰려고?"

"어차피 우리는 편법 인생이야. 기왕이면 가는 거, 쉽고 편한 길로 가는 거지."

범이와 나는 위스키를 몇 잔 더 마시고 헤어졌다.

12시가 넘어 택시를 타고 집으로 오니 여자는 TV를 틀어놓은 채 소파에서 자고 있다. 난 그녀의 얼굴에 내 얼굴을 가까이 가져다 대고 숨을 느껴본다. 색- 색- 고른 숨소리를 내며 곤히 잠들어 있다.

이불을 가져와 그녀에게 덮어줬다. 여자를 2층으로 데려다줘도 괜찮았겠지만 과한 친절은 베풀지 않기로 했다. 그녀와 선을 지키고 싶었다. 그리고 선은, 내가 아닌 그녀가 먼저 넘게끔 유도해야 했다.

일찍 일어나 회사로 나갔다. 모니터룸에서 거의 살다시피 하는 이 실장의 태도가 왠지 불길해 그를 그곳에 혼자 오래 놔두기가 싫었다.

"어휴, 김 선생님, 일찍 나오셨네요?"

"어제도 안 들어가셨어요?"

"일이 워낙 재밌어서요. 좀 쉬다 투입됐더니 그새 프로그램이 많이 업그레이드됐네요. 이곳 장비가 워낙 뛰어나기도 하고요."

난 그가 무슨 일을 하고 있었는지 모니터 쪽을 힐끗 봤다. 이상은 없었다. 평소와 마찬가지로 업체 서버를 해킹해 주요 데이터를 긁어모은 것 같았다.

난 그와 좀 떨어진 곳에 앉아 프로그램을 작동했다. 인공지능이 CCTV 데이터에서 골라낸 인물들을 좀 더 상세하게 분석할 예정이었다.

오후에는 함 부장과 함께 점심을 먹고 그 이후로는 5시간 동안 자리에서 꼼짝하지 않고 일만 했다. 퇴근을 빨리할 생각에 화장실 가는 시간까지 아껴가며 일했다. 이 실장을 모니터룸에 혼자 남겨두고 집에 간다는 게 마뜩잖았지만 집에 일찍 가야만 했다. 오늘 밤에는 여자가 범이를 만나도록 설득해야 한다.

집에 서둘러 왔다. 만반의 준비를 마치고 기다리는데 여자는 집에 오지 않았다. 난 초조해져 보지도 않을 TV를 켠다. 남자와 여자 앵커가 떠드는 얘기를 듣고 흘리며, 머릿속으로는 낼 범이와의 약속 얘기를 어떻게 꺼낼지 고민한다.

차 소리가 들렸다. 드디어 그녀가 온 것이다. 재빨리 TV를 끄고 현관문 앞으로 갔다. 여자가 감격할 정도로 격하게 환대할 예정이었다.

하지만 현관문이 열리자 그녀는 나를 보고 피하듯 2층으로 올라가 버린다. 이대로 보낼 수는 없지. 난 그녀의 옷자락을 잡았다.

"잠깐, 인사도 안 하고 올라가?"

"피곤해서 그래."

"맥주 한잔 못 할 정도로 피곤해? 바로 쓰러져 잠들 정도야?"

내가 다정하게 나오자 그녀는 바로 녹아내렸다. 이 여자, 사랑 못 받고 산 티가 절절하게 난다. 경계심이 강하지만 조금만 다정하고, 조금만 잘해줘도 그 벽이 쉽게 무너진다. 그녀는 씻고 내려오겠다며 2층으로 올라갔다. 난 시원한 맥주와 과자로 간단한 안주상을 차렸다. 이거라도 마시면서 여자를 꼬셔볼 생각이다.

다시 거실로 내려온 그녀의 몸에서는 향수 냄새가 진동을 하고 있었다. 나에게 잘 보이고 싶어 하는 마음이 그대로 드러나 보였다. 혹시라도 지금 유혹하고 싶은 건가? 그녀의 머리가 촉촉하게 젖어 있어 왠지 야했다.

미안하지만, 안 돼. 주홍 글씨를 네 목에 걸기 전까지는 너를 안지 않을 거야.

"당신, 매일 바쁘네. 내일도 출근해?"

"아니. 이틀 쉴 거야. 용인 일이 끝났거든."

"잘됐네. 그럼 내일 시간 낼 수 있어?"

"일단 할 일은 없어. 왜?"

"내일 닥터 오와 밥 먹기로 했거든. 내 정신과 담당 의사 말이야. 같이 가자."

"내가? 당신 의사와 밥을? 왜?"

여자의 눈이 동그래졌다. 내 제안이 낯설었나 보다. 그럴수록 난 더 뻔뻔한 태도로 나간다.

"고마워서 내가 한턱낸다고 했어. 나도 단둘이 만나기는 좀 그랬는데, 같이 가면 좋잖아? 당신도 내 담당 의사 궁금하지 않아?"

여자의 얼굴에 갈등하는 기색이 비쳤다. 내 일이 궁금한 동시에 상당히 귀찮은 모양이다. 하긴, 내일은 그녀가 오랜만에 쉬는 휴일이었다.

"나를 위해서라니까. 안 돼?"

"내가 의사를 만나면, 당신 증세에 호전이 있는 거야? 확실해?"

"그러지 않을까? 빨리 좋아졌으면 좋겠어. 과거 우리의 일이 생각 안 나는 게 힘들어. 당신이 나를 왜 못 알아보는지 몰라 괴롭고. 당신은 자꾸 내가 바뀌었다고만 하잖아."

"사실인걸. 내 눈에는 그렇게 보여."

그녀가 솔직히 말했다. 종대와 나의 차이는 그녀에게 극복할 수 없는 문제였다. 그 괴리감이 너무도 당연하기에 난 다른 무기를 쓰기로 했다. 여자가 나에게 호감을 가진 이상, 무기는 많았다.

"나 어때?"

"취했어? 왜 그래? 너무 감성적이잖아?"

"술 마신 김에 솔직히 말하는 거야. 당신, 나 별로야?"

예상치 못한 질문에 당황한 듯 그녀는 웃기만 한다. 얼굴이 벌게지고 손으로 부채질을 하는 걸 보면 나에 대한 호감 정도가 상당히 높은 것 같다.

"그럭저럭 봐줄 만해."

"괜찮다는 얘기네. 생각보다 후한걸."

난 그녀가 건네는 맥주를 마신다. 그녀가 날 보고 있다는 게

곁눈질로 느껴진다. 순식간에 맥주 한 캔을 모두 비웠다. 그리고 그녀의 눈을 보며 진지하게 말했다.

"우리, 처음부터 다시 시작하자."

날 보는 그녀의 동공이 흔들리기 시작한다. 붉은 입술이 살짝 벌어졌지만 아무런 말도 하지 않았다. 그 사이로 새어 나오는 작은 숨이 내게 도움을 요청하고 있었다. 여자의 마음을 흔들 기회였다. 키스했다. 그녀의 몸을 달아오르게 할 수 있을 만큼, 천천히 그리고 오랫동안 혀와 입술을 핥았다. 그녀는 사랑에 빠진 소녀 같았고 나는 마치 한 마리 야수가 된 기분이었다.

재우 이야기 #67 **우리가 듣고 싶은 이야기**

오늘따라 여자가 늦잠을 자는지 일어나는 기척이 없다. 난 한참을 기다리다 못해 2층으로 올라갔다. 범이를 만나기 전, 예민해 있을 그녀를 달래려면 약간의 시간이 필요했다. 동네나 한 바퀴 천천히 산책해야지.

똑- 똑-. 그녀의 방에 노크를 했다. 이제 막 잠에서 깼는지 평소보다 허스키해진 목소리가 들려왔다.

[당신이야?]

"일어났어? 들어가도 돼?"

[잠깐만.]

도대체 뭘 하길래 기다리라는 거지? 하지만 난 들어오라고 할 때까지 밖에서 착하게 기다린다. 여자의 허락이 떨어지자 방문을 열었다.

그녀는 침대 위에 요염하게 앉아 있었다. 입에 붉은 립스틱을 바르고 얇은 잠옷만 입은 상태로. 실크 천 위로 가슴 부위가 야하게 돌출되어 있다. 뭐야, 아침부터 유혹하는 분위기로 가겠다는 건가?

난 그녀의 침대 위에 걸터앉았다.

"잘 잤어?"

"덕분에."

"오늘, 닥터 오 만나기로 한 거 알지?"

여자가 뾰로통한 표정을 지었다. 범이를 만나기 싫은 거다. 난 모르는 척 얘기를 이어갔다. 어제 약속한 이상 오늘의 미팅을 물릴 수 없다.

"어쩌면 엄마가 올지도 모르는데, 괜찮겠어? 엄마가 닥터 오 소개해준 거잖아. 만난다는 얘기가 귀에 들어갔나 봐. 부득부득 오겠다네."

"할 수 없지. 오랜만에 어머니도 뵙고, 좋네, 뭐."

난희 누나가 참석한다는 말이, 여자는 달갑지 않은가 보다. 좋다는 마지막 말에서 묘한 빈정거림이 느껴진다.

"날이 좋아. 우리 집 근처에서 산책하다 가자."

난 여자의 비위를 최대한 맞춰본다. 창밖의 맑은 날씨를 본 여자는 그제야 기분이 풀린 듯 고개를 끄덕였다.

난 지하 방으로 내려가 연한 남색 슈트를 꺼내 입었다. 얼굴에는 스킨도 바르고 머리도 잘 빗어 넘겼다. 다시 거실로 올라와 그녀를 기다리며 커피를 마신다. 오늘 범이가 무사히 들키지 않고 그녀에게서 이야기를 잘 끌어내야 할 텐데.

드디어 그녀가 2층에서 내려왔다. 살구색 원피스로 차려입은 그녀의 모습이 평소보다 예뻤다. 신경을 많이 쓴 티가 났다. 하지만 난 그녀의 패션 센스를 칭찬하지 않는다. 그녀가 내 그물 안으로 들어올 때까지는, 그리고 그 목에 주홍 글씨를 박아 넣을 때까지는 천천히 애만 태울 것이다.

여자의 손을 잡고 비탈길을 내려갔다. 누가 봐도 사이좋은 부부처럼 말이다. 내려가는 길에 막다른 집 할아버지를 만났다.

"잘 있었나? 두 사람 모두 오랜만이네. 같이 어디를 가는가?"

눈이 좋지 않은 이 양반은 그녀와 내가 손을 잡았다는 이유만으로 우리를 부부로 생각하는 듯했다. 예의상 해준 알은체가 나로서는 고맙고 반가웠다. 할아버지에게 살갑게 인사를 하고 여자를 보며 의기양양하게 웃었다.

거봐, 이 사람도 나를 당신 남편으로 보잖아. 난 진짜 정효신의 남편이라고.

"저 할아버지, 알아?"

여자가 이해할 수 없다는 표정으로 날 본다. 난 이사 올 때 할아버지가 텃세 부린 얘기를 해줬다. 그리고 그녀가 깊이 파고들까 두려워 일부러 장난스럽게 잡은 손을 흔들었다. 그녀는 옆집에 사는 보경을 험담하려다가 내 장난스러운 태도에 입을 다문다. 나는 그녀와 함께 있어 행복하다는 티를 마구 냈다. 여자도 만족스러운 듯 미소를 잃지 않았다. 그녀는 아마 모를 거다. 지금 이 시간이, 앞으로 닥칠 심문에 대비해 미리 하는 위로라는 것을.

레스토랑에 들어서자 말끔하게 차려입은 범이가 인사를 한다. 짧아진 머리에 까칠하게 기른 수염이 아직도 적응이 안 돼 낯설다.

"날이 참 맑네요. 오래 기다리셨어요?"

"저도 방금 왔습니다. 레스토랑이 숲속에 있는 것 같아서 아주 좋은데요?"

우리는 서로 예의를 차리며 점잖게 인사한다. 그리고 자리에 앉았다. 여자는 처음 보는 범이를 경계하는지 좀처럼 입을 열지 않았다. 꼼꼼히 뜯어보며 무엇인가를 생각하고 있다. 그런 그녀의 태도에 난 가슴이 철렁한다. 설마…… 녀석을 알아보는 건가? 정신요양원에서 잠깐 만났을 뿐인데 기억하는 건가? 범이는 아무렇지 않은 척 태연히 와인을 마시고 있지만 나는 안다. 녀석 역시 몹시 긴장하고 있다는 것을.

우리는 쓸데없는 얘기만 늘어놓으며 그녀의 눈치를 보고 있다. 그녀는 생각에 잠겨 도통 입을 열 기색을 보이지 않았다. 참다못한 범이가 먼저 말을 걸었다.

"기분 좋은 일이 있으세요?"

"어디서 뵌 것 같아서 생각하고 있었어요."

"저를요?"

"네. 낯이 익어서요."

범이가 당황해했다. 자신을 어디선가 본 것 같다는 그녀의 말에, 혹시 청송 정신요양원에서의 기억이 떠오를까 걱정됐던 거다. 녀석의 얼굴에 웃음기가 걷혔다.

"전 처음 뵙는 것 같은데……. 우리, 어디서 만났던가요?"

"배우를 닮으셨더라고요. 왜 얼마 전에 종방한 드라마에서 실장으로 나왔던."

여자의 말에 범이가 크게 소리 내어 웃었다. 우려했던 일이 생기지 않아 안도한 탓일 게다.

"누군지 알겠습니다, 그 배우. 이 수염 때문일 거예요. 수염 기른 후부터 닮았다는 얘기를 가끔 듣거든요."

우리는 건배를 하고 와인을 마셨다. 여자의 얘기로 분위기는 화기애애해졌다.

범이가 내게 눈짓을 보낸다. 난 그녀의 주의를 분산시키기 위해 귀에 대고 작게 속삭였다. 그녀는 내 말을 더 잘 듣기 위해 내 쪽으로 살짝 몸을 기울였다.

"닥터 오가 마음에 든 것은 아니지? 나보다 별로지?"

어처구니없는 내 말에 여자는 즐거운 듯 웃는다.

그사이, 범이는 그녀 몰래 와인잔에 하얀 가루를 넣었다. 하얀 가루는 와인에 금세 녹아들었다. 범이와 나는 시치미를 떼고 다시 건배를 한다. 와인을 연달아 마시며 시시콜콜한 잡담을 늘어놓았다.

그리고 약속한 시각이 되자 난희 누나에게 전화가 걸려왔다.

"엄마? 왜?…… 내비 없어? 여길 왜 못 찾아?"

난 미리 짜놓은 시나리오대로, 길치인 엄마를 답답해하는 아들 역을 충실히 하며 통화하는 척 밖으로 나갔다. 내가 없는 동안 범이가 그녀를 잘 구워삶을 수 있을까?

레스토랑 주차장에서 만난 난희 누나와 나는 녀석에게 충분한 시간을 주기 위해 잠시 밖에서 대기했다.

"효신이는 어떠니? 오늘 잘 불 것 같아?"

"모르지. 아까 범이가 약을 타긴 탔는데 사람 일은 모르는 거니까."

"오늘 뭔가 나오긴 하겠네. 들어갈까? 범이가 몇 분 있다 들어오랬지?"

난희 누나는 초조해했다. 밖에서 기다리는 게 영 성질에 안 맞는 눈치다. 난 안절부절하는 누나를 데리고 우리 자리로 갔다. 날씨가 좋아서 그런지 어느새 주변 테이블도 사람들로 꽉 차 있었다.

"어머, 효신아. 너 대낮부터 뭔 술을 그렇게 마셨니?"

난희 누나는 그녀를 보자마자 불평부터 해댔다. 원래 시어머니의 역할이 그렇기도 했지만, 누나는 술을 좋아하지 않는다. 벌겋게 달아오른 여자의 얼굴이 못마땅할 만했다.

"어머니 오셨어요?"

"뭐야, 혀도 꼬부라졌네. 저 여기, 찬물 좀 갖다 줘요."

누나는 웨이터부터 불렀다. 기왕 먹인 약의 효과가 술김에 날아가지는 않을까 걱정됐기 때문일 거다. 하지만 여자는 이미 많이 취해 있었다. 난희 누나의 잔에 와인을 따르겠다고 하더니 술을 쏟았다.

"내가 할게. 당신 너무 많이 마셨나 보다."

"많이? 이제 시작인데?"

내가 만류하자 여자가 깔깔거리고 웃었다. 주변 테이블에 앉은 사람들이 우리를 힐끔거리는 게 느껴진다. 그 시선을 의식한 난희 누나는 괜한 오해를 살까 봐 목소리를 낮추고 투덜거렸다.

"어휴, 정신 상담을 받아야 할 사람은 재우 네가 아닌, 쟤야."

누나의 말이, 여자의 마음에 불을 질렀나 보다. 갑자기 여자의 눈빛이 번뜩이더니 도전적인 자세로 나온다. 혀가 잔뜩 꼬부라졌는데도 자신은 멀쩡하다는 것을 보여주고 싶은 것 같았다.

"선생님, 우리가 어디까지 얘기했죠?"

여자의 말에 귀가 번쩍 뜨였다. 범이의 눈도 빛났고 난희 누나의 얼굴에도 웃음이 어렸다.

"그날 있었던 일에 대해 얘기하고 있었죠."

"그날 일? 재우 얘가 집을 나갔다는 그날이오?"

"네. 부부 싸움을 심하게 하셨다더군요."

"저 정신에 뭔 말을 했을까……. 쟤가 한 말을 믿을 수나 있나 몰라."

난희 누나는 여자를 도발했다. 무시하는 듯한 누나의 태도에 여자는 울컥한다.

"어머니, 저 그날 일 또렷하게, 아주 또렷하게 기억하고 있다고요."

그래, 바로 이거야. 우리가 바라는 게 이런 거였어. 이대로만
말하라고.

"그래, 그럼 말해봐. 재우가 왜 집을 나갔니?"

"제가 쳤어요. 화병으로 머리를, 이렇게 내리쳤어요."

여자가 충격적인 이야기를 아무렇지도 않은 듯 꺼냈다. 그리
고 온몸으로 그날 종대를 죽인 몸짓을 그대로 재현해내고 있었
다. 끔찍했다. 이렇게 잔인한 여자라니. 어떻게 살해 과정을 그
대로 재현할 수 있단 말인가? 난 온몸이 딱딱하게 굳어 그녀를
본다. 범이의 얼굴도 차가워졌다. 우리 중에 이성을 유일하게 지
키고 있는 것은 난희 누나뿐이었다. 누나는 그녀를 도발하는 것
을 멈추지 않았다.

"뭐? 애가 미쳤구나, 아주? 지아비 머리를, 응? 뭐, 화병으로
때려? 그래서, 그 뒤엔 어떻게 했는데?"

"그게 끝이에요."

"애 좀 봐. 왜 얘기를 하다 말아?"

"정말 그게 끝이라고요. 한 대 맞고 끝!"

끝. 끝이라……. 그렇게 종대가 죽었다는 말이지? 그렇게 허
무하게 종대가 죽었다는 얘기지?

우리 모두는 침묵했다. 그녀의 말은 우리에게 살인 고백으로
들렸다. 하지만 다른 사람에게는 부부 싸움 얘기로밖에 들리지
않을 것이다. 그녀가 살인을 인정하도록 얘기를 유도해야 했다.

난희 누나와 범이, 그리고 나는 서로 눈빛을 교환했다. 우리
의 생각은 일치하고 있었다.

"효신 씨는, 재우 씨가 자꾸 남편이 아니라고 말씀하시잖아요?"

간신히 이성을 되찾은 범이가 화제를 돌렸다. 하지만 여자의 반응은 엉뚱했다.

"생각을 바꿨어요. 이제 내 남편이다, 생각하려고요."

"다행이네요. 그렇게라도 생각을 바꾸셨다는 게. 그렇지만 우리 다시 돌아가서 생각해봅시다. 효신 씨는 왜 처음에 재우 씨를 알아보지 못한 거죠?"

"제가 눈이 나쁜가 봐요."

생뚱맞은 여자의 대답에 난 그만 소리 내어 웃고 말았다. 어이가 없었다. 하지만 술과 약에 취한 그녀는 내 웃음에 기분이 좋아졌는지 따라서 큰 소리로 웃는다.

난희 누나가 주변을 살폈다. 옆 테이블에서 몇몇 사람들이 우리를 보고 있었다.

"처음에 효신 씨가, 재우 씨에게 갖고 있던 부정적인 생각 말입니다……."

"저, 이제 그런 것 없어요. 다 긍정이에요. 남편의 모든 게 다 마음에 든다고요."

여자의 목소리가 점점 커졌다. 웃음소리도 높아졌다. 우리는 주변 테이블을 의식하지 않을 수 없었다.

"선생님, 아, 그만하죠. 얘 너무 취했어요. 더 이상 얘기 듣는 건 무리예요. 낯부끄러워서, 어휴……."

난희 누나가 한탄을 쏟아낸다. 이런 말을 듣고도 여자는 뭐가 좋은지 깔깔대며 웃더니 이내 졸기 시작한다.

우리는 여자가 잠들 때까지 기다렸다. 그리고 여자가 잠든 것을 확인하자 난희 누나가 낮은 목소리로 입을 열었다.

"대체 뭘 먹인 거야?"

"리탈린."

"김호중 사장한테 먹였던 그거? 얘, 적당히 좀 먹이지. 애가 이상해졌잖아."

리탈린은 범이가 즐겨 쓰는 약 중 하나였다. ADHD라고 부르는 주의력결핍 과잉행동장애 치료제 중 하나인데, 사람을 흥분시키는 효과가 있는 각성제이다. 기분이 좋아지고 말하고 싶은 욕구도 자극하기 때문에 심문에 효과적이라는 설도 있다. 그나마 여자가 입을 연 것은, 약의 이런 효과 덕분이라고 짐작해본다. 난희 누나가 작업할 때도 범이는 김호중 사장에게 이 약을 먹여 딸이 있다는 핸디캡을 들춰냈었다. 그리고 그 딸의 특징을 알아내 보경을 김호중 사장에게 접근시킬 수 있었던 것이다.

"이 정도로 만족해야 하나? 얘기 더 듣고 싶은데."

"기회가 오늘뿐이겠냐. 일단 어떻게 죽였는지 알아냈으니까 종대가 있는 곳은 차차 찾아봐야지."

"아, 그때 이 동네에 CCTV만 제대로 설치돼 있었어도……. 그랬다면 쉽게 추적할 수 있었을 텐데."

"지나간 일은 잊어. 언제 적 얘기야?"

"그땐 너도 보경이도 정신을 차릴 수 없을 때였잖아. 우리, 앞으로의 일만 생각하자."

"그래, 재우야. 이제 너 어떻게 할 거야?"

"정공법으로 나가야지. 여자의 마음부터 사로잡을 거야."

"쉽지 않겠던데? 오늘 약 먹고도 저 정도로만 말하는 거 보면 보통 독한 게 아냐. 의심도 많고."

"알아. 하지만 약점도 있을 거 아냐? 그걸 공격해야지. 나도 생각해둔 게 있어. 보경인 어떻대?"

"일단 이필주와 인사는 하고 있대. 그런데 그 새끼, 방 꼴 보니 여간 더러운 게 아니었잖아? 이상한 냄새가 나는지 같은 방 쓰는 요양사마다 방 바꿔 달라고 한다더라."

"아, 불쌍한 우리 보경이⋯⋯."

"그 문제를 좋게 얘기해주다 인사하기 시작했는데, 이젠 멀리서 보경이를 보면 뛰어와 인사할 정도로 친한 척하고 있대. 웃기지 않냐?"

"그 새끼, 진짜 여자에 환장한 놈이네."

"우리 보경이가 예뻐서 그래. 효신이 걔랑 비교가 안 되잖아."

"정효신과도 이제 끝인가?"

"종대가 있는 정확한 장소를 알아내는 것도 이젠 시간문제네."

"내가 먼저 알아낼까? 아니면 보경이가 먼저일까?"

"둘이 내기하면 어때? 먼저 알아내는 사람에게 한 장 더 주는 거지."

"진도라도 나가고 얘기합시다. 다들 너무 김칫국부터 마시는 거 아냐?"

난희 누나와 범이, 나는 와인잔을 들어 건배를 했다. 테이블에 엎드려 깊게 잠든 여자를 보면서 우리는 장밋빛 결말을 예측했다. 우리는 해피엔딩의 주인공이 될 거고 여자는 새드엔딩의 주인공이 되겠지. 원하는 클라이맥스를 향해 차근차근 올라가는 것 같아 기분이 뿌듯했다.

재우 이야기 #68 **여자의 마음**

여자를 집으로 데려와 침실에 눕히고 난희 누나, 범이와 함께 거실로 내려왔다. 모두 흥분한 상태여서 약간의 진정이 필요했다. 난 커피를 진하게 내렸다. 소파에 각자 편한 자세로 앉아 우리는 커피를 마셨다.

"여기서 이렇게 느긋하게 커피를 마셔도 되나? 살인 현장일지도 모르는데."

커피를 한 모금 마신 범이가 무심코 내뱉은 말에, 우리의 분위기는 순식간에 싸늘해졌다.

"그게 무슨 소리야?"

"그 여자가 종대를 화병으로 내리쳤다며? 아까 자기 입으로 그랬잖아."

"그거랑 여기가 무슨 상관인데?"

"생각해봐. 화병이 보통 거실에 있지 않나? 내가 꽃을 둔다면 테이블 위나 소파 옆일 거야. 위치가 5년 전과 안 바뀌었다면 아마 여기쯤?"

범이가 소파 옆을 가리켰다. 난희 누나와 난 긴장해서 침을 삼킨다.

"그렇다면 현장은 여기겠지."

우리 두 사람의 시선은 녀석이 손가락으로 가리킨 곳을 향했다. 그곳에는 작은 러그가 깔려 있었다.

"여기 러그를 뒀다는 것 자체가 수상하지 않아?"

"인테리어상 둔 거겠지."

"아니. 내 생각은 달라. 저 여자는 핏자국을 닦아냈어도 현장이 보기 싫었을 거야. 그래서 이 러그를 깐 게 아닐까?"

범이가 재빨리 러그를 걷어냈다. 하지만 그 아래 감춰져 있던 마룻바닥은 예상외로 깨끗했다. 살인 증거를 찾을까 혹시나 기대했던 난희 누나의 표정이 다시 무심해진다.

"지금까지 그 흔적이 남아 있겠니?"

"우리 눈에는 안 보이지만, 여기가 살인 현장이 맞는다면 증거는 남아 있을걸?"

"네 생각인 거 아냐?"

"아까 확실히 듣지 않았어? 그 여자가 끝이라고 말한 거. 그게 뭐겠어?"

내 휴대폰이 울렸다. 난 조용히 하라는 신호를 보낸 다음 전화를 받았다.

"여보세요?"

[안녕하세요, 김재우 고객님 휴대폰이십니까? 주문하신 목걸이가 입고돼 연락드렸습니다.]

"아……, 언제 찾으러 가면 됩니까?"

[오늘 이후로는 언제라도 수령 가능하십니다. 저희 매장 오픈 시간은 11시부터 9시까지이니 편하실 때 방문해주세요.]

난 내일 가겠다고 말하고 전화를 끊었다. 나를 보고 있던 범이가 입가에 미소를 짓는다.

"내일 어디 가?"

"주문한 거 찾으러."

"혼자?"

"아니. 그 여자랑 함께 갈 거야. 왜?"

"잘됐네. 가급적 집 좀 오래 비워라. 여기 좀 빌리자."

"뭘 할 건데?"

"진짜 여기가 종대를 죽인 곳이 맞는지 확인하려고. 이제 슬슬 증거를 모아야 하지 않겠어?"

때마침 잘 됐다. 내일까지는 그녀의 휴가다. 그녀를 뒤흔들 수를 쓰려고 난 간단한 여행을 계획하고 있었다. 하지만 난희 누나의 반응은 심드렁했다.

"증거를 모아서 어떻게 할 건데?"

"벌을 줘야지. 여자를 죽이더라도 그녀가 종대를 죽였다는 거, 꼭 밝혀야 돼."

"애, 범이야, 너 설계가 들통나면 안 된대도. 내가 몇 번을 말해?"

누나의 신경이 날카로워졌다. 하지만 범이는 물러날 기세가 아니었다.

"얘기를 잘 짜면 되잖아."

"얘기? 어떻게? 종대가 이 집에서 죽은 걸 어떻게 설명하려고?"

"걱정 마. 경찰에는 안 알리게 할 테니까."

범이의 고집에 누나는 고개를 절레절레 흔들었다. 하지만 범이는 무슨 생각이 있는 듯, 자리에서 일어난다.

"벌써 가게?"

"검사하려면 몇 가지 준비할 게 있거든. 낼 몇 시에 나갈 거냐?"

"11시쯤?"

"오케이, 그럼 그 이후로 잠시 내가 너희 집 좀 쓴다."

"얼마나 걸리는데?"

"길어봤자 20~30분이야. 고대로 정리해놓고 갈 거니까 걱정 마."

"누나는? 계속 여기 있을 거야?"

"효신이 얼굴 보고 가야지. 걔 잠 깨서 무안해할 거 생각하면 고소해 죽겠다, 얘."

"누나도 어지간히 시어머니 티 내네. 그럼, 나 먼저 갈게."

범이가 떠나고 난희 누나는 집에 남았다. 우리는 커피를 마시며 다정한 모자처럼 수다를 떨면서 그녀가 깨기만을 기다렸다.

잠시 후, 여자가 1층으로 내려왔다.

"이제 일어났니?"

난희 누나가 새된 소리로 뾰족하게 말한다. 난 누나와 달리 상냥하게 굴었다. 풀이 잔뜩 죽은 그녀에게, 내가 그녀 편이라는 것을 믿게 만들어야 했다.

"당신, 괜찮아?"

"두통이 조금 있는 것 같은데, 곧 괜찮아질 거야."

"얼굴도 빨개."

"술이 안 깼나 보지. 그렇게 마셨는데."

누나의 지적에 여자의 얼굴이 더 빨개진다. 난 웃음이 터질 것 같았지만 가까스로 자제하고 여자를 위로했다. 그럴수록 누나의 히스테리는 커져갔고, 결국 화를 내며 집으로 돌아갔다. 사전에 얘기한 대로지만 역시 누나의 연기는 훌륭했다.

"신경 쓰지 마. 엄마 성격, 알잖아?"

"내가…… 많이 실수했어?"

"실수? 그걸 실수라고 해야 할까? 난 덕분에 새로운 걸 하나 알았는데?"

난 여자의 입에서 또 다른 얘기가 나올 수 있다는 생각에 대화를 유도해본다. 아니나 다를까, 여자의 눈동자가 커졌다. 말실수를 하지나 않았는지 긴장한 눈치다.

"새로운 게 뭔데?"

"당신이 그날에 대해 말해주지 않은 것."

"화병으로 내리쳤다는 걸 말하는 거야?"

"응. 그리고 그거 말고 또 있잖아?"

그녀의 대답을 기다리며 침묵했다. 그날의 진실을, 뭐라도 얘기해주길 바랐다.

"없는데?"

"기억이 안 난다고?"

서두르지 않았다. 이렇게 기다리면 언젠가는 입을 열지 않을까?

"당신이, 날 목 조른 거?"

"목? 내가?"

"날 죽이려 했었잖아. 내가 그걸 말한 거야? 당신에게 말 안하려고 했는데……."

여자의 대답이 기대와는 달랐다. 수비에 나선 줄 알았더니, 포지션을 공격으로 바꿨나 보다. 망할 년! 뒤통수를 한 대 맞은 기분이었다. 종대의 말대로 질긴 여자다. 입을 열기가 쉽지 않을 것 같다.

"내가 들은 건…… 당신이 끝이라고 말한 거야."

난 있는 힘을 다해 웃으며 얘기를 한다. 입가에 경련이 일 지경이었다.

"그래, 끝. 그렇게 당신이 집을 나가면서 우리의 관계도 끝이 난 거야. 그걸 얘기한 거였어. 미안해, 말하지 않아서. 나에겐 정말 떠올리기 싫은 기억이었어."

"그게, 끝인 거였구나……."

역시나 그녀는 넘어오지 않았다. 한숨이 절로 나온다. 온몸에서 힘이 빠져나가 몸이 축 늘어진다. 여자가 내 눈치를 보는 게 느껴졌지만 모르는 척했다. 그녀에게 쌀쌀맞게 굴고 싶었다.

"컨디션이 안 좋아서 다시 누워야겠어."

"그래, 올라가서 쉬어."

의기소침해진 여자가 2층으로 올라갔다. 난 그녀의 뒷모습을 보다가, 지하 방으로 내려가 보경의 집으로 건너갔다. 그리고 이필주의 휴대폰을 바로 해킹해 도청을 시도한다. 예상대로 그녀는 그와 통화를 하고 있었다.

[그동안 나 걱정하지도 않았나 보다? 내 연락 기다리지 않았어?]

[잘 있었으니까 이제 전화했겠지.]

이제까지와는 달리 이필주의 반응은 퉁명스러웠다. 그에 반해 여자는 기분을 맞추려고 애쓰고 있다.

[내가 자기만 사랑하는 거 알잖아. 화 풀어. 응?]

[날 사랑하지 않는다며? 난 자기에게, 아무나가 아니었어?]

[그건 홧김에 한 얘기지. 싸울 때 한 말을 다 믿어?]

며칠 전 싸웠다는 걸 보니 내가 둘 사이의 틈을 제대로 벌리긴 벌렸나 보다. 그 틈을 더 넓히기 위해 노력해야지. 이제부터는 보경의 역할도 중요할 거다.

[보고 싶다……. 이번 주, 올라올래?]

여자가 달콤한 목소리로 그를 유혹했다. 헤드폰 너머로 남자의 흥분한 목소리가 이어졌다.

[이번 주?]

[자기에게 안기고 싶어.]

[시간…… 낼 수 있어? 주말인데?]

[어떻게든 내야지. 내가 자기 집으로 갈게.]

뭐야. 항상 이런 식이었던 거군. 내가 조금만 싸늘하게 나와도 바로 기댈 곳을 찾는. 생각해보니 이 여자는 항상 그랬던 것 같다. 나와 이필주의 사이에서 갈팡질팡한 게 아니라 자신이 필요할 때마다 옆에 있어 줄 남자를 찾았던 거다. 나나 이필주가 아니라도 남자라면 누구나 상관없었을 거다. 여자의 태도에 실소를 금치 못했다. 강한 줄 알았는데 속내가 의외로 여렸다.

그들의 통화가 끝난 다음 난 생각에 잠겼다. 이번 주말, 그녀와 이필주의 약속을 어떻게 하면 자연스럽게 깰 수 있을까? 보경이의 힘을 빌려야 하는 걸까? 빨리 여자의 마음을 얻지 못한다면 멀리 달아나버릴지도 모른다는 생각이 들었다. 그렇게 되면 안 된다. 내일은 무슨 일이 있더라도 그녀를 꼭 사로잡아야 한다. 난 머릿속으로, 내일 벌일 이벤트 시뮬레이션을 몇 번이고 반복했다.

[아아악~!]

다음 날 아침, 뉴스를 보며 커피를 마시고 있는데 여자의 고함이 들려왔다. 무슨 일인가 싶어 침실로 한달음에 뛰어 올라갔다. 손에는 여자에게 줄 한약을 든 상태였다. 침실에 들어가 보니 여자는 침대에 누워 고함을 질러대고 있었다. 악몽을 꾸는 듯했다.

"정신 차려! 효신아, 눈 좀 떠봐!"

나는 그녀를 흔들어 깨웠다. 간신히 눈을 뜬 그녀는 비몽사몽간에 나를 본다. 식은땀으로 온몸이 젖어 있었다.

"언제부터 여기 있었어?"

"방금 왔지. 고함을 그렇게 질러대는데 어떻게 안 와봐?"

악몽의 여운에서 벗어나지 못하고 부들부들 떠는 여자를 나는 꼭 안아줬다. 이렇게라도 해야 그녀를 진정시킬 수 있을 것 같았다. 그녀 역시 내 품에 얌전히 안겨 있다. 온전히 나를 의지하고 있다는 듯 말이다.

"앞으로 무서우면 말해. 같이 자줄게."

내 말에, 여자는 두 팔을 천천히 올려 나를 안았다. 속으로 난 웃는다. 그 몸짓은 내 의견에 동의한다는 건가? 나한테 기대고 싶다는 의미겠지? 여자의 약한 부분을 공략하면 의외로 마음을 얻기가 쉽다. 난 가지고 왔던 한약이 든 머그잔을 그녀에게 내밀었다.

"엄마 말대로 당신 몸이 허약해졌나 봐. 이거 마시고 드라이브 가자. 당신, 오늘이 마지막 휴일이잖아."

그녀가 머그잔을 탁자 위에 내려놓으려는 것을 막으며 살살 달랬다. 마시지 않으려고 하는 그녀를 간신히 설득해 억지로 한약을 챙겨 먹였다. 그리고 한 방울도 남기지 않고 다 마신 것을 확인하고 나서야 침대에서 일어섰다.

"씻고 거실로 내려와. 기다리고 있을게."

1층에서 그녀를 기다리면서, 난 어젯밤 몇 번이고 시뮬레이션했던 이벤트를 점검했다. 계획대로만 진행된다면 여자의 마음을 얻는 건 시간문제다. 그녀가 어제 이필주와 통화하긴 했지만 그들의 관계는 예전과는 다르다. 승산은 나에게 있다.

잠시 후 여자가 편하게 청바지에 흰 셔츠를 입고 거실로 내려왔다. 큰 키와 볼륨감이 있는 몸매가 돋보여서 솔직히 내 눈에 그녀의 모습이 꽤 괜찮아 보였다.

"오래 기다린 보람이 있네. 당신, 오늘 예쁜데?"

내 칭찬에, 그녀의 얼굴이 살짝 붉어진다. 보통 여자라면 그러려니 하고 넘길 얘기를, 이 여자는 민감하게 반응하는 경향이 있다. 그래서 보는 재미가 있는 거겠지만.

난 보조석 차 문을 열고 그녀를 태웠다. 나도 차에 올라 계기판을 확인한다. 아마 여자는 모를 거다. 내가 이 차의 주행거리를 매일 같이 검사한다는 것을.

"어디 가는 거야?"

여자가 발랄하게 물었다. 둘이서 어디를 간다는 것이 처음이기에 그녀는 몹시 설레는 것 같았다. 난 그녀를 보며 씩 웃었다.

"두고 보면 알아."

재우 이야기 #69 **터닝**

여자와 함께 쇼핑몰에 갔다. 주얼리숍에 들러 주문한 목걸이를 찾자 그녀의 눈빛이 흔들리기 시작한다. 목걸이를 선물 받을 거라고는 생각해본 적이 없는 것 같았다. 그녀의 마음을 더 흔들기 위해, 목걸이를 직접 걸어줬다. 그리고 알파벳 'J'가 더 잘 보이도록 여자의 셔츠 단추를 하나 더 풀었다. 거울을 들여다보는 그녀의 얼굴에서 빛이 났다.

"당신 이름과 내 이름이 겹치는 알파벳이야. 이게 무슨 의미인 줄 알지?"

난 그녀의 귀에 대고 속삭였다. 그리고 속으로 얘기를 이어간다. 솔직히 말하면 이건 당신의 이름도, 내 이름도 아닌 종대의 이니셜이야. 당신, 종대 알지? 화병으로 쳐서 죽인 당신의 남편 말이야. 종대를 잊지 않으려고 이 목걸이를 주문했어. 앞으로 당신을 안을 때마다 그 녀석을 생각할 거야. 그리고 종대 대신 철저히 짓밟아줄게. 항상 이 목걸이를 하고 있어줘. 이건 당신의 악행을 자랑하는 주홍 글씨니까. 이 말이, 내 진심이었다.

"고마워. 이런 걸…… 내가 받을 자격이 있을까?"

여자의 말에 난 쓴웃음을 지었다. 그녀는 진심으로 감동한 눈치였다. 내가 뭘 요구하든 다 들어줄 것 같은 표정을 하고 나를 바라본다. 난 과감하게 그녀의 어깨를 끌어안았다. 오늘은 속도를 낼 필요가 있었다.

분위기를 잡기 위해 나는 강릉으로 향했다. 예약해놓은 카페에 앉아 최고급 메뉴를 주문했다. 바다가 시원하게 보이는 카페가 내 취향은 아니었지만, 연인들이 즐겨 찾는 장소로 유명했다. 곳곳에 연인들이 나란히 앉아 자연스럽게 서로를 끌어안고 있었고, 테이블은 멀찍멀찍하게 떨어져 있어 타인의 시선을 신경 쓰지 않아도 되는 그런 곳이었다.

랍스터를 메인으로 하는 식사가 끝나자 후식으로 커피가 나왔다. 커피를 마시는 동안 난 그녀의 몸을 천천히 쓰다듬었다. 가늘게 떨리는 몸의 파동을 즐기며 어떻게 그녀를 처리할까 생각해본다. 일단은 행복감을 최고조로 끌어올려 놔야겠지. 추락은 그다음이다.

종업원이 초 하나를 켠 케이크를 가져오자, 그녀는 감동한 나머지 눈물마저 글썽거렸다. 그리고 먼저 내 입술에 입을 맞춘다. 알고는 있었지만 역시 과감한 여자였다. 머뭇거리지도 않고 먼저 쉽게 문을 열어준다. 나도 그녀의 입술에 엉겨 붙었다. 그녀는 오래 기다렸던 듯 뜨겁게 나를 받아들인다. 그동안 애를 태운 보람이 있다.

"시작이잖아. 천천히 하자."

웃으며 그렇게 말을 했지만 내 손은 더욱 집요하게 여자의 몸을 희롱했다. 허벅지 안쪽을 쓰다듬던 손을 점차 위로 올렸다. 천천히 그리고 강하고 부드럽게. 여자의 몸이 서서히 달아오르더니 가쁜 숨을 내뱉는다. 바지의 지퍼를 내렸다. 부끄러움을 알긴 하는지 그녀의 두 손이 내 손을 가린다. 난 그럴수록 거칠게 유혹했다. 동작이 커지고 그녀의 몸이 흥분하자 난 잔인한 기분마저 들었다. 결국 그녀가 신음을 쏟아냈다. 난 웃으며 바지에서 손을 뺐다.

"안 되겠다. 당신 쓰러지겠어. 우리, 쉴 수 있는 곳으로 가자."

여자는 내 팔에 매달려 가련하게 고개를 끄덕였다. 지금 이 상태로는 지옥의 불구덩이라도 쫓아올 기세다. 난 그녀를 끌어안고 근처 아무 모텔에나 들어갔다. 모텔 방에 들어가기 전부터 그녀는 몸을 주체하지 못했다. 난 여자의 옷을 벗기면서 목에 걸린 목걸이를 핥는다.

'뭐야, 김재우! 그 정도로밖에 못해?'

어디선가 종대의 목소리가 들리는 것 같았다. 마치 나에게 힘을 실어주는 것처럼. 난 있는 힘을 다해 그녀를 핥고 빨고 어루만졌다. 그녀는 마치 한 마리 생선처럼 팔딱거렸다. 내 몸도 함께 달아올랐다. 하지만 머리는 차가웠다. 매끈한 몸을 어루만지며 난 천천히 키스를 한다. 내가 그녀를 사랑한다고 믿게 만들고 싶었다.

집으로 돌아와서도 그녀를 또 안았다. 여자의 몸은 훌륭한 악기처럼 연주하면 할수록 더 좋은 소리를 냈다. 몹시 흥분해 허리와 엉덩이를 사정없이 뒤흔드는 그녀를 보며 난 묘한 기분에 젖는다. 섹스가 끝나자 여자는 고른 숨소리를 내며 깊게 잠이 들었다.

나는 잠이 오지 않았다. 할 수 없이 침대에서 빠져나와 거실로 내려갔다. 그리고 소파에 앉아 맥주를 한 캔 마셨다. 기분이 이상했다. 분명 여자를 증오했는데 왠지 다른 감정 하나가 더 얹힌 느낌이었다.

'거봐, 조심하래도.'

종대가 옆에서 놀리는 것만 같았다.

아침 햇살에 눈이 부셔 일어났다. 이불도 없이 소파에서 자고 일어나니 온몸이 쑤신다. 어제 여자를 만족시키려고 너무 무리를 했나 보다. 커피를 진하게 내려 마시면서 그녀가 침실에서 내려오길 기다렸다. 반응이 궁금했다. 어제 이후로 우리는 조금 더 가까워졌을까? 내가 이필주에 대한 그녀의 감정을 완벽히 지울 수 있을까? 어젯밤만 해도 성공적이라 자부했는데, 오늘은 잘 모르겠다. 왠지 자신이 없다.

잠시 후, 그녀가 계단에 모습을 드러냈다.

"잘 잤어? 커피 마실래?"

평상시와 똑같이 인사를 건넸다. 그리고 그녀를 재빠르게 살폈다. 그녀의 반응이 이전과는 조금 달라진 것 같다. 수줍다고나 할까. 얌전히 다가와 내 옆에 앉더니 커피를 마신다. 어젯밤과는 달리 수동적이었다.

"일산으로 출근하는 거야? 첫날부터 회식 있는 것은 아니지?"

"글쎄? 가봐야 알겠는걸."

"될 수 있는 대로 일찍 들어와. 맛있는 거 먹게."

그녀에게 키스를 했다. 아침이라 그런지 내 몸이 키스만으로도 뜨겁게 반응한다. 여자를 끌어안고 몸을 비비면서 내 몸의 변화를 숨기지 않았다. 그녀 역시 흥분한 것 같았다. 하지만 아침이었다. 그녀도 나도, 출근을 해야 했다. 난 아쉽지만 그녀를 보내준다. 물론 한약을 챙기는 것도 잊지 않았다.

홀가분한 기분으로 출근을 했다. 모니터룸에 도착하니 웬일로 이 실장은 아직 출근 전이었다. 어젯밤 야근한 흔적도 없었다. 그의 부재가 왠지 찜찜했지만, 우리의 일이 거의 끝나가기 때문일 거라고 나 자신을 다독였다. 마이크로 칩의 수명은 오늘이 마지막이었다. 성격 급한 이 실장과 난, 몽블랑 펜을 선물한 업체, 인물의 컴퓨터와 휴대폰을 죄다 해킹해놓은 상태였다. 이제 우리의 업무는 강 대표의 지시를 기다리는 것만 남아 있었다. 이 실장의 출근이 조금 늦어도 괜찮았다.

난 그가 오기 전에 여자의 주변을 탐색하기 위해 프로그램에 접속한다. 그녀가 새로운 사람들을 만나는 첫날이니만큼 신선한 정보가 많을 것이다. 후회 없이, 알차게 자료를 긁어모아야지. 하지만 내 야심 찬 각오는 CCTV를 엿보는 순간 여지없이 깨졌다. 이번 회사도 지난번 회사와 다를 게 없었기 때문이다. 사람 구성도 오픈 시간도, 고객이 몰리는 시간대도 심지어는 인테리어까지 모두 비슷비슷했다. 차이가 있다면 여자가 많이 활달해졌다는 정도랄까. 유독 두 남자와 친근한 모습을 보인다. 난 그들이 경쟁자나 또는 위험인물로 등장할지도 모른다는 생각에 두 사람의 휴대폰을 체크해뒀다.

한창 자료를 뽑는데, 이 실장이 문을 열고 들어온다. 난 서둘러 프로그램을 중단하고 창을 닫았다. 사적인 일을 다른 사람에게 보여주긴 싫었다.

"뭐 하고 계셨어요?"

이 실장이 까만 눈을 반짝거리며 묻는다. 남이 뭘 하든 말든 그게 무슨 상관일까? 그의 과도한 호기심이 불쾌했다.

"마이크로 칩 수명이 오늘 끝나잖아요. 마지막이라 한번 접속해봤죠. 그런데 이 실장님, 오늘은 늦게 오셨네요?"

난 감정을 최대한 자제하며 말한다.

"저도 마지막 날이라서요. 좀 훑어보느라……."

그가 헤헤거리며 웃었다. 난 쥐처럼 얍삽한 그의 표정이 눈에 거슬렸다.

"훑어요? 집에서 프로그램을 돌렸다는 얘긴 아니시겠죠?"

"그게……, 헤헤……."

이 실장이 곤란한 듯 계속 웃는다. 난 신경이 예민해졌다. 설마 마이크로 칩과 연관된 작업을 외부에서 했다는 건 아니겠지? 이 일이 외부로 유출되면 안 되는 것을 모르는 건가?

"그건 금기일 텐데요. 이 실장님도 비밀 엄수에 대해 듣지 않으셨습니까?"

미끼를 던졌다. 그가 프로그램을 복사해 빼돌린 건 아닌지 알아야 했다.

"샘플로 준 것인데요, 뭐."

걸렸다. 이 실장이 지금 우리가 쓰는 해킹 프로그램을 유출한 게 확실하다.

"그래도 외부 유출은 안 되죠. 아시잖습니까?"

"모르는 척 해주실 거죠?"

"걸리면 저도 어쩔 수 없습니다."

"그건 걱정 마세요. 완벽하고 깨끗하게 지워놨으니까."

"세상에 완벽이라는 게 어디 있습니까? 여기 보안 센 거 보면 몰라요? 확인하면 바로 나올 겁니다."

"김 선생님만 말씀 안 하시면 돼요."

난 한숨을 길게 내쉬었다. 그리고 그를 괜히 걱정해주는 척한다. 일단은 이렇게 이 실장을 안심시킨 다음 함 부장에게 알릴 생각이다. 일이 커지기 전에 막아야 했다.

"이 회사 뒤에 누가 있을지 모르는데, 조심하세요."

"이런 거 어디 한두 번인가요? 걱정 마십시오."

그가 킥킥대며 웃었다. 생쥐처럼 이빨을 드러내고 웃는 그가 한심스러웠다. 모르는 척 일을 하려 했지만, 옆에 있는 그가 계속 신경 쓰였다. 내가 무슨 일을 하는지 모니터로 훔쳐보는 게 느껴졌기 때문이다. 할 수 없이 난 자리에서 일어났다.

"잠깐 나갔다 오겠습니다. 볼일이 있어서요."

"금방 들어오시는 거죠?"

"1~2시간 정도요? 점심 맛있게 드세요."

이 실장에게 마음에도 없는 인사를 하고 모니터룸에서 나왔다. 사물함에서 휴대폰을 꺼내니 범이로부터 텔레그램 메시지가 와 있다.

'오늘 볼 수 있냐? 전화 줘.'

난 바로 범이에게 전화를 걸었다. 신호음이 가기도 전에 범이는 바로 전화를 받았다.

[어디냐?]

"어디긴? 근무 중이지."

[지금 테크노상가에 있는 거지? 나 그 건물 주차장 입구야. 10분 후 만나.]

"뭐? 무슨 일 있어? 왜 이렇게 급해?"

[내 성격 몰라? 보여줄 게 있어. 몇 층으로 가면 되냐?]

범이의 급작스러운 출현이 당황스러웠지만 테크노상가에서 가장 한산한 커피 전문점을 알려줬다. 옥상 야외 테이블도 이용할 수 있어 은밀한 얘기를 하기에는 가장 적당한 곳이었다.

난 아이스 아메리카노 두 잔을 주문해놓고 범이를 기다린다. 녀석의 급한 목소리를 들으니 어제 집에서 뭔가 발견하긴 발견했나 보다. 그게 무엇일지 기대가 됐다. 종대의 살인을 말하는 결정적인 증거가 나왔으면 좋겠는데.

"범이야, 여기."

출입구 쪽에 나타난 범이를 보고 내가 손을 들어 보였다. 그는 바로 나를 알아보고 내 쪽으로 다가온다. 테이블에 털썩 주저앉은 범이는 목이 말랐는지 아이스 아메리카노를 벌컥벌컥 마셨다.

"여기 주차, 왜 이렇게 복잡하냐?"

"사람들이 많이 오는 데니까 그렇지. 그나저나 뭐가 그렇게 급한 거야?"

"너 집 비웠을 때 내가 어마어마한 걸 발견했어."

범이가 가방에서 크게 프린트한 사진을 꺼내 나에게 준다. 소파 앞, 우리 집 거실 사진이었다. 불이 꺼져 있어 거실은 어두웠고 마루와 마루 사이의 틈이 형광빛으로 반짝이고 있었다.

"뭐냐?"

"거기가 살인 현장이라는 증거."

"……."

"루미놀 시약을 뿌려봤어. 마루 틈 사이가 저렇게 형광빛이 나더라. 저 틈 때문에 핏자국이 완전히 없어지지 못한 거지. 아무리 5년이나 지났어도 말이야."

"이게…… 이 자국이, 종대의 피란 말이야?"

"응. 루미놀 시약은 혈액에만 반응하니까. 확실해."

난 사진을 뚫어지게 봤다. 마루 틈 사이로 스며든 형광빛의 흔적이 마치 전자 회로 같았다. 이곳에서 그 여자가 종대를 죽였다는 말이지? 그녀가 녀석의 머리를 화병으로 내리친 곳이 바로 여기란 말이지? 가슴이 먹먹해진다. 내가 수도 없이 오갔을 그 장소에서, 종대가 죽었다니. 그녀와 함께 소파에 앉아 TV와 영화를 봤던 일상이 머릿속에 스친다. 아무렇지도 않게 그곳에서 나와 웃고 떠든 그녀가 끔찍했다.

"이거 말고 다른 증거는? 다른 건 없어?"

난 애써 태연함을 유지하며 물었다. 속에서는 분노와 슬픔이 끓어올랐지만, 이상하게 머리는 냉정해진다.

"혹시라도 DNA가 검출될까 해서 마루 조각을 조금 떼어냈어. 티는 거의 안 나. 집을 망가트린 건 아니니까 괜찮지?"

"상관없는데, 여자가 눈치라도 채면 어쩌려고 그래?"

"다시 러그로 덮어뒀으니 감쪽같을 거야. 절대 모를걸."

"누나와 보경이도 알아?"

"이제 얘기해야지."

범이가 사진을 투명한 파일에 끼우더니 다시 가방에 넣었다.

난 그 모습을 물끄러미 바라본다.

"이제 살인 장소도 알았고 여자가 어떻게 죽였는지도 알았잖아?"

"종대의 시체가 있는 장소도 대략 알고 있지."

"이젠 얘길 만들 차례야. 자, 어떻게 짤까? 정효신이 옆집 남자를 죽인 것으로 몰아가야 하잖아? 치정극으로 갈까?"

"우리, 종대의 명예는 지켜주자."

"나도 그건 찬성이야. 종대를 상간남으로 몰 수야 없지. 보경이와 서준이에게도 그게 좋을 거고. 대신 얘기가 복잡해지겠다."

"경찰은 안 끼기로 한 거지?"

"자살로 몰 거니까 걱정하지 마. 우린 거기에 맞는 스토리나 구상하고 증거 자료나 만들면 돼."

난 깊고 긴 한숨을 내쉬었다. 아, 종대의 죽음이 이렇게 마무리되는구나. 이제 그녀의 입에서 종대의 사체가 있는 곳만 들으면 작별해도 될 것이다. 우리의 질긴 인연은 이렇게 끝나는 거겠지. 하지만 왠지 허전했다. 나도 알 수 없는 내 마음은 분노와 애증이 뒤섞여 혼란스러웠다.

재우 이야기 #70 **추측**

[오빠, 언니 얘기 들었어?]

집에 일찍 들어와 저녁을 준비하려는데 보경에게 텔레그램으로 전화가 왔다. 그녀는 청송에 내려가 의외로 씩씩하게 잘 적응하고 있었다.

"무슨 얘기? 나한테는 아무 얘기 없었는데?"

[아직 발표 안 했어? 기다려봐. 곧 자리 만들고 연락할 거야. 언니, 호구 하나 잡았거든. 요즘 아주 신이 났던데?]

"호구? 어떤 호구?"

[김호중 사장보다 돈이 더 많은 노인네. 오빠, 김호중 사장 기억하지?]

난 죽은 딸에 대한 애정을 보경에게 이입시켰던 노년의 남자를 떠올렸다. 난희 누나와 최 사장 형, 미자 누나의 모략에 휘둘려 전 재산을 날린 불쌍한 노인네. 하지만 그는 마지막 쓰러질 때까지도 보경이 탓을 단 한 번도 하지 않았다.

"그쪽 사람들과 연을 다 끊은 거 아니었어?"

[잘난 오빠 마누라 덕에 다시 연결됐다나 봐. 전화번호를 그 여자가 줬다던데? 웬일이래? 도움도 다 주고. 안 그래?]

난희 누나의 컴백이라……. 지난번 여자의 무심함과 종대의 죽음으로 흐지부지됐던 설계가 되살아날 것이라는 예감이 들었다. 이 일을 꼬투리 삼아 잘하면 그녀를 곤란하게 만들 수도 있겠다. 더 철저히 업계에서 고립시켜야 할 텐데. 아무도 그녀의 말에 귀 기울이지 않도록 말이다.

이필주가 떠올랐다. 일단 그 남자부터 치워버려야 한다.

"서준이는 잘 지내지?"

[그럼. 벌써 친구도 사귀고 어린이집도 잘 다니고 있어. 아직

어려서 그런지 적응이 아주 빨라.]

"이필주는?"

[일단은 잘 지내고 있어. 나한테 과한 관심을 준다고나 할까? 부담스럽게 잘 해주네. 내 외모가 아직 죽지는 않았나 봐.]

"잘됐네. 잘하고 있어."

[너무 순조로워서 이상할 정도야.]

"엄살은……. 이번 주말에는 뭐 할 거니?"

[할 일 없는데. 왜? 올라갈까?]

"아니. 네가 해줄 일이 있어서 그래. 주말에 정효신 그 여자와 이필주가 만나기로 했어."

[뭐? 또? 오빠 대체 뭐 한 거야? 여자 하나 제대로 잡지 못하고.]

"미안하게 됐다. 네가 주말에 일 좀 만들어 봐. 이필주 그놈 좀 잡아놓게."

[아직은 좀 그런데…….]

"나도 둘이 못 만나게 어떻게든 막아는 볼 거야. 힘 좀 써줘."

삐죽대는 보경을 구슬렸다. 보경이 주말에 이필주와의 약속을 잡아 그녀와 만나는 것을 방해해야 했다. 그래야 그녀와 그가 더 멀어질 수 있을 것이다.

보경과 전화를 끊고, 난 하던 요리를 마저 한다. 요리라고 해 봤자 물을 끓이고 레토르트 식품 봉지를 넣어 단순히 데우는 것에 불과하지만, 그래도 여자에게 자상한 남편의 모습을 연출하고 싶었다. 하지만 그녀가 오지 않는다. 퇴근 시간이 훌쩍 넘었는데도 소식이 없다. 난 휴대폰을 들여다보다 결국 그녀에게 전화를 걸었다.

삐리리리- 삐리리리-. 연결음이 울린다. 그러나 울리던 연결음이 이내 뚝 끊어졌다. 무슨 일이지? 지금 전화를 받지 못하는 상황인가? 여자의 행동을 이해할 수가 없었다. 오늘 아침까지만 해도 그렇게 살가웠는데, 갑작스러운 이 태도는…… 뭐지?

잠시 후. 문자가 왔다.

'미안. 오늘 회식이라 늦어. 연락하기 힘드니까 이해해줘.'

그녀의 문자를 받고 어딘가 석연치 않았다. 회식이라 해도 전화를 못 받을 상황이 아니었을 텐데. 궁금했다. 현재 그녀의 마음과 상황을 너무도 알고 싶었다. 입맛을 잃은 나는 데운 음식을 냉장고에 넣고 맥주를 꺼냈다. 이 집에 온 이후로 초조함에 매일 술만 마시게 된다.

여섯 개들이를 두 팩째 비웠을 무렵, 드디어 그녀가 집으로 돌아왔다.

"늦었네?"

난 아침처럼, 다정하게 그녀를 맞았다. 하지만 여자의 얼굴은 딱딱하게 굳은 상태였다. 얼굴빛도 시체처럼 창백했다.

"왜 그래? 무슨 일 있었어?"

"아, 아니……. 피곤해서."

2층으로 바로 올라가려는 그녀를 잡아 세웠다. 뭔가 이상하다. 그녀의 태도가 심상치 않았다.

"피곤한 게 아닌데? 당신, 무슨 일 있었구나? 그렇지?"

"……."

"말해봐. 왜 그런데?"

난 그녀의 손목을 잡아끌고 소파로 갔다. 종대가 죽은 바로 그 장소 말이다. 여자는 내가 시키는 대로 잠자코 소파에 앉았다.

"회사에서, 안 좋은 일 있었구나?"

"나도…… 맥주 한 캔 줄래?"

그녀에게서는 이미 술 냄새가 물씬 풍겼다. 하지만 난 그녀가 원하는 대로 차가운 맥주를 가져다준다. 여자는 맥주를 말없이 쭉 들이켰다.

"괜찮아? 몸도 안 좋아 보인다."

"쓰러지고 싶은 거, 간신히 버티고 있어."

여자가 이를 악물고 얘기한다. 나를 보는 그녀의 눈빛은 마치 화가 난 듯했다. 그리고 그 눈은 이내 눈물로 그렁그렁해지더니 바닥으로 시선을 돌렸다.

"회사에…… 문제가 있었어. 사고가 나서 머리가 복잡해."

"사고? 당신 업무와 관련된 사고야?

"외부 일이야. 당신에게 말할 수 없지만…… 내가 사람들에게 큰 피해를 끼칠지도 몰라."

"내가 도와줄 수 없는 일이니?"

"내 일이야. 당신은 신경 안 써도 돼."

그녀가 자리에서 일어섰다. 눈물을 애써 참는지 코를 연신 홀쩍거린다.

"나 반신욕하고 잘 거야. 먼저 올라갈게."

"내가 재워줄까?"

"아니. 오늘은 혼자 있고 싶어."

여자는 조용히 2층으로 올라갔다. 어제에 이어 환락의 밤을 기대했던 나로서는 김이 샜다. 난 맥주를 마저 마시며 도통 가늠할 수 없는 여자의 변덕에 어떻게 장단을 맞춰야 할지 고민한다. 까다로운 여자였다. 아니, 제멋대로인 사람이라고나 할까. 기분 좋을 때는 나한테 생글거리다가 조금만 언짢아도 바로 등을 돌려버린다. 대체 무슨 일이 있었는지 내일 회사에 가서 여자의 행적을 훑어봐야겠다. 난 밤늦도록 혼자 맥주를 마시다 늦게 잠이 들었다.

오늘도 소파에서 일어난 난, 변함없이 커피를 내리고 그녀가 침실에서 내려오길 기다렸다. 그러나 출근할 시간이 다 됐는데도 좀처럼 내려올 기색이 없었다. 한참을 기다리자 그녀가 모습을 나타냈다. 밤새 울었는지 눈가가 퉁퉁 부어 있었다. 아……, 저래서 어젯밤 혼자 있겠다고 그랬구나. 자존심이 센 여자는 내게 약한 모습을 보여주기 싫었나 보다. 그녀는 자신의 모습이 부끄러웠는지 나와 눈을 마주치려 하지 않았다.

"몸은 괜찮아? 기분은?"

조금이라도 여자의 기분을 상할세라 상냥하게 물었다.

"많이 나아졌어."

하지만 돌아오는 그녀의 대답은 무뚝뚝했다. 여자는 현관문으로 향하는 계단으로 내려서다 말고 뒤를 돌아본다.

"오늘도 늦을 거야. 나 기다리지 말고 먼저 자."

"많이 늦어? 얼마나?"

여자는 고개를 흔들어 보이고 말없이 집 밖으로 나갔다. 푹 자고 일어났는데도 기분이 저기압인 걸 보면 회사에서 큰일이 있긴 있었나 보다.

나도 출근을 서둘렀다. 한시라도 빨리 회사에 가서 그녀의 기분을 망친 원인을 찾고 싶었다. 오늘도 이 실장은 일찍 출근하지 않았다. 다행이었다. 난 모니터룸으로 들어가 재빨리 분양관 컴퓨터에 접속했다. 그녀의 지갑에 숨겨놓은 와이파이 칩이 수명을 다하기 전에 메인 서버에 해킹 프로그램을 설치한 터라 분양관 곳곳을 쉽게 들여다볼 수 있었다.

모니터를 통해 들여다보는 여자의 하루는 평온했다. 그러나 오후에 전화를 받고 1시간가량 어디론가 나갔다 오더니 여자의 태도가 삽시간에 변했다. 멍해 있는 태도가 늘어났고 상담에도 예전처럼 열의를 보이지 않는 것 같다. 이곳 역시 CCTV의 화질은 좋지 않았지만 그녀의 달라진 모습은 확연하게 보였다. 무슨 일이었을까? 대체 어디를 갔다 왔길래 여자의 상태가 저렇게 바뀐 걸까? 하지만 그 이상은 나라도 알 수 없는 일이다. 난 그녀의 행동을 분석해 의기소침한 이유를 나름대로 유추해본다.

그때 오른편 벽에 달린 전등에 푸른빛이 들어왔다. AV룸에 고객이 방문했다는 표시였다. 함 부장에게 들었지만 일하면서 처음 겪는 경험이라 살짝 긴장이 됐다. 프로그램을 끄고 AV룸으로 나갔다. 그곳에는 50대 중반 정도의 한 남자가 서 있었다.

"어서 오십시오. 찾고 계신 브랜드가 있습니까?"

얘기하면서 남자를 훑어봤다. 안경을 끼고 작은 키에, 입은
옷도 중저가 브랜드라 별로 돈이 있어 보이는 손님은 아니었다.
하지만 손님을 박대할 수 없는 난 최대한 공손히 말을 걸었다.

"지나가다 그냥 들렀습니다. 구경해도 괜찮을까요?"

"네. 편하실 대로 보십시오. 설명이 필요하십니까?"

"해주시면 좋지요. 솔직히 오디오에 대해서는 문외한입니다.
이제 입문해 보려고요."

"그럼 다른 매장부터 둘러보시는 게 좋을 텐데요. 여기는 하
이엔드 오디오만 취급하고 있습니다."

"하이엔드 오디오라면 대략 얼마짜린가요?"

"글쎄요. 스피커 하나만으로도 수천만 원에서 몇억 원대를 호
가하는 제품들이라…….."

"비싸군요."

일부러 고가 제품의 가격대를 알려줬다. 적당히 알아서 나가
라는 경고였다. 하지만 남자는 눈치가 없는지 매장 이곳저곳을
천천히 둘러본다.

"이건 무슨 브랜드입니까? 마치 조각품 같은데요?"

"바워스앤윌킨스의 노틸러스입니다. 1억이 넘는 제품이죠."

"흐음……."

남자는 신음인지 한숨인지 알 수 없는 소리를 뱉어냈다. 자신
으로서는 상상도 못 할 가격의 스피커를 마주하고 있으니 아마

도 경이로웠을 것이다.

"이곳에서 오래 일하셨나 봐요."

"아닙니다. 얼마 되지 않았어요. 이제 막 일을 배우는 참입니다."

"그전에는 뭘 하셨는데요?"

안경 낀 남자의 질문이 불쾌했다. 처음 보는 이에게 예의 없게 저런 질문을 하다니. 이건 상식을 벗어난 행동이다. 하지만 난 계속 상냥하게 대답한다.

"이것저것 했습니다. 이 제품이 마음에 드신다면, 소리 한번 들어보시겠습니까?"

"아니, 괜찮습니다. 너무 고가라 듣는 것도 부담이 되네요."

고객을 상대하기 곤란하던 차에 AV룸으로 함 부장이 들어왔다. 모니터룸의 오른쪽 등에 푸른빛이 들어오는 것과 동시에 다른 매장에도 고객이 왔다는 신호가 표시된 것 같았다. 함 부장은 나를 대신해 익숙하게 남자를 응대하기 시작한다. 그의 눈이 재빠르게 남자를 탐색했다.

"오디오 보러 오셨습니까?"

"아, 예…….."

"예산은 얼마나 생각하고 계십니까?"

"아직 정하진 않았고요, 그냥 둘러보러 나온 겁니다."

"그러시다면 여기 전시된 제품은 적당하지 않을 겁니다. 입문자용 오디오는 다른 매장에 전시되어 있습니다. 같이 가보시겠습니까?"

"아닙니다. 다음번에 들르죠. 명함 한 장 주시겠습니까?"

함 부장이 재빠르게 명함을 꺼내 건넸다. 남자는 내게도 명함도 요구하는 듯 나를 바라본다.

"저는 아직 명함이 없습니다."

난 쑥스럽게 웃어 보였다. 모니터 뒤에 숨어서 일하는 내가 명함이라는 게 있을 리가 없다. 남자는 매장을 한 번 더 둘러보고 우리에게 인사를 하더니 밖으로 나가버렸다. 함 부장이 친근하게 나의 어깨를 툭툭 친다.

"저런 뜨내기들은 단번에 쳐내야 해요. 딱 봐도 오디오 구입할 고객은 아니잖아요?"

"제가 처음이라."

"어쨌든 고객 상대하느라 고생하셨겠네요."

"색다른 경험이었습니다. 그리고 저……, 함 부장님, 드릴 말씀이 있는데요."

함 부장에게 이 실장 이야기를 하려는데, 때마침 그가 AV룸으로 들어왔다. 난 재빨리 입을 다물었다. 함 부장도 내 눈치를 쓱 보더니 화제를 돌린다.

"이 실장님, 점심 하셨습니까?"

"아뇨. 지금 나가실 건가요?"

"같이 가실까요? 김 선생님도 같이 식사하시죠."

우린 함 부장의 제안으로 그와 함께 점심을 먹었다. 식사 시간 내내, 나는 이 실장의 행동 하나하나가 계속 신경 쓰인다. 그리고 그의 돌출 행동을 함 부장에게 어떻게 알려야 할지 때를 가늠하고 있었다.

다시 원점

점심 식사를 마치고 모니터룸으로 돌아왔다. 딱히 할 일이 없어서 난 AV룸 소파에 앉아 음악을 듣는다. 아무 생각 없이 플레이 버튼을 누른다. 피아노 연주곡이 재생됐는데 빠르고 힘찬 선율이 내 몸과 마음에 긴장감을 불어넣는 것 같아 좋았다. 눈을 감고 한동안 음악을 들었다. 정열적으로 건반을 두들기는 피아니스트를 상상하면서, 리듬에 맞춰 손가락을 움직이고 있었다.

"이제는 많이 적응되셨나 봐요?"

눈을 떠보니 앞에 함 부장이 있었다. 갑작스러운 그의 등장에 나는 자세를 고쳐 앉는다.

"예약한 분이 오시기 전에 안으로 들어갈까요?"

"아닙니다. 예약 고객은 없습니다. 아까 하시다 만 얘기, 마저 듣고 싶은데요."

함 부장은 마지막 말을 할 때 목소리를 낮췄다. 난 모니터룸 입구 쪽을 본다. 이 실장이 나오는 기척은 없었다. 하지만 혹시라도 내가 밀고하는 것을 그에게 들키기는 싫었다. 내가 곤란해하는 기색을 보이자 함 부장이 재빨리 다른 제안을 했다.

"다른 매장에 가서 얘기할까요? 여기 근무하시는 동안 그곳도 알아두시면 도움이 될 겁니다."

난 그의 의견에 동의하고 회사에서 운영하는 다른 매장으로 갔다. 테크노상가 4층의 구석진 곳에 있는 매장은 내가 이곳을 방문했을 때 함 부장을 처음 만난 곳이기도 했다. 매장 안은 각종 음향 장비들로 빼곡하게 채워져 있었다. 하품을 하며 무료하게 매장을 지키고 있던 직원은 함 부장이 눈짓을 하자 재빠르게 밖으로 나간다. 수많은 기기로 둘러싸인 공간에 그와 나, 단둘이 남았다.

"이 실장님과 무슨 일이 있었습니까?"

"그가 우리 프로그램을 복사해간 것 같습니다."

난 단도직입적으로 말했다. 복잡하게 얘기해봤자 상대방은 어차피 들을 얘기만 들을 거였다.

"사실입니까?"

"샘플로 주셨던 펜을 시험한 것 같은데 테스트를 여기가 아닌 다른 곳에서 하는 것 같습니다. 그건 프로그램이 유출됐다는 얘기 아닐까요?"

"직접 보신 건 아니고요?"

"제게, 모르는 척해달라고 말했습니다. 전 그게 증거라고 생각해요."

함 부장이 인상을 찌푸렸다. 그의 미간에 내 천(川) 자가 깊게 새겨진다.

"좀 지켜보죠. 확실한 증거를 잡기 전에는 뭐라 할 수 없는 거 잖습니까?"

"외부에서 그 프로그램을 썼다가 걸리는 건 시간문제입니다.

아무리 흔적을 깨끗이 지워도 완벽히 없앨 수는 없어요. 특히 일반 컴퓨터로는요. 분명히 다른 누군가 알아챌 것입니다."

"……."

"그렇게 되면…… 이곳을 알아내는 것도 시간문제겠지요."

"대표님께 말씀드리겠습니다."

함 부장의 얼굴이 어두워졌다. 귀찮은 일을 떠맡았다는 곤혹스러움이 얼굴에 그대로 드러났다.

"설마 큰일이야 있겠습니까? 하지만 조심해서 나쁠 건 없겠죠."

나도 그의 말에 동의했다. 조심해서 나쁠 건 없다. 모든 불상사는 예기치 않은 작은 일에서 비롯되니까. 난 예방 차원에서 이 실장 얘기를 했을 뿐이다. 하지만 불미스러운 일이 생길까 함 부장은 걱정하는 눈치였다.

얘기하고 나니 괜히 매장 안에 있기가 껄끄러워졌다. 차라리 다시 AV룸으로 돌아가는 게 나을 것 같았다. 그때 내 눈에 음향 기기 하나가 눈에 들어왔다. 여러 개의 버튼으로 구성된, 음향 스튜디오에서 쓸 법한 오디오 믹서였다.

"이게 뭡니까?"

"믹싱 콘솔이에요. 베링거 제품입니다. 음악 작업하시는 분들이 주로 사용하죠."

"사람 목소리를 편집하는 일도 가능합니까?"

"그럼요. 따로 녹음한 파일이어도 동일한 톤으로 조절할 수 있죠. 영화 후반 작업에서도 많이 사용하는걸요."

난 오디오 믹서를 유심히 들여다본다. 이 기기를 활용해 재밌는 일을 꾸밀 수 있지 않을까 하는 막연한 촉이 왔다. 새로운 아이디어가 떠오르자 이 실장에 대한 걱정 따위는 금세 잊었다.

난 내 의심을 함 부장에게 미뤄두고 매장에서 나왔다. 그리고 난희 누나와 범이에게 오늘 저녁 보자는 텔레그램 메시지를 보냈다. 누나는 곧 답글을 보냈지만 범이는 또 먹통이었다. 녀석은 대체 무슨 일을 하는지 항상 바쁘다.

퇴근 후, 난희 누나를 만나러 퓨전 레스토랑으로 갔다. 누나의 집 근처에 있는 이곳은 간단한 요리를 여러 개 시켜 나눠 먹기에 좋은 곳이었다. 누나와 나는 2인용 테이블에 마주 보고 앉았다.

"거리 유지하자며? 이렇게 둘이 공개적으로 만나도 돼?"

난희 누나는 주변을 의식하며 말한다. 하지만 우리를 쳐다보는 사람은 아무도 없다.

"뭐, 어때? 엄마와 아들 사인데."

"아이 씨, 너 자꾸 그런 말 하지 말랬지. 나 기분 되게 나빠."

누나가 입을 삐죽거리기 시작한다. 하지만 난 신경 쓰지 않는다. 60세로 나이를 설정한 이상 60세답게 보여야 하는 게 정상이니까. 앞으로도 계속 그렇게 대우해줄 작정이다.

"그리고 정효신 오늘 늦어. 일하느라 바빠서 우리 둘이 만나는 건 생각하지도 못할 거야."

"걔 요즘 일이 많대?"

"사고를 하나 쳤나 봐. 일도 많고. 어제는 얼마나 힘든지 퇴근해서 거의 죽어가더라고."

"이번 주말에 같이 식사하자고 말하려 했는데, 안 될까?"

"힘들지 않을까?"

"아, 나 진짜……. 걔랑은 정말 안 맞아."

난희 누나는 탁 소리가 나게 젓가락을 테이블에 내려놓으며 짜증을 냈다. 뭔가 마음먹은 대로 굴러가지 않을 때마다 나타나는 조급증이다.

"왜? 주말에 꼭 만나야 해? 뭐 계획한 거 있었어?"

"나, 남자 만나잖아. 보경이에게 얘기 안 들었어? 스케치가 하나 더 나왔는데."

"아, 새로운 호구? 누구야?"

"한상호라고, 김호중 옛날 친구. 까다로운 타입이라 친해지기 어려웠는데 잘 됐지, 뭐야. 그날, 그이가 효신이랑 만난 이후로 여러 번 통화했어. 만나서 밥도 먹었고."

"잘됐네, 누나. 그때 못한 설계, 마저 완성하면 되겠네."

"그래야지. 그래서 이번 주말, 그이랑 같이 골프 치고 밥 먹으려 했단 말이야. 이때 며느리가 옆에서 도와주면 얼마나 좋니? 아, 그런데…… 계집애 도움 되는 게 하나도 없어."

"그 사람도 거물급이라며?"

"김호중보다 한 수 위지."

누나는 연어 회에 케이퍼와 소스를 올려 먹으며 말한다. 입에 요리를 넣기 전, 가볍게 내뱉는 한숨 속에는 갖지 못한 것에 대한 동경과 부러움이 섞여 있었다.

"이번 설계는 전망 있어?"

"그럼. 밝다 못해 휘황찬란하지."

"예상 금액이 얼만데?"

"몰라. 그걸 가늠해야 하는데 아직 그 단계까지 가까워지지 않았어."

"성공하길 빌게. 그런데 김호중 아는 사람을 상대로 두 번째 작업 걸어도 되는 거야? 괜히 의심받지 않겠어?"

"걱정 마. 그때 보경이 앞세우고 난 적당할 때 빠졌으니까."

"그래도 조심해. 사람 일은 모르는 거다. 일 끝낸 지 얼마 되지 않았잖아."

"걱정하지 말래도. 어디 한두 번 작업 거니? 이번에는 잘 되면 아예 외국으로 나갈 거야."

"생각해둔 데 있어?

"뉴질랜드로 갈까? 호주같이 땅덩어리가 넓은 곳이 더 낫겠지?"

"누나 진짜 생각 많이 했나 보다. 지역이 아주 구체적으로 나오네?"

"최 사장 오빠랑 미자 언니가 짐 싸는 거 보고, 일 마무리는 저렇게 하는 거구나, 배웠잖아."

"그래 누나, 잘 생각했어. 지난번처럼 도박으로 날리고 그러지 말고. 기껏 힘들게 작업해놓고 그게 뭐야?"

술을 못 마시는 난희 누나는 사이다를 시원하게 들이켰다. 나도 맥주를 마신다.

"우리 설계한 거 서로 안 부딪치도록 일정을 잘 짜야겠네."

"무조건 내 일부터인 거 알지? 효신이 개 보내는 건, 언제든지 상관없잖아?"

난 고개를 끄덕였다. 그 여자를 걱정할 필요는 없었다.

"재우야, 그러니까 이번 주말, 어떻게 해서든지 효신이와 약속 잡아봐. 난 한시가 급하대도. 버릴 땐 버리더라도 이용할 건 알차게 써먹어야지."

누나의 엄살에 난 일단 알았다고 대답을 했다. 이필주와 그녀가 만나기로 한 것이 주말이었다는 사실도 떠올랐다. 그들의 만남을 방해하기 위해서라도 한상호와의 식사 약속을 꼭 잡아야 했다. 문제는 그녀가 누나에게 적의를 품고 있다는 것이다. 시어머니와 며느리의 관계 탓인지, 이상하게도 그녀는 난희 누나를 피했다. 누나와 한상호의 관계 진전을 위한 식사 자리라면 더더욱 나가려 하지 않을 거다. 게다가 회사 일도 힘들다는데, 그녀가 과연 주말 휴식을 포기할까?

식사를 마치고 누나와 헤어진 후에도 난 그 문제로 머리가 아팠다. 집으로 향하는 좁고 긴, 어두운 비탈길을 천천히 걸어 올라가면서 여자를 어떻게 달래야 할지 고민을 했다. 그리고 집 앞에 다다라서야 안에 불이 켜져 있다는 걸 발견했다. 그녀가 먼저 집에 와 있었던 것이다.

난 서둘러 집 안으로 들어갔다. 여자는 샤워 가운을 입고 주방 테이블에 앉아 있었다.

"생각보다 일찍 들어왔네? 몸은 좀 나아졌어?"

"응. 그럭저럭."

테이블 위를 힐끗 보니 그녀는 혼자 맥주를 마시고 있었다. 그녀 옆으로 가서 앉았다. 그리고 몰래 휴대폰 녹음 앱을 작동시켰다. 다행히 그녀는 이런 사실을 눈치채지 못하고 있다. 난 들킬세라 그녀의 동태를 세심히 살핀다. 여자의 분위기가 왠지 냉랭했다. 그녀는 내 쪽으로는 눈길도 주지 않은 채 말을 건넨다.

"어디 갔다 온 거야?"

"아……, 우리도 회식이 있어서."

"……"

"술 좀 그만 마시지. 당신 한약 먹잖아?"

"당신도 약 먹잖아. 보니까 술 마시고 들어왔네."

그제야 그녀가 나를 본다. 그녀의 눈동자 속에는 뭐라고 형용할 수 없는 다양한 감정들이 담긴 것 같았다.

"진짜 무슨 일 있어?"

"그냥…… 힘들어서."

"힘들면 말을 해. 내가 도와주진 못해도 들어줄 수는 있잖아. 사고 났다는 거, 큰일인 거야?"

"잘 수습됐어. 내가 마음을 추스르지 못해서 그렇지."

난 여자를 위로하기 위해 그녀의 어깨를 쓰다듬었다. 내 손길이 닿자 그녀가 움찔 놀란다.

"미안. 내가 예민해져 있어."

그녀가 사과를 했다. 하지만 자신이 놀랐다는 게 그녀에겐 더 충격이었던 것 같다. 난 이런 여자의 미묘한 변화를 유심히 관찰한다. 이 여자, 왜 그러는 걸까? 회사에서 일할 때 특별한 문제는 없었던 것 같은데. 난 분위기를 전환하는 차원에서 화제를 돌렸다.

"당신, 이번 주말 시간 돼?"

"이번 주말?"

"엄마가 식사 같이하자고 하던데?"

그녀가 얼굴을 찌푸렸다. 내 짐작대로 난희 누나를 만나는 게 싫은 거다.

"한상호 사장 알지? 당신 덕에 연락하게 됐다며? 같이 밥 먹자고 하더라고."

"어머니와 한상호 사장이? 두 분이 사귀어?"

"그런가 봐. 나도 자세히는 듣지 못했어. 그날 나가보면 알지 않을까?"

"……."

"당신 힘든 거 아는데, 주말에 시간 좀 내봐."

"……그래, 좋아."

그녀가 의외로 약속을 흔쾌히 수락했다. 그리고 나를 향해 어색하게 웃어 보인다. 얼굴은 여전히 창백했다. 범이가 준 한약이 벌써 효과를 내는 건 아닌지 걱정이 됐다. 아직 때가 안됐을 텐데. 우리의 일은 타이밍이 중요하다. 너무 일러도 일을 그르치기

쉽다. 아무래도 내일은 한약 파우치에 주입할 약물 양을 다시 체크해봐야 할 것 같다.

"올라가자. 재워줄게."

그녀가 복잡한 눈빛으로 나를 봤다. 오늘 밤을 기대하는 건지, 아니면 내 속을 떠보는 건지 알 수 없었다. 난 지친 그녀를 달래 2층 침실로 올라간다. 휴대폰의 녹음 앱은 여전히 작동되는 상태였다.

그리고 침대 위에 나란히 누웠다. 내 피부에 닿는 그녀의 살갗 너머로 나뭇조각처럼 딱딱해진 몸이 느껴진다. 긴장한 것이다. 그녀를 안으려 팔을 뻗었다. 그러나 그녀는 몸을 고슴도치처럼 웅크리더니 곧 등을 돌렸다. 섹스하기 싫다는 메시지였다.

"컨디션이 안 좋아?"

귀에 대고 가만히 속삭였다. 그녀가 고개를 끄덕인다. 할 수 없이 뒤에서 난, 뻣뻣해진 그녀의 몸을 안는다. 갑작스러운 여자의 변화가 수상하다 못해 불안했다. 우리의 관계가 다시 원점으로 돌아간 것 같았다.

재우 이야기 #72 **깊어지는 골**

[뭐야? 중요한 일이 생겼다고?]

이필주의 목소리가 날카로워졌다. 난 재빨리 그들의 대화를 들을 수 있는 창을 켰다. 커서가 잠시 깜박거리더니 검은 화면

위로 여자의 변명이 쏟아져 나왔다.

[미안, 우리 만나기로 한 거 다음 주로 미루면 안 될까?]

[다음 주? 그렇게 중요한 일이야? 대체 무슨 일인데?]

[자기는 알 거 없어.]

[뭐? 말을 어떻게 그렇게 해? 알 거 없다니. 나는 그저, 자기가 오라고 하면 오고 가라고 하면 가는, 그런 사람인 거니? 자기 필요할 때만 부르는 사람이냐고!]

[필주 씨, 그게 아니잖아.]

[그럼 얘기를 해봐. 왜 안 되는데. 먼저 한 약속을 왜 미루는 건데?]

[……시어머니가 불렀어.]

[하아, 그럴 줄 알았어. 자기에게 난 항상 뒷전이지.]

[아니야, 절대 그렇지 않아.]

[그럼 그 약속을 취소해.]

[그건 안 돼. 업계 분도 합석하는 자리라.]

[업계 분, 누구?]

[만나고 와서 말해줄게. 전화로는 말하기 좀 그래.]

[거봐. 저렇대도. 이런데도 자기가 날 무시하지 않는다고?]

[필주 씨…….]

[주말에 집에 오건 말건 자기 마음대로 해. 하지만 주말에 안 오면, 마음 떠난 것으로 알고 있을게. 앞으로 나 안 본다고 생각하겠다고!]

전화가 툭 끊겼다. 그녀와 이필주의 통화 내용을 도청하던 나는 회심의 미소를 짓는다. 그래, 연인 사이는 이렇게 멀어지는 거지. 누구 하나 마음이 바뀌면 삐걱대기 시작하는 거거든. 여자의 통화 내용을 모두 녹음한 난 이필주의 마음을 더 흔들기 위해 보경에게 문자를 넣었다.

'이번 주말 약속 취소. 그쪽도 잘 부탁해.'

그녀의 빈자리를, 보경이 충분히 채울 수 있으리라 믿었다. 난 책상에 앉은 채로 기지개를 쭉 켰다. 스트레칭을 하고 나니 온몸이 개운하다. 시계를 보니 벌써 12시가 다 되어가고 있었다. 이제 슬슬 출근해야 할 시간이었다.

오전 시간을 느긋하게 보내고 오후에 출근하니 이 실장은 출근 전이었다. 딱히 할 일이 없었던 난 분양관에 접속해 여자의 일상을 훔쳐본다. 고객을 맞고 상담을 하고 잠시 옆자리 직원들과 수다를 떨고, 그녀의 하루는 여전히 단조로웠다. 이상한 낌새는 없어 보였다. 그래서 더 주의 깊게 여자를 관찰했다. 어제는 수상할 정도로 거리감이 느껴졌었는데 모니터를 통해 보이는 그녀의 모습은 평소와 다름이 없다. 마치 딴 사람처럼 말이다. 회사에서 힘든 일이 있었다는 게 믿어지질 않는다. 혹시 생리 전이라 예민해진 걸까? 그게 아니라면 나에게 보인 여자의 묘한 심리 변화가 설명되지 않았다.

한동안 그녀를 지켜보던 나는 CCTV를 보는 게 지겨워져 프로그램을 끄고 AV룸에 나와 음악 감상을 한다. 음악을 듣고 있으려니 그제야 이 실장이 출근했다.

"오늘은 늦으셨네요?"

나는 괜히 친한 척 말을 붙였다. 어제 함 부장에게 얘기한 게 지레 발이 저린 탓이다.

"아, 예……. 요즘 낮과 밤이 바뀌어서요."

그가 쑥스럽게 웃으며 모니터룸으로 들어갔다. 함 부장이 별다른 조치를 취한 것 같지는 않았다. 나는 마저 음악 감상을 했다. 그러나 머릿속으로는 여자의 태도가 계속 신경이 쓰여 견딜 수가 없었다. 화질 나쁜 영상으로 엿보는 건 한계가 있었다. 지금 당장이라도 그녀에게 달려가 회사에 무슨 일이 생겼는지, 어떤 생각을 하는지 묻고 싶었다. 게다가 지금은 어차피 할 일도 없다. 내가 자리를 비운다 해도 무리가 없을 것이다. 이런 생각이 들자 더 이상 음악이 귀에 들려오지 않았다. 좀이 쑤셔 자리에 앉아 있을 수도 없었다.

난 소파에서 일어나 다른 매장으로 함 부장을 찾아갔다. 고객과 얘기하고 있던 그는 나를 보자 긴장한 표정을 짓는다. 함 부장은 고객 응대를 자연스럽게 직원에게 넘기고, 나에게 다가왔다.

"이 실장과 문제가 생겼습니까?"

"아, 아닙니다. 개인적으로 부탁드릴 게 있어서요."

"부탁이오?"

"오늘 일도 없는데, 제가 일찍 들어가도 될까 해서요."

조심스럽게 물었다. 출근한 지 고작 1시간 지났을 뿐인데, 조퇴하겠다는 내 말이 스스로도 뻔뻔하게 느껴졌다. 긴장해서 나를 보고 있던 함 부장의 얼굴 근육이 부드럽게 풀어졌다.

"컨디션이 안 좋으십니까?"

"개인적인 볼일이 있어서 그럽니다."

거짓말을 하지 않았다. 그게 함 부장에게는 더 잘 먹히리라 판단했다.

"좋습니다. 퇴근하시죠. 대표님 연락은 오늘 오지 않을 것 같습니다. 혹시 연락받더라도 모니터룸에 이 실장님이 계시니까 걱정 안 하셔도 됩니다."

난 함 부장에게 고맙다는 얘기를 하고 매장에서 나왔다. 그리고 모니터룸으로 갔다. 그곳에서 작업을 하고 있던 그는 갑작스러운 내 등장에 화들짝 놀라 프로그램을 끈다. 하지만 난 그가 하는 일을 확인할 틈이 없었다. 여자에게 가기 위해 마음이 급했다. 이 실장에게도 조퇴 사실을 알리고 짐을 챙겨 부랴부랴 지하철로 갔다. 아무리 천천히 가도 그녀의 퇴근 시간 전에 분양관에 도착할 수 있을 정도로 시간이 넉넉했지만, 내 마음에는 잠시의 여유도 없었다.

4시 30분이 넘어 분양관 앞에 도착했다. 난 전에 그녀와 갔던 커피 전문점에 들러 마음을 진정시킨다. 커피를 마시며 여자의 마음을 구슬릴 방법을 모색했다. 멋진 레스토랑에 데려가서 술을 마시자고 할까? 아니야, 지난번에 썼던 방법은 안 먹힐 거야. 그럼 드라이브를 가자고 할까? 그것도 써먹었던 방법인데, 아, 그녀를 어떻게 구슬리지?

"김재우 씨?"

갑작스러운 목소리에 고개를 들었다. 내 눈앞에는 박정주가

서 있었다.

"어머, 재우 씨 맞네. 안녕하세요? 여긴 웬일이세요?"

박정주의 등장에 난 구세주를 만난 것 같았다.

"아, 안녕하십니까? 어떻게 여길……."

"커피 사러 왔죠. 효신이 보러 오셨어요?"

"아, 네……."

"어머, 역시 자상하시다. 오셨으면 분양관으로 들어오시지 그러셨어요. 그래도 괜찮은데."

"그 사람 모르게 와서요."

"효신이 만나기로 하신 거 아니에요?"

"그냥 온 겁니다. 요즘 기분이 안 좋길래 풀어주려고 왔어요."

"서프라이즈구나. 효신이 너무 좋겠다. 그러잖아도 걔 요즘 컨디션이 안 좋았어요. 계속 저기압이라 몸 아프냐고 묻고 그랬는데."

"아프다고 해요?"

"아, 아니요. 그냥 기분이 안 좋다는데, 애가 사춘기도 아니고 왜 그런지 모르겠어요."

"회사에서 실수를 하나 했다고 하던데……."

"실수요? 에이, 그럴 리가요. 효신이가 보기보다 꼼꼼해서 실수하는 일은 절대 없어요. 문제가 있다면 다른 문제겠죠."

"그럴까요?"

"그럼요. 그건 제가 단언할 수 있어요."

"다른 문제가 있다면 그게 뭘까요? 그 사람 제게 얘기를 통

안 해요. 정주 씨는 친하니까 뭔가 들은 게 있지 않나요?"

"아, 글쎄요……. 효신이 걔가 속에 있는 말을 잘 안 해서요. 아시잖아요, 남자 문제 있는 거 저 이제까지 몰랐다니까요."

"걱정돼요. 혼자 끙끙 앓는 것 같아서."

"궁금하시면 직접 물어보세요. 그 수밖에는 없을 것 같은데요?"

"물어본다고 말을 해줄까요?"

"에이, 밑져야 본전이잖아요. 한번 꺼내보는 거죠. 오늘 술이라도 한잔하면서, 허심탄회하게 말씀하세요."

"그래야겠죠? 그런데 저 혼자서는 좀…….."

나를 바라보는 그녀의 눈이 반짝였다. 술자리에 초대한다면 언제라도 응하겠다는 태도다.

"죄송하지만, 오늘 퇴근 후 시간 되시면 저희 부부와……."

"당연히 괜찮죠."

내가 말을 끝내기도 전에, 박정주는 기다렸다는 듯 대답을 한다. 긴긴 저녁 시간을 함께 어울릴 수 있다는 게 기쁜 듯했다.

"제가 효신이 데리고 나올게요. 재우 씨는 여기서 기다리세요. 참, 효신이에게 오신 거 알릴까요? 아니면 서프라이즈로 갈까요?"

왠지 흥이 난 그녀를 보니 오늘 일이 순조롭게 풀릴 것 같았다. 난 박정주를 보며 상냥하게 웃었다.

"정주 씨 마음대로 하세요. 전 둘 다 상관없습니다."

내 말에, 그녀의 눈이 기쁨과 즐거움으로 촉촉이 젖었다. 자

246

신이 두 사람을 이어주는 사랑의 큐피드라도 된 듯 말이다. 성격은 좋지만 눈치는 영 없는 사람이었다. 그녀는 내게 공손히 인사를 하더니 커피 전문점에서 나갔다.

난 나머지 시간을 무료하게 보내면서 빨리 퇴근 시간이 되기만을 기다렸다. 때마침 보경이 이필주와 주말에 약속을 했다는 메시지를 보내왔다. 잘했다고 칭찬해주면서 여자를 떠올리니 마음이 편치가 않았다. 그녀는 왜 갑자기 돌변한 걸까? 나에게 왜 냉랭해진 걸까? 시험 볼 때 아는 답이 떠오르지 않은 것처럼 마음이 답답했다.

커피를 한잔 더 마셨다. 좋은 원두를 쓰지 않았는지 커피의 맛은 밍밍했다. 그렇게 1시간을 더 보내자, 박정주가 그녀와 함께 커피 전문점에 모습을 드러냈다. 그녀는 아무 생각 없이 따라온 듯, 나를 보고 놀라 눈이 커다래진다.

"당신이 여길 어떻게……."

"재우 씨, 많이 기다리셨죠? 효신아, 미안. 너 기분 풀어주려고 내가 재우 씨 온 거 일부러 말 안 했어."

얼음처럼 굳어진 그녀에 반해 박정주는 기분이 좋아 의기양양했다. 역시 눈치가 없었다.

"같이 술이나 한잔하려고 왔어. 당신 요즘 기분이 안 좋아 보여서. 뭐 먹을래? 맛있는 거 먹자."

"그래, 효신아. 우리 저기 새로 생긴 주점 갈까?"

우리는 박정주의 제안으로 분양관 건너편에 조성된 쇼핑센터로 향했다. 그곳 2층에 새로 생긴 퓨전 주점으로 가서 자리를 잡고 앉았다. 안주와 막걸리를 시키고 난 여자의 눈치를 본다. 그녀의 표정은 밝지 않았다.

"갑자기 와서 미안해."

"내가 이러지 말랬지?"

내 사과에도 그녀는 기분 나쁜 티를 숨기지 않았다. 만약 둘이 있었다면 자리를 박차고 나가지 않았을까? 박정주가 같이 있다는 게 그나마 다행이었다.

"어머, 애! 넌 신랑이 기껏 기분 풀어준다고 여기까지 왔는데, 고맙다는 말은 못 할망정 태도가 그게 뭐니?"

박정주가 그녀에게 가볍게 타박을 줬다. 덕분에 험악해지던 분위기가 누그러지면서 그녀의 표정도 평상시로 돌아왔다. 확실히 상사의 힘이 세긴 셌다. 난 속으로 만세를 부른다. 박정주의 지원을 받으며 오늘 그녀의 속을 제대로 파보리라 마음먹었다. 하지만 티를 내지는 않았다.

"제가 잘못한걸요. 이 사람에게 미리 허락받고 왔어야 했는데, 이런 쪽으로는 재능이 없어요."

"어우, 재우 씨는. 이벤트가 달리 이벤트인가요. 이런 게 이벤트지. 효신이 넌, 복 받은 줄이나 알아."

박정주는 서비스로 나온 강냉이를 입에 넣으며 부러운 듯 말했다. 그녀는 이 말을 얌전히 듣고 있다. 성격상 분명 반박하고 싶을 텐데 말이다.

"정효신, 그리고 너 힘들면 말해. 내가 누구니? 네 상사잖아. 혼자 끙끙대지 말고 말하라고. 재우 씨에게는 회사에서 문제가 있었다고 했다며? 너 무슨 실수했니?"

"아, 아니에요."

그녀가 당황해서 말을 얼버무린다. 분명 나에게는 회사에서 큰 실수를 했다고 말했는데, 거짓말이었던 걸까? 아니면 박정주가 모르는 일일까?

"그런데 언니가 그걸 어떻게 알아요? 내가 이 사람에게만 말한 건데, 둘이 언제 얘길 한 거예요?"

"아까 커피 사러 갔다가 만났지. 그래서 이 서프라이즈도 추진하게 된 거고."

"아⋯⋯."

여자가 이해한 듯 고개를 끄덕였다. 곤란하던 참에 시킨 안주가 나왔다. 우린 과일 맛이 나는 막걸리를 마시고 안주를 먹으며 수다를 떨었다. 업무를 비롯해 주변 사람 이야기 등 시시콜콜한 얘기가 대부분이었다. 막걸리가 여러 통 비워졌고 분위기는 처음보다 많이 좋아졌다. 난 테이블 밑으로 슬쩍 여자의 손을 잡는다. 그녀는 손을 빼지 않았다. 기분이 많이 풀어진 걸까? 그녀와 나 사이가 좀 안정되어 보였는지 박정주가 입을 열었다.

"재우 씨가 네 걱정 많이 하더라. 너 진짜 무슨 일 있니?"

"컨디션이 안 좋아요. 상담할 때도 막히고 실적도 생각보다 안 나오고. 그냥 그런 거니까 두 사람 모두 저한테 신경 쓰지 않아도 돼요."

"그럼 신경 쓰지 않게 하던가. 당신 얼굴이 너무 안 좋아. 태도도 이상하고."

"태도? 내 태도가 왜?"

"갑자기 냉랭해졌잖아. 하루 만에 사람이 그렇게 바뀔 수도 있는 거니?"

"어머, 효신이 너 집에서는 호랑인가 보구나. 이렇게 좋은 남편에게 왜 그래? 재우 씨, 얘, 회사에서는 얼마나 사근사근한데요."

"언니!"

"너 신랑한테 잘해. 다른 놈 아무리 쳐다봐도 재우 씨 같은 남자 없어."

박정주가 쓸데없는 얘기를 입에 올렸다. 이러다 말실수를 할 판이다. 지난번 박정주와 만났을 때, 내가 이 여자가 다른 남자와 만난다고 한 얘기가 뇌리에 깊게 남았나 보다.

"언니가 우리 부부 일을 어떻게 안다고……."

"어떻게 알긴, 다 티가 나. 재우 씨가 얼마나 답답하면 저번에 날 찾아왔겠니?"

"뭐어? 저번?"

이런……. 박정주가 끝내 말실수를 했다. 나를 보는 여자의 눈이 매처럼 날카로워졌다. 난 사태를 수습해 보려 애를 쓴다.

"아, 그게, 내가 부탁하는 차원에서……."

"그래, 술 마셨다, 왜. 네가 하도 뻣뻣하게 나오니까 재우 씨가 걱정돼서 날 찾아왔더라."

실수를 덮으려 했지만 일은 더 커졌다. 박정주는 우리가 만난 일을 폭로해버렸다. 술에 취한 박정주는 쓸데없이 흥분해 목소리를 높인다. 여자의 눈은 분노로 이글거렸다.

"둘이…… 술을 마셨다고? 나에게 비밀로 하고?"

그녀의 창백한 얼굴이 더 하얗게 질렸다. 박정주와 함께 주점에 온 걸 후회했다. 그녀와의 골이 자칫하면 걷잡을 수 없이 커질 것만 같았다.

재우 이야기 #73 **복병**

실수는 만회하기 힘들다. 그리고 만회하려 할수록 오해는 더 깊어진다. 이번이 그랬다.

"왜? 둘이 만나면 안 돼? 우리 둘이 만나서 무슨 나쁜 짓 했니? 아니잖아. 네 걱정했어. 정효신, 너 요즘 변한 거 같다고 재우 씨가 걱정했다고."

"정주 씨, 이제 그만 하세요."

"왜요? 내가 지금 못할 말 해요? 재우 씨도 참 이상하시다. 나랑 같이 걱정할 때는 언제고, 왜 그래요?"

박정주는 많이 취한 나머지 자신의 실수를 인지하지 못했다. 더 높고, 더 큰 목소리로 계속해서 떠들 뿐이다.

"효신아, 너 내가 많이 사랑하는 거 알지? 그러니까 이 언니가, 재우 씨가 너 걱정된다는데, 내가 어떻게 가만히 있어?"

여자는 화를 간신히 참아내며 온몸을 부들부들 떨고 있다. 난 두 여자의 눈치를 보며 안절부절못했다. 술에 취해 감정이 과격해진 여자 둘을 상대하는 건 진짜 곤란하다. 술자리를 더 이상 이어간다는 건 무리였다. 서둘러 자리를 정리했다.

"시간이 너무 늦었습니다. 이제 들어가죠. 정주 씨도 그만 드세요."

"아직 괜찮은데? 제가 너무 많이 마셨나요?"

난 비틀거리는 박정주를 부축했다. 여자는 그런 나를 싸늘한 시선으로 보고 있을 뿐이다. 택시를 불러 박정주를 태워 보내고 나와 그녀는 대리를 불러 집으로 향했다. 그녀는 차 안에서 단 한마디도 하지 않았다. 시베리아 찬바람보다 더 냉랭한 그녀 분위기에, 난 아무 소리도 하지 못한다. 눈을 크게 뜨고 정면만 응시하는 그녀를 힐끔거렸지만 화난 이유가 질투인지, 아니면 나에 대한 의심인지 가늠할 수 없었다. 한 가지는 분명했다. 여자의 화는 당분간 쉽게 가라앉지 않을 것이다.

아침에 소파에서 눈을 뜨니 여자는 출근했는지 보이지 않았다. 커피를 내려 마시며 어제 그녀를 찾아갔던 것을 후회했다. 기분을 풀어주려 했는데 괜한 오해만 쌓았다. 앞으로의 계획에 차질이 생길까 걱정이 된다. 집에 계속 있다가는 안 좋은 상념에 불안만 쌓일 것 같아 서둘러 출근을 했다.

모니터룸에 들어가니 역시나 이 실장은 그곳에 없었다. 난 자리에 앉아 프로그램을 구동하고 분양관 내부를 엿본다. 평상시와 다름없는 평범한 분양관의 일상이 펼쳐졌다. 수많은 고객이 오면 응대를 하고 모델하우스를 보여주며 설명을 하는 일과가 되풀이됐다. 그러나 여자의 모습은 보이지 않았다. 여러 대의 CCTV를 점검하고 시간을 되돌려 확인도 해 봤지만 그녀는 출근하지 않았다. 도대체 어떻게 된 일일까? 일찍 출근한 줄 알았는데 어디에 간 걸까? 난 혹시나 하는 마음에 이필주의 노트북도 해킹해봤지만 늘어지게 자는 모습만 비칠 뿐 별다른 특이점은 없었다.

답답한 마음에 AV룸으로 나가 음악을 듣는다. 이곳에서 일하면서 붙인 새로운 취미다. 눈을 감고 잡생각을 정리하는데 이 실장의 목소리가 들렸다.

"김 선생님, 사모님 오신 거 같은데요?"

놀라서 눈을 떴다. 아니, 사모님이라니. 그녀가 이곳에 왔단 말인가?

"와이프요?"

"네. 출근하다 뵀는데요?"

"그 사람, 어디 있습니까? 어디서 봤어요?"

"방금 복도 끝 휴게실로 들어가셨어요."

당장 휴게실로 달려갔다. 그곳에는 이 실장의 말대로 여자가 혼자 앉아 있었다.

"당신, 여긴 어쩐 일이야?"

내 목소리에, 그녀가 놀라 눈이 커졌다. 내가 여기 나타나리라고는 짐작도 하지 못한 얼굴이었다. 그녀의 반응에 나 또한 놀란다. 날 찾아온 게 아니었어? 그렇다면…… 내 뒤를 쫓은 거야?

"내가 여기 있는 거 어떻게 알았어?"

여자가 오히려 의심에 찬 눈초리로 되물었다. 그 눈 속에는 적대감이 팽배하다. 진짜 의심스러운 건 나인데.

"이 실장이 그러던데?"

"이 실장? 그 사람이 누군데?"

"우리 직원. 당신, 그 사람 몰라? 인사한 거 아니었어?"

"내가 당신 회사 사람을 어떻게 알아? 회사가 어딘지도 모르는데."

정말 모르는 눈치였다. 불현듯 내 머릿속에 불길한 생각이 스쳤다. 어떻게 이 실장이 이 여자의 얼굴을 안단 말인가. 설마 그가……, 샘플 칩을, 설마 그가…….

"잠깐 여기서 기다려."

난 그녀를 휴게실에 남겨두고 다급히 밖으로 나갔다. 그리고 사물함으로 가서 내 소지품을 하나하나 점검한다. 재킷도 털어보고 지갑도 열어봤다. 아무것도 없다. 마지막으로 휴대폰 케이스를 벗기니 안쪽에서 작은 칩이 하나 나왔다. 모르는 사람이라면 지나쳤을, 몽블랑 펜 안에 들어 있던 쌀알보다 더 작은 마이크로 칩이었다. 찾았다! 이 실장, 이 망할 새끼! 나를 시험용 쥐로 사용하다니.

때마침 모니터룸이 열리고 이 실장이 나왔다. 다짜고짜 그의 얼굴에 주먹을 날렸다. 그가 중간 문을 지나 AV룸으로 힘없이 나가떨어진다. 난 쓰러진 그의 멱살을 잡고 일으켜 얼굴을 연달아 가격했다. 그의 입과 코에서 피가 나왔지만 개의치 않았다.

"김 선생님, 왜 그러세요……."

영문을 모르겠다는 그의 반응에 나는 화가 더 났다. 아니, 나를 염탐해놓고 모르는 척 발을 빼려고? 그래선 안 되지. 내가 가만둘 수 없지. 네가 뭘 엿봤는지 알! 나와 난희 누나, 보경과 범이의 대화를 엿듣고 저장해놨을 거 아니야! 우리가 벌인 일들을 다 아는 거 아니냐고!

이 실장을 치려고 팔을 들었을 때, 뒤에서 누군가 내 팔을 잡았다. 잡은 그 힘이 너무 세서 차마 주먹을 날릴 수가 없었다. 손이 묶인 나는 이번에는 발로 이 실장을 있는 힘껏 차기 시작했다. 그는 아무 저항도 하지 않고 울먹이며 맞고만 있다. 주변에서 웅성대는 소리가 들렸다. 옆 매장과 지나가는 사람들이 몰려와 구경하는 것 같았다. 그러나 그런 것을 신경 쓸 때가 아니었다. 이 실장 이 자식을 죽이고 싶었다.

"김 선생님, 진정하십시오. 이제 그만 하세요."

함 부장이 나를 말렸다. 고개를 들어보니 그가 그 큰 덩치로 내 팔을 잡고 있었다.

"이 새끼 가만두면 안 돼요. 프로그램을 유출한 것도 모자라 샘플 칩으로 나를 엿봤다고요."

"뭐라고요? 이 실장님, 사실입니까?"

얼굴이 피떡이 되어 구석에 웅크리고 있던 이 실장은 아무 말도 하지 못한다. 그 모습이 더 괘씸해 나는 발로 그의 몸을 몇 번 더 찼다. 그러나 함 부장이 말리는 바람에 내 발은 허공에서 헛발질만 해댔다.

"거봐요. 이 실장, 이 또라이 새끼, 야! 너 날 해킹한 데이터 갖고 있지? 맞지?"

이 실장이 머리를 흔들었다. 아니라는 표시다. 하지만 저 말을 믿을 수 있을까?

"진정하십시오. 저희가 해결하겠습니다."

"말로 해서 될 일이 아니라고요. 이 새끼 가만두면 안 돼요."

"압니다. 그냥 넘어가지 않을 겁니다. 그러니 김 선생님은 제발 진정하십시오."

어디선가 두 남자가 뛰어왔다. 그들은 함 부장의 눈짓에 따라 이 실장을 부축해 어디론가 데리고 간다. 나도 따라가려고 했지만 함 부장에게 잡혀 옴짝달싹할 수 없었다.

문득, AV룸의 투명한 유리창 너머로 나를 보는 여자의 모습이 눈에 들어왔다. 그녀와 눈이 마주쳤다. 경멸하는 눈빛으로 나를 보던 그녀는 조용히 자리를 떠난다. 난 꼼짝하지 못한 채 그녀가 사라지는 뒷모습을 봤다. 망했다. 그녀와의 관계를 돌이키는 것도, 이번 계획을 진행하는 것도, 모두 망했다.

"김 선생님, 걱정 마십시오. 저희가 책임지고 모두 되돌려놓겠습니다."

함 부장이 잡은 내 팔을 놓자 나는 바닥에 무너지듯 내려앉았다. 일어날 힘이 없었다. 그는 어디론가 전화를 걸어 무엇인가를 지시한다. 하지만 그의 목소리가 들리지 않는다. 뻐끔거리는 입 모양을 보며 무엇인가를 얘기한다고 생각했을 뿐이다. 충격을 받은 난, 정신을 차릴 수가 없었다. 함 부장의 배려로 오늘 일은 그렇게 접었다. 그러나 나는 집으로 가지 않았다. 걱정돼서 도저히 혼자 있을 수 없었다.

난희 누나와 범이에게 텔레그램 메시지를 넣고 누군가 먼저 대답해주길 기다렸다. 답장을 기다리면서 난 커피 전문점에 들어가 잠시 휴식을 취한다. 말이 휴식이지, 실제로는 시간 때우기다. 초조해서 죽을 맛이었다. 이 실장 문제를 어떻게 처리해야 할지 머리가 아팠다.

잠시 후, 범이에게 집으로 오라는 문자가 왔다. 난 택시를 잡아타고 오포로 간다. 택시에서 내리자 범이의 집 문틈 사이로 망치의 얼굴이 보였다. 망치는 날 알아보고 반가워하며 짖기 시작한다. 그리고 문이 열리자마자 내 품으로 바로 뛰어 들어왔다. 망치를 안고 부드러운 털을 쓰다듬었다. 녀석은 오랜만에 보는 나에게 놀아달라고 보챘지만 난 그럴 힘이 없었다. 프리스비를 던져주고 망치가 정신이 팔린 틈을 타 집 안으로 들어갔다. 거실에는 트렁크 팬티만 입은 범이가 소파에 앉아 있었다.

"야아, 얼굴 봐라. 어떤 새낀지 몰라도 혼을 완전 쏙 빼놨네. 진정제 좀 놔주련?"

"됐다. 누나는?"

"곧 올 거야. 너 그러다 죽겠다. 청심환이라도 좀 먹자."

범이가 방에 들어가 작은 플라스틱병에 든 청심환을 가지고 왔다. 종이를 벗겨내니 황금색 청심환이 나왔다. 난 그걸 받아들고 입에 넣었다. 쓴맛이 입안에 확 퍼진다. 하지만 군말하지 않고 범이가 준 청심환을 모두 씹어 삼켰다.

"이제 물어봐도 되냐? 상태 괜찮아?"

괜찮지 않았다. 하지만 빨리 대책을 세우는 게 중요하다.

"많이 안정됐어."

"도대체 어떻게 된 거야? 우리의 정보가 모두 빠져나갔다니, 무슨 소리야?"

"정확하지는 않아. 추측할 뿐이지."

"추측?"

"이 실장이, 나랑 같이 일하는 그놈 말이야. 시험 삼아 준 와이파이 해킹 칩을 나에게 썼어. 컴퓨터, 휴대폰 모두 해킹했을 거야. 내 사생활도 엿보고."

"내 것도?"

"그건 모르겠어."

"흐음……. 회사에서도 안 거야?"

"이번 일로 알았을 거야. 책임지고 처리한다는데, 모르지."

"너 일하는 곳, 믿어도 되냐?"

"우리 업계에서는 거대 업체니까 뒤처리는 깔끔하겠지. 빼돌린 프로그램이나 데이터도 제대로 수거할 거라 믿어. 문제는 이실장 그 자식이 우리 일을 어디까지 알고 있느냐는 거야. 엿들은 게 분명하니까 모를 리가 없지. 개인적으로 백업해놨을까 봐 걱정도 되고."

"그 사실을 어떻게 안 거야? 그 새끼가 해킹하는 걸 봤어?"

"아니, 정효신 그 여자가 오늘 회사에 왔었어. 몰래 내 뒤를 캐려고 했었나 봐."

"그걸 가지고 해킹한 걸 알았다고?"

"그 새끼가……, 이 실장이 웬일인지 그 여자 얼굴을 알고 있더라고. 그녀는 이 실장을 모르는데. 그럼 뻔한 거 아냐? 노트북이나 휴대폰으로 내 일상을 훔쳐봤겠지. 그러니까 정효신 얼굴도 안 거고."

"보경이네 집에 있는 컴퓨터는? 그건 안전한 건가?"

"몰라. 확인해봐야지. 그 새끼, 기술이 정교해서 흔적을 안 남겼을지도 몰라."

범이가 방에 들어가 이번에는 청심환을 박스째 가지고 나왔다. 그리고 청심환 하나를 자신의 입에 넣는다. 내 얘기를 듣고 사태가 심상치 않다고 판단한 것이다.

"여자는 어떻게 됐냐?"

"어떻게 됐냐니? 무슨 소리야?"

"회사에 왔다며? 그냥 돌려보낸 거야?"

아까 AV룸 유리창 너머로, 날 물끄러미 바라보다 뒤돌아서던 여자의 모습이 떠올랐다. 이 실장과 내가 싸우는 모습을 보고 그녀가 무슨 생각을 했을지 짐작할 수 없다. 하지만 나에 대한 의심이 더 커졌다는 건 분명하다. 젠장……, 그렇게 조심했는데 예상치 못한 곳에서 복병을 만날 줄이야.

벨 소리가 울렸다. 난희 누나가 온 것이다. 범이가 인터폰으로 문을 열어주고 티셔츠를 입었다. 현관문이 열리기 무섭게 얼굴이 새파랗게 질린 누나가 집 안으로 들어왔다. 피부과에서 시술을 받다 왔는지 얼굴은 울긋불긋한 상태였다.

"그게 무슨 소리야? 우리 얘기가 새어 나갔다니?"

누나는 들어오자마자 새된 목소리로 다짜고짜 질문부터 한다. 범이는 그녀에게도 청심환을 하나 내밀었다.

"누나, 일단 이거 하나 먹고 얘기합시다."

"이거 먹고 들어야 할 정도야?"

"그건 아니고 예방 차원에서 먹자는 거지."

난희 누나는 샐쭉해진 얼굴로 청심환을 받아들었다. 종이 껍질을 까서 청심환을 입에 넣은 그녀는 오물오물 삼키는 와중에도 불만스러운 눈으로 우리 둘을 쏘아봤다.

"자, 이제 말해봐. 어떻게 된 일이야?"

청심환을 삼킨 누나는 우리에게 쉴 틈을 주지 않았다. 난 다시 자초지종을 설명한다. 이 실장이 와이파이 해킹 칩으로 내 노트북과 휴대폰을 들여다봤고, 요즘 여자가 이상하다는 얘기까지도.

얘기를 다 들은 누나의 얼굴은 창백했지만 청심환 덕인지 생각보다 차분했다.

"그럼 이제 어떻게 할 거야?"

"어떻게 하냐니? 뭘?"

"우리 설계가 외부에 발각될 수도 있다는 얘기잖아. 여기서 접어?"

"에이, 그럴 순 없지. 투자한 게 얼만데."

"그럼 그냥 고 해?"

우리는 서로를 마주 봤다. 침묵이 길어졌다. 고민 끝에 내가 먼저 입을 열었다.

"일정을 앞당기자. 그것밖에는 방법이 없네."

난희 누나와 범이가 고개를 끄덕였다. 포기할 수 없다면 더 빨리 일을 치르는 수밖에.

"그리고 재우 넌, 이 실장인지 뭔지 하는 그 새끼, 책임져."

누나의 단호한 말에 난 동의했다. 내가 싼 똥은 내가 치우는 게 맞다.

"한 사장 만나는 일정에는 차질이 없게 하고. 알았지?"

아……, 잠시 잊고 있었다. 이번 주말, 그녀와 함께 한 사장과 식사를 해야 한다는 사실을. 난 무슨 일이 있어도 그녀를 약속 장소에 데리고 나가야 한다. 하지만 지금 상태로는 무리다. 어떻게 얘기를 건네야 할지 막막하다. 여자가 약속을 취소해버린대도 할 말이 없다. 주말 약속을 그녀가 지키도록 내가 부추길 수 있을까? 어떻게 달래야 어색해진 관계를 풀 수 있을까? 이 실장의 문제만큼이나 난제였다.

재우 이야기 #74 생각대로 되는 일은 없다

웬일인지 여자는 제때 집으로 돌아왔다. 낮에 테크노상가에서의 소동으로 난 그녀를 볼 낯이 없었다. 하지만 뻔뻔하게 나가기로 했다.

"일찍 왔네? 음식 주문할 거니까 천천히 씻고 내려와."

그녀가 고개를 끄덕이더니 2층으로 올라간다. 난 재빨리 피자를 주문했다. 이 시간대, 이곳으로 가장 빨리 배달 올 수 있는 음식은 피자였다. 그리고 콜라와 얼음이 담긴 잔을 두 개 준비한다. 콜라병 안에는 범이에게 얻은 리탈린을 약간, 아주 약간 탔다. ADHD에 사용하는 리탈린은 기분을 좋게 만드는 효과가 있다. 난 약물을 선호하는 편은 아니지만 오늘 같은 날에는 약의 힘에 기대어 그녀의 기분을 조금이라도 풀어줄 필요가 있었다.

곧 피자 배달이 왔고 내가 음식 세팅을 끝내자 그녀가 거실로 내려왔다. 난 이번에도 녹음 앱을 작동시켰다. 그녀와의 대화를 모두 녹음할 작정이었다. 그걸 모은다면 나중에 써먹을 데가 있을 것이다. 이를 알 리 없는 그녀는 무표정한 얼굴로 피자를 손에 들고 먹는다. 콜라를 잔에 따르면서 여자의 기분을 거스를세라 난 조심스럽게 물었다.

"오늘, 거기에 왜 왔던 거야?"

내 질문에, 여자가 눈을 동그랗게 뜨고 바라본다. 반항심이 가득 담긴 눈이었다. 그녀는 잔을 들어 콜라를 마시며 나를 노려봤다.

"당신이 먼저 대답하면 안 될까? 정주 언니와 왜 만났던 거야? 정말 내 걱정한 거 맞아?"

"내가 먼저 물었잖아?"

"일이 발생한 순서는 당신이 언닐 만난 게 먼저지. 우리 시간 순서대로 풀어보자. 당신이 제대로 얘기하면 나도 제대로 대답할게.”

여자의 질문에 말문이 막혔다. 정말 자기 위주인 여자였다. 하지만 내 고집대로 하려다가는 그녀는 입을 다물어버릴 것이다.

“당신이 걱정됐어. 그래서 만난 거야. 진짜야.”

“언제 만났는데?”

“몇 주 됐어.”

“무슨 말 했니?”

시비조로 건네는 그녀의 말에 숨이 턱 막힌다. 신경이 예민해지는지 관자놀이가 떨렸다.

“정주 씨와 만나서 내가 무슨 말을 했겠어? 당신이 나에게 마음을 안 연다. 좀 도와 달라, 그런 거지.”

“겨우 그것뿐이야? 또 다른 건 없어?”

“없어. 삼자대면해도 나올 얘긴 이것뿐이야.”

난 시치미를 뗀다. 종대가 사라진 그날 일에 대해 우리가 얘기했던걸, 설마 박정주가 그녀에게 털어놓은 건 아니겠지. 일단 박정주를 믿어보기로 했다.

“당신, 앞으로 나 몰래 이런 행동 하지 말았으면 좋겠어.”

“알았어. 내가 잘못했어.”

“뭐, 말한다고 당신이 지키지는 않겠지만.”

여자는 여전히 삐딱했다. 빈정거리는 말투가 내가 먼저 싸움을 걸어오길 바라는 것 같았다. 나와 박정주의 만남에 대해 계속 의심하는 게 확실했다. 나는 가급적 부드럽게 말을 이었다.

"이젠 내 차례가? 당신, 오늘 왜 온 거야?"

"……."

"나 모두 털어놨잖아. 당신도 솔직히 말해줘."

"화가 나서 참을 수가 없었어……."

그녀가 눈을 아래로 내리깔았다. 그 태도는 마치 나와 눈이 마주치면 폭발할지도 모른다는 무언의 항의 같았다. 그 심정이 충분히 이해가 갔다.

"그래도 회사에 출근하려는데, 생각하면 생각할수록 열이 뻗치는 거야. 이 상태로는 도무지 일할 수 없겠더라고. 그래서 방향을 틀었지. 당신 회사로."

"회사는 어떻게 알았어?"

"예전에 테크노상가에 취업한다고 했었잖아? 층마다 샅샅이 뒤졌어. 당신 모습이 보이지 않더라. 쉬려고 휴게실에 갔는데 갑자기 당신이 뛰어들어온 거지. 그런데 내가 온 걸, 당신은 어떻게 안 거야? 이 실장은 또 누구고?"

"같은 회사 사람이야. 그 사람이 당신이 왔다고 알려줬어."

"그 사람이 어떻게?"

"나도 그게 의문이야. 그 사람은 당신을 어떻게 알았을까?"

"지금…… 날 의심해?"

여자가 신경질이 잔뜩 난 얼굴로 날 봤다. 하지만 눈에 오른 독기가 조금 덜해졌다. 약 효과가 서서히 나타나고 있나 보다.

"의심이 아니라 궁금한 거지. 이 실장과 함께 일해도 몇 마디 나눠보지도 못한 사이인데, 그가 우리의 관계를 어떻게 알까?

당신이라면 당연히 이상하다고 생각하지 않겠어?"

"그러면 하나만 더 물을게. 아까는 왜 싸운 거야?"

그녀가 내 손등을 본다. 그녀의 시선을 따라 내 손등을 내려다보니 까지고 멍이 들어 있었다. 이 실장을 때릴 때 다친 것이다. 하지만 다쳤다는 걸 이제까지 깨닫지 못하고 있었다. 그만큼 정신이 없었다. 난 자연스럽게 팔을 테이블 아래로 내려 손등을 감췄다.

"순간적으로 욱해서. 미안, 이 실장이 당신을 알고 있대서 화가 났어. 하지만 진짜로 당신을 의심한 건 아니야."

잘 둘러댔다. 난 와이프와 회사 동료의 관계를 의심하는 지질한 남자로 포지션을 취했다. 다행히 그녀는 내 말을 믿는 눈치였다. 그녀가 다시 콜라를 마신다. 난 콜라를 조금 마시다가 냉장고에서 캔맥주를 꺼내왔다.

우리 두 사람은 잠시 말이 없었다. 피자 한 판을 다 비우도록 얘기를 나누지 않았다. 여자는 아까의 상황에 대해 생각하는 듯했고, 난 그녀에게 한상호와의 약속을 어떻게 상기시킬까 생각 중이었다.

"나중에 우리 같이, 이 실장 한번 만나자."

여자의 뜬금없는 소리에 정신이 번쩍 드는 것 같았다. 아니, 같이 만나자니? 그게 무슨 소리야?

"정주 언니와는 삼자대면이 필요 없지만, 왠지 그 사람은 한번 봐야 할 것 같네?"

"왜지?"

"정주 언니가 내 걱정해서 당신을 만났다는 건 충분히 있을 수 있는 일이야. 하지만 이 실장이라는 사람은 다른 문제지. 당신도 잘 모른다면서 날 어떻게 알 수가 있겠어? 따져봐야 하는 문제 아니야?"

"무슨 논리가 그래?"

"내 논리는 그래. 괜한 오해 받기 싫어. 우리 확실히 짚고 넘어가자."

오해라……. 여자의 후안무치에 실소가 나온다. 그래, 이 실장과의 관계는 깨끗하겠지. 하지만 이필주와의 관계에도 과연 떳떳할 수 있을까? 나는 이 말을 입 밖으로 내뱉지는 못한다. 어떻게라도 여자를 달래어 주말 약속 자리에 데리고 나가야 하기 때문이다.

"좋아. 원한다면 그렇게 해. 그전에, 이번 주말 약속 기억하지?"

여자를 향해 비굴하게 웃어 보였다. 그녀가 이상하다는 듯 고개를 갸웃거렸다.

"잊을 리가 있겠어? 한상호 사장님과 저녁 같이 먹기로 한 날이잖아."

아, 다행이다. 내 기우였나 보다. 그녀는 한상호와의 약속을 똑똑히 기억하고 있었다.

"난 또…… 잊었을까 봐."

"한 사장님, 어머니께도 그렇겠지만 나에게도 중요한 분이야."

리탈린 효과 때문일까, 아니면 한상호의 효과일까? 그녀는 예전으로 돌아간 듯했다. 기분이 좋아져서 나를 보며 웃기까지 한다. 내 기분도 나쁘지 않았다. 리탈린을 섞은 콜라를 마신 효과가 내게도 일어난 듯하다. 이 실장 일쯤이야 까짓것, 내일 생각하자. 지금의 내 먹이는 눈앞의 이 여자다. 그렇게 생각하니 난 대범해진다.

"나도 맥주 한 캔 줘."

그녀의 요청에 나는 흔쾌히 맥주를 갖다 준다. 그러면서 슬쩍 여자의 옆에 앉았다. 그녀는 별로 개의치 않는 기색이었다. 우리는 건배를 하고 맥주를 마셨다. 다 마신 맥주 캔이 늘어날수록 그녀의 기분은 점점 더 좋아져 말도 많아졌다. 회사 얘기를 하고 같이 일하는 동료의 험담도 하면서 실없이 웃는다. 난 여자의 태도에 마음을 놓으며 지금이, 관계를 개선할 기회라 생각했다.

키스를 시도했다. 그녀는 잠시 머뭇거리더니 천천히 입을 열었다. 혀가 엉켰고 서로의 입술을 빨아대자 숨소리가 가빠진다. 그녀는 오늘따라 유난히 적극적이었다. 그녀는 윗옷을 먼저 벗어버리더니 반라의 몸을 드러냈다. 내 머리를 잡고 거칠게 키스를 했다. 그리고 난 그녀의 굴곡진 몸매를 보자 온몸이 뜨거워졌다. 못 참을 것 같다. 나도 지퍼를 내렸다.

그 순간, 그녀가 폭소를 터트리며 내 몸에서 내려왔다.

"오늘은 여기까지."

급작스러운 말에 어안이 벙벙하다. 그녀는 옷을 입더니 나를 보며 씩 웃었다.

"오늘은 당신 방에서 자. 여긴 모텔이 아니니까."

그제야 생각이 났다. 이 말은, 예전에 내가 모텔에서 그녀에게 했던 말이었다. 난 어이가 없어 웃음이 나왔다. 관계가 다시 좋아졌다는 건 나만의 착각이었던가.

그녀는 의기양양해서 2층으로 올라가면서도 뭐가 그리 신이 나는지 계속 소리 내어 웃는다. 내가 생각보다 콜라에 리탈린을 많이 넣었나 보다. 그녀의 뒷모습을 보며 나는 아쉬웠다. 그녀를 안고 싶었다.

다음 날, 여자가 출근한 후 일찍 회사로 나갔다. 솔직한 심정으로는 이 실장 그놈 얼굴을 보기 싫었지만, 어제의 사건을 마무리해야겠다는 생각에 무거운 몸을 끌고 출근했다.

AV룸에는 강 대표가 소파에 앉아 음악을 듣고 있었다. 그의 얼굴을 보자 어제 내가 벌인 일이 다시 떠올라 마음이 무거워졌다. 그 소동으로 우리 일이 주변에 노출됐을지도 모른다. 전자제품을 다루는 테크노상가에는 의외로 해커 관련자들이 많다. 몇마디 오간 대화만 듣고도 이 바닥 사람들은 우리가 하는 일을 짐작했을 거다. 강 대표가 이를 모를 리 없다. 어떤 방식이든, 내게 불벼락이 떨어질 것이다. 그래서 그가 여기에 모습을 드러낸 것이겠지.

난 문 앞에서 잠시 주저하다 AV룸으로 들어갔다. 문을 열자 오페라 아리아가 우렁차게 들려온다.

"대표님, 나오셨습니까?"

그가 눈을 가느다랗게 떴다. 기분이 어떤지, 감정을 도무지 엿볼 수가 없었다.

"아, 오셨군요. 김 선생님 여기 앉으시지요."

그가 시키는 대로 그의 옆자리에 앉았다. 강 대표는 다시 눈을 감고 음악에 심취한다. 나는 먼저 말을 꺼낼 수가 없어 그의 지시를 기다렸다. 여러 곡의 아리아를 듣고 나자 그가 볼륨을 낮추더니 드디어 입을 열었다.

"어제 사고가 하나 있었더군요."

"사고라기보다는…… 이 실장과 제 다툼이었습니다."

"그게 사고지요. 예상치 않은 일이 벌어진 거잖습니까? 그래, 좀 진정은 되셨습니까?"

난 멍들고 까진 내 손등을 만져본다. 아직도 쓰라렸다.

"많이 괜찮아졌습니다."

"다행입니다. 이 실장 그 친구, 아주 위험한 사람이더군요. 실력은 좋지만 어려서 그런지 너무 경거망동해요. 마이크로 칩으로 김 선생님을 해킹했다지요?"

강 대표의 말이 송곳이 되어 내 심장을 찔렀다. 해커에게 당한 해커라니, 부끄럽다. 조심하지 못한 나 자신이 원망스러웠다.

"호기심이 고양이를 죽이는 법이지요. 이 실장의 호기심 때문에 모두가 죽을 수도 있고요. 김 선생님 말씀대로 프로그램도 유출했더군요. 우리 아이들이 어제 이 실장 집에 가서 모두 확인하고 거둬들였습니다."

"제 데이터는…… 어떻게 됐습니까?"

"모두 삭제했으니 안심하셔도 될 겁니다."

"백업 파일이 있지 않을까요?"

"없을 겁니다. 확인하고 모두 파기했어요."

믿어도 되는 걸까? 그 쥐새끼 같은 이 실장이, 정말 훔친 자료를 은밀한 곳에 백업하지 않았을까?

"걱정 많으신 거 압니다. 하지만 잘 처리했습니다. 저희를 믿어보시지요."

"그럼 이제, 이 실장은 어떻게 되는 겁니까?"

"함 부장과 거취 문제를 논의 중입니다. 유감스럽게도 다른 사람들 눈에 너무 띄어버렸어요. 더 이상 같이 일을 한다는 건 불가능하겠죠."

입술을 깨물었다. 해킹이나 프로그램 유출이 아닌 다른 사람들 눈에 띄었다는 문제로 해고한다는 것은 나도 더 이상 이곳에서 일할 수 없다는 말일 거다.

"저는 어떻게 되는 겁니까?"

"김 선생님 생각은 어떠신가요? 그대로 여기에 출근해도 무리가 없으시겠습니까? 한번 노출되면 상품 가치가 떨어질 텐데요?"

더 늦기 전에 이곳에서 발 빼라는 경고였다. 나는 고개를 끄덕일 수밖에 없었다. 계속 일하겠다고 고집을 부리다간 그들에게 어떤 일을 당할지 장담할 수 없다.

"알겠습니다. 그동안 감사했습니다."

"김 선생님도 수고 많으셨습니다. 아, 그리고 조만간 한번 들러주십시오. 펜을 돌려받아야 할 것 같습니다."

펜을 회수하겠다는 강 대표의 말이 비수처럼 날아와 가슴에 꽂힌다. 일전에 그는 나에게 펜을 주며 '우리는 한 식구'라고 말했었다. 그런데 그 펜을 회수하겠다는 건, 이제는 그와 그의 회사로부터 비호받을 수 없다는 얘기인 거다. 그들과의 관계는 이제 완전히 끝났다. 모두 이 실장 때문이다. 행여 우리가 한 일이 외부에 알려지기라도 하는 날에는 내가 제일 먼저 회사의 표적이 될 것이다. 난 애써 덤덤한 듯 말을 이었다.

"마이크로 칩의 유효 기간이 지났는데요?"

"일이 끝나면 회수하는 게 제 원칙입니다. 샘플은 더더욱 조심해야지요. 불쾌하게 생각하지 말아주셨으면 합니다."

말이 끝나기 무섭게 강 대표가 등 뒤에 있던 검은색 파우치를 내밀었다. 파우치를 받아드니 제법 묵직했다.

"넉넉하게 넣었으니 부족하진 않을 겁니다. 다음 기회에 또 만나 뵙도록 하죠."

나는 강 대표와 악수를 하고 헤어졌다. 하지만 테크노상가를 떠나는 내 발걸음은 개운하지 않았다. 그들이 이 실장이 훔친 내 자료를 모두 삭제했다고는 하나 그 이야기를 어디까지 믿어야 할지 모르겠다. 데이터 뱅커로 유명한 강 대표의 말이라 더 의심이 갔다. 게다가 이 실장 그 개새끼가 데이터를 백업하지 않았으리라는 보장도 없다. 머리가 아프다…….

여자의 지갑에서 칩을 회수해야 한다는 사실이 떠오르자 화

가 치밀었다. 이런 망할, 왜 생각대로 되는 일이 없는 거야! 나는
테크노상가 복도에 애꿎은 발길질을 해댔다.

젠장, 젠장, 젠장……. 오늘 하루는 일진이 더러웠다.

재우 이야기 #75 **주말 약속**

나는 집에 돌아온 후로 계속 지하 방에 틀어박혀 있었다. 여
자가 집에 오건 말건, 지금 그걸 신경 쓸 때가 아니었다. 며칠이
흘렀는지 모른다. 생각하면 할수록 내 기분은 더 처참해졌다. 회
사에서 쫓겨났다는 충격이 생각보다 커서 나 자신을 주체할 수
가 없었다. 프로그램을 유출하고 해킹 샘플을 나에게 사용한 건
이 실장 그 새끼인데 회사의 처사는 너무 가혹하다. 하지만 역
으로 생각하면 강 대표의 말이 아주 이해가 가지 않는 건 아니
다. 우리의 작업은 음지에서 비밀리에 벌어져야 하는 일이다. 제
3자의 눈에 띄어서는 절대 안 된다. 그러나 그날의 소동으로 주
변 매장의 관심을 한 몸에 받아버렸으니 회사 입장에서는 곤란
할 수밖에 없다. 나와 이 실장, 우리 둘을 자른 건 극히 당연하
다. 이렇게 생각하다가도 내 마음은 또 어지러워진다.

설마 강 대표가 이 실장에게 내 자료를 압수하고 들여다본 것
은 아니겠지? 그래서 사전에 나를 정리한 걸지도 몰라. 생각을
거듭할수록 결론은 불길한 방향으로 흘러 불안해진다. 이 실장
이 해킹해 모은 내 자료로, 나를 협박해올지도 모른다는 생각에

이르자 몸이 부르르 떨린다. 나도 당할지 모른다는 걱정과 자괴감이 겹쳐 내 안의 자아가 무너져 내렸다.

안 되겠다. 이대로 있을 수는 없다. 이 실장을 치워버리지 않으면 내가 당할 것이다. 회사는 더 이상 생각하지 말자. 아무리 살인 사건이 일어나고, 아니, 그보다 더 큰 범죄에 내가 연루되었다고 해도 회사에 해만 끼치지 않는다면 최대한 엮이지 않으려고 할 것이다. 하는 일이 발각돼서 좋을 건 없으니 말이다.

'그리고 재우 넌, 이 실장인지 뭔지 하는 그 새끼, 책임져.'

난희 누나의 날카로운 목소리가 떠올랐다. 그래, 이건 내 문제다. 패밀리에게 도움을 요청할 수 없는, 내가 해결해야 하는 내 문제다.

똑- 똑-. 노크 소리가 들렸다. 내 상념을 깨는 잡음에 신경이 더 날카로워진다.

"누구야? 당신이야?"

문이 조용히 열렸다. 그 사이로, 나풀거리는 연한 하늘색 원피스를 차려입은 여자의 모습이 보였다.

"준비 안 해?"

"준비?"

"한 사장님 만나기로 했잖아. 약속 시각 다 되어 가는데, 아직 씻지도 않고 뭐 해?"

벌써 주말이란 말인가. 이 실장과의 문제로 충격을 받은 나는 시간 가는지도 몰랐다.

"아, 미안. 빨리 준비할게."

샤워를 하고 깔끔하게 면도를 한다. 잘 차려입고 오라는 난희 누나의 주문이 생각나서 연한 청색 슈트를 찾아 입었다. 여자와 커플룩으로 보이면 좋을 거라는 생각이었다.

차를 타고 급하게 한상호의 집이 있는 판교로 향했다. 우리는 그의 집 근처에 있는 레스토랑에서 만날 예정이었다. 하지만 주말 나들이객이 많아서인지 도로는 차로 가득했다. 약속 시각보다 늦을 것 같았다.

"우리 늦는다고 연락해야 할 것 같아."

"이미 문자 했어. 30분 정도 늦을 거라고."

"그 안에는 도착하겠지? 아……, 더 늦을 것 같은데."

난 밀리는 차량을 보며 초조해했다. 이게 얼마짜리 설계인데. 보나 마나 난희 누나의 조급증이 도질 게 뻔했다. 이 실장 일 때문에 가뜩이나 더 예민해 있을 텐데, 늦은 우리를 보면 인상부터 쓰겠지.

"어차피 늦어. 30분이든 1시간이든 뭐가 중요하겠어? 혼자 계시는 것도 아닌데. 두 분이 기다리시는 동안 데이트하고 좋지, 뭐. 그렇게 생각해."

그녀가 옆에서 태평한 소리를 한다. 난 아무렇지 않은 척했지만 내심 신경이 쓰였다.

"그런데 당신, 무슨 일 있었어? 약속을 잊을 정도로 심각한 일이었나 봐?"

아무렇지도 않게, 그녀가 내 아픈 구석을 툭 찔렀다. 대답하기 싫었다. 하지만 며칠간 내 행적을 보면 나를 수상히 여길 만했다. 대답하지 않으면 오해를 할 것이다.

"당신 봤잖아. 나, 이 실장과 싸운 거. 그 문제로 해고됐어."

내 목소리가 생각보다 덤덤히 나왔다.

"뭐야? 고작 동료끼리 싸운 문제로? 당신 가만있었어? 노동
부에라도 고발해야지."

"다 끝났어. 합의도 했고 퇴직금도 넉넉히 받았어."

"그럼 된 거야? 당신, 자존심도 없어? 진짜 나쁜 사람들이네."

그녀가 예상외로 발끈했다. 내 문제로 같이 화를 내주는 게
왠지 고맙다.

"내 잘못이야. 내가 누구한테 뭐라고 하겠어?"

"이 실장이라는 그 사람은 어떻게 됐어?"

"같이 잘렸겠지."

"잘렸겠지? 참, 쉽게도 받아들인다."

어이없다는 듯 그녀가 말했다. 작게 내쉬는 한숨 소리가 내
귀에 들렸다.

"다 지난 일이야. 더 생각하고 싶지 않아."

눈치 빠르게 그녀는 입을 다물었다. 그리고 애꿏은 쇼핑백만
부스럭댄다. 아까부터 그녀가 들고 있던 쇼핑백이 신경이 쓰여
운전 중에도 줄곧 시선이 그곳으로 쏠렸다.

"그건 뭐야?"

"선물. 곧 한 사장님 생신이시거든."

"생일? 그런 걸, 알고 있었어?"

"우리가 VIP 관리를 달리하는 줄 알아? 이런 대소사 챙기고

사적인 자리에서 만남 갖고 그러면서 관리하는 거지."

여자는 시어머니의 남자 친구가 아닌, 자신의 VIP 접대 차원에서 식사 약속을 승낙한 듯했다. 자신의 실속을 야무지게 챙겨 보겠다는 거다. 뭐, 나로서는 상관없다. 이 만남이 화기애애하게 잘 끝났으면 했다.

레스토랑에 도착해 주차를 맡기고 안으로 들어갔다. 외관부터 화려해 보이는 이곳은 거대한 정원이 있는 고급 레스토랑이었다. 안으로 들어가 카운터에 앉은 직원에게 한상호의 이름을 대니 태도가 바로 공손해진다. 돈의 힘을 깨달으며 우리는 직원의 뒤를 따라 룸으로 들어갔다.

룸 안에서는 난희 누나와 한상호가 다정하게 얘기를 나누고 있었다.

"안녕하십니까?"

난 가능한 한 밝고 활기차게 인사를 했다. 누나의 설계를 돕는 이상, 이곳에서는 이 실장 일을 잊어야 했다.

"어머, 어서들 와. 생각보다 일찍 왔네."

난희 누나가 환하게 웃는다. 우리가 늦은 것을 크게 개의치 않는 눈치였다. 그리고 자리에서 일어나 여자에게 다가가 다정하게 포옹을 한다. 생전 처음 보는 행동이었다.

"여기까지 오느라고 피곤했지? 자, 앉자."

난희 누나는 그녀의 손을 잡아끌며 한상호의 옆자리에 앉혔다. 테이블이 원형이라 나는 자연스럽게 누나 옆에 앉는다.

"아드님이 아주 훤칠하니 잘생겼네요."

"그럼요, 게다가 얼마나 효자인데요."

한상호의 입바른 칭찬에, 난희 누나가 괜히 우쭐해한다. 웃겼다. 내가 진짜 자식도 아닌데 저 뿌듯해하는 얼굴이라니. 누나의 천부적인 연기에 난 새삼스레 감탄한다.

"저희가 너무 늦었죠?"

"아니야. 우리 할 얘기가 많아서 괜찮았어. 근데 그거 뭐니?"

"아……, 한 사장님 생신이 다가와서, 작은 거로 하나 준비했어요."

그녀가 쇼핑백에서 잘 포장된 상자를 꺼내 한상호에게 건넸다. 선물을 받아든 그의 입이 크게 벌어진다. 기분이 아주 좋아 보였다.

상자 포장을 푸니 그 안에서 붉은색 계열의 넥타이가 나왔다. 누나는 그 넥타이를 한상호의 목에 대보며 연신 감탄사를 내뱉는다.

"어머, 컬러 너무 괜찮다. 이 타이 하시면 훨씬 젊어 보이시겠어요."

"그럴까? 임 여사의 말이니까 믿어야겠지?"

"그럼요. 제 감각 아시잖아요. 앞으로 이런 붉은색만 하고 다니시면 좋겠다. 지금 해보실래요?"

난희 누나는 그의 넥타이를 풀고 여자가 선물한 넥타이를 매준다. 누나의 말대로 넥타이는 그와 아주 잘 어울렸다. 한상호는 누나가 건네준 손거울로 자신이 모습을 보며 매우 흡족해했다.

"효신아, 너 눈썰미가 있구나? 아주 잘 골랐네."

"고맙네, 정 과장. 나중에 내가 크게 한턱내야겠어."

"아, 아닙니다. 명품도 아닌걸요."

쏟아지는 칭찬에 그녀가 겸연쩍어하며 화제를 재빨리 돌렸다.

"저희 오는 동안 두 분이 무슨 말씀 하고 계셨어요? 아주 다정해 보이시던데."

"으응, 이번에 사장님이 건물 하나 보신다고 해서 그 얘기 중이었지."

"건물이오?"

"자잘한 거 몇 개 정리해서 큰 거로 옮겨 타시라고 권유 중이었는데, 고민되시나 봐."

"어느 지역 보시는데요?"

"강남 쪽 매물 얘기 중이었어."

"임 여사가 압구정이나 청담동을 추천하는데, 자네 생각은 어떤가?"

"너, 아는 데 있니?"

"아, 아니요. 그런 건 아닌데……. 그쪽은 매입하실 때 조심하셔야 할 텐데."

"뭐? 그게 무슨 소리야?"

난희 누나의 목소리가 날카로워졌다. 지난번 김호중에게 작업할 때처럼 그녀가 초를 칠까 걱정되는 거다. 그때 이 여자가 뭐라고 했다더라? 난 종대가 들려준 이야기를 되짚어본다. 자기는 누나와 연관된 일에 관여하고 싶지 않다고 선을 그었다고 했던가? 그 후로도 연락을 피해 김호중의 의심을 샀다지? 그 덕에 누나는 설계를 변경해야 했고 공사 기간이 예상보다 훨씬 늘어났었다. 그녀가 이번에는 어떻게 나올지 궁금해진다. 누나의 눈꼬리가 샐쭉해져 위로 올라간 것을 보면 지금 잔뜩 긴장한 상태다.

"압구정이나 청담동은 아는 사람 통해서 사시는 게 좋을 거예요. 거기가 다른 곳에 비해 좀 복잡하더라고요."

"복잡하다니? 그게 무슨 소린가?"

"작은 점포 하나에도 명의가 여럿 걸린 곳이 흔해요. 건물도 그렇지 않을까요? 사람마다 이해관계가 다를 텐데, 그거 정리하고 계약하셔야지, 아니면 나중에 머리 아프실걸요."

"흐음……, 기억해두겠네. 요즘 나오는 매물은 어떤가?"

"좋은 매물이 많이 나온다고는 해요. 건물 가치도 다른 곳에 비해 상승 폭이 크고요."

"효신아, 넌 사장님이 부동산 일부 정리해서 큰 건물로 갈아타시는 게 어떨 것 같아?"

"아무래도 그 편이 관리가 편하시고 이익도 더 많이 거두시긴 하겠죠. 근데 진짜 좋은 물건은 자기들끼리 알음알음 거래된다고 들었어요."

"그래, 거기 거래 스타일이 요즘 그렇대."

그녀의 입에서 기다렸던 말이 나왔는지 난희 누나의 목소리가 커졌다. 얼굴에 미소가 확 번지는 게, 뭔가 잘 될 것 같은 분위기다.

"한 사장님, 들으셨죠? 거기가 그래요. 건물 매물이 아무리 많아도 아무에게나 안 판다니까요."

"믿을 만한 얘기인가?"

"강남 쪽 업계 사람들 사이에서는 유명한 얘기죠."

"그럼 임 여사 말 믿고, 강남에 한번 나가봐야겠는걸."

"말씀만 하세요. 제가 바로 약속 잡을게요."

"어머니가…… 물건 소개하시는 거예요?"

여자가 의심쩍은 눈초리로 난희 누나를 본다. 테이블 밑으로 누나가 내 발을 지그시 밟는 게 느껴졌다. 나도 빨리 나서라는 신호였다.

"어머, 얘는 당연하지. 내 대학 동창이 압구정과 청담동에 건물이 몇 채야. 나더러 사라는데 내가 돈이 있어야지. 재우야, 너도 미정이 알지?"

"아, 그 청담동 아줌마?"

"당신도 아는 분이야?"

"나 대학교 다닐 때까지 용돈을 얼마나 잘 챙겨주셨는데. 아줌마 요즘 뭐 하시나?"

"애들 둘 다 유학 보내놓고 여행 다니면서 잘 살지. 세금이 너무 많이 나온다고 건물 정리할 거래. 애들에게 증여할 거 남겨놓고 판다더라."

"임 여사가 소개해준다는 건물이 그 친구 건가?"

"그렇다니까요. 제가 그렇게 말씀을 드렸는데."

"어머니 친구시면, 믿어도 되는 분이겠네요."

웬일로 여자가 우호적인 태도로 나왔다. 그녀의 말에 난희 누나가 반색을 한다.

"믿어도 되는 친구지. 한 사장님도, 미정이 걔도, 모두 믿을 만한 사람이니까 내가 연결해주려고 하는 거야. 서로 원원하고 좋으니까."

"말 나온 김에 이번 주 내로 친구와 날 한번 잡지."

"어머, 그럴까요?"

난희 누나의 얼굴이 환해졌다. 오늘의 목적 달성을 제대로 해 낸 것이다. 누나는 만족감에 기분 좋게 와인 1병을 주문했다.

난 조용히 요리를 먹으며 여자의 기색을 살핀다. 그녀는 얼굴에 서비스용 미소를 가득 띠고 요리를 먹으며 한상호의 얘기에 귀 기울이고 있다. 간간이 누나의 말에도 장단을 맞췄다. 세상 고분고분한 며느리처럼 말이다. 덕분에 분위기는 화기애애했고 썰렁한 한상호의 유머에도 웃음이 자주 터졌다. 마지막 디저트를 먹고 커피를 마실 때까지, 우리는 행복한 가족을 연출해내는 데 성공했다. 그나마 난희 누나의 일이 잘 풀리는 것에 대해 나는 안도한다. 정효신, 진작 이랬으면 좋았잖아. 그랬다면 종대와 싸울 일도 줄었을 거고, 녀석을 죽이는 일도 없었을 텐데. 큰 짐을 던 기분이었다. 이제는 내 일에만 신경 쓰면 될 것이다.

한상호와의 식사 자리는 모두가 만족스럽게 끝을 맺었다. 난희 누나는 연신 미소를 지었고 그는 기대에 찬 눈빛이었으며, 여자는 처음으로 누나가 기대했던 며느리다운 모습을 선보였다. 그들이 다정한 모습으로 레스토랑을 먼저 떠난 이후 우리도 집에 가기 위해 차에 올랐다.

"수고했어. VIP 접대하느라 힘들었지?"

"매일 하는 일인데, 뭐. 그리고 시어머니 남자 친군데, 접대가 뭐야? 인사지."

"당신 이런 자리 싫어하잖아. 억지로 불러내 미안해서 그렇지."

"아니, 나 오늘 좋았는데? 김호중 사장님께 미안했던 기억도 있고 해서 앞으로 잘해드리려고. 한 사장님께는."

"우리 엄마한테 잘하는 게 아니라?"

"어머니께 그 이상 어떻게 잘해드려?"

솔직한 여자의 말에 웃음이 나왔다. 이 실장에 대한 걱정으로 마음 한구석이 무거웠는데 이렇게라도 웃을 수 있으니까 좋았다.

집에 도착하자마자 그녀는 2층으로 바로 올라가 버린다. 피곤하다는 핑계였다. 나도 할 일이 있기에 그녀를 말리지 않았다. 그리고 지하 방 통로를 통해 보경이네 집으로 갔다. 이필주와 그녀가 통화를 하면 대화를 엿듣기 위해서다.

컴퓨터를 켰다. 모니터를 통해 보이는 그의 방 안은 어두웠다. 창가 쪽에 LED 스탠드가 켜져 있을 뿐 사람의 기척은 느껴지지 않았다. 모습을 드러낼 때까지 난 꾸준히 그를 기다린다. 무료했지만 그들이 오늘 나눌 대화가 궁금했다. 여자는 한상호를 만난 일에 대해 뭐라고 평을 할지, 그는 보경과 함께 보낸 시간을 그녀에게 솔직히 얘기할지 알고 싶었다.

그때 범이에게 메시지가 왔다.

'술이나 할까?'

'대기 중이야.'

'어디서?'

'보경이네 집.'

'간다.'

'지금? 뭐 타고 올 건데?'

범이는 답을 하지 않았다. 성급한 녀석의 성격상 벌써 바이크에 올라탔을 것이 틀림없다. 제발 집 근처에서 그 요란한 소리를 내지 말았으면.

난 모니터를 지켜보기 무료해서 음악을 틀었다. 삼일전자에서 일할 때의 습관이 어느덧 몸에 남은 것 같았다. 음악에 심취해 있는데 전화벨이 울렸다. 보경이었다.

[오빠?]

"어, 그래 보경아. 잘 만났어?"

[그렇지, 뭐. 밥 먹고 차까지 마신 다음 지금 막 보냈어.]

보경이 말을 들은 난 서둘러 이필주의 휴대폰 해킹에 들어간

다. 그 여자와 휴대폰으로 연락할 것을 염두에 둔 것이다. 그러
나 아직 둘이 주고받은 연락은 없었다.

[이필주, 생각보다 괜찮은 사람 같던데? 서준이하고도 잘 놀
아주고.]

"다행이네. 별다른 일은 없고?"

[불 나간 전등 갈아주고 막힌 하수구도 뚫어주고 그러다가 얌
전히 있다 갔어.]

"수상한 점은 없고?"

[그냥 평범해. 그런데 웃기더라.]

"뭐가?"

[그 사람, 향수를 잔뜩 뿌리고 왔어. 오빠, 나 냄새에 예민한
거 알지? 향수 냄새가 독한데도 그 퀴퀴한 냄새가 묘하게 남은
거야.]

"안 씻었나 보지."

[아니야. 나름 깔끔하던데? 우리 집 오자마자 화장실로 직행
해서 손부터 씻었는걸?]

난 보경의 목소리에서 그 애가 이필주에게 호감을 가졌다는
것을 알 수 있었다. 집안일을 도와준 그의 작은 호의에 고마움
을 느낀 듯했다. 그래서 우리의 현실을 일깨울 필요가 있었다.
그가 종대의 시체를 유기한 공범자라는 것을.

"다른 것도 눈여겨보지 그랬어? 잊지 않았지? 이필주, 그 여
자와 공범자란 거."

[내가 어떻게 잊겠어? 그냥 사람은 나쁘지 않다는 거지.]

"어쨌든 수고했다."

[난희 언니 일은? 잘 됐어? 어머, 오빠. 서준이 깼나 보다.]

수화기 너머로 서준의 울음소리가 들려왔다.

[내일 다시 전화할게.]

보경은 누나에 대한 얘기를 들을 새도 없이 전화를 끊어버렸다. 난 다시 컴퓨터 모니터로 시선을 돌려 이필주가 돌아오기만을 기다린다. 그가 빨리, 여자와 통화하기를 바랐다.

하지만 그보다 먼저 도착한 것은 범이었다. 자연스럽게 도어록의 비밀번호를 누르고 보경이네로 들어온 범이는 맥주가 든 비닐봉지를 들고 있었다. 다행히 바이크는 타고 오지 않은 듯했다.

"여기 나와 있어도 되냐? 안 걸려?"

"안에서 방문 잠그고 왔어. 커튼도 치고 왔고. 걸릴 일이 뭐가 있겠냐?"

난 범이가 건네준 병맥주를 받아들었다. 녀석이 사 온 과자를 안주 삼아 먹으며 우리는 나란히 앉아 모니터를 함께 들여다본다.

"그 새끼, 아직 안 들어온 거냐?"

"보경이랑 좀 전에 헤어졌대."

"별일은 없었고?"

범이가 보경이 걱정을 한다. 혹시라도 이필주가 그 애에게 해를 가했을까 봐 걱정되는 거다. 보경은 종대의 부인 이전에 우리의 여동생이었다. 그 애가 행복하길 바라는 마음은 모두 같왔다.

"전등 갈고 하수구 뚫어놓고 열심히 일하다 갔대. 서준이랑 놀아주기도 하고."

"그래? 그럼 다행이네. 아, 난 또 뭔 일 벌어질까 봐 걱정했지."

"같은 직장 다니는데 조심하지 않겠어? 걱정하지 마. 이필주가 너와 나는 알아도 보경이의 존재는 모르잖아. 우리에 대해 알아낼 때까지는 청송에서 얌전하게 있겠지."

"무슨 능력으로 밝혀내려는 건지……. 누나는 어떻게 됐어? 한상호가 넘어온 것 같아?"

"좋아 죽더라. 누나가 청담동 건물을 던졌는데, 제대로 낚였어. 다음 주에 보러 가겠대."

"오호, 잘됐네. 정효신은 어땠어? 옆에서 훼방 놓지 않아?"

"순순히 도와주던데?"

"웬일이래? 종대와는 누나 일로 그렇게 각을 세우더니."

"그러게. 이상할 만큼 협조적이었어. 그 얘기가 곧 뭐겠냐? 내가 그만큼 잘한다는 얘기 아니겠어?"

"어쭈? 짜식, 자신만만하네? 설계 혼자 완성한 거 같다?"

내 농담에 범이가 웃으며 어깨를 툭 쳤다. 나도 구운 쥐포를 씹으며 범이를 따라 웃었다.

그러나 이필주의 방에 불이 켜지자 우리의 시선은 모니터에 집중됐다. 그가 돌아온 것이다. 이필주는 옷을 갈아입더니 세면도구를 가지고 다시 방 밖으로 나갔다. 기분이 몹시 좋은지 흥얼거리는 노랫소리가 들린다.

"잠깐, 저거, 저거……."

모니터를 들여다보고 있던 범이가 갑자기 흥분을 했다. 그리고 방 한구석을 손으로 가리킨다. LED 스탠드였다.

"저거 확대할 수 있어?"

난 범이의 주문대로 LED 스탠드를 확대했다. 불이 환히 켜진 스탠드 아래에는 이필주가 끔찍이 아끼는 반려 식물이 자라고 있었다.

"뭐야, 저거 대마잖아? 저 새끼, 대마 하네."

범이의 말에 식물을 좀 더 확대해봤다. LED 불빛을 받아 푸릇푸릇한 풀이 더 선명하게 보였다.

"저거 냄새 지독할 텐데……. 용감한 거야, 아님 무식한 거야? 어떻게 기숙사에서 키울 생각을 하지?"

"이필주 자취방에서 나던 악취가 저거야?"

"아마도? 대마 냄새가 진짜 얄딱꾸리하게 지독하거든. 아, 저거 보경이에게 구해오라고 해야겠다."

"그건 왜?"

"혹시 알아? 나중에 써먹을 수 있을지?"

"다른 데서 구하면 되지 않아?"

"대마 종류가 몇 개인데. 저 새끼가 키우는 저거, 저걸 구해와야 유용하게 써먹지."

묘책이 떠올랐는지 범이의 눈이 반짝반짝 빛났다.

"종대를 빨리 찾아야겠다. 저 새끼 흔적으로 대마 말린 거 남겨두면 나중에 증거 때문에 빼도 박도 못할 거 아냐?"

범이가 무슨 생각을 하는지 알 것 같았다. 여자가 종대를 죽이고, 그와 공모해 시체를 감춘 것을 세상에 알리겠다는 거다. 그늘에 숨어 우리의 정체를 드러내지 않은 채 말이다. 난 당연히 동의했다.

우리의 이런 속셈을 알 리 없는 모니터 속의 이필주는 불을 끄고 침대에 누웠다. 여자와 전화는 하지 않았다. 곧이어 낮게 코 고는 소리가 들려왔다.

"그 일은 어떻게 됐어?"

땅콩을 씹으며 범이가 대수롭지 않게 물었다. 나도 무심히 대답했다.

"잘렸어."

"널 해킹했다던 그 새끼는?"

"잘렸겠지."

"고작 그렇게 끝난 거야? 해킹한 데이터가 어떻게 됐는지도 모르고?"

"회사에서 모두 파기했다니까, 믿어야지."

"야, 김재우, 너 갑자기 왜 그렇게 고분고분해졌어? 그 말을 진짜 믿어?"

맥주를 마셨다. 나도 강 대표가 한 말을 100% 믿는 건 아니다. 하지만 내 능력 밖의 일을 어떻게 하란 말인가. 강 대표와 회사는 나에 비하면 다윗과 골리앗이다. 여수 형님의 말로는 그가 거물이라고 했다. 그런 거대 조직을 잘못 건드렸다가는 뼈도 못 추릴 것이다.

"이 실장 연락처 알아?"

난 고개를 흔들었다. 나를 한심하게 보는 범이의 시선이 느껴진다.

"이름도 당연히 모르지?"

할 말이 없었다. 우리 업계의 특성상, 아무리 파트너라 해도 이름도, 연락처도 모르는 게 룰이다.

"내 그럴 줄 알았어. 인마, 너 어쩌겠다는 거야? 앞으로 어떻게 할 건데? 아무 계획도 없어? 이 실장이라는 그 새끼, 가만둘 거냐고!"

"몰라. 그래서 나도 답답해 죽겠어."

범이의 채근에 나도 모르게 화를 버럭 냈다. 이 실장의 존재를 알지도 못하는데 나더러 어떻게 하라는 건가.

"그렇다고 가만히 있을 거야? 그 새끼 갈 만한 곳이라도 샅샅이 뒤져야지."

"그게 말처럼 쉬운 일이니?"

"쉽지 않다고 안 할 거야? 야, 우리 목숨이 걸려 있어. 난희 누나와 보경이, 너하고 내가 한 말들, 우리 설계들, 다 녹음해 저장해놨을지 모른다고. 정효신을 죽이려고 하는 것까지 모두 다!"

머리끝이 쭈뼛 섰다. 아는 사실을, 타인의 입을 빌려 객관적으로 듣게 되면 그 충격은 배로 커진다. 그래, 범이 말이 맞다. 떠올리기 싫지만 이건 내 눈앞에 닥친, 당장 해결해야 할 문제다. 이 실장을 가만둬서는 안 된다. 생각하기 싫다고 미뤄뒀다간 나중에 손쓸 틈도 없이 부메랑이 되어 나에게 돌아올 것이다.

"어떻게 해서라도 이 실장 찾아낼게. 그 새끼 찾아내서 훔친 데이터 문제, 확실히 할게."

"도움 필요하면 말해. 당분간 집에 붙어 있을 거니까."

우리는 건배를 하고 맥주를 마셨다.

범이가 사 온 맥주를 다 마시고 나는 집으로 돌아왔다. 술을 많이 마셨지만 정신만은 또렷했다. 내가 앞으로 해야 할 일이 무엇인지 확실해졌기 때문이다.

1층 욕실로 가 뜨거운 물로 샤워를 하니 머리가 맑아진다. 난 허리에 수건을 두르고 욕실에서 나왔다. 문득, 여자의 지갑에서 칩을 수거해야 한다는 사실이 생각났다. 그녀가 잠든 이 시간이, 칩을 꺼내기 가장 적당한 때였다. 그거라도 있어야 반납을 빌미 삼아 회사에 가볼 수 있지 않은가.

조심스럽게 2층 침실로 올라갔다. 그녀는 문을 잠그지 않은 채 자고 있었다. 난 조용히 가방을 뒤져 내가 선물로 준 빨간 지갑을 꺼냈다. 다행히 그녀는 잠에서 깨지 않았다.

나는 다시 거실로 내려와 눈썹 집게를 사용해 조심조심 마이크로 칩을 꺼낸다. 창으로 들어오는 달빛에만 의존해 어둠 속에서 작업을 한다는 게 쉽지 않았다. 쌀알보다 더 작고 납작한 칩이 지갑의 로고 사이로 그 모습을 드러내자 안도의 숨이 나왔다.

그러나 곧 거실의 불이 환하게 켜졌다. 당황한 나머지 난 칩을 바닥에 떨어트렸다.

"당신, 여기서 뭐 해?"

여자의 목소리가 들렸다. 재빠르게 칩을 발로 밟아 감췄다. 나를 수상히 보고 있는 그녀의 시선이 느껴졌다.

순간, 눈에 빨간 지갑이 들어왔다. 아……, 이것도 숨겼어야 했는데.

"그거, 내 지갑 아니야?"

여자의 날카로운 목소리가 내 귀에 들려왔다.

재우 이야기 #77 **시치미**

"당신 뭐야? 내 지갑을 왜 뒤지는 거지?"

여자가 빠른 걸음으로 내 앞으로 다가왔다. 소파 위에 있는 지갑을 들더니 나를 매섭게 쏘아본다. 난 순간적으로 변명할 말이 떠오르지 않아 가만히 있었다. 그녀는 신경질적으로 지갑 안을 뒤졌다.

"뭘 본 거야?"

"……."

"묻고 있잖아? 대답 안 해?"

"미안해."

"말로만? 왜 내 지갑이 여기 있는지 얘기해줘야 하지 않을까?"

"그냥…… 몇 장 슬쩍하려고 했어. 진짜 미안해."

291

내가 들어도 정말 구차한 변명이었다. 하지만 숨겨놓은 마이크로 칩을 빼내려 했다는 말을 어떻게 하겠는가. 이렇게라도 둘러대야 의심을 피할 수 있을 것 같았다. 난 지금 직장을 잃은 상태니 그녀가 너그럽게 이해해주지 않을까 하는 요행심도 조금 있었다.

"나한테 직접 얘기하지 그랬어? 이건 아니잖아?"

그녀의 반응은 여전히 날카로웠지만 다행히 내 변명이 잘 먹힌 것 같았다. 난 최대한 힘없는 표정을 지으려 애썼다.

"퇴직금 넉넉히 받았다며?"

"그건…… 한 달 후에 통장으로 들어오는 거지, 내일 당장 쓸 수 있는 돈은 아니잖아. 엄마 카드도 반납한 상태라……."

일부러 우물쭈물 말꼬리를 흐렸다. 디테일하게 얘기하면 오히려 의심을 살 거라 생각했다. 그럴듯한 내 얘기에 그녀는 수긍한 분위기였다.

"얼마가 필요한 건데?"

"몇만 원만 있으면 돼."

그녀는 지갑에서 카드를 꺼내 내게 내밀었다. 엉겁결에 난 카드를 받는다.

"당분간 이거 써. 그리고 내 지갑, 당신이 사준 거라고 마음대로 할 수 있다고 착각하면 곤란해."

여자는 잠시 나를 노려보더니 2층으로 올라갔다. 그제야 나는 수건 한 장만 달랑 걸치고 있다는 것을 깨닫는다. 술 취해서 경황이 없었던 거다. 이런 몰골로 돈이 없어 와이프의 지갑이나 뒤지는 남자라니, 내가 봐도 한심하다. 스타일은 구겼지만 그래도 고비를 넘긴 게 어딘가 싶었다.

바닥에 떨어진 마이크로칩을 주워 지하 방으로 내려갔다. 그리고 강 대표가 준 몽블랑 펜의 뒷부분에 칩을 넣었다. 내일 그의 요청대로 펜을 반납하러 회사에 갈 것이다. 그리고 이것을 대가로 이 실장에 대한 정보를 최대한 빼내 와야지. 그게, 가능하다면 말이다.

여자를 출근시키고 나도 테크노상가로 향했다. 점심시간 전이어서 그런지 AV룸은 텅 비어 있었다. 혹시나 하는 생각에 모니터룸에 들어가려 하는데 출입 제어 시스템이 작동하지 않는다. 그들이 내 인식 장치를 해제시킨 것이다. 할 수 없이 나는 삼일전자 매장으로 갔다.

직원과 잡담을 나누던 함 부장이 나를 보더니 정색을 하고 자리에서 일어났다.

"여긴 어쩐 일이십니까?"

마치 내가 못 올 곳을 왔다는 반응이다. 난 재킷의 안주머니에서 몽블랑 펜을 꺼내 보였다.

"펜을 반납하러 왔는데요."

펜을 보자 함 부장의 표정이 조금 부드러워졌다. 그러나 그의 눈빛은 예전과는 확연하게 달랐다.

"아, 강 대표님께 전해드리겠습니다."

"이 실장도…… 펜을 반납했습니까?"

"당일에 돌려받았습니다."

"여쭤보고 싶은 게 있는데, 커피 한잔하시겠습니까?"

내 제안에 함 부장이 곤란해하는 표정을 짓는다. 어차피 끝난 사이라 굳이 그럴 필요를 못 느끼는 것 같았다. 하지만 이대로 물러설 수는 없다.

"그럼 여기서 간단히 여쭤볼게요."

"좋습니다. 궁금한 게 있으시면 말씀하세요."

함 부장이 직원에게 눈짓을 하자 그가 재빠르게 매장 밖으로 나간다.

"이 실장은 누구 소개로 온 겁니까?"

"글쎄요……. 해외에서 픽업했다고 들었는데 브로커가 누구인지는 저도 잘 모릅니다."

"연락처를 알려주실 수 있습니까?"

"김 선생님, 아시지 않습니까? 작업자의 개인 정보는 유출할 수 없다는 것을요."

"부탁입니다. 이 실장을 만나야 해요."

"왜 만나셔야 하는 거죠? 해킹당한 데이터 때문인가요? 그거라면 처리했다고 분명히 말씀드리지 않았습니까?"

"중요한 자료가 있어서 그래요. 이 실장이 어디까지 추출했는지 만나서 확인해봐야 합니다."

"소용없을 겁니다. 이 실장은 그 자료를 갖고 있지도 않아요. 저희가 컴퓨터와 USB, 휴대폰 모두 복구하지 못하게 파기했고, 클라우드나 웹하드도 다 삭제했으니까요."

"내용을 확인한 겁니까?"

"하아, 김 선생님, 물론 중요한 자료를 해킹당하신 거겠죠. 하지만 저희가 김 선생님에 대해 알아서 뭐 하겠습니까? 걱정하지 마세요. 내용은 보지도 않고 파기했으니까요."

그들은 이 실장이 한 해킹에 대해서 대수롭지 않게 여기는 듯했다. 내가 매장을 기웃거리는 게 오히려 더 신경 쓰이는 눈치였다. 단호한 함 부장의 태도에 난 더 이상 말을 붙이지 못하고 매장을 나왔다.

에스컬레이터를 타려고 테크노상가 중앙으로 향하는데, 삼일 전자 매장에 있던 직원이 다른 매장 직원과 얘기를 나누는 모습이 보인다. 그와 눈이 마주쳤다. 난 공손히 머리를 숙여 그에게 인사를 한다.

"가시는 겁니까?"

"네, 그동안 감사했습니다."

"수고 많으셨습니다."

인사를 하고 돌아섰다. 그러나 몇 발자국 떼지 않아 내 뒤로 그들이 얘기하는 소리가 얼핏 들렸다.

"왜 싸운 거래?"

"몰라. 해킹이 어쨌네, 저쨌네 하던데 맞은 사람이 잘못한 거겠지, 뭐."

"그 사람 우리 동네 살던데."

"이태원? 그렇게 맞았는데 얼굴은 멀쩡하냐?"

"못 본 지 며칠 됐어. 멀쩡하려나?"

심장 박동이 세차게 뛰기 시작했다. 이태원이라……. 지금 분명히 이 실장이 이태원에 산다고 들었다. 이태원에 가면 그를 만날 수 있는 것이다. 함 부장에게 아무리 부탁해도 얻을 수 없었던 정보가 이렇게 쉽게 얻어지다니. 한 줄기 빛이 보이는 것 같았다.

난 택시를 잡아타고 범이의 집으로 갔다. 망치와 잠시 놀아준 다음 집 안으로 들어가니 이제 잠에서 막 깬 듯한 범이가 트렁크 팬티만 걸친 채 소파에 길게 누워 있었다.

"왔냐."

"어제 몇 시까지 마신 거야?"

"아, 몰라. 새벽에 들어왔어. 온 김에 커피나 찐하게 내려봐라."

범이가 요구하는 대로 커피를 내렸다. 커피를 가득 따라 갖다 주니 범이는 눈이 반쯤 감긴 채 머그잔을 받아든다.

"이 실장에 대해서는 알아봤어?"

"아니. 개인 정보는 절대 가르쳐줄 수 없다네."

"뭐야? 그럼 아무것도 못 알아 온 거야?"

"내가 누구니? 이 실장 집이 이태원이란다."

"정확해?"

"매장 직원에게 들었으니 확실할걸? 이태원을 샅샅이 뒤지면 그 새끼 찾을 수 있을 거야."

"오케이, 당장 오늘 밤부터 개시할까? 물 좋은 데라 다행이네. 놀 곳도 많고."

"인마, 술이나 깨고 말해."

역시 어려울 때 기댈 수 있는 누군가 있다는 것이 좋다. 이 실장 문제로 바짝 예민해졌던 나는 함께 나서준 범이가 고마웠다. 우리는 날이 저물 때까지, 범이가 완전히 정신을 차려 컨디션을 회복할 때까지, 녀석의 집에서 휴식을 취했다.

난 혹시라도 늦을까 봐 여자에게 미리 문자를 넣었다. 바로 알겠다는 답장이 왔다. 지금은 어색해진 그녀와의 거리를 좁히는 데 힘써야 할 때였지만, 다행히 이필주를 보경이가 맡은 터라 잠시 내버려 둬도 괜찮을 거라 생각했다.

범이와 나는 그의 바이크를 타고 이태원으로 갔다. 흥청거리는 불빛 사이로 골목을 헤매는 사람들의 얼굴을 유심히 보며 돌아다녔다.

"재우야, 이 실장이라는 그 녀석이 널 알아보면 어떡하냐?"

"날 보면 도망갈까?"

"때려눕혔다며? 해킹도 하고. 당연히 먼저 피하지. 변장 좀 해야겠다, 넌."

난 범이의 권유대로 급히 모자를 하나 사서 썼다. 모자를 쓰니 넓적한 캡이 제법 얼굴을 가려주었다. 영화에서 범죄자들이 죄다 모자를 쓰는 이유를 알 것 같았다. 그렇게 3~4시간 동안 이태원 거리를 쏘다녔다. 하지만 이 실장과 닮은 사람은 단 한 사람도 만날 수 없었다. 혹시 이 실장을 볼 수 있을까 낮에는 테크노상가를 지키고 밤에는 이태원을 쏘다니는 일과가 되풀이됐다. 그를 찾아야 한다는 집념에 꼬박꼬박 거리를 헤매고 다녔지만, 내 열정과 비례해 나는 점점 말라만 갔다. 내 무심함 때문에 우리의 일을 그르칠 수 있다는 생각이 들어 마음이 편치 않았다. 나뿐만 아니라 난희 누나와 보경, 범이를 모두 망칠지 모른다는 자괴감이 내 안을 파고든다. 괴로웠다.

오늘도 하루를 이태원에서 보내고 밤늦게 집으로 돌아왔다. 웬일로 여자가 요리를 준비하고 날 기다리고 있었다. 레토르트 식품을 데운 것에 불과하지만 이렇게 직접 차려준 적은 처음이었다.

"요즘 매일 늦네? 이리 와 앉아. 맥주나 한잔하게."

그녀가 냉장고에서 맥주병을 꺼내며 말한다. 마침 목이 마르던 참이었다. 난 주저하지 않고 여자의 맞은편에 앉았다.

"당신……, 무슨 일 있어?"

그녀가 내 얼굴을 수상히 들여다본다. 난 눈길을 피했다.

"무슨 일이라니?"

"회사도 관뒀다면서 매일 늦게 들어오고 얼굴색도 안 좋고……. 이상하잖아?"

"사업 구상 때문에 그래."

"사업? 당신이 돈이 어디 있다고?"

"친구가 하는 거 도와주기로 했어."

"친구? 내가 모르는 친구?"

"나 잘린 회사, 거기에서 같이 일하던 사람이야."

그녀가 꼬치꼬치 따져 물었다. 피곤하다. 이대로 들어가 잤으면 좋겠다. 하지만 이 실장을 잡는 문제만큼 중요한 것은 여자와의 관계다. 아직 종대가 있는 위치를 정확히 알지 못했고, 그녀를 추락시킬 지점까지 끌어올리지도 못했다. 난 피곤을 견디며 맥주를 마신다.

"정신과 치료는 계속 받는 거야?"

"꾸준히 받고 있지."

"그 사람이 닥터 오였던가? 의사는 뭐래?"

"많이 좋아졌다지. 매일 하는 소리가 똑같아. 의사들이 그렇잖아."

"좋아진다니 다행이네. 그래도 한약이라도 좀 먹어야겠다. 피로해 보이고 진짜 살도 많이 빠졌어."

"걱정해주니 고맙네. 당신은 엄마가 지어준 한약 잘 먹고 있어?"

"아아……, 그거? 잘 챙겨 먹고 있지. 덕분에 이렇게 건강하잖아?"

여자의 말대로 그녀는 혈색이 좋았다. 범이가 준 카페인을 먹고도 저렇게 멀쩡한 것을 보면 진짜 건강 체질인 것 같다. 카페인 양을 더 늘려야 하는 걸까? 나 몰래 회사에서 건강 보조제라도 챙겨 먹는 건 아니겠지. 일을 그만둔 이후로 그녀의 일상을 엿볼 수 없어 답답했다. 이럴 줄 알았으면 분양관 컴퓨터에 다른 해킹 프로그램을 깔아둘걸. 너무 급박하게 일을 그만두게 돼 아쉽다. 스팸 메일을 보내서라도 해킹을 시도해봐야겠다.

"어머니는 어때? 잘 지내시지?"

"궁금하면 당신이 연락해보지, 그래?"

"싫어. 전화 한 번 하면 끊기 힘들잖아. 게다가 한 사장님도 중간에 계시고. 업계에서 유명한 분이라 조심스럽단 말이야. 참, 한 사장님께 물건은 소개 잘 시켜드렸대?"

그녀가 내 안색을 살피며 난희 누나의 안부를 묻는다. 난 며칠 전 기쁨에 들떠 연락을 했던 누나의 목소리를 떠올렸다.

'애, 애, 이제 고지가 보여. 다음 주 계약하기로 날짜 잡았다니까. 외국으로 뜰 준비를 서둘러야겠어.'

난희 누나는 잔금을 치르기까지 시간이 남았지만 작업이 거의 끝난 거나 다름없다고 말했다. 나도 빨리 이 여자를 해결해야 한다. 시간이 얼마 남지 않았다. 하지만 난 감정을 드러내지 않고 무덤덤하게 말했다.

"그러지 않을까? 곧 계약할 것 같던데."

"벌써? 진행이 빠르네? 언제 하신다는데?"

"다음 주?"

"다음 주? 흐음……."

그녀가 묘한 미소를 지었다. 난 그녀가 콩고물을 나눠 먹겠다고 달려들지 모른다고 생각했다. 돈을 그렇게 밝히는 여자니 그럴 만하다.

"어머니 친구분은 어떤 분이셔?"

"왜? 당신 알아서 뭐 하게?"

"그냥 궁금해서. 어머니가 그렇게 부자 친구를 두신지 몰랐거든."

"대학 동창이야. 엄마가 제일 부러워하는."

"이번에 소개료를 톡톡히 받으시겠네."

역시 그녀는 소개료를 나눠 받을 생각을 하고 있었던 거다. 기여도가 아주 없다고 말할 수는 없으니까 그렇게 주장하고 나오는 거겠지. 하지만 그 돈을 받기 전에 그녀가 살아 있을까?

"아, 나 내일 늦어. 어쩌면 자고 올지도 몰라."

"왜? 어디 가는데?"

"오랜만에 친구 만나려고."

흥, 친구라니. 그녀가 그럴 만한 친구가 없다는 걸 아는데. 보나 마나 이필주, 그 사람을 만나러 가는 게 뻔하다. 하지만 쉽지 않을 거다. 이미 보경에게 푹 빠진 상태이니까. 그는 업무가 끝나면 보경이네로 와 집안일을 돕고 서준이와 놀아준다고 한다. 착하고 충실한 개처럼, 보경의 주변을 맴돌고 있다. 게다가 여자와 만나지 않은 지도 꽤 됐다. 그녀와 그가 연락을 할 때마다 말다툼으로 끝나는 걸 나는 다 알고 있다. 머지않아 그들 사이도 끝이 나겠지. 뭐, 그전에 둘 다 죽을지도 모르는 일이지만 말이다. 그래도 난 그녀에게 다정하게 웃어 보였다.

"그래, 오랜만에 친구 만나는 걸 텐데, 푹 쉬다 와."

재우 이야기 #78 **돌이킬 수 없는**

"이게 며칠째야. 이제 나타날 때도 되지 않았나? 지겹다, 지겨워."

오늘도 범이와 나는 이태원 거리를 쏘다니고 있다. 하지만 골목골목 샅샅이 뒤져도 이 실장의 모습은 보이지 않는다.

"아무래도 여긴 아닌 것 같아."

"어디 가려고? 그냥 한 군데서 죽치는 게 나아. 그 새끼 여기 산다며? 만날 때까지 버텨봐야지. 이러다 보면 언젠가 안 만나겠냐?"

범이는 말을 그렇게 했지만 확신은 없어 보였다. 솔직히 나도 그렇다. 이태원에서 이 실장을 만나는 건 모래밭에서 바늘 찾는 격이다. 우리는 헛수고를 하는지도 모른다.

해 질 녘부터 밤늦게까지 거리를 돌아다니느라 허기가 진 우리는 근처에 있는 수제 버거집으로 들어갔다. 햄버거와 콜라, 감자튀김 세트를 주문하고 자리에 앉았다.

"난희 누나 얘기 들었어? 요즘 통화를 못 했네. 어떻게 되어 가나?"

"신났지, 뭐. 한상호가 곧 계약한다던데? 가진 재산을 현금화하면 어마어마한가 봐. 건물이 한두 채가 아니라니까."

"이야, 곧 끝나겠네. 이번에는 정효신이 협조 제대로 했나 보네?"

"계약하겠다고 덤벼드는 걸 보면 잘 구워삶았겠지. 그리고 그 노인네, 생긴 것만 까탈스럽지, 김호중보다 조심성이 더 없는 것 같아."

"아, 그런 얘기는 직접 만나 들어야 하는데. 언제 한번 모이든지 해야지, 서로 바빠서, 원."

범이가 입맛을 다셨다. 나도 전화로 대략적인 것만 들은 상태여서 난희 누나의 설계가 어떻게 맞춰지고 있는지 궁금했다.

"그나저나 여자의 목소리는 잘 따고 있는 거야?"

"요즘 얼굴 맞대고 얘기할 틈이 없다."

"하긴……."

잠시 그 여자 생각을 했다. 누나 말에 따르면 정효신 그녀가 한상호에게 어찌나 얘기를 잘해놨던지, 그는 누나가 던진 미끼를 덥석 물었다고 한다. 그녀가 우리의 작업 대상만 아니었다면, 종대를 죽인 살인자만 아니었다면 우리 팀으로 끌어들이고 싶을 정도라며 누나는 입이 마르게 칭찬을 했다. 나도 그녀와 함께 일하는 걸 상상해보니 나쁠 것 같지 않았다. 종대 일이 아닌 다른 일로 그녀와 만났더라면 좋았을 걸. 그랬다면 우리는 근사한 파트너가 됐을지도 모르는데.

"그 여자 약 먹인 건 언제? 효과 좀 보고 있어?"

범이의 말에 내 상념이 깨졌다. 그녀와의 협업은 이루어질 수 없는 일이기에 내 몽상을 재빨리 접었다.

"몰라. 여기 나오느라 바빠서. 얼굴도 제대로 못 보는데 컨디션 체크할 시간이 어디 있겠냐."

"에이, 남편이 그러면 안 돼. 하나하나 체크해야지. 부족하다 싶으면 카페인 양을 늘려봐. 아직까지 반응 없는 거 보면 네가 미미하게 탔을지도 몰라. 아, 내가 말했던가? 보경이가 이필주 그 새끼 키우는 대마 보내온 거?"

범이는 재킷 안쪽 주머니에서 작은 비닐봉지를 꺼내 보였다.

그 안에는 검은색 가루가 약간 들어 있었다.

"예쁘지? 이걸로 정효신과 이필주를 한 방에 보내버릴 거야."

"말린 거야?"

"응, 채소 건조기로 제대로 말렸어. 보경이 걔도 참 대범하지 않냐? 그 새끼 없을 때, 점검할 거 있다고 방에 들어가서 뿌리째 뽑아왔대."

"간도 크다. 어찌 보면 여자들이 우리보다 더 과감해."

"난희 누나와 보경이가 특히 그렇지."

우리는 서로를 툭툭 치며 웃었다. 그렇게 실없는 잡담이나 하면서 앉아 있는데 순간, 창밖에 낯익은 얼굴이 지나가는 게 보였다. 작고 뾰족한 얼굴에 쥐새끼처럼 웃는 저 얼굴! 이 실장이었다. 그를 발견한 나는 믿기지 않는 현실에 잠시 멍하니 있었다. 그러나 곧 정신을 차렸다. 이럴 때가 아니다. 그를 쫓아야만 한다. 내가 자리를 박차고 일어나자 범이도 따라나섰다.

이 실장은 좁고 구불구불한 골목길을 빠른 걸음으로 올라가고 있었다. 우리도 그의 뒤를 따라 빠르게 계단을 밟는다. 그와 우리의 거리가 점점 좁혀지기 시작했다. 골목을 오가는 사람들의 모습이 하나둘씩 없어지더니 어느덧 우리 셋만 남아 쫓고, 쫓기고 있다. 발걸음 소리만이 좁고 어두운 골목길을 울린다.

그 소리가 귀에 거슬렸던지 마침내 이 실장이 뒤를 돌아다봤다. 우리를 힐끔거리던 그는 내 얼굴을 확인하고 갑자기 뛰기 시작한다. 우리도 그를 따라 뛰었다. 이 실장은 생긴 대로 쥐새끼처럼 요리조리 잘도 피해간다. 하지만 우리도 지지 않았다. 죽을힘을 다해서 그를 쫓았다. 한참을 도망치던 그는 결국 막다른 골목길에 몰려 걸음을 멈췄다. 드디어 잡은 것이다.

"이 실장님?"

내 목소리에 그가 뒤돌아 나를 본다. 가로등 불빛에 드러난, 심약해 보이는 그의 눈동자에는 공포가 서려 있었다.

"왜 도망가시는 거죠?"

난 그를 보고 씩 웃었다. 이 실장이 뒷걸음을 친다. 그러나 그의 뒤는 벽이었다. 도망칠 곳이 없었다.

"죄지은 거 있으신가 봐요? 저한테 하실 말씀, 없으세요?"

"김 선생님, 저…… 아무것도 몰라요. 아무것도, 아무것도 못 봤어요."

"이런. 뭔가 알고 있다는 얘기네."

"아니에요. 진짜예요."

"대체 뭘 듣고 보셨길래 그러시나?"

범이가 이 실장에게 다가섰다. 그가 바들바들 떨고만 있다.

"당신, 나 알지?"

범이가 이 실장에게 얼굴을 바짝 들이댔다. 공포에 질린 이 실장이 녀석과 시선을 마주치지 않으려고 눈을 감는다.

"말해봐, 알잖아!"

"자, 잘못했어요. 용서해주세요."

"하아, 이 새끼 내 얼굴을 진짜 알고 있다는 거네? 재우야, 야, 얘 안 되겠다. 우리 얘기도 다 알고 있나 봐."

"아니에요. 전 몰라요. 아무것도 몰라요."

"지금 그 말을 믿으라고?"

"정말이에요. 그냥 해킹 칩을 설치만 했을 뿐이라고요. 살려주세요. 잘못했습니다."

이 실장이 두 손을 비벼대며 비굴한 태도로 나온다. 나에게 해킹 칩을 실험할 때는 언제고, 이제 와서 잘못했다니. 용서를 비는 그 꼴이 더 보기 싫었다.

"백업은 어디에 해놨습니까?"

"백업이오? 아니요. 전 그런 건 하지도 않았어요. 그리고 회사에서 모두 파기했어요. 제 휴대폰, 컴퓨터 모두 다요."

함 부장이 했던 말과 똑같다. 하지만 그의 말을 믿을 수는 없었다. 범이와 나는 눈짓을 주고받았다. 그리고 그가 이 실장의 복부를 가격했다. 이 실장이 악 소리를 내며 앞으로 고꾸라진다. 범이가 그의 뒷덜미를 잡고 일으켜 세웠다.

"그 말을 믿으라고? 당신 같은 도둑놈을? 분명히 다른 곳에 백업해 놨을 거 아냐?"

범이는 이 실장을 윽박지르며 때린 곳을 주먹으로 또 강타했다. 그가 다시 쓰러졌다. 가로등의 희미한 불빛에 작은 몸을 움찔거리는 그의 모습이 초라했다.

"빨리 말할수록 몸이 편할 거야. 어차피 말할 거, 맞기 전에 얘기하는 게 좋잖아?"

범이가 또다시 이 실장을 일으켰다. 넘어지다 얼굴을 바닥에 부딪혔는지 그의 입가에 피가 흐르고 있다.

"이 실장님, 전 실장님이 훔쳐 간 제 정보만 돌려받으면 됩니다.”

“없습니다. 아무것도 없어요. 진짜예요. 제 클라우드까지 모두 폭파해서 가진 건 아무것도 없어요.”

“좋습니다. 그 말씀 믿어보죠. 그런데…… 한 가지만 묻죠. 어디까지 본 거죠?”

“말씀드렸잖아요. 저, 저 아무것도 몰라요. 못 봤어요.”

“내 얼굴 안다며? 그럼 본 거지, 뭐야? 그래도 아니야?”

화를 참지 못한 범이가 이 실장을 또 내리쳤다. 그 힘에 그의 몸이 멀리 나가떨어진다. 그는 비틀대며 일어나더니 있는 힘을 다해 도망치려 했다. 하지만 그게 다였다. 그는 범이에게 곧 붙잡혔다. 그리고 바닥에 쓰러진 채로 사정없이 발로 짓밟혔다. 이 실장이 살려달라고 계속해 빌었지만 난 외면했다. 이태원 골목길은 적막했고 근처에 사람 하나 없었으며 창밖을 내다보는 이도 없었다. 범이가 이 실장의 몸을 발로 차는 소리와 그의 낮은 신음만이 골목길을 울렸다.

이 실장은 몸을 웅크린 채로 범이의 폭력을 온몸으로 견뎌내고 있었다. 한참 후에야 범이는 발길질을 멈추고 분이 풀린 듯 숨을 몰아쉬며 씩씩댔다.

“흐흐흐흐…….”

울음소리인지 웃음소리인지 분간할 수 없는 괴이한 소리가 이 실장의 입에서 흘러나왔다. 그가 미친 것 같았다.

“웃냐? 지금 웃어?”

“흐흐흐흐…….”

다시 범이가 발길질을 했다. 그러나 이 실장의 이상한 웃음소리는 멈추지 않았다.

"이 실장님, 지금 웃을 때입니까?"

"보험금은…… <u>흐흐흐흐</u>…… 받으셨어요?"

흐느끼듯 웃으면서 나를 보는 이 실장의 미소에 소름이 끼쳤다. 발끝과 손끝으로 온몸의 피가 빠져나간 듯, 아찔하다. 그는 다 보고, 다 들었던 것이다. 나도 모르게 그의 멱살을 잡았다. 그리고 벽에 그를 밀쳤다.

"다 알고 있네? 다 보고 들었네? 야, 이 새끼야, 어디까지 아는 거야?"

"<u>흐흐흐흐</u>…… 그게…… 보험금이 얼마였더라?"

이 실장은 피범벅 된 얼굴로 나를 조롱하듯 보고 있었다. 이성을 잃은 난 미친 듯이 그의 머리를 벽에 짓찧으며 울부짖는다.

"왜 나야? 왜 나를 해킹한 거야? 왜? 응?"

이 실장은 계속해서 묘한 웃음소리를 냈다. 그 소리에 홀려, 나는 실성한 듯 그의 멱살을 잡고 계속 흔들어댔다. 그의 머리가 벽에 부딪혀 쿵쿵 소리가 났다. 내 속에서는 화가 치밀어 올랐고, 귓가에서는 나를 비웃는 듯한 이 실장의 웃음소리가 맴돌았다. 미칠 것 같았다. 아니, 난 이미 미쳐 있었다.

그런데 잠시 후, 히죽거리던 그의 몸이 갑자기 축 늘어졌다. 그는 입가에 묘한 웃음을 지은 채 머리를 벽에 기대고 나를 퀭한 눈으로 바라본다. 난 더 화가 났다. 이상한 낌새를 눈치챘는지 범이가 나를 말린다. 그러나 내 손은 마치 분홍신을 신은 것처럼 마음대로 멈추지 않았다.

결국 범이가 내 몸을 밀쳐내고 이 실장을 살폈다. 그의 머리 뒤에는 벽에 박혀 있던 짧은 쇠꼬챙이가 꽂혀 있었다.

"죽었어."

범이의 말에 난 무너지듯 바닥에 주저앉았다. 뭐? 그게 무슨 소리야?

"죽었다고. 이 새끼, 죽어 버렸어."

난 머릿속이 하얘졌다. 죽었다니……, 이 실장이 죽었다니……. 이 실장을 이렇게 공개적인 장소에서 처리할 생각은 없었다.

"인마, 정신 차려."

얼이 빠진 나에게, 범이가 낮고 강한 목소리로 경고를 했다. 맞다, 지금은 이럴 때가 아니다. 빨리 정신 차리고 이 실장의 시체를 수습해야 한다. 아니면 사태가 걷잡을 수 없을 만큼 커질 것이다.

"운동화 끈이나 줘봐."

난 범이가 시키는 대로 양쪽 운동화 끈을 모두 풀어 건넸다. 그는 상처에서 피가 뿜어 나오지 않도록 운동화 끈으로 지혈한 다음 쇠꼬챙이에서 이 실장의 머리를 천천히 빼냈다. 약간의 피가 흘러내렸고 그의 머리는 앞으로 푹 숙여졌다.

"여기 잠시 앉아 있어. 어두우니까 아무도 못 알아볼 거야. 술 취한 사람인 줄 알 거라고. 내 말 알겠어?"

난 고개를 끄덕였다. 하지만 여전히 정신은 없었다. 내가 사람을 죽였다……. 내가 이 실장을 죽였다……. 처음으로 저지른 살인에 온몸이 떨렸다. 어디론가 뛰어가는 범이의 모습이 보였지만 난 손끝 하나 움직일 수 없었다. 어둠 속에서 몸을 떨면서, 시체가 된 이 실장과 나란히 앉아 있었다.

곧 범이가 헬멧과 점퍼를 들고 나타났다. 그는 이 실장의 머리에 헬멧을 씌우더니 점퍼를 입혔다. 그리고 내 뺨을 세차게 때린다.

"정신 차려. 너 이러다간 우리 모두 죽어."

그제야 난 범이를 본다. 그의 옆에는 헬멧을 쓴 이 실장의 시체가 보였다. 부정할 수 없는 현실에, 난 정신을 차렸다. 그리고 이 실장의 시체를 안고 일으켜 세웠다. 범이는 어디선가 구해온 페인트를 피가 흐른 장소에 끼얹었다. 그 바람에 페인트가 옷에 약간 튀고 손에도 묻었다. 하지만 페인트가 마르면 이곳에서 누군가 피를 흘리며 죽었다는 것을 아무도 모를 것이다. 범이는 손에 묻은 페인트를 옷에 문질러 닦아냈다. 우리는 술 취한 친구를 부축하는 것처럼, 헬멧 쓴 이 실장을 가운데 끼우고 천천히 걸었다. 몇몇 사람들이 우리를 스쳐 갔지만 의심하는 사람은 아무도 없었다.

큰길가로 나가 조금 기다리자 난희 누나의 차가 왔다. 평소라면 우리의 실수에 잔소리를 늘어놨을 누나이지만 우리를 보고 아무 말도 하지 않는다. 그만큼 화가 났다는 얘기겠지. 차의 뒷문을 열었다. 시트와 바닥이 비닐로 꼼꼼하게 덮여 있었다.

나와 범이는 이 실장의 시체를 누나의 차에 태웠다. 앞 좌석에 범이가 올라탔고, 난 이 실장과 뒷좌석에 나란히 앉았다.

핸들을 쥔 난희 누나가 크게 한숨을 내쉬었다.

"이제…… 어디로 가지?"

재우 이야기 #79 **아무도 모르게**

답은 하나였다. 내가 아는, 시체를 은밀히 숨길 수 있는 곳은 가평의 하우스 빌리지뿐이었다. 물론 그곳까지 가는 데는 여러 가지 난관이 있다. 우리가 다녀간 자취를 남기지 않기 위해 인근의 CCTV를 조작해야 하고, 도로 곳곳에 있을 경찰의 검문도 무사히 통과해야 했다. 하지만 그 정도쯤은 우리에게 어려운 일은 아니었다. 주의만 잘하면 된다. 약간의 운만 따라준다면 완전 범죄가 가능할 것이다.

"누나, 가평으로 가자."

"가평? 거기 아는 데 있어?"

"하우스 빌리지. 정효신이 종대의 시체를 숨긴 곳 말이야. 거기가 이놈을 처리하기에 가장 적당한 장소 같아."

"걸리지 않을까? 검문도 꽤 있을 텐데?"

"그 정도의 위험은 감수해야지."

"누가 보지 않을까?"

"담력 시험한다고 오는 사람들이 있긴 할 거야. 하지만 잘 피

311

해야지."

난희 누나가 잠시 고심하는 듯하다 시동을 걸었다. 차는 천천히 움직이기 시작했다.

"아, 그리고 난 우리 집 앞 큰길가까지 데려다줘."

"뭐? 넌 안가?"

누나가 브레이크를 밟았다. 차는 곧 멈춰 섰다.

"난 CCTV 조작해야지. 우리가 그곳에 간 걸 걸리면 안 되니까."

"그럼, 나와 범이 둘이서 이 시체를 옮기라고?"

"사람이 없잖아. 할 수 없지."

"싫어. 난 못 가. 무서워. 그리고 니들이 싼 똥을 내가 왜 치우니?"

"누나, 진짜 섭섭하네. 우린 한 몸이나 마찬가지야. 이거 걸리면 우리가 해왔던 일들 연달아 발각될 위험이 크다고."

"그래도 싫어. 난 죽은 사람 만질 수 없어. 손대기 싫어!"

난희 누나가 고집을 피웠다. 차는 더 이상 움직일 생각을 하지 않고 시간은 무작정 흘러만 갔다. 범이와 나는 점점 초조해진다.

"아, 좋아. 그럼 차만 빌려줘. 나 혼자 갔다 올게. 그럼 됐지?"

범이가 짜증을 냈다. 하지만 혼자서 시체를 옮기고 유기하는 게 불가능한 일이라는 건 우리 모두가 잘 안다. 이 실장이 아무리 작다 해도 축 늘어진 시체는 무거웠다. 범이 혼자 시키기에는 무리였다. 게다가 범이는 동작이 빠르긴 하지만 꼼꼼하지 못

하다. 어딘가에 분명 흔적을 남기고 올 게 뻔했다.

아무래도 내가 가야만 하는 걸까? 노트북에는 해킹 프로그램에 깔려 있기는 하지만 성능이 좋지 않은 터라 미묘한 시간차가 발생한 위험이 컸다. 하지만 지금은 비상사태다. 어쩔 수 없었다.

"누나, 일단 우리 집으로 가요."

"싫대도! 내가 몇 번을 말해?"

"누나 안 시킬게, 걱정 마. 집에 가서 노트북 가져오려고 그래."

"그걸로 CCTV 컨트롤할 수 있어?"

"해봐야지. 정교하게 안 되겠지만 할 수는 있을 거야."

누나가 납득한 듯 액셀러레이터를 밟았다. 차는 미끄러지듯 가볍게 앞으로 나간다.

"재우야, 내가 갔다 올까? 바이크가 더 빠를 거 아냐."

"그 여자가 집에 있으면 어떡하려고?"

"공터에 세우고 갔다 오지, 뭐. 어차피 보경이네로 해서 너희 집 지하 방에 갈 거 아냐. 네 노트북, 거기 있는 거 맞지?"

"노트북으로 네 이동 경로까지 컨트롤하긴 힘들어."

"중간 지점에서 만나면 되지. 너무 복잡하게 생각하지 말자."

범이의 말이 맞았다. 조금이라도 시간을 단축하려면 중간 지점에서 만나는 게 더 효율적이다. 우리는 가평 휴게소에서 만나기로 하고 누나는 범이를 바이크 세운 곳에 내려줬다. 녀석이 빠른 속도로 달리는 것을 보고 누나와 나는 가평으로 향했다.

평일 밤이라 도로는 한산했다. 난 이 실장의 시체와 나란히 뒷좌석에 앉아 있었다. 앞 좌석이 비어 있었지만 혹시라도 경찰 검문에 걸릴 것에 대비해 일부러 그의 옆자리를 고수한다. 나에게 자꾸 기대어오는 헬멧을 쓴 이 실장의 머리가 무거웠다. 신경이 예민해질 대로 예민해진 난희 누나와 나는 차 안에서 말한마디 나누지 않았다. 용케 검문에 한 번 걸리지 않고 휴게소에 도착했다.

우리는 편의점으로 들어가 뜨거운 아메리카노를 주문해 마신다. 그리고 범이를 기다리면서 차 주위를 배회했다.

"어쩌다 저렇게 된 거야?"

드디어 누나가 말문을 열었다. 대답하기 싫었다. 그 끔찍한 순간을 기억하기도 싫었다. 하지만 누나를 이 일에 끌어들인 이상 사고 당시의 일에 대해 알려줘야 했다.

"이 실장 저 자식, 날 보고 무조건 내빼더라고. 그때 구린 게 있다는 걸 확신했어. 그런데 간신히 잡고 나니까 보험금 얘길 하더라? 우리 얘길 다 들은 거야. 처음부터 끝까지, 모두 다. 우리 추측이 맞았어."

"죽을 짓 했네. 근데 이 사람만 사라지면 이제 우린 안전한 건가?"

"……."

"이 사람 말고, 너 해킹한 기록 또 누가 봤으면 어떡해?"

"삭제했다는 회사를 믿어야지. 그 방법밖에는 없어."

"회사가 그걸 봤다면?"

"봤어도…… 별다른 조처를 하진 않을 거야."

"왜? 그걸로 널 협박하면 어쩌려고?"

"그 회사는 전문이 그게 아니야. 우리가 벌인 일이, 회사 업무에 폐를 끼치지 않는다고 판단하면 신경도 쓰지 않을 거야."

"네가 그렇게 믿고 싶은 거겠지."

난희 누나의 날카로운 지적에, 난 더 이상 말을 잇지 못했다. 맞는 말이었다. 세상에 믿을 사람은 아무도 없다. 어쩌면 회사는 이 실장이 추출한 내 데이터를 모두 보관하고 있을지 모른다. 그리고 지금은 비록 조용히 있다고 해도 언젠가는 이를 빌미로 협박해올 것이다. 자신들이 필요할 때, 내가 이용 가치가 있을 때 말이다.

머리가 아팠다. 난 다 마신 종이컵의 테두리를 자근자근 씹었다. 그렇게라도 해야 내 마음속의 불안감이 조금이라도 가시는 것 같았기 때문이다.

잠시 후, 범이가 도착했다. 범이는 노트북뿐 아니라 충전지와 삽까지 챙겨왔다.

"그 여자, 집에 없는 것 같더라."

"어디 갔겠지, 뭐."

난 범이의 말을 대수롭지 않게 넘긴다. 그리고 우리는 난희 누나의 차에 올라타고 하우스 빌리지로 향했다.

하우스 빌리지는 휴게소에서 멀지 않은 곳에 있었다. 그곳까지 가는 길은 개발이 중단된 상태라 어둡고 한적했지만 도로는 잘 닦여 있었다. 차의 헤드라이트 불빛에 의존해 하우스 빌리지의 앞까지 간 우리는 그 앞에 세워진 두 대의 차를 보고 난감해졌다. 재수 없게도 오늘, 폐가를 체험하려는 사람들이 이곳을 찾은 것이다.

"뭐야, 이거……. 차 돌려?"

"빈 차 같은데 그냥 자연스럽게 지나쳐 갑시다. 가는 날이 장날이라더니, 원."

"그래, 누나. 좀 더 가서 저기 산비탈 올라가는 데 차를 세우자."

우리는 산비탈 쪽 공터로 향했다. 다행히 그곳은 텅 비어 있었다. 가장 구석진 곳에 차를 세우고 우리는 트렁크에서 삽을 꺼냈다. 뒷좌석에 쓰러진 이 실장의 몸을 간신히 차에서 끌어내자 난희 누나는 재빨리 시트에서 비닐을 걷어냈다.

"난 여기 있을래."

"누나, 망이라도 봐 줘야지?"

"안 돼. 구두 신고 와서 산에는 못 올라가."

난희 누나가 단호하게 말했다. 구두를 핑계로 시체를 유기하는 데 동참하지 않을 작정인 듯싶었다. 곤란한 일이 생길 때마다 빠지려는 누나가 얄밉다. 하지만 어쩔 수 없지 않은가. 이 실장을 죽인 건 나다.

난희 누나를 남겨둔 채, 난 삽 두 자루를 들고 앞서 산비탈을 올랐다. 덩치 큰 범이가 이 실장의 시체를 등에 업고 내 뒤를 따른다. 제법 깊이 들어왔다고 생각한 지점에 다다르자 우린 땅을 파기 시작했다. 얼마나 깊게 파야 하는지 감이 오지 않아 무작정 구덩이를 팠다. 땅은 딱딱했고 삽만으로는 구덩이가 잘 파지지 않았다. 그러나 우리 둘이 애를 쓴 끝에 구덩이가 제법 깊어졌다. 사람 하나를 누이기에는 충분한 깊이였다.

범이가 주머니에서 대마초가 든 비닐봉지를 꺼냈다. 그리고 무슨 의식이라도 되는 양 이 실장의 점퍼를 벗기더니 소매 안에 대마초를 살살 뿌린다. 어둠 속에서도 입을 앙다문, 진지한 그의 표정이 보였다.

"인마, 그걸 왜 여기 뿌려?"

"잘 가라는 인사야. 그리고 혹시 알아? 시체가 발견되면 이게 혼선을 줄지? 이 형님이 다 생각이 있어서 그러는 거야."

우리는 이 실장의 시체에서 헬멧을 벗기고 구덩이에 던져 넣었다. 파낸 흙으로 시체 위를 다시 덮고 그 위를 발로 밟아 잘 다진 다음, 풀로 덮었다. 이 정도면 감쪽같을 거라 생각했다.

일이 끝나자 기운이 탁 풀린다. 범이와 나는 누가 먼저랄 것도 없이 바닥에 주저앉았다. 우리는 잠시 말이 없었다.

"담배 있냐?"

"전자 담배인데, 괜찮아?"

범이가 내게 궐련형 전자 담배를 건넨다. 난 스틱을 입에 물었다. 입에서 하얀 연기가 뿜어져 나온다. 내뿜은 연기만큼 머릿속도 개운해졌다. 멀리, 언덕 아래의 폐허가 된 빌라 단지를 내려 보며 나와 범이는 전자 담배를 한 대 더 피웠다.

"너 금연 아니었냐?"

"몰라. 지금 그런 걸 따질 때야?"

"하긴, 이렇게 역사적인 밤인데 제정신 붙들어 매려면 담배라도 피워야지."

금연은 종대가 죽었다는 사실을 알았을 당시 이미 실패했다. 지금 피우는 담배는 그때 이후 두 번째다.

"저기가 종대가 있다는 곳이지?"

"왜? 한 번 가보려고?"

"남들은 폐가 체험도 오는데 우리라고 못 들어가겠냐. 친구를 찾겠다는데."

"보면 알겠지만 넓어. 종대를 찾기 힘들 거야."

우리는 또 담배를 피웠다. 막상 자리에서 일어나려니 피곤하고 몸이 무거웠다.

"아아아악."

그때 이 근방 전체를 뒤흔드는 찢어질 듯한 고함이 들려왔다. 그리고 한 건물에서 우르르 사람들이 몰려나오는 게 보였다.

"뭐야, 귀신이라도 본 거야?"

범이가 어이없다는 듯 말한다.

"그러게, 귀신이라도 있었나 보지. 우리도 이제 슬슬 내려가자. 쟤들 곧 갈 거 같아."

"우리도 저 건물에 가볼까?"

"난희 누나가 싫어할걸."

우리는 언덕에서 내려왔다. 올라갈 때는 이 실장의 시체가 있어 애를 먹었는데 내려올 때는 금방이었다.

난희 누나는 차 밖에 나와 있었다. 차 내부를 환기시키기 위해서인지 차 창문과 트렁크가 모두 열려 있다.

"잘 끝냈어?"

"그럭저럭. 누나, 이제 갑시다."

"이것부터 없애고. 너, 그 헬멧과 옷 안 버릴 거야?"

"누나, 이게 얼마짜린데."

"얼마짜리래도, 시체가 썼던 거잖아. 피도 묻었고, 안 찝 찝해?"

"찝찝해도 여기 못 버리지. 아무 데나 버렸다가 걸리면 어쩌려고. 그거나 빨리 처리하고 가요."

"니들 라이터는 있어?"

누나는 시트를 감쌌던 비닐을 없애고 싶어 하는 눈치였다. 여기서 쓸데없는 증거물을 없애는 것도 나쁠 것은 없다 싶었다. 범이가 구덩이를 파고 시가 라이터 소켓으로 비닐 뭉치에 불을 붙였다. 난 거기에 이 실장 몸을 묶었던 내 신발 끈을 던져 넣는다. 비닐 뭉치가 녹아들어 가는 것을 보면서 우리의 죄가 은닉되는 것 같아 마음이 편해졌다.

범이는 준비해온 세척제로 삽에 남아 있을 우리의 지문까지 몽땅 지운 다음 근처에 있는 흙더미에 파묻어버렸다. 그리고 우리는 홀가분한 마음으로 천천히 그곳을 빠져나왔다.

하지만 하우스 빌리지 앞에는 7~8명 정도의 사람들이 모여 웅성대고 있었다. 아까 폐건물에서 고함을 지르며 뛰어나간 사람들 같았다. 30분도 더 지났을 텐데 아직까지 여기 모여 있다니. 예상치 못한 일이었다. 행여 누가 볼세라 라이트를 켜지 않은 게 그나마 다행이었다.

누나가 차를 멈췄다.

"쟤들 뭐야? 아직 안 갔어?"

"아이 씨, 망했네."

"차에 블랙박스 있나 봐봐. 있어?"

"저기 파란색 깜빡거리잖아. 이제 끝장난 거야, 우린."

낭패한 기분이었다. 아무도 모르게 이 실장의 시체를 묻고 조용히 돌아가려고 했는데, 폐가 탐사 온 이들에게 흔적을 남긴 것이다. 게다가 그들은 하우스 빌리지 앞을 막고 서서 비켜줄 기미가 없었다. 그들 몰래 이곳을 빠져나간다는 것은 불가능했다. 이 난관을 어떻게 헤쳐나가야 할지 막막하다.

우왕좌왕하고 있던 그들은 결국 우리를 발견했다. 난희 누나의 차를 보더니 겁도 없이 우리에게 달려온다. 어둠 속에 뛰어오는 그들은 마치 좀비 떼 같았다.

"저것들 뭐야? 이쪽으로 왜 와?"

"누나, 차 빼! 뒤로 빼라고!"

범이가 경악하며 고함을 질렀다. 그리고 재빨리 차 창문을 올리고 차 문을 잠근다. 당황한 누나는 제대로 후진 기어를 넣지 못하고 머뭇거리고만 있다. 그러나 차가 후진하기도 전에 사람들이 우리를 에워쌌다.

"도와주세요, 제발 도와주세요."

"저 폐가 안에 친구가 들어갔는데 아무리 기다려도 안 나와요."

"친구가 죽었을지도 몰라요!"

그들은 일제히 차창을 두들기며 울먹거렸다. 급작스러운 상황에 우린 더 어찌할 바를 몰랐다. 뭐? 도와달라고? 우리더러? 지금? 나와 난희 누나, 그리고 범이는 어떻게 해야 할지 몰라 서로를 마주 보고 있었다.

재우 이야기 #80 **암초**

"도와주세요. 제발 부탁드립니다."

차 앞을 막아선 그들은 10대, 많이 봐줘야 20대 초반으로 보이는 어린 학생들이었다. 폐가 체험을 온 친구들 같았는데 울먹거리면서도 비켜줄 기색이 전혀 없는 것을 보아 자기네를 도와주지 않으면 우리도 떠날 수 없다는 무언의 압력을 행사하고 있었다.

아, 어떻게 해야 하지? 아무리 어리다고 하지만 상대하기에는 그들의 머릿수가 너무 많았다. 그리고 우리가 이곳에 왔다는 것을 아는 이상 무시할 수도 없었다. 게다가 반은 남자였다.

"경찰을 불러요."

난희 누나는 차 창문을 내리더니 냉정하게 말했다. 물론 경찰이 오는 건 우리에게도 불리한 일이다. 하지만 그들이 경찰을 불렀을지도 모른다는 생각에 누나는 그들의 속을 떠보려는 것 같았다.

"안 돼요. 저희 여기 온 건 비밀이란 말이에요."

"엄마 아빠 알면 혼나요."

"신고하지 마세요. 제발요."

"접근 금지 구역이라 경찰이 알면 우리 모두 벌금을 물 거예요."

"도와주세요, 네?"

어린 학생들이 떠들기 시작했다. 그들은 흥분 상태였지만 경찰을 부를 수 없다는 얘기에 우리는 일단 안도한다.

난희 누나는 내렸던 차 창문을 다시 올렸다. 차창 너머로 웅성대는 아이들의 목소리가 들려왔다.

"어떻게 하지?"

"뭘 어떻게 해. 그냥 가자."

"그냥 가면? 블랙박스 영상은 어떻게 할 거야? 그리고 쟤들이 차 번호 기억 못 하겠어? 이거 내 차야."

"그럼? 내려서 도와준다고 할까? 무슨 일인 줄 알고?"

"친구 하나가 안 나왔다잖아. 기껏해야 같이 폐가에 들어가 달라는 거겠지."

"쟤들이 누군지도 모르잖아?"

"그게 중요해? 여길 빠져나가는 게 중요하지!"

"블랙박스 영상을 지울 수 있을까?"

"잘 얘기해보면 가능하지 않을까?"

"아이 씨, 재수가 없으려니까……."

"일단 애들 얘기는 들어보자. 쟤들 부탁을 하나 들어주면 그 대가로 우리도 부탁 하나 정도는 요구할 수도 있는 거잖아?"

"그래, 누나. 일을 더 키우지는 말자. 이 선에서 끝내자고."

우리는 논의 끝에, 사태가 더 커지기 전에 협조하기로 결정을 내렸다. 난희 누나와 범이, 그리고 나는 차에서 내렸다.

"친구 한 명이 저기 들어가서 안 나왔다는 거죠?"

"네, 연지가 그곳에 혼자 남았어요."

"제발 도와주세요, 제발요? 네?"

학생들이 또다시 울먹이기 시작한다.

나는 범이와 시선을 교환했다. 범이가 곤란한 표정을 지으며 뜸을 들인다.

"그냥 들어가기는 곤란한데……."

"어휴, 나도 폐가는 진짜 싫더라. 저기서 뭐가 나올 줄 알고."

"도와주세요. 친구에게 무슨 일이 생기면 어떡해요?"

"부모님 아시면 안 된단 말이에요."

"그거야 우리가 알 바는 아니죠."

"사례는 충분히 해드릴게요."

"사례? 사례를 어떻게?"

"가진 거 다 드릴게요. 부족하시면 바로 이체해드릴 수도 있어요."

아이들이 일제히 지갑을 꺼내 돈을 모은다. 그 모습을 보니 헛웃음이 나왔다. 고작해야 몇 푼이나 된다고.

"아, 사례는 됐어요. 그건 됐고, 저거 블랙박스인가요? 영상이나 없앱시다. 나, 괜히 나중에 말 나오는 거 싫어서."

"노트북 있으니까 당장 지울게요. 블랙박스도 *끄고요.*"

"제가 직접 하죠. 카드를 가져다주세요."

차 주인으로 보이는 남자아이 두 명이 블랙박스에서 SD카드를 꺼내 건네줬다. 하지만 난 노트북에 그 카드를 삽입하지 않고 주머니에 넣었다. 그리고 그들이 한눈파는 틈을 타 노트북 주인의 메일 주소를 확보했다. 만약의 경우에 대비해서다.

"다 지우셨어요? 이제 노트북과 카드를 돌려주셨으면 하는데요."

"이 SD카드는 우리가 가져가겠습니다."

"네? 영상 지웠잖아요?"

"혹시 몰라서요. 얼마 하지도 않는데, 사례한다고 생각하세요."

"그래도……."

"도움이 필요했던 거 아닌가요?"

"아, 알았습니다……."

노트북 주인인 남자아이가 떨떠름하게 대답했다. 옆에 있던 다른 아이 역시 분위기상 동조할 수밖에 없었다.

"그리고 오늘 일, 없었던 것으로 합시다. 즐거운 기억도 아닌데."

"네, 저희도 좋아요. 이거 알려지면 혼나거든요. 어차피 비밀로 해야 해요. 그치, 얘들아?"

학생들이 고개를 끄덕거렸다. 그 와중에도 몇몇 아이들은 훌쩍이는 울음을 멈추지 않는다. 난 바지 주머니에 든 SD카드를 만지작거렸다. 이걸로 일단 물적 증거는 없앴다고 생각하니 조금 안심이 됐다.

"어느 건물인가요?"

그들이 어디에서 뛰쳐나왔는지는 이미 언덕 위에서 봐서 알고 있다. 하지만 나는 시치미를 떼고 묻는다. 확실히 할 필요가 있었다.

"안에 들어가시면 완공된 건물이 하나 있어요. 그걸 정면으로 보시고 왼편의 두 번째 건물 지하요."

아까 그들이 도망쳐 나왔던 그 건물이 맞다. 난 범이와 시선을 교환하고 고개를 끄덕였다.

"그럼 앞장서세요. 같이 가봅시다."

"싫어요. 저흰 안 갈래요. 무서워요."

"SD카드도 드렸잖아요. 다녀와 주시면 안 돼요? 저흰 여기서 기다릴게요."

이런 뻔뻔한 애들을 봤나. 처음 보는 낯선 사람에게 도와달라고 부탁해놓고 자신들은 저 안에 들어갈 수 없다니. 어처구니가 없었다.

"왜 무서워요?"

"귀신이라도 나왔나?"

범이와 나는 실소를 한다. 하지만 어린 학생들의 반응은 진지했다.

"거기 귀신이 있어요."

"벽에서 사람의 형상 같은 게 나타났단 말이에요."

"진짜예요. 소문대로 진짜 귀신이 있었대도요."

"진정들 하고 천천히 말해봐요. 귀신인지 사람인지, 어디서 어떻게 뭘 봤는데 그래요?"

"지하에 탐험하러 갔다가 벽에 부딪혔는데, 갑자기 벽에서 시멘트 덩이가 툭 떨어져서……."

"뭔가 있는 것 같은 거예요. 그래서 우리가 그 부분을 계속 두들겨서 깨봤거든요? 그랬더니 그 안에서 뭐가 불쑥 나왔어요."

"귀신이에요."

갑자기 여자아이 한 명이 울기 시작했다. 그 애를 따라 다른 아이들도 운다.

"강도들이 여기 돈을 숨겨놨다는 소문이 있었어요. 저흰 그건 줄 알았는데……."

"진짜 귀신이었어요."

"저흰 무서워서 못 들어가겠어요."

"부탁이에요. 연지 좀 구해주세요."

난 귀신을 믿지 않는다. 아이들의 호들갑은 억지스러웠다.

"가보자. 어차피 들어갈 거였잖아."

범이가 옆에서 나직하게 귀에 속삭인다. 난희 누나를 슬쩍 보니 상당히 못마땅한 표정이었다.

"들어가서 친구 좀 구해주세요. 제발요."

아이들이 재차 부탁해온다.

범이가 호기롭게 말했다.

"좋아요, 일단 우리끼리 들어가 보죠."

"어머? 니들 진짜 들어가려고?"

폐가에 들어간다는 말에 난희 누나가 펄쩍 뛰었다.

"어머, 난 못 가. 오늘 구두 신고 왔대도."

하지만 우리는 누나의 말을 무시한 채 과감하게 폐가 안으로 향했다. 누나도 어쩔 수 없다는 듯 투덜거리며 우리의 뒤를 따른다. 아이들만 있는 그곳에 혼자 남아 있기 싫었던 거다.

우리는 그들이 알려준 대로 완공된 건물의 왼쪽 두 번째 건물로 조심스럽게 발길을 옮겼다. 건물에 들어서자마자 정면으로 계단이 보인다. 휴대폰 플래시에 의지해 계단을 천천히 내려갔다. 그 안은 한 치 앞도 보이지 않을 정도로 어둠이 가득했고 어디선가 찬바람이 불어와 몸이 오싹했다.

휴대폰 플래시에 비친, 건물 골조가 그대로 드러난 지하실 내부는 흉측했다. 시멘트 더미 속에서 귀신이 나온다 해도 이상하지 않을 정도로 음습했고 공사를 중단한 흔적이 사방에 널려 있어 까딱하면 다치기 십상이었다.

우리는 벽과 기둥 하나하나를 찬찬히 살폈다. 안쪽 벽 아래 여자아이 하나가 기절해 있는 게 보인다. 아이의 상태를 살피기 위해 휴대폰 플래시로 비치자 바로 위에 있는 벽에 사람의 형체가 얼핏 보였다.

"악!"

난희 누나가 고함을 질렀다.

"저거……, 저거 뭐야……."

아이들의 말대로 시멘트 사이로 시랍 형태의 사체가 상반신을 살짝 드러내고 있었다. 범이와 나는 벽 가까이 다가갔다. 시멘트에 묻혀 있던 사체를 휴대폰 플래시로 비춰본다. 내 뒤에서 그걸 보고 있던 난희 누나가 울음을 터트렸다.

"종대야!"

그랬다. 그 사체는 종대였다. 나도 누나를 따라 울고 싶었다.

"종대 맞아. 얘가 종대라고. 내가 생일 선물로 사준 캐시미어 스웨터를 입고 있어. 아, 종대야······."

누나는 시체가 입은 옷의 소매만으로도 녀석을 알아보고 오열을 한다. 그녀가 바닥에 주저앉아 우는 동안, 난 범이와 함께 시멘트에 발린 종대의 상태를 살폈다. 일부 드러난 몸을 제외하고 나머지 부분은 모두 시멘트에 붙어 있어 기둥 전체를 부수지 않고는 사체를 꺼낼 수 없는 상황이었다. 친구를 발견했지만 구해줄 수 없다는 현실이 마음 아프다.

나는 시멘트 사이로 드러난 퀭한 종대의 얼굴을 보며 이를 갈았다. 종대야, 조금만 참아. 곧 이 시멘트 덩어리에서 널 꺼내줄게. 밀랍이 된 종대를 보며 난 다짐하고 또 다짐했다. 친구의 시체를 보는 순간, 여자에게 느꼈던 일말의 애정이 모두 사라져버렸다.

범이는 주머니에서 다시 비닐봉지를 꺼내더니 종대의 소맷부리에 대마초를 약간 떨어트린다.

"너 뭐 하는 거니?"

그 모습을 본 난희 누나가 날카롭게 소리를 질렀다.

"죽은 아이에게 뭘 하는 거냐고!"

"아, 누나······, 이건 혹시 몰라서 해두는 장치야."

"장치? 장치 그게 뭔데?"

"생각해봐. 쟤들이 신고 안 해도 이제 종대의 시체가 발견되는 건 시간문제라고. 분명 범인 색출에 나설 거 아냐. 그래서 내가 혼선을 주기 위해 이것 좀 뿌린 거야."

"그게 뭔데?"

"대마초."

"야, 이 녀석아. 너, 우리 종대가 그런 거 안 하는 거 몰라? 괜히 죽은 애에게 이상한 누명을 씌우면 어떡하려고 그래?"

"누나도 참, 종대에게 씌우는 게 아니라 얘를 죽인 연놈들에게 씌우려고 하는 거지."

"뭐?"

"이거, 이필주 그놈 집에서 키우는 대마야. 보경이가 구해다 준거라고. 종대의 시체 발견하면 정효신 그 여자를 조사할 거 아냐? 당연히 이필주까지 수사하지 않겠어?"

"그러면 좋겠다만……, 너무 오버하는 거 아니냐?"

"내가 오버했는지는 두고 보면 알겠지."

"너 그거, 이 실장한테 쓴 거와 같은 거지?"

"응, 그거 맞아. 우리가 안 걸리면 좋지만 혹시라도 이 실장 시체가 발견돼 봐라. 경찰이 대마초 보고 이필주와 연관 짓지 않겠어? 아니면 뭐, 이 실장 그놈을 대마쟁이로 몰거나. 이거 오늘, 들고 오길 아주 잘했네."

"그 여자 물건도 있었으면 좋았을걸."

"그랬다면 완벽했겠지."

"하지만 아쉬운 대로 접어야지, 어쩌겠어."

범이는 바닥에 떨어진 시멘트 덩어리를 집어 들었다. 그리고 그것으로 최대한 종대의 몸을 가렸다. 누군가 다시 종대의 시체를 발견해주길 바라면서.

범이가 쓰러진 아이의 상태를 확인하니 정신을 잃었을 뿐 이상은 없었다. 우리는 종대를 어두운 지하실에 그대로 놔둔 채, 쓰러진 아이만을 구출해 폐가에서 나왔다. 범이가 아이를 업고 하우스 빌리지 정문 앞으로 가자, 그 앞에서 우리를 기다리고 있던 어린 학생들은 크게 환호했다.

"연지야, 연지야!"

"괜찮아?"

"정신 좀 차려봐, 연지야."

범이에게 친구를 넘겨받은 아이들은 친구의 팔다리를 주무르며 정신을 차리게 하려고 애를 쓴다. 그러나 연지는 아무리 깨워도 눈을 뜨지 않았다.

"어떡하죠? 애가 눈을 안 떠요……."

"병원에 가봐야 하겠죠?"

한 아이의 질문에 난처해졌다. 병원에 가서 검사받으라고 말하고 싶지만 그랬다가는 오늘 우리의 행적이 드러날 것이다. 그건 곤란하다. 범이가 나섰다.

"아니, 내가 보기엔 그냥 기절한 상태야. 조금 있으면 깨어날 것 같은데?"

"아저씨가 어떻게 알고요?"

남자아이의 되바라진 질문을 들은 범이가 가볍게 한숨을 내쉬었다. 그러더니 연지라는 아이의 뺨을 두어 차례 때린다. 급작스러운 범이의 행동에 놀란 아이들은 얼음처럼 굳었다. 범이 이런 분위기에 아랑곳하지 않고 다시 연지의 뺨을 세차게 때렸다.

드디어 연지가 움찔거리더니 눈을 떴다.

"연지야, 괜찮아? 이제 정신 들어?"

"연지야……."

범이에게 맞아 얼굴이 빨갛게 상기된 채 눈을 뜬 연지는 상황 파악이 되지 않은 듯 어리둥절해한다. 아이들은 울면서도 무사히 눈을 뜬 연지를 보며 기뻐했다.

"거봐. 내가 이상 없다고 했잖아."

범이가 으쓱거렸다. 그러나 아이들은 그런 범이를 적대적인 눈으로 흘겨본다. 이제 친구가 깨어났다 이건가? 우리가 쓸모없어졌다는 표정인데? 그들에게는 폐가 안으로 들어가 달라고 애원하던 아까의 고분고분함이 사라지고 없었다. 난 미리 SD카드를 확보하길 잘했다고 생각했다. 그들이 연지에 매달린 동안, 우리는 난희 누나의 차를 타고 서둘러 그 자리를 빠져나왔다.

"애들이 버릇이 없네. 고마운 줄도 모르고."

차 안에서 범이가 투덜거렸다. 난희 누나도 아이들이 계속 신경 쓰이는 눈치였다.

"괜찮겠지? 쟤들이 입을 열면 끝이야."

"걱정 마셔. 혹시 몰라 걔들 차 번호판 촬영해뒀으니까."

누나의 차가 가평 휴게소에 도착했다. 휴게소의 밝은 불빛 아래 흙투성이가 된 우리의 모습이 적나라하게 드러났다.

"몰골 봐라. 공사판에서 뒹굴다 온 모습이네."

"누나는 멀쩡해서 좋겠수."

"시끄러워. 화장실에서 대충 씻고 와. 그 꼴로 집에 갈 거야?"

"지금 이 꼴이 문제야?"

"아까 걔들이 우리를 이상하게 생각하지 않았을까?"

"그럴 정신이었겠니? 그리고 이미 지나간 일이야. 일단 씻어. 나 빨리 집에 가고 싶단 말이야."

우리는 누나의 말대로 화장실에 들러 흙을 대충 털어낸 다음 헤어졌다. 범이는 요란한 소리를 내며 바이크를 타고 떠났고, 난 누나의 차를 타고 집으로 돌아간다. 그리고 차 안에서 부지런히 교통 CCTV를 조작하고 영상을 지웠다. 기분이 개운하지는 않았다.

오늘 이 실장을 만나고 실수로 그를 죽였다. 그의 시체를 몰래 처리했지만 뜻밖에도 폐가 탐사를 나온 학생들에게 우리의 행적이 그대로 노출돼버렸다. 아이들은 우리가 무슨 일을 했는지 모르겠지만 그 시간에, 그곳에 있었다는 것은 확실히 알고 있다. 불안하다. 예상치 못한 암초를 만났다. 그 암초에 부딪혀 좌초할 위험에 처할지도 모른다. 우리의 설계가 완성되기까지는 조심해야 하는데. 시간은 얼마 남지 않았을 거다.

그리고…… 종대의 시체를 찾았다. 그 여자와도 이제 곧 끝이다.

다시 효신 이야기 #81 **보험조사원**

뜨거운 욕조에 몸을 담그고 있으니 아까 마신 술이 확 올라온
다. 하지만 정신은 멀쩡했다. 취하고 싶었는데 이상하게 술을 마
실수록 정신이 맑아진다. 아무렇지도 않게 날 맞이하는 그 남자
의 얼굴을 떠올리자 구역질이 올라왔다. 쓰레기 같은 인간! 사람
의 감정을 갖고 노는 건 진짜 쓰레기나 하는 짓이다. 그는 내 생
명을 노리고 남편으로 접근해 사랑이라는 감정으로 양념을 쳤
다. 이제 맛있게 먹는 일만 남았다고 생각하겠지. 하지만 나는
바보가 아니다. 그냥 당하고 있지는 않을 거다.

난 손가락 끝이 쭈글쭈글해질 때까지 물속에 계속 앉아 있었
다. 욕조의 물이 식어 뜨거운 물을 두 번이나 더 보충하고도 일
어날 기운이 나지 않았다. 머릿속에는 아까 낮에 만났던 조장현

이라는 보험조사원의 말이 빙빙 맴돌았다.

* * *

"두 분 중 어느 분이 남편분입니까?"

안경 낀 남자가 사진 한 장을 내밀었을 때, 난 하늘이 무너지는 듯한 느낌을 받았다. 그 사진 속에는 죽은 남편과 그 남자가 어깨동무를 하며 웃고 있었기 때문이다. 술에 취해 얼굴이 벌게진 두 사람은 나를 비웃는 것처럼 보였다. 아무 말도 할 수 없었다. 너무 어처구니없는 상황에 말이 나오지 않았다.

"제 소개가 늦었군요. 전 보험조사원 조장현입니다."

그의 소개에 난 더욱 긴장했다. 보험조사원? 설마…… 남편의 생명보험 때문인가? 내가 죽은 남편의 보험금을 타내려고 했던 것을 보험사에서 알고 나를 의심하는 건가? 아직 남편의 사망보험금을 신청하지도 않았는데. 이상하다. 왜 이 사람은 날 찾아온 걸까? 그리고 이 두 남자는 또 뭐지? 보험과 무슨 관계란 말인가?

난 그가 내민 명함을 받아들고 몸을 벌벌 떨었다. 행여 내 죄가 들춰질까 무서웠다. 그런 나를, 보험조사원은 측은한 시선으로 바라본다.

"정효신 씨 앞으로 생명보험이 몇 개나 있는 줄 아십니까?"

"네? 무슨 말씀이신지……."

내 귀를 의심했다. 그가 대체 무슨 말을 하려는지 짐작조차

가지 않았다. 보험조사원은 내 앞에 여러 장의 서류를 내밀었다. 보험 계약서 같은데, 흑백 복사를 해서인지 서류는 모두 비슷비슷하게 보였다.

"이게 정효신 씨가 직접 작성하신 게 맞습니까? 확인해주십시오."

그가 건넨 서류 뭉치를 받아들었다. 한 장 한 장 넘겨보니 서류의 마지막 부분에 이름과 도장이 찍혀 있었다. 분명 내 이름이었고 내 도장이었다. 하지만 내 글씨가 아니었다.

"제 이름이 맞긴 한데……, 전 이런 걸 작성한 기억이 없어요."

"역시 위조군요. 그럼 이것도 봐주십시오. 정효신 씨 신분증이 맞나요?"

난 시커멓게 복사된 내 신분증 사본을 확인한다. 내 것이 맞았다. 지갑을 잃어버리기 전의 내 신분증이었다.

"이건 제 것이 맞습니다."

보험조사원은 입가에 묘한 웃음을 지었다. 그의 그 웃음에서, 난 그가 나를 의심하지 않는다는 사실을 깨달았다. 그렇다면……? 온몸에 소름이 끼쳤다. 뻔하지 않은가, 보험조사원은 내가 아닌 그 남자를 의심해 나를 찾아온 거다. 죽은 남편과 그는 한통속이었던 거다. 시어머니의 수작인 줄 알았던 음모의 주체가 바로 그 남자였던 것이다. 난 어리석은 나 자신을 자책했다. 그런 줄도 모르고 그의 유혹에 빠져 허우적거린 꼴골이라니. 오늘 아침까지도 난, 그와의 행복한 미래를 꿈꿨었다. 그런 나를 보고 그는 얼마나 비웃었을까? 비참했다.

"이 두 사람은…… 무슨 관계인 거죠?"

"사기 공범입니다. 두 사람은 오랜 친구이기도 하죠. 정효신 씨 남편은 두 사람 중 누구입니까?"

보험조사원이 내게 재차 물었다. 하지만 난 입을 쉽게 뗄 수 없었다. 신중해야 했다. 자칫하다가는 내가 남편이 죽인 사실이 밝혀질 수도 있다.

"깊게 생각하실 게 뭐가 있습니까? 아시는 대로 말씀해주세요."

그가 날카로운 눈빛으로 내 머릿속을 꿰뚫는다는 듯 말했다. 난 허를 찔린 심정이었다.

"그게……."

"무슨 사정이라도 있습니까?"

난 계속 주저했다. 보험조사원은 그런 나를 보며 끈질기게 대답을 기다리고 있다. 어떻게 해야 하나, 뭐라고 말을 하지?

"쉽게 대답을 못 하시는군요. 그럼 이걸 보실까요?"

그건 남편의 실종 신고를 했을 때 제작한 전단지였다. 그의 최근 사진이 없어 오래전 사진을, 그것도 얼굴이 제대로 나오지 않은 것을 어머니에게 받아 급히 제작한 것이었다. 난 이미지가 깨져 제대로 보이지 않는 죽은 남편의 얼굴을 들여다본다. 얼굴 형태가 희미했지만 그래도 그 남자와는 확연히 달랐다.

"이 전단지, 정효신 씨가 제작한 거 맞죠?"

고개를 끄덕였다. 보험조사원의 눈빛이 점점 더 날카로워진다.

"이 사람이 누굽니까? 김재웁니까? 아님 박종대입니까?"

"모, 모르겠어요……."

"남편이지 않습니까?"

난 차마 대답을 하지 못하고 침만 삼켰다. 머릿속이 빙글빙글 돌고 숨이 막힌다. 보험조사원이 다시 내게 두 사람의 사진을 보여줬다.

"이거 만들 때만 해도 이 남자, 박종대가 정효신 씨 남편이었습니다. 하지만 지금 남편은 옆에 있는 김재우 씨인 것 같네요. 왜 그런 걸까요?"

"……."

"한집에 살면서 두 사람의 차이를 정말 모르셨습니까? 이렇게 얼굴이 다른데요?"

"……."

"정효신 씨, 아는 걸 말씀해주십시오."

"……."

"제가 서류를 보여드리지 않았습니까? 지금 당신의 생명이 위험해요. 이 사람들, 정효신 씨의 보험금을 노리고 있다고요."

내 생명이 위험하다는 말에, 난 흠칫 놀란다. 지금 남편을 죽인 사실이 드러날까 급급할 때가 아니다. 내 목숨을 지켜야 한다. 남편을 죽였다는 것만 제외하고 그에게 솔직히 말하기로 했다. 남편의 실종 신고를 한 얘기부터 청송 정신요양원에서 지금의 남편을 데리고 온 것까지, 난 긴 얘기를 늘어놓았다.

보험조사원은 인상을 찌푸린 채 내 얘기를 신중하게 듣고 있었다. 그리고 생각에 골똘히 잠기더니 수첩에다 떠오르는 뭔가를 적는다.

난 좀처럼 입을 열지 않는 그가 답답했다.

"저……, 선생님, 아까 제 보험금을 노린다고 말씀하셨는데, 그 사실은 어떻게 아신 건가요?"

그가 필기를 멈추고 날 쳐다봤다. 아까보다 눈빛이 많이 부드러워져 있었다.

"처음에는 작은 사건에서 시작했습니다. 자동차 사고로 인한 보험 사기였어요. 중고 수입차로 비슷한 사건이 여러 번 발생하다 보니까 주목할 수밖에 없었죠. 그런데 이상한 거예요. 블랙박스 외에는 증거가 없는 겁니다. 사건 현장의 CCTV는 모두 삭제돼 있었죠. 증거가 없는 터라 피해자 대부분이 꼼짝없이 당했습니다."

"그런 사고가 많이 일어났나요?"

"셀 수 없이 많습니다. 보험 처리되지 않은 것까지 합하면 1백여 건에 달할지도 몰라요."

"두 사람이 공범인 건 확실하고요?"

"사고를 낸 사람은 박종대인데 차주는 김재우였어요. 주소를 확인해보니 바로 옆집이더군요. 감이 오지 않습니까?"

그의 말에 숨이 턱 막혔다. 옆집? 지금 옆집이라고 한 거야? 그제야 나는 옆집 여자에게 유난히 친절하던 죽은 남편의 모습이 떠올랐다. 그가 옆집 여자와 무슨 관계였을지 궁금해진다. 연인 관계일까 아니면 가족일까? 어쨌거나 두 사람의 눈에는 내가 눈엣가시였을 거다. 그래서 그 집 개새끼까지도 날 무시했던 거구나.

"단순한 친분으로 차와 신원을 빌려줬을 수도 있겠죠. 하지만 사고 현장이 그렇지 않다고 말해줍니다. 전 보험조사원이 되기 전에 경찰로 20년을, 현장에서 다양한 사건을 접했습니다. 이렇게 사고가 CCTV에 잡히지 않은 경우는 없었어요. 시점이 너무 절묘하게 맞아떨어집니다. 일부러 조작하지 않으면 벌어질 수 없는 일이란 말이에요. 그래서 전 박종대의 배후에 김재우가 있다고 생각하는 거고요."

"둘이 공범 맞네요. 바로 경찰에 신고하면 되지 않나요?"

"심증은 확실하지만 사실 물증이 없어요. 증거만 있으면 진즉에 박종대를 잡았겠죠."

"왜 제게…… 이 사실을 알려주시는 거죠? 저도 그들과 공범일 수도 있잖아요? 저를 의심 안 하세요?"

"물론 정효신 씨도 수상했어요. 그런데 당신이 얻는 이득이 뭘까를 생각했을 때 아무것도 없더군요. 고작 몇억의 보험금 외에는요. 그래서 쭉 지켜봤습니다. 어떻게든 관여가 되어 있다고 생각했으니까요. 그런데 김재우가 돌아오고 당신 앞의 생명보험 가입 건수가 늘더군요. 그걸 보고 공범일 리 없다고 확신했습니다. 정효신 씨는 아마, 다음 범행 대상자였을 겁니다."

"그 말씀은 제게…… 시간이 얼마 안 남았다는 얘기로 들리는군요."

"당장은 아닐 겁니다. 생명보험은 가입 후 일정 시간이 지나야만 효력이 생기거든요. 그들이 그걸 몰랐을 리도 없고요."

"저도 빨리 대비책을 마련해둬야 하겠네요."

"그러는 게 현명한 일이겠죠."

"저…… 선생님은, 그들이 벌이는 일을 다 알고 계신 건가요?"

"다 알 수가 있나요? 경험을 토대로 추측해볼 뿐입니다."

"수사하고 계신 게 아니에요?"

"전 수사권이 없는 단순 보험조사원입니다. 집행 권한도 없고요."

"그래서…… 남편의 회사에 가서 이력서를 사신 겁니까?"

"알고 계시는군요. 네, 제가 그랬습니다."

"왜죠?"

"지문이 필요했어요. 이력서에 남아 있을지도 모르니까요."

"지문이오? 그 사람 지문이 거기에서 나왔나요?"

"여러 사람의 지문이 나왔습니다만 김재우 씨 것은 없었습니다. 그래서 더 수상했죠."

"이력서의 사진도 보셨어요?"

"사진은 없었습니다."

"아……. 다른, 또 다른 증거는요?"

"계속 찾는 중입니다. 그래서 정효신 씨를 찾아온 거고요. 전 김재우와 박종대, 그 두 사람을 잡을 증거가 필요합니다. 정효신 씨는 살기 위해 제 도움이 필요하고요. 제 일에 협조해주시겠습니까?"

보험조사원의 급작스러운 제의에 난 침을 삼켰다. 피의자가 아닌 피해자의 입장에서 내가 보험조사원에게 협조한다니. 괜찮은 방법 같았다. 그에게 정보를 듣고 돌아가는 상황을 제대로 파악한다면 죽은 남편, 아니 박종대의 살인죄를 그들에게 씌울 수도 있겠구나, 하는 생각이 들었다.

"제가 뭘 어떻게 협조해야 하는 건가요?"

"김재우 씨에 대한 정보를 주십시오."

"저보다 더 잘 아시지 않나요? 전 죽은 남편의 진짜 이름과 그 사람과의 관계도 지금 들었는데요?"

"이름 같은 대략적인 정보는 알고 있습니다만 김재우 이 사람, 대체 무슨 일을 하는 사람인지 모르겠어요."

"요즘은 테크노상가에서 일하고 있어요."

"아마 위장 직업일 겁니다. 전에는 야간 경비원이었거든요. 직업이 수시로 바뀌어서 무슨 일을 하는 사람인지 도통 감을 잡을 수 없습니다. 분명 박종대와 연관이 있는데 전과도 없고 깨끗하고요. 그 흔한 과태료 한번 떼본 적이 없더군요. 겉보기엔 평범해 보이지만, 정말 수상하지 않나요?"

"수상은 한데……."

"정효신 씨는 그래도 가족이지 않습니까? 김재우에 대해 조금이라도 알고 있지 않나요?"

"이제껏 속고 살았는데요? 이제는 시어머니가 진짜인지도 모르겠어요."

"가짜일 겁니다. 김재우 씨의 가족관계증명서를 본 적이 있습니까?"

"아니요. 그걸 떼어봐야 할까요? 제가 그 사람 사망신고를 한 상태라 주민등록이 말소됐는데 서류를 확인할 수 있나요?"

"아, 말소…… . 신원 확인이 쉽지 않겠군요. 혹시 시어머니 성함이?"

"성이 임 씨고 난 자, 희 자예요. 임난희요."

그는 내가 일러준 시어머니의 이름을 수첩에 메모했다.

"아마 그 사람들, 다 한 패거리일 거예요."

"한 패거리요?"

"같은 목적을 가지고 사기 치는 일당들이요. 어쩌면 사람이 더 있을 수도 있습니다. 조심하셔야 해요. 주변에 아무도 믿지 말고요."

난 나에게 필주 씨를 조심하라는 오 팀장의 말이 떠올랐다. 설마, 그래도 필주 씨는 아니겠지, 아닐 거야. 난 고개를 가로저었다.

"저……, 오 팀장님은 왜 만나신 건가요?"

"오현철 씨 말씀이십니까?"

"네. 팀장님이 사고 난 날 만나신 거로 알고 있어요."

"사고요? 오현철 씨가 사고가 났나요?"

"모르셨나요? 선생님 만나고 집으로 가다가 교통사고가 나서 지금 병원에 입원해 있어요."

"이런…… ."

보험조사원이 얼굴을 찌푸렸다. 정말 오 팀장의 사고를 모르는 것 같았다.

"어느 병원에 입원해 있습니까? 제가 한번 찾아봬야 할 것 같군요."

"그전에, 오 팀장님을 왜 만나셨는지 말씀해주셔야 하지 않을까요?"

"정효신 씨, 당신에 대해 알아보려고 오 팀장을 만났어요. 아까 말씀드리지 않았습니까. 의심하고 있었다고."

"그가 무슨 얘기를 하던가요?"

"업무상 비밀이라……."

"말씀해주십시오. 그래야 저도 협조를 하죠."

"흠……. 제가 처음 궁금했던 것은 박종대가 실종됐을 때의 일입니다. 회사에서도 정효신 씨 남편분의 실종 사실을 다 알고 있더군요. 그때 정효신 씨 반응이 어땠는지, 친하게 지내는 주변 사람은 없었는지 물어봤을 뿐입니다."

"그가 말한 게, 그것만은 아니지 않나요? 이필주 씨 얘기도 했을 텐데요?"

"이필주요? 그런 사람 얘기는 하지 않았는데요?"

그가 나를 의심쩍은 눈초리로 쳐다본다. 아차 싶었다. 내가 괜한 얘기를 꺼냈나 보다.

"아, 그럼 괜찮고요."

"이필주란 사람 얘기를 왜 했을 거라 생각하시는데요?"

"같이 일했던 동료인데, 그 일이 터지기 전에 잠시 같이 일했었거든요. 그런데 오 팀장님이 저에게 자꾸 그 사람 얘기를 해서요. 메모에도 적어놨고. 그래서, 선생님께 무슨 얘기를 들었나 했죠."

"정효신 씨와 무슨 관련이 있는 건 아니고요?"

"아, 아닙니다. 그냥 동료일 뿐이에요."

괜히 곤란해진 난 말을 얼버무렸다. 이 모습을 보험조사원이 날카롭게 캐치했다. 순간적인 실수에 초조해져 난 입술을 깨문다. 그의 관심이 필주 씨로 향하기 전에 빨리 만회할 무엇인가를 찾아야 했다.

"또 생각나는 사람이 있습니까?"

"그게……, 아!"

불현듯 여수에서 그 남자, 김재우의 여동생을 만난 일이 떠올랐다. 심하게 경계하는 것으로 봤을 때 그들에게 사연이 있는 것 같았다. 아니, 확실했다.

"여수에 여동생이 있어요."

"김재우 씨 여동생 말입니까?"

"네, 남편과 펜션을 운영해요. 비치 펜션이오. 제가 한번 찾아갔었는데 심하게 절 경계하더라고요. 아마 뭔가를 알고 있을 거예요."

"당장 찾아가 봐야겠군요."

보험조사원의 얼굴에 드디어 만족스러운 미소가 떠올랐다. 그리고 내게 볼일을 다 봤다는 듯, 주섬주섬 서류를 챙기기 시작한다.

"저, 선생님, 여동생에게 뭔가를 듣는다면 저에게도 알려주실 수 있을까요?"

344

가방을 챙기던 그가 나를 빤히 바라봤다. 난 제안을 거절당할까 두려워 부지런히 설명을 덧붙인다.

"그걸 빌미로 제가 다른 걸 알아낼 수도 있잖아요. 그리고 시어머니와 친했던 몇몇 분들, 제가 알고 있어요. 연락해보고 들은 얘기를 전해드릴게요. 선생님 조사에 도움이 될 겁니다."

보험조사원이 나를 보고 씩 웃었다. 희끗희끗한 그의 앞머리가 창문으로 들어온 햇빛을 받아 반짝거렸다.

"좋습니다. 그런 협조라면 언제든지 환영입니다."

다시 효신 이야기 #82 **변심**

밤새 잠을 못 자고 울었다. 아침에 일어나 거울을 보니 얼굴과 눈이 퉁퉁 부어 있었다. 부기를 빼기 위해 토너를 적신 화장솜으로 눈가를 눌러봤지만 그것으로는 역부족이었다. 잔뜩 부은 얼굴은 흉측했고 못나 보였다. 난 거울을 보며 한숨을 쉰다. 마음 같아서는 병가라도 신청하고 싶었다. 하지만 근무한 지 이제 겨우 이틀째이다. 병든 몸을 이끌고라도 나가야 할 판에 얼굴 부은 것만으로 휴가를 낸다는 건 꿈도 꾸지 못할 일이었다.

할 수 없이 비참한 몰골로 출근 준비를 마치고 1층으로 내려갔다. 남자가 나를 빤히 보는 게 느껴진다. 숨이 막힌다. 불쾌하다. 난 일부러 남자와 눈을 마주치지 않으려고 애를 썼다.

"몸은 괜찮아? 기분은?"

남자가 상냥한 목소리로 물어온다. 하지만 그 상냥함이 가식이란 것을 알게 된 난, 그의 말이 역겹다.

"많이 나아졌어."

퉁명스럽게 대답을 했다. 그리고 집을 나서려는데 혹시 모를 그의 연락을 미리 차단해두자는 생각이 들었다. 그를 뒤돌아보며 말했다.

"오늘도 늦을 거야. 나 기다리지 말고 먼저 자."

"많이 늦어? 얼마나?"

그가 내 스케줄에 관심을 보인다. 어이가 없다. 내 일정을 체크해서 뭐 하려고? 내 안의 반발심이 들불처럼 번져 일어나려 한다. 욱하는 마음을 간신히 참으며 난 아무 말도 하지 않고 집을 나섰다.

차에 시동을 걸고 좁은 비탈길을 내려오면서도 왠지 모를 억울함에 눈물이 났다. 이제 진정한 내 짝을 만났나 싶었는데, 그가 저승사자였다니. 그것도 모르고 난 사랑에 빠질 뻔했다.

차가 서울외곽순환도로에 진입하자 그제야 숨통이 트이는 듯했다. 난 악에 받쳐 고함을 질러대며 시속 140km 이상을 밟았다. 다른 차들을 제치고 고속으로 달리는 기분은 꽤 괜찮았다. 과속카메라에 걸리든 말든 신경 쓰지 않았다. 어차피 목숨을 위협받는 처지인데, 교통 법규 위반이 뭐 대수겠는가. 그리고 이 차는 내 차가 아닌 그 남자의 차다. 걸려도 내가 아닌 그 남자가 벌금을 낼 것이다. 그렇게 생각하니 억울했던 마음이 조금 진정됐다.

분양관 주차장에 차를 세운 다음 선바이저 거울로 얼굴을 확인했다. 부기가 다소 진정돼 그나마 봐줄 만한 얼굴이 돼 있었지만 상태는 여전히 엉망이었다. 서둘러 팩트를 두들겼다. 그리고 분양관으로 들어가 얌전히 자리에 앉았다.

제발, 제발 아무도 아는 척 안 해줬으면. 하지만 이런 희망은 항상 부질없다.

"뭐야? 어제 부부 싸움했어? 얼굴이 왜 그래?"

대놓고 큰 소리로 묻는 나종범의 목소리에 분양관 내 사람들의 시선이 온통 내게로 향했다. 난 귀밑까지 빨개졌다.

"조용히 해."

"진짜구나? 어제 진짜 싸웠네?"

"아직도 신혼이라더니 쯧쯧……."

옆에 있던 김영조까지 가세해 놀릴 분위기였다. 그들이 한심했다. 내 생명이 위협받고 있다는 걸 알면 날 이렇게 놀릴 수 있을까?

"부부 싸움한 거 맞고, 기분 더러우니까 건드리지 마라."

내가 정색을 하며 나직하게 말했다. 분위기가 심상치 않았는지 그들이 입을 다물었다. 난 컴퓨터를 켜고 일에 몰두하는 척을 했다. 정주 언니가 아직 출근하지 않은 게 그나마 다행이었다.

시간이 흘러 분양관은 오픈했고 쳇바퀴 같은 하루가 또 반복됐다. 난 수많은 사람을 만나 상담을 하고 모델하우스를 소개했지만 머릿속은 혼란스러웠다. 계속 멍했고 두통도 왔다. 그저 빨리 이 시간이 지나가길 바라는 동시에 아이러니하게도 집에 가서 남자와 마주할 용기가 나지 않아 시간이 흐르는 게 무서웠다.

잠시 짬이 났을 때 필주 씨에게 연락하려 했지만 이내 그만뒀다. 아마 필주 씨는 남자와 그의 패거리들이 내 목숨을 노리고 있다는 얘기를 하면 흔들릴지도 모른다. 그것이 박종대를 죽인 것에 대한 복수라 생각하고 경찰에 먼저 자수하자고 얘기할 수도 있다. 안 된다. 마음 약한 그가 자백하게 둬서는 안 된다. 상황을 보고 어떻게 할지 계획을 세운 후 그에게 알려야 한다. 그렇지 않으면 당황한 그가 오버해서 오히려 문제를 크게 만들 것이다.

이런 생각을 하는데, 뒤에서 누군가 어깨를 툭 쳤다. 정주 언니였다.

"바빠?"

"아니요. 시키실 거 있어요?"

"얘는, 내가 그럴 때만 널 찾겠니. 이따 경수 씨 만날 건데, 어때? 같이 만날래?"

"좋죠. 경수 씨는 여기 언제 출근해요?"

"다음 주. 안 본 지 며칠 됐다고 그새 보고 싶어서 불렀어. 미리 업무 정보도 주고 종범이랑 영조도 소개해주고 그러려고."

"걔들도 부르시려고요?"

"그럼, 다 내 새끼들인데. 이따 보자. 그때까지 계약 많이 따내고."

정주 언니가 어깨를 두들겨 주고 갔다.

시계를 보니 퇴근하려면 아직 2시간이나 남아 있었다. 난 멍한 상태에서 벗어나기 위해 믹스커피를 세 잔이나 마시고 일에 몰두했다. 하지만 심란한 내 정신 상태를 반영하듯 계약 건수는 제로였다. 평소라면 저조한 실적에 불안하고 초조했을 터였지만 오늘은 될 대로 되라는 심정이었다.

퇴근 후, 우리는 근처 음식점에서 보쌈을 시키고 소주잔을 기울였다. 난 취하고 싶지 않아 일부러 콜라를 시켰다. 술자리는 나종범과 김영조가 쉴 새 없이 떠드는 통에 정신이 없었지만 나에게 일어날 끔찍한 일을 생각할 겨를이 없어서 좋았다. 오늘 따낸 계약 이야기, VIP에 대한 불평, 다른 업체에 떠도는 비리 루머 등등 얘기는 끊이지 않고 계속 나왔다.

우리가 소주를 두어 병 비웠을 때, 경수 씨가 나타났다.

"안녕하십니까?"

경수 씨는 음식점에 들어오자마자 허리를 90도로 숙이며 싹싹하게 인사를 한다. 용인에서 일을 마치고 오느라 늦었다는 그는 안색이 예전보다 좋지 않았다.

"오느라고 고생했어. 어떻게 왔어?"

"시외버스요. 생각보다 편하던데요? 앞으로도 출퇴근할 때 이용하려고요."

"시외버스? 아니, 집이 어딘데요?"

"용인입니다."

"용인? 용인에서 여기를 출근해? 어휴, 먼 데서 오네. 누님, 인센티브를 더 얹어줘야겠어요."

나종범과 김영조는 처음 본 경수 씨와 스스럼없이 어울렸다. 그런 분위기가 정주 언니는 꽤 마음에 든 눈치였고, 나도 며칠 만에 보는 그가 반가웠다.

"누님, 얼굴이 많이 좋아지셨네요."

"오늘 부어서 그래요. 며칠 만에 좋아질 리 있겠어요?"

"효신이 얘 요즘 컨디션이 안 좋아. 얼굴이 반쪽이 됐다고. 경수 씨도 오늘 많이 피곤해 보인다?"

"업무 스트레스 때문에 그래요. 요즘 식욕도 없고 머리도 아프고, 신입이 그렇죠, 뭐."

"왜? 요즘 미진이 그게 쪼아? 윗사람 없다고 왕 노릇 하는구나?"

"에이, 본부장님도. 아니에요. 단순 업무 스트레스예요."

"아니긴. 얼굴 보니 답 나오는데."

"빨리 여기로 와요."

"그래야죠. 아, 누님 한약, 다음 주부터는 또 먹을 수 있겠네요? 전처럼 주실 거죠?"

경수 씨가 눈을 반짝이며 물었다. 난 그러겠다고 대답했지만 괜히 찜찜했다. 내 생명을 노리는 그들이 한약에 뭘 탔을지도 모르는데, 경수 씨가 계속 먹어도 되는지 모르겠다. 그렇다고 또 안 주기도 뭐 해서 괜히 입장만 난처하다. 한약 파우치를 몇 번 주다가 핑계를 만들어 끊어야겠다.

술자리는 계속 이어졌다. 보쌈집에서 호프집으로 자리를 옮긴 우리는 마른안주를 씹으며 각자의 얘기로 열을 올렸다. 난 생각이 다른 데로 가 있어 그들의 얘기가 들리지 않았지만 대충 고개를 끄덕이며 분위기를 맞췄다.

시간은 지루하게 흘렀다. 그렇게 자정이 가까워졌을 무렵, 김영조가 꾸벅꾸벅 조는 통에 분위기가 느슨해졌다. 정주 언니는 볼멘소리로 나종범에게 투덜거린다.

"얘 술이 왜 이렇게 약해진 거야?"

"나이가 있잖아요. 우리가 언제까지 20대겠어요?"

"쟤 보내고 3차 갈까?"

"에이, 내일 일도 있는데 이제 그만 헤어져요. 경수 씨 집이 용인이라면서요? 경수 씨도 빨리 들어가는 게 나을 것 같은데?"

"그래요. 경수 씨도 곧 여기 출근할 거고, 그때 또 마시면 되죠."

나는 정주 언니를 살살 달래 택시에 태워 보냈다. 나종범과 김영조는 대리 기사를 불렀고, 유일하게 술을 마시지 않은 나는 경수 씨를 구리에서 내려주기로 했다.

"남양주에서 일산으로 출근하기 힘들지 않으세요?"

"외곽순환도로가 있어서 편해요. 경수 씨는 시외버스 타고 출근할 거라 그랬나요?"

"네. 전 아직 제 차가 없어서 그렇게 다녀야 할 것 같아요."

"힘들겠네요. 피곤하면 자요. 구리에 도착하면 깨워드릴게요."

"아, 아닙니다. 하나도 졸리지 않아요."

"괜찮아요. 어제도 잠 못 잤다면서."

"사실 요즘 계속 잘 못 자요. 피곤한데 묘하게 잠이 오지 않더라고요."

"커피를 끊어보지 그래요? 그때 보면 너무 많이 마시던데?"

"그럴까도 생각 중인데, 커피를 마셔야 집중이 잘 돼서요. 포기할 수가 없네요. 그러다 보니 밤에 또 잠이 오지 않고, 악순환이에요. 하지만 어떡하겠어요? 신입인데, 그렇게라도 열심히 해야죠."

"지산은 계속 인기가 좋죠? 주말 껴서 고작 4일인데, 그만둔 지 1년은 더 된 기분이에요."

"저도 그 기분 좀 빨리 느껴봤으면 좋겠네요. 아, 사실 아까 말을 안 해서 그렇지, 빨리 오 팀장님 출근하기를 기도한다니까요. 본부장님과 과장님 그만둔 이후로 사실 실적이 뚝 끊겨서 강 팀장님 히스테리가 장난 아니에요."

경수 씨와 얘기를 하다 보니 어느새 구리에 도착했다. 속으로는 내가 준 한약 먹고 몸이 이상하지 않았냐고 질문하고 싶었지만 차마 묻지 못하고 그를 택시 잡기 쉬운 곳에 내려줬다. 고맙다고 인사를 하고 내리는 경수 씨의 얼굴이 예전과 달리 활기가 사라진 듯해 안타까웠다. 그래도 내가 준 약 때문은 아닐 거라고 스스로를 위안해본다. 그렇게 생각해야 마음이 편했다.

다시 집으로 향했다. 좁고 어두운 비탈길을 올라오는데 불 켜진 집이 하나도 없었다. 주변이 모두 어두컴컴했다. 헤드라이트에 의지해 주차를 하고 집으로 들어왔다. 남자는 집에 없었다.

난 불을 켜지 않은 상태로 2층으로 올라갔다. 뜨거운 물로 목욕을 하고 나니 좀 살 것 같았다. 옷을 갈아입기도 귀찮아 샤워가운을 입은 상태로 1층으로 내려갔다. 거실 불을 켜고 냉장고에서 찬 맥주를 꺼내 한 모금 마시니 답답했던 체증이 쑥 내려간다. 혼자 살던 옛날로 돌아간 기분이었다.

'김재우가 돌아오고 당신 앞의 생명보험 가입 건수가 늘더군요. 그걸 보고 공범일 리 없다고 확신했습니다. 정효신 씨는 아마, 다음 범행 대상자였을 겁니다.'

맥주를 마시며 보험조사원의 말을 떠올렸다. 다음 범행 대상자라……. 나를 쉽게 봐도 너무 쉽게 봤다. 남편과 이웃, 시어머니로 가장해 나에게 접근했지만 결국 죽은 것은 내가 아닌 박종대가 아닌가. 이번에도 마찬가지일 거다. 그들이 공격해오기 전에 나도 미리 준비를 해둬야지. 보험조사원이 내 편이라는 건 정말 다행스러운 일이었다.

맥주 캔을 새로 땄을 때, 그가 집으로 들어왔다.

"생각보다 일찍 들어왔네? 몸은 좀 나아졌어?"

남자의 목소리에서 반가움이 묻어났지만, 난 돌아보지도 않았다.

"어디 갔다 온 거야?"

"아……, 우리도 회식이 있어서."

회식? 날 어떻게 죽이면 좋을지 계획을 세우고 온 건가?

"술 좀 그만 마시지. 당신 한약 먹잖아?"

"당신도 약 먹잖아. 보니까 술 마시고 들어왔네."

그의 말 한마디, 한마디가 거슬렸다. 이제 곧 죽일 작정이면서 내 건강을 걱정하는 척하다니. 너무하잖아! 난 그를 쏘아봤다.

"진짜 무슨 일 있어?"

"그냥…… 힘들어서."

"힘들면 말을 해. 내가 도와주진 못해도 들어줄 수는 있잖아. 사고 났다는 거, 큰일인 거야?"

"잘 수습됐어. 내가 마음을 추스르지 못해서 그렇지."

그는 알까? 그 사고라는 게 무엇인지를. 난 그의 실체를 알고 교통사고가 난 것보다 더 큰 충격을 받았다. 그가 내 어깨를 쓰다듬는다. 나도 모르게 소름이 끼치며 몸이 저절로 움찔거렸다. 하지만 곧 후회했다. 내 머릿속을 그대로 내보여서는 안 된다. 그들의 음모를 알고 있다는 티를 내서는 안 된다.

"미안. 내가 예민해져 있어."

그리고 그를 향해 억지로 웃어 보였다. 이건 나로서는 죽을힘을 다해 투혼을 발휘한 연기였다.

"당신, 이번 주말 시간 돼? 엄마가 식사 같이하자고 하던데?"

나도 모르게 얼굴을 찌푸렸다. 시어머니도 아닌 그녀를 만나 스트레스를 받아야 하는 건가.

"한상호 사장 알지? 당신 덕에 연락하게 됐다며? 같이 밥 먹자고 하더라고."

남자의 말에 정신이 번쩍 들었다. 그들의 이번 목표가 한상호 사장이란 말인가? 내가 아니라? 보험조사원의 예측이 틀렸다. 다음 범행은 내가 아닌 한상호 사장이었던 거다. 난 문득 김호중 사장을 떠올렸다. 사람 좋은 그는 시어머니에게 휘둘리다 어떤 젊은 여자에게 전 재산을 사기당했다고 들었다. 그 사건 역시 남자의 패거리와 무관하지 않을 것이다. 그런 생각이 드니 김호중 사장에게 미안해졌다. 내가 알았다면 그가 사기당하는 걸 방지할 수 있었을 텐데.

"어머니와 한상호 사장이? 두 분이 사귀어?"

"그런가 봐. 나도 자세히는 듣지 못했어. 그날 나가보면 알지 않을까?"

확실해졌다. 아마 김호중 사장 때처럼 한상호 사장도 단물을 쪽쪽 빨아먹고 버린다는 계획일 거다. 남자의 얘기를 들은 난, 시어머니가 제안한 저녁 약속을 흔쾌히 받아들였다. 그들이 뭘 계획하고 있는지 알아보고 역으로 이용해줄 생각이었다. 그리고 김호중 사장처럼, 한상호 사장이 그들에게 당하는 것을 두고 보지만은 않을 거다.

"올라가자. 재워줄게."

남자의 다정한 말에 난 다시 긴장했다. 그와 침대에 눕는 게 끔찍하게 싫었다. 하지만 거절할 수 없어 그와 나란히 누웠다. 그의 손이 내 어깨에 닿자 온몸이 딱딱하게 굳었다. 난 일부러 그에게 등을 돌린다. 섹스하기 싫었다.

"컨디션이 안 좋아?"

그의 말에 난 고개를 끄덕였다. 그리고 눈을 감았다. 잠이 든

척해서 그를 떨어내고 싶었다. 하지만 그는 내 바람과는 반대로 뒤에서 나를 안는다. 뜨거운 그의 숨이 내 목덜미를 간지럽힐 때마다 소름이 끼쳤다. 예전 같으면 달아올랐을 내 몸이 오히려 더 차갑게 식는다. 보험조사원을 만난 이후로 나는 변했다.

다시 효신 이야기 #83 **변명**

"어제 경수 씨 잘 데려다줬어?"

"구리에서 내려줬어요."

"그게 어디야. 수고했다. 아, 이제 경수 씨까지 오면 내 드림 팀이 완성이 되네."

"진짜 회사 차리시려고요?"

"그럼, 내가 나이가 있잖니. 언제까지 남 좋은 일만 하고 살 거야? 이제 내 회사를 만들어 돈도 만져보고 그래야지. 효신이 너도 우리 팀인 거 알지?"

"알죠. 언니가 저 늘 챙겨주시는 거."

"오늘도 열심히 일하고 이따 같이 해장하자."

정주 언니가 내 어깨를 두들기고 자리로 돌아간다.

난 그녀의 뒷모습을 보며 필주 씨에게 전화할 때를 가늠했다. 마침 옆자리에 앉은 나종범이 고객 응대 중이라 간단한 통화는 가능할 것 같았다. 필주 씨에게 전화를 걸자 신호음이 울리고 그가 전화를 받는다.

[여보세요, 자기? 나 지금 근무 시간인데. 급한 일이야?]

"응. 우리 일정을 변경해야 할 것 같아서. 주말에 중요한 일이 생겼거든."

[뭐야? 중요한 일이 생겼다고?]

"미안. 우리 만나기로 한 거 다음 주로 미루면 안 될까?"

[다음 주? 그렇게 중요한 일이야? 대체 무슨 일인데?]

필주 씨의 목소리가 날카로워졌다. 난 일일이 설명하기가 귀찮았다. 자신이 필요할 때만 찾는 사람이냐는 필주 씨의 반박에 어쩔 수 없이 시어머니 얘기를 꺼냈다.

[하아, 그럴 줄 알았어. 자기에게 난 항상 뒷전이지.]

필주 씨가 한숨을 내쉬었다. 그리고 기분 나쁘다는 티를 숨기지 않았다. 난 그에게 김호중 사장의 일을 얘기해줄까 말까 망설였다. 시어머니의 다음 타깃이 한상호 사장이라는 것까지도. 하지만 회사에 귀가 너무 많았다. 누군가 그 얘기를 듣는다면 나중에 여파를 감당할 수 없을 거다. 이건 직접 만나서 할 얘기였다.

[주말에 집에 오건 말건 자기 마음대로 해. 하지만 주말에 안 오면, 마음 떠난 것으로 알고 있을게. 앞으로 나 안 본다고 생각하겠다고!]

이 말을 끝으로 필주 씨가 전화를 확 끊어버렸다. 아직 남자와 죽은 남편에 관한 이야기를 꺼내지도 않았는데. 난 당황했다. 필주 씨가 이렇게 냉정한 모습을 내게 보인 것은 처음이었다. 다시 연락을 해봤지만 그는 전화를 받지 않는다. 답답하다.

그 남자의 정체를 알게 된 이상, 내 편을 최대한 많이 확보해둬야 하는데 필주 씨가 내 마음대로 움직이지 않는다.

머리가 아파 의자에 기대고 잠시 쉬려는데 내 자리의 유선 전화가 울렸다. 건너편의 전화 업무를 담당하는 아르바이트생을 보니 전화를 받으라는 제스처를 한다. 지금 상담 전화를 받을 기분이 아니었다. 전화는 계속 울렸다. 난 눈치 없는 아르바이트생을 째려보며 전화를 받았다.

"정효신입니다."

[안녕하십니까, 조장현입니다.]

"아……."

보험조사원이었다. 난 등과 허리를 똑바로 펴고 의자에 바르게 앉았다.

[여수 가서 김재우 여동생을 만나고 왔습니다.]

"진짜 여동생이 맞던가요? 만나는 주고요?"

[네, 맞습니다. 김재연 씨에게 아주 흥미로운 얘기를 들어서 전해드리려고요. 김재우 직업이 뭔 줄 아십니까?]

"딜러? 아니면 세일즈요?"

[해커입니다.]

"네? 해커요?"

뜻밖의 얘기에 어안이 벙벙했다. 해커는 내가 아는 일의 범주 밖 직업이다. 단 한 번도 생각해보지 않은 일이고 이런 직업을 가진 사람을 주변에서 본 적도 없다.

[그 얘기를 듣고 나니 사건에 대한 의문점이 모두 해소되더군

요. 제가 박종대의 배후에 김재우가 있다고 말하지 않았습니까? 그들이 사고를 낼 때마다 주변 CCTV 기록도 모두 없고요. 하지만 김재연 씨 말대로 김재우가 해커라면 모든 설명이 가능해집니다. 분명 그가 기록을 조작했을 겁니다.]

"지금…… 그 사람이 하는 일도 그런 건가요?"

[아마도요? 실은 어제 김재우 회사에도 다녀왔습니다.]

"어떻게, 그 사람 회사를 어떻게 알고요?"

[정효신 씨가 말씀하신 테크노상가로 가봤습니다. 4층 오디오 매장에서 근무하고 있더군요.]

"오디오 매장이오?"

[네. 아마도 위장 업체일 겁니다. 본업은 해킹이겠지요. 어쨌든 그가 거기 근무한다는 것을 확인했으니 조만간 한 번 더 가볼 생각입니다.]

"언제 가시는데요? 저도 데려가 주시면 안 될까요?"

[정효신 씨가 김재우 눈에 띄어서 유리할 건 없을 것 같은데요.]

"조심할게요. 조심하겠습니다. 저도 확인하고 싶은 게 있어서 그래요."

[좋습니다. 그러면 내일 어떻습니까?]

"내일이오?"

[너무 급작스러운가요? 그래도 쇠뿔도 단김에 빼란 말이 있지 않습니까? 테크노상가 4층 코너에 휴게실이 하나 있습니다. 그곳에서 내일 뵙죠.]

"알았습니다."

[아, 그리고…… 앞으로 연락은 제가 하겠습니다. 이 번호로 요. 정효신 씨도 가급적 휴대폰이나 컴퓨터는 사용하지 마십시오. 김재우가 이미 해킹을 다 해놨을 겁니다. 중요한 전화를 걸 일이 있으면 유선을 이용하세요. 그게 안전해요.]

"네……."

[그럼 내일 뵙겠습니다.]

보험조사원과 전화를 끊고 나자 맥이 탁 풀렸다. 다시 의자에 머리를 기대고 눈을 감았다. 해커라……. 아마 그는 오래전부터 내 일상을 들여다보고 있었을 거다. 어쩌면 필주 씨와의 관계도 알고 있겠지. 머리가 빙빙 돌았다. 하는 일도 벅찬데 개인적인 일까지 겹쳐 머리가 아프다.

내일은 어떤 핑계를 대고 휴가를 내야 할지 고민이 된다. 분양관 오픈 초기라 업무량이 많아 휴가를 낸다고 하면 소장이 화를 낼지도 모른다. 정주 언니가 아무리 도와줘도 묵살당할 확률이 높다. 게다가 인트라넷을 사용하면 안 된다. 보험조사원이 컴퓨터를 사용하지 말라고 하지 않았던가. 혹시라도 남자가 내 일정을 엿보고 왜 휴가를 냈냐고 의심하면 곤란하다. 하지만 보험조사원을 따라 그가 일하는 곳에 꼭 가보고 싶었다. 거기에 가면 어떤 단서라도 찾아낼 수 있을 것만 같았다.

"무슨 생각 해?"

정주 언니 목소리에 난 간신히 정신을 차렸다.

"아, 언니……."

"얘가, 무슨 생각을 그렇게 해? 뭐 문제 생긴 거 있어?"

"아, 아녜요."

"퇴근 시간 얼마 안 남았어. 그때까진 부지런히 계약 따야지. 참, 너 오늘 저녁에 시간 있어?"

"술 한잔하시게요?"

"좋지. 우리 둘이 오붓하게 자리 만들자고."

언니는 내 자리에 테이크아웃 해온 아이스 아메리카노 한 잔을 두고 갔다. 커피를 마시며 난 정신을 다잡았다. 지금은 회사다. 그 남자 생각을 할 때가 아니다. 일을 해야 한다. 휴가는 내일 오전 당일에 병가를 내는 거로 해야지. 그러면 소장도 어쩔 수 없을 것이다.

난 VIP에게 부지런히 전화를 돌리고 신규 고객 상담을 진행했다. 모델하우스 소개도 직접 나섰다. 그러나 오늘도 계약은 따지 못했다.

업무가 끝난 후 난 정주 언니와 함께 퇴근했다. 언니는 나를 데리고 분양관 근처의 커피 전문점으로 향한다.

"아까 커피를 그렇게 마시고도 또 드시려고요?"

"얘는, 가보면 알아."

정주 언니는 내게 무슨 비밀이라도 있는 듯 큭큭 대며 웃는다. 그 바람에 내 기분도 조금 가벼워진다. 우리는 수다를 떨며 커피 전문점으로 들어갔다.

문을 열자마자 남자와 시선이 마주쳤다. 저 사람이 여긴 웬일이지? 지금 근무 시간 아닌가? 뜻밖의 등장에 난 그 자리에서 얼어붙었다. 그는 나를 보자 반가운 기색으로 다가온다.

"당신이 여길 어떻게……."

"재우 씨, 많이 기다리셨죠? 효신아, 미안. 너 기분 풀어주려고 내가 재우 씨 온 거 일부러 말 안 했어."

"같이 술이나 한잔하려고 왔어. 당신 요즘 기분이 안 좋아 보여서. 뭐 먹을래? 맛있는 거 먹자."

기가 막혔다. 가장 피하고 싶었던 사람을 여기서 이렇게 만나다니. 그 보험조사원의 말이 맞았다. 아무도 믿어서는 안 된다. 그게 설사 정주 언니일지라도. 언니는 어쩌면 내가 아닌 그의 편인지도 모른다. 자리를 박차고 나가고 싶었다. 하지만 난 순순히 언니를 따라 분양관 건너편에 있는 퓨전 주점으로 갔다.

"내가 이러지 말랬지?"

정주 언니가 메뉴를 고르는 동안, 난 그가 찾아와서 불쾌하다는 티를 숨기지 않았다.

"어머, 얘! 넌 신랑이 기껏 기분 풀어준다고 여기까지 왔는데, 고맙다는 말은 못 할망정 태도가 그게 뭐니?"

"제가 잘못한걸요. 이 사람에게 미리 허락받고 왔어야 했는데, 제가 이런 쪽으로는 재능이 없어요."

"어우, 재우 씨는. 이벤트가 달리 이벤트인가요. 이런 게 이벤트지. 효신이 넌, 복 받은 건 줄이나 알아."

정주 언니의 말이 신경에 거슬렸다. 복 받은 줄 알라니…….

이 남자의 진짜 얼굴을 알면 언니는 과연 그런 얘기를 할 수 있을까? 내 앞으로 생명보험이 몇 개나 가입되어 있는지 알면 아마 놀라 쓰러질 거다. 상냥하게 웃고 있지만 이 남자는 지금 내 목숨을 노리고 있다.

그러나 난 언니 말에 아무 반박도 하지 않았다. 정주 언니는 친한 지인이기 전에 회사 상사였다. 밉보이면 안 된다. 게다가 그녀가 창업할 회사에 들어갈 욕심도 있다. 그때까지 살아 있다면 말이다. 그래서 그녀를 거스르고 싶지 않았다.

하지만 세상 모든 일이 내 마음대로 되지 않는 법이다. 술을 마시며 이런저런 이야기를 하다 보니 속에서 울화가 치밀어 올랐다. 그 남자를 두둔하는 듯한 언니의 발언에 참을 수가 없었다.

"너 신랑한테 잘해. 다른 놈 아무리 쳐다봐도 재우 씨 같은 남자 없어."

"언니가 우리 부부 일을 어떻게 안다고……."

"어떻게 알긴, 다 티가 나. 재우 씨가 얼마나 답답하면 저번에 날 찾아왔겠니?"

"뭐어? 저번?"

나도 모르게 목소리가 커졌다. 이 야비한 인간, 이제는 내 지인까지 매수한 거야? 언제부터? 언제부터 그런 거야? 그렇게 다정하게 굴어놓고 뒤에서 비열하게 농간을 부리다니.

정주 언니는 술에 많이 취했는지 내가 화가 났다는 것을 눈치채지 못한 듯했다.

"왜? 둘이 만나면 안 돼? 우리 둘이 만나서 무슨 나쁜 짓 했니? 아니잖아. 네 걱정 많이했어. 정효신, 너 요즘 변한 거 같다고 재우 씨가 걱정했다고."

"정주 씨, 이제 그만하세요."

남자가 옆에서 언니를 말렸다. 이미 엎질러진 물이었다. 취한 언니는 쏟아낸 말을 주워 담지 못했다. 아니, 오히려 변명을 늘어놓을수록 내 화를 부추겼다.

"효신아, 너 내가 많이 사랑하는 거 알지? 그러니까 이 언니가, 재우 씨가 너 걱정된다는데, 내가 어떻게 가만히 있어?"

사랑한다는 언니의 말에도 내 마음은 싸늘해졌다. 둘이 만나 대체 무슨 얘기를 한 걸까? 그의 정체를 알 리 없는 언니는 나에 대한 시시콜콜한 것까지 다 털어놨겠지. 그 얘기가, 얼마나 나에게 위협이 될지 모르면서 말이다. 속이 상했다. 언니한테 속을 내보일 수 없는 난, 내 처지가 처량 맞아 더 화가 난다.

남자는 내 눈치를 보더니 취한 언니를 달래 술자리를 정리했다. 술에 취한 언니는 심하게 비틀거렸다. 남자가 언니를 부축했고 난 그들을 외면한 채 주점 밖으로 나왔다. 시원한 바람이 불어왔다. 달아오른 얼굴이 바람에 차갑게 식는다. 내 마음도 차갑게 식었다.

난 택시를 불러 언니를 태워 보내고 남자와 함께 대리를 불렀다. 집으로 돌아오는 길에도 화는 좀처럼 풀리지 않았다. 가장 친한 사람에게 배신당한 기분이랄까. 아무리 선량한 의도였어도 나에겐 독이 될 거라 생각하니 착잡하다. 하지만 이미 벌어진 일이다. 언니가 괘씸했지만 너무 집착하지 말자고 스스로를 다독였다.

그래, 내일 보험조사원과 함께 남자의 회사를 찾아가는 일만 생각하자. 덕분에 남자가 정주 언니를 매수한 사실을 알았지 않았는가. 그들이 나눈 얘기는 나중에 언니에게 물어보면 될 일이다. 아직도 언니는 내 편일 거다. 그렇게 생각하니 마음이 조금 편안해졌다.

남자와 나는 차 안에서 단 한마디도 하지 않았다. 집까지 가는 그 길이 오늘따라 너무 멀게 느껴졌다.

다시 효신 이야기 #84 **추격**

"당신, 여긴 어쩐 일이야?"

테크노상가 4층의 휴게실에 앉아 보험조사원을 기다리는데 그 남자가 나타났다. 뜻밖의 등장에 나는 놀랐다. 얼굴이 벌겋게 상기된 채 나를 보는 그의 모습이 심상치 않았다.

"내가 여기 있는 거 어떻게 알았어?"

내 입에서 날카로운 목소리가 새어 나왔다. 보험조사원의 말대로, 그가 내 일거수일투족을 다 보고 있었던 걸까? 그랬을 거라 생각하니 그가 역겨워진다.

"이 실장이 그러던데?"

"이 실장? 그 사람이 누군데?"

어이가 없었다. 난 이 실장이라는 사람을 모른다. 그는 왜 나에게 모르는 사람 얘기를 하는 걸까?

"우리 직원. 당신 그 사람, 몰라? 인사한 거 아니었어?"

"내가 당신 회사 사람을 어떻게 알아? 회사가 어딘지도 모르는데."

내 얘기가 끝나자마자 그는 얼굴이 새파랗게 질린다. 무슨 생각이 떠올랐는지 급히 휴게실을 뛰쳐나갔다. 그가 이곳에서 기다리라고 말했지만 난 무시하고 그의 뒤를 따라갔다. 그가 들어간 곳은 고급스러운 오디오 매장이었다. 나도 그를 따라 매장 안으로 들어가려는데, 누군가 뒤에서 내 팔을 잡는다. 보험조사원이었다.

"휴게실에서 만나기로 하지 않았습니까? 함부로 모습을 드러내면 어떡합니까?"

"이미 그 사람을 만났어요. 제가 여기 온 것을 알고 있더라고요. 선생님 말대로 저를 감시하고 있었던 게 분명해요."

"김재우는 저 안에 있습니까?"

"네, 갑자기 이상한 얘기를 하더니 저 안으로 들어가던데요?"

"이상한 얘기요?"

"이 실장이 제가 여기 온 것을 얘기했다고……."

그 순간, 엄청난 소리와 함께 매장 안쪽에서 누군가의 몸이 굴러 나왔다. 그 뒤를 따라 나온 남자는 쓰러진 사람을 일으켜 세운 후 피가 나올 때까지 얼굴을 계속해서 때렸다. 맞는 사람은 아무런 저항도 하지 않았고, 남자는 무지막지한 힘으로 그를 깔아뭉갰다.

살기가 등등한 얼굴을 보자 그가 나에게 자상하게 웃으며 요리를 해줬던 그 남자가 맞는지 의심이 들었다. 그래, 저 얼굴이 김재우의 진짜 얼굴이겠지. 맞는 사람은 그가 조금 전에 말했던 이 실장이란 사람일 테고. 그런데 그는 저 사람을 왜 때리는 걸까?

매장 밖에는 어느새 사람들이 몰려들어 싸움 구경을 하고 있었다. 그는 이성을 잃은 채 주먹을 휘두르고 있다. 맞는 사람이 죽을지 모르겠다고 걱정될 정도였다. 곧 덩치 큰 남자가 나타나더니 남자의 팔을 잡고 제압하기 시작했다. 그는 팔을 쓰지 못하자 쓰러진 사람을 발로 힘껏 걷어찼다.

"이 새끼 가만두면 안 돼요. 프로그램을 유출한 것도 모자라 샘플 칩으로 나를 엿봤다고요."

아, 저 이 실장이란 사람이 그의 컴퓨터와 휴대폰을 해킹해서 나를 아는 거였구나. 그와 있었던 일들이, 타인에게 낱낱이 공개됐을 거라고 생각하니 왠지 부끄러웠다. 내 사생활이 이렇게 무작위로 노출되다니. 평소였다면 분명히 불쾌하고 분노했을 일이다. 하지만 덕분에 그가 하는 일이 명확해졌다는 생각이 드니 부끄러움보다 화가 났다. 그도 내 일상을 해킹했을 거라는 확신이 들었다.

"거봐요. 이 실장, 이 또라이 새끼, 야! 너 날 해킹한 데이터 갖고 있지? 맞지?"

그는 울부짖다시피 악을 써댔다. 주변에서 아무리 말려도 진정될 기미가 보이지 않는다.

어디선가 두 사람이 뛰어오더니 이 실장이란 사람을 끌고 간다. 덩치 큰 남자는 그들의 모습이 보이지 않을 때까지, 흥분해 날뛰는 그를 계속 잡고 있었다.

"전 이 실장을 따라가겠습니다. 정효신 씨는 김재우를 지켜봐 주세요."

보험조사원이 내 귀에 대고 나직하게 속삭였다. 난 고개를 끄덕였지만 내 시선은 버둥대는 그 남자에게 꽂혀 있었다.

"어디로 가고, 누구를 만나는지 확인하신 후 저에게 알려주세요. 천천히 연락 주셔도 됩니다. 꼭 유선으로 전화 주십시오."

말을 마친 보험조사원이 조용히 사라졌다. 그리고 난 그 남자와 눈이 마주쳤다. 내 얼굴을 본 그가 허망한 표정을 지어 보인다. 그를 휩싸고 있던 분노 대신 좌절감이 느껴졌다. 싸우는 모습을 들켜서일까, 아니면 자신의 본 모습을 내게 걸렸다고 생각한 걸까?

잠시 그를 바라보다 구경꾼들 사이로 몸을 숨겼다. 보험조사원이 시킨 대로 그의 뒤를 쫓으려면, 일단 내가 이곳을 떠났다고 생각하게 만드는 게 편했기 때문이다. 매장의 소란스러운 분위기는 덩치 큰 남자에 의해 곧 진정됐고 사람들은 뿔뿔이 흩어졌다.

테크노상가 4층은 곧 조용해졌다. 난 재킷을 벗어 가방에 넣고 머리를 묶었다. 허술하지만 내 나름의 변장이었다. 그리고 매장 주변을 돌면서 남자가 나오기만을 기다렸다. 방금 상황으로 봐서 이곳에서 계속 근무할 것 같지 않았다.

아침에 병가를 내고 테크노상가로 오길 진짜 잘했다는 생각이 든다. 아니면 죽임을 당할 때까지 난 실제 남자의 모습을 몰랐을 것이다. 내 예상대로 그는 몇십 분 후 매장에서 나왔다. 그는 테크노상가 근처의 커피 전문점으로 가더니 10여 분가량을 앉아 있다가 나와서 택시를 탔다. 나도 그를 따라 택시를 탄다.

"기사님, 저 앞의 택시를 따라가 주세요."

"저 앞의 7743이요?"

"네, 빨리요."

마음이 급한 나머지 나도 모르게 택시 기사를 재촉했다. 기사는 내 요구대로 그가 탄 택시를 재빨리 따라붙는다.

"바깥양반이신가 봐요?"

"네."

"혹시…… 바람피우신 건가요?"

"네."

"전속력으로 따라붙겠습니다. 안전벨트 꼭 매세요."

"걸리면 안 돼요."

"걱정 마십시오. 제가 흥신소 출신입니다."

택시 기사는 마치 제 일이라도 된 듯 진지한 표정으로 운전을 한다. 요령 있게 앞차를 따라붙었다가 멀어졌다를 반복하며 혼자만의 추격전을 펼친다. 택시는 서울외곽순환도로를 지나 오포 교차로로 접어들었다. 앞서간 택시는 한 전원주택 앞에서 멈췄다.

그가 택시에서 내리자 곧 개 짖는 소리가 들려왔다. 내가 탄 택시는 그가 내린 곳을 일부러 지나쳐 간다. 전원주택으로 들어가는 그의 모습을 보면서 택시 기사가 말을 걸었다.

"저 사람 맞죠? 바깥양반."

"네."

"생긴 건 멀쩡해서……."

"……."

"제가 안 들키도록 저 앞에서 내려드릴게요."

택시 기사는 50m 정도를 더 간 지점에 나를 내려줬다. 난 택시에서 내리며 기사에게 고맙다는 인사를 한다.

"에이, 고맙긴요. 상간녀 꼭 잡고 위자료 두둑이 받으세요. 사모님, 파이팅!"

친절한 택시 기사는 그렇게 떠났고 난 남자가 내린 집 앞으로 갔다. 집 주변을 기웃거리는데 문틈 사이로 장난감을 가지고 노는 개가 보인다. 긴 털을 지닌 얼룩무늬의 개였다. 왠지 눈에 익었다. 옆집에 살았던 말썽꾸러기 개와 몹시 흡사했다. 혹시 몰라 난 그 개의 이름을 나직이 불러본다.

"망치야."

개가 나를 돌아봤다. 그리고 고개를 갸웃거린다. 나는 다시 이름을 불렀다.

"망치야."

그제야 개가 내 쪽으로 다가온다. 그리고 냄새를 몇 번 맡더니 이를 드러내며 으르렁거렸다. 나를 알아본 거다. 망치가 맞다. 옆집에서 키우던 개, 나를 그토록 싫어했던 망치였다.

컹- 컹-. 망치는 곧 큰 소리로 짖기 시작했다. 온 동네가 떠나갈 정도로 큰 소리로 짖었다. 저 망할 개새끼. 너 때문에 네 주인이 죽은 건 알기나 하니? 난 속으로 망치에게 욕을 퍼부었다. 개는 계속 짖어댔다. 집에서 사람이 나올까 두려워 난 맞은편 공원으로 몸을 급히 숨겼다. 망치가 간신히 잠잠해졌다. 공원에 몸을 숨긴 채 한동안 집 주변을 엿봤다. 인적이 드문 동네라 오가는 사람은 없었다.

집 앞을 지켜보다 지쳐갈 때 즈음 시어머니의 차가 도착했다. 그녀는 길가에 아무렇게나 주차를 하고 신경질적인 태도로 차에서 내린다. 난 집 안으로 들어가는 시어머니의 모습을 재빨리 휴대폰으로 촬영했다.

이런, 하나둘씩 모여드는 걸 보니 긴급 상황이로군. 집주인과 김재우, 시어머니가 저 집에 있을 테고, 옆집 여자까지 합하면 공모자는 최소 네 명인가? 그 집의 주소를 확인하고 집 주변을 촬영해뒀다. CCTV가 도처에 널려 있었지만 신경 쓰지 않았다. 범죄를 저지르는 게 아니라고 생각하니 하나도 걱정되지 않았다. 설령 경찰이 수상하게 여긴다 해도 저 집에 들어간 사람들의 정체를 밝히면 되는 일이다.

한참을 밖에서 서성이며 집에서 누군가 나오길 기다렸다. 그러나 꽤 시간이 흘렀는데도 집 안은 조용하다. 이대로 그 집을 지켜볼 수만은 없어 더 늦기 전에 전원주택 단지를 빠져나왔다.

택시를 잡으려고 큰길가 쪽으로 걸어오니 공중전화 부스가 눈에 띈다. 요즘 같은 시대에도 공중전화가 있다는 게 눈물 나게 고마웠다. 난 보험조사원에게 전화를 걸었다.

"조장현 선생님? 통화 괜찮으세요?"

[아, 정효신 씨입니까? 지금 어디입니까?]

"오포 전원주택 단지예요."

[오포요? 김재우가 거기 있습니까?]

"네, 시어머니도 있고요."

[알았습니다. 그럼 2시간 뒤 아까 그곳에서 뵙죠.]

그가 자신의 용건만 말하고 무뚝뚝하게 전화를 끊었다. 다른 의뢰인과 함께 있는 것 같았다.

난 택시를 잡아타고 다시 테크노상가로 갔다. 그리고 그가 들어갔던 커피 전문점에 앉아 보험조사원을 기다렸다. 아이스 아메리카노를 마시며 1시간가량 기다리니 그가 모습을 드러냈다.

"오래 기다리셨습니까?"

"아, 아니에요. 커피 드실 거죠? 제가 살게요. 아메리카노? 라테로 주문할까요?"

"뜨거운 아메리카노로 부탁드립니다."

난 재빨리 아메리카노 한 잔을 주문해 받아왔다. 그에게 잔을 건네니 황송하다는 듯 받는다.

"그 이 실장이란 사람, 만나보셨어요?"

"네, 김재우 직장 동료더군요."

"험악해 보이는 사람들에 끌려가던데, 무사는 해요?"

"탈탈 털렸습니다."

"털려요? 뭘……요?"

"그 사람들이 이태원에 있는 이 실장 집까지 따라가서 휴대폰과 컴퓨터, USB 등을 다 뒤지고 삭제했어요."

"김재우 그 사람을 해킹한 게 맞군요."

"그런 것 같습니다. 따라간 사람들이 이 실장에게 경고하는 걸 보면 유출했다는 프로그램이 아주 중요한 물건 같아요."

"그런 얘기까지 들으셨어요? 그러면 되게 가까이에 계셨다는 건데, 선생님은 그 사람들에게 안 걸리셨어요?"

내 말에, 보험조사원이 팔을 걷어 올렸다. 그의 팔에는 군데 군데 시퍼런 멍이 들어 있었다.

"세상에……."

"당연히 걸렸죠. 제 신원도 털렸습니다."

"그래도 괜찮아요? 선생님을 위협하진 않겠죠?"

"이래 봬도 경찰 밥을 꽤 오래 먹었으니까 함부로 건드리진 못할 겁니다."

"그나마 다행이지만……, 난리 났었겠네요. 그 사람은 어떻게 될까요?"

"아마 문제가 커지기 전에 회사에서 정리하겠죠."

"정리라면 해고를 말하는 건가요?"

"네, 그리고 김재우도 이제 함부로 움직이지 못할 겁니다. 감 시하는 눈이 생겼으니까요."

감시하는 눈이라……. 남자를 고용했던 사람들은 그보다 훨 씬 무서운 조직일 테지만, 그들이 그의 활동 반경을 줄일 거라 생각하니 다소 안심이 됐다.

"이제 김재우 얘기를 들어볼까요? 전화로 오포에 있다고 말

쓰하셨는데, 그가 어디에 간 겁니까?"

"공모자의 집 같아요. 예전에 옆집에서 키우던 개가 그 집에 있더라고요."

"개요? 박종대가 키우던 개 말입니까?"

"하아, 그 사람이 키웠다고 해야 할지 말아야 할지 모르겠지만, 어쨌든 옆집 개는 확실해요. 망치였어요. 제가 불렀을 때 그 개도 저를 알아봤거든요."

"주소를 적어오셨습니까?"

난 보험조사원에게 오포의 집 주소를 알려주고 휴대폰으로 찍은 사진을 보여줬다.

"휴대폰은 사용하지 말라고 말씀드렸을 텐데요."

"그 상황에서 그럼 어떡해요? 사진기를 갖고 다니는 것도 아니고. 자료는 모아야죠. 그리고 걱정하지 마세요. 아직 안 걸렸으니까."

난 입을 삐쭉거렸다. 그러나 그는 신경도 쓰지 않고 내 휴대폰의 사진을 자신의 휴대폰으로 일일이 촬영했다.

시어머니가 집 안으로 들어가는 사진이 나오자 그는 어머니의 얼굴을 클로즈업해 본다.

"이 여자는 누구입니까?"

"시어머니요."

"이름이 임난희라고 했나요?"

"네, 선생님 말씀대로 공범자가 맞는 것 같아요."

그는 신중히 시어머니의 얼굴을 들여다본다.

난 이번 주말 한상호 사장과 만나기로 한 식사 약속을 떠올렸다.

"어머니도…… 사기꾼이겠죠?"

"아마 그럴 겁니다. 나이로 봤을 땐 전과도 꽤 있지 않을까요? 조회 중이니 곧 신원이 파악되겠죠."

그가 무심히 말했다. 내 머릿속에는 한상호 사장을 노리는 날카로운 맹수와 시어머니의 이미지가 겹쳐 떠오른다. 이번 주말 약속은 무슨 일이 있어도 꼭 나가야지. 그녀가 어떤 계획을 세우는지 알아봐야겠다.

하지만 이 얘기를 보험조사원에게 하지는 않았다. 좀 더 확실한 뭔가가 잡히거든 말할 생각이었다. 사진 촬영을 마친 그는 수첩을 정리해 가방에 넣으며 나에게 주의를 준다.

"분명히 말씀드렸지만 앞으로 휴대폰은 사용하지 마세요. 김재우는 해컵니다. 우리가 조사하고 연락하는 거, 그들에게 발각될 위험이 커요."

다시 효신 이야기 #85 **다 알고 있다**

아무 일도 없었다는 듯 출근을 했다. 나종범, 김영조와 쓸데없는 잡담을 나누고 있으려니 정주 언니가 다가왔다.

"몸 괜찮아? 아팠다며? 갑자기 병가 내서 걱정했어."

"그럭저럭 견딜 만해요."

난 뚱하게 대답한다. 언니와 그 남자가 단둘이 만나 내 얘기를 했다는 사실에 아직도 화가 났다.

"그제…… 내가 미안했어. 술도 많이 마셨고 재우 씨 몰래 만난 것도 미안해."

"괜찮아요."

나중에 사과해야 할 일인 줄 뻔히 알면서도 나를 위한다는 핑계를 댄 언니가 미웠다. 하지만 난 대충 둘러대고 그녀를 피하고 싶었다. 지금은 그 남자 얘기를 하고 싶지 않다. 머리가 복잡하다.

"진짜? 아닌 것 같은데? 아직도 나한테 화났지?"

"아니에요, 언니."

"더 이상 말하고 싶지 않은 거구나."

"……."

"그래도 나…… 너한테 변명하고 싶은데 들어줄 수 있어?"

애원하는 언니의 말에 피식 웃음이 나왔다. 불쌍해 보이는 언니의 표정에 화가 조금 누그러진다.

"이건 부탁이 아니라 강압 같은데요?"

"내 말이? 아, 아니야, 얘. 진짜 미안해서 그래. 부탁이야, 내 말도 좀 들어줘. 응?"

정주 언니는 내 기분이 좀 나아졌다고 생각했는지, 되지도 않는 애교를 부린다. 그 모습을 보자 옆에 있던 나종범이 대화에 끼어들었다.

"둘이 무슨 얘기를 하는 거야? 재밌는 거면 나도 끼워줘."

"무슨 이슈가 있었어? 누구 얘긴데? VIP?"

김영조도 관심을 보였다. 더 이상 언니와 얘기를 이어가다가는 괜히 내 입장만 곤란해질 것 같았다. 입이 가벼운 그들에게 내 사생활이 알려져서 좋을 게 하나도 없다.

"아무것도 아니야. 언니, 점심때 밥 먹으면서 얘기해요."

"그럴까? 그래, 이따 점심 같이하자. 약속한 거다?"

정주 언니의 표정이 확 밝아졌다. 자리로 돌아가는 언니의 뒷모습마저 활기차 보인다.

"뭐야……, 둘만 쑥덕쑥덕. 좋은 건 좀 나누면 안 돼?"

옆에 있던 나종범과 김영조는 우리가 나눈 대화 내용을 계속 궁금해한다. 하지만 난 무시하고 업무 준비에 몰두했다. 어제 병가를 내어 쉬었고 실적이 계속 안 좋았기 때문에 분발해야만 했다.

난 VIP 리스트를 추리다 한상호 사장의 연락처를 보고 잠시 고민에 빠졌다. 이번 주말, 그와 시어머니의 저녁 식사 자리에 초대를 받았다. 명목상은 시어머니의 새로운 남자 친구를 소개받는 자리이지만 그녀의 속내를 아는 이상, 앞으로 벌어질 일에 대해 모르는 척할 수 없다. 김호중 사장의 전철을 밟게 할 수 없었다. 미리 그들의 정체를 알려줘야 한다. 하지만 시어머니 모르게 연락할 수 있을까?

잠시 주저하다 회사 유선 전화기를 들었다. 그와 통화할 때 시어머니가 옆에 있으면 일 핑계를 댈 작정이었다. 긴장해서 손바닥에 땀이 났다. 한상호 사장의 휴대폰 번호를 누르자 몇 번의 신호음이 올리더니 곧 그가 전화를 받았다.

"안녕하세요? 정효신입니다."

[아, 정 과장. 잘 있었나?]

"네, 덕분에 잘 있었습니다. 사장님도 잘 지내셨죠? 혹시 지금 어디세요?"

[집이지. 왜?]

"한번 뵙고 싶습니다."

[우리가 주말 저녁에 만나서 식사하기로 하지 않았나? 임 여사에게 그 얘기를 못 들은 건 아닐 테지. 그때 보면 될 텐데?]

"알고 있습니다. 하지만 만나 뵙고 긴히 드릴 말씀이 있어요."

[긴한 얘기라, 설마…… 임 여사와 상관있는 일인가?]

"네, 어머니와 관련된 일입니다. 꼭 들으셔야 해요."

[그 말은, 임 여사 모르게 만나자는 얘기로 들리는데?]

"맞습니다. 조용히 뵙고 싶어요."

[요즘은 어디에서 일하나?]

"일산입니다. 백석역 근처에 있는 분양관이요."

[내가 분양관으로 가지. 그 근처에서 만나자고. 어떤가?]

"좋습니다. 시간은 언제가 편하세요? 제가 맞추겠습니다."

[주말 전에 만나야 하면…… 금요일, 아니야 빠를수록 좋겠지. 내일 당장 찾아가겠네. 점심 이후에 보자고.]

"고맙습니다, 사장님. 그럼 내일 뵙겠습니다."

한상호 사장과 전화를 끊고 나서 난 숨을 몰아쉬었다. 용인 분양관에서 그를 한번 만나긴 했지만, 까다롭다고 유명한 그와 친근하게 통화를 하는 게 쉽지 않은 일이었다. 어쨌거나 그와 내일 만나기로 약속을 했다. 내가 살려면 그를 내 편으로 끌어들여야 한다. 내 편이 많으면 많을수록 생존을 건 싸움에서 유리할 테니까.

"정 과장님, 바쁘신가요?"

내가 한 사장과의 전화에 정신이 팔린 동안, 어느새 내 옆에는 아르바이트생이 와서 기다리고 있었다.

"아니, 왜?"

"고객이 상담 요청하셔서요."

"아, 갈게. 어느 테이블로 안내한 거야?"

"3번 테이블입니다."

"고마워. 음료수 좀 부탁해."

부랴부랴 3번 테이블로 갔다. 그곳에는 30대로 보이는 커플이 앉아 있었다. 난 성의껏 상담을 하고 드디어 첫 계약을 따냈다. 상가가 아닌 근린생활시설이라 계약금이 상대적으로 적어 수익에는 큰 도움이 되지 않았지만, 오픈 이후 계약을 한 건도 받지 못해 초조해지려던 참이었다. 계약을 하고 나니 마음이 조금 가벼워진다. 사람 마음이 참 간사한 게, 계약 한 건만으로도 기분이 삽시간에 변한다. 오늘 아침까지만 해도 그렇게 괘씸했는데 언니를 대하는 태도가 한결 너그러워진다.

점심시간이 됐지만 우리는 여전히 바빴다. 정주 언니는 내가 앉은 상담석 쪽으로 눈길을 주며 계속 신호를 보낸다. 하지만 난 응할 시간이 없었다. 언니에게 문자가 왔다.

'계속 바빠? 상담은 영조에게 미뤄.'

바로 답 문자를 보냈다.

'곧 끝나요. 먼저 가서 기다리세요.'

상담은 30분이 더 지나서야 끝이 났다. 자리에서 일어나려는데 또 다른 고객이 들어오는 게 보인다. 이대로 지체하다간 오늘 식사도 못 할 판이다. 난 언니의 말대로 김영조에게 상담을 부탁하고 자리에서 일어났다. 그에게는 점심으로 때울 김밥을 사다 준다고 약속하고 말이다.

정주 언니가 기다리는 분양관 근처의 파스타 전문점으로 뛰어갔다. 나를 기다리다 지쳤는지 언니는 샐러드를 시켜 먼저 먹고 있었다.

"오래 기다리셨죠? 죄송해요."

"일 때문인데 뭐, 어쩔 수 없지. 고객들 더 많아졌어?"

"네, 하지만 계약할 사람은 별로 없는 것 같아요."

"VIP에게 연락 돌릴 때가 됐네. 이 지역 선호하는 사람들 명단은 작성해놨지?"

"내일부터 전화해야죠."

"뭐 먹을래? 오프 타임 되기 전에 빨리 시키자."

시계는 벌써 2시가 넘어 있었다. 난 카르보나라와 콜라를 시켰다. 음식이 나오기 전에 얼음 잔과 콜라가 먼저 서빙됐다. 캔을 따고 시원한 콜라를 들이켜니, 상담하느라 갈증 났던 목이 풀어지며 살 것 같았다.

"그 사람과 무슨 얘기를 한 거예요? 도대체 언제?"

"미안해. 며칠 됐어. 재우 씨가 갑자기 전화를 했더라고. 할 말이 있다고."

"할 말? 그게 뭔데요?"

"아……, 이런 거 얘기해도 되나…….."

"변명할 기회를 달라면서요. 다 얘기해주셔야죠."

"그게, 너네 부부 사이가 안 좋다고…….."

말꼬리를 흐리는 언니의 태도가 수상했다. 거짓말은 아닐 거다. 하지만 전부를 얘기하고 있지도 않다.

"언니, 저 정말 화가 났어요. 왜 저 모르게 두 사람이 만났는지 얘기해주셔야 오해를 풀지 않을까요?"

"하아…….."

"그리고 그 사람이 무슨 말을 했는지 모르지만, 언니는 제 입장이 궁금하지도 않아요?"

"사실…… 나도 네 속이 너무 궁금해. 네가 왜 그랬는지."

"무슨 얘기를 한 거예요?"

"재우 씨가…… 네가 다른 남자가 있다는 거야."

"뭐요? 남자? 제가요?"

"나도 아닐 거라고 얘기는 했어."

기가 찼다. 정주 언니를 찾아가 고작 물어본 게 남자 문제라니. 난 그가 좀 더 치밀한 모략을 짰을 거라 생각했는데. 겨우 그정도였나?

"그 사람, 제가 왜 바람을 피운다고 생각한대요?"

"매일 다른 사람과 통화하고, 외박도 하고…… 너 휴대폰도 두 개라며?"

아, 해킹한 걸 고작 그런데 써먹은 거야? 내 휴대폰이 두 개인 것도 알고 있었고?

"그걸 보고 들었대요? 그 사람이 직접?"

"응. 대충 누군지도 알던걸. 직장 동료라고 했어. 그래도 효신아, 난 널 믿는다고 했어. 네가 그럴 리가 없다고."

"그가 누구라는데요?"

"필주 씨랑 오 팀장을 의심하는 거 같던데?"

"네?"

그는 이미 필주 씨도 알고 있었다. 그걸 알면서도 아무렇지도 않게 날 유혹한 걸 보면 무서운 남자다. 필주 씨와 나의 관계를 어디까지 아는 걸까?

"자기가 5년 전 집 나간 게, 네 남자 문제일 거라고 해서 난 믿었지, 뭐야."

어이가 없어 코웃음이 나왔다. 그는 내가 애정 문제로 남편, 아니 박종대를 죽였다고 생각하나 보다. 그렇게 알고 나에게 복수하려는 거겠지. 그가 그렇게 생각했다면 필주 씨도 안전하지는 않을 거다. 속이 답답했다. 난 콜라 한 캔을 더 주문했다.

"믿지 마세요, 그 사람 얘기. 제가 이런 말 안 하려고 했는데, 정신과 다녀요."

"뭐? 재우 씨가?"

"그를 발견한 곳도 정신병원이었어요."

"어머, 난 그런 줄도 모르고……."

"괜한 시간 낭비하신 거예요. 미친 사람 하소연을 들어주신 거라고요."

"그래서 기억을 잃었다고, 돌아와야 한다고 했구나. 미리 알려주지 그랬어? 난 아무것도 모르고 재우 씨에게 주절주절 얘기했네."

"얘기요? 또 무슨 얘길 하셨는데요?"

"아니 그때, 재우 씨 실종됐을 때 상황을 묻잖아. 그때 일 기억하면 네가 좋아할 거라고. 그래서 아는 대로 다 얘기해줬지."

"그러니까 무슨 얘기를요?"

"무슨 얘기긴. 가평 빌라 분양할 때 얘기지. 재우 씨 집 나갔을 때가 그즈음이었잖아."

"뭐라고요? 가평?"

"그래, 가평 빌라. 재우 씨 실종된 날, 내가 되게 아팠잖아. 너도 컨디션 안 좋았고. 그런 얘기를 했어. 시행사에서 상황 파악하러 나왔던 거랑, 분양 안 돼서 부도난 거랑 뭐, 그런 것들."

"그리고요?"

"직접 가보고 싶다고 해서 하우스 빌리지 위치도 알려줬어."

망치로 머리를 한 대 세게 맞은 기분이었다. 들켰다. 그들은 내가 시체를 그곳에 숨겼다는 사실을 이미 알고 있다. 박종대를 찾는 건 이제 시간문제다. 그리고 곧 내 목줄을 죄어오겠지. 그 전에 어떻게든 수를 써야 한다.

"내가…… 잘못 말한 거야?"

"아니요."

"잘못 말한 거 같은데? 너 표정이 너무 안 좋아."

"저 진짜 괜찮아요. 요즘 컨디션이 나빠서 그래요."

정주 언니가 심상치 않은 분위기를 깨닫고 내 눈치를 살핀다. 난 아무렇지 않은 척했지만 참담한 기분이 들었다. 하지만 더 이상 그 남자 얘기를 물고 늘어지지 않았다. 이미 벌어진 일이다. 언니를 탓해봤자 도움 되는 일이 없을 것이다. 우리는 파스타를 먹고 화제를 전환해 시시콜콜한 얘기를 떠들다가 3시가 넘어 분양관으로 돌아왔다.

자리에 앉으니 언니와 대화한 내용이 다시 떠오른다. 그 남자는 일부러 언니를 만났다. 우리 집에서 언니와 술을 마실 때 지나치듯 나왔던 얘기를 기억하고 있었다. 그리고 그 작은 단서를 시작으로 결국 박종대의 시체가 있는 곳을 알아냈다. 물론 언니는 아무것도 모르고 말했을 테지만. 정주 언니의 어리석음을 탓해야 할지 아니면 순진함에 감사해야 할지 모르겠다. 언니의 그 가벼운 언행 덕분에, 난 앞으로 그들이 어떻게 움직일지 경로를 짐작할 수 있게 됐으니 말이다. 서둘러야 한다. 그들보다 한발 앞서 움직이지 않으면 내가 죽는다. 필주 씨에게도 지금 당장 알려줘야 한다. 그도 위험하다.

난 휴대폰을 들었다. 그러나 휴대폰을 쓰지 말라는 보험조사원의 말이 떠올라 회사 유선 전화로 필주 씨에게 전화를 걸었다. 그가 전화를 받지 않는다. 또 전화를 걸었다. 역시 받지 않는다.

며칠 전, 필주 씨와 통화할 때 내가 약속을 미뤘다고 화를 내며 전화를 끊었던 일이 생각났다. 일부러 내 전화를 받지 않는 것이 아닐까? 아니면 회사 전화로 걸어서 나인지 모르는 걸까? 그래도 이건 긴급 상황이다. 무슨 일이 있어도 그와 연락을 해야 했다. 상담을 기다리는 고객이 신경 쓰였지만 난 다시 그에게 전화를 걸었다. 다행히 이번에는 필주 씨가 전화를 받았다.

[여보세요?]

"필주 씨, 나야."

[이 번호는 뭐야?]

"회사 전화. 사정이 있어서."

[이번 주말 일 때문에 전화한 거야?]

"아니, 주말 지나고 우리 만나자고. 월요일 어때?"

[자긴, 왜 맨날 자기 맘대로니? 난 생각도 안 해? 만나자고 하면 난 아무 때나 시간이 되는 줄 아니?]

"미안. 급해서 그래. 만나서 할 얘기가 있어. 진짜야. 전화로는 말 못 해."

[난 분명히 말했다. 주말에 집에 오지 않으면 자기 마음 떠난 거로 알겠다고. 농담 아니야.]

"알아. 하지만 나도 사정이 있어서."

[그놈의 사정이 어떻게 맨날 있냐? 어? 이럴 거면 앞으로 전화하지 마. 지긋지긋해.]

"필주 씨, 내가 회사 전화로 왜 연락을 하겠어. 진짜 그럴 사정이 있다니까."

[괜히 쇼하지 마. 전화하지도 말고!]

필주 씨가 먼저 전화를 끊어버렸다. 뚜- 뚜- 하는 신호음 소리에 그만 맥이 풀린다. 이 바보 같은 인간! 자신이 위험에 처한지도 모르면서. 지금이 어떤 상황인 줄 알고 저런 투정을 부리는 걸까. 공범자인 주제에 사태의 심각성을 모르다니. 자신이 왜 청송으로 갔는지 그새 잊었나 보다. 만나서, 만나서 얘기를 해줘야만 한다. 나에겐 필주 씨가 필요했다. 하지만 회사 전화를 사용하는 터라 그에게 자세히 말할 수 없는 내 상황이 답답했다.

다시 효신 이야기 #86 지원군

"지금 그 말을, 나한테 믿으라는 건가?"

노기 띤 한상호 사장의 목소리가 들려왔다. 난 그의 목소리가 VIP실 밖으로 새어 나갈까 걱정이 됐다. 그러나 일부러 그를 똑바로 바라본다.

"믿지 않으셔도 상관없어요. 재산을 잃는 건 제가 아니라 한 사장님이시니까요."

내가 당돌하게 말하자 그가 침묵했다. 예상은 했지만, 한 사장은 내 말을 믿지 못했다.

"내가 이 얘기를 임 여사에게 한다면 어쩔 텐가?"

"역시 상관없습니다. 저를 죽이는 일정이 조금 앞당겨지겠지만요. 그들에게 중요한 것은 제가 아니라 돈이거든요."

"믿을 수가 없네."

"저도 그랬습니다. 불과 며칠 전까지 어머니의 정체를 몰랐으니까요. 하지만 보험조사원을 만나보니 믿을 수밖에요. 그리고 김호중 사장님이 그렇게 당하실 줄은 몰랐어요."

김호중 사장이란 말에 그의 눈썹이 꿈틀거렸다. 꽤 신경이 쓰이는 눈치였다.

"그 보험조사원을 만나게 해주겠나?"

난 처음 만났을 때 받아둔 보험조사원의 명함을 그에게 내밀었다. 그와의 만남이, 내 말에 신뢰를 더해줄 것은 확실했다.

"직접 연락해보세요. 그러시는 게 더 확실하실 겁니다."

한상호 사장은 명함을 받더니 돋보기를 꺼내 썼다. 그리고 한쪽 눈썹을 삐딱하게 올린 채 명함을 꼼꼼히 살핀다.

"솔직히 말씀드리면 보험조사원이 어머니의 신원을 정확히 파악한 것은 아직 아닙니다. 그렇지만 곧 밝혀질 거예요. 그건 시간문제입니다."

"그럼 자네 추측이란 말이잖나."

"확신입니다. 이번 주말에 만나보면 더 뚜렷해지겠지요. 어머니가 사장님께 부동산 매입을 권유하지 않던가요?"

"글쎄, 부동산 얘기가 우리의 주요 화제다 보니……. 잘 모르겠군."

"분명히 적극적으로 추천하는 매물이 있을 겁니다. 매매 분위기를 유도하려고 가족 식사 자리를 마련한 걸 거예요."

"그래서 어쩌자는 건가?"

"일단은 모르는 척해주세요. 그리고 어머니가 이끄는 대로 따라가시는 겁니다. 안전장치는 미리 준비해두시고요."

"안전장치?"

"변호사의 도움을 미리 받아두는 게 좋으실 겁니다. 어머니에 대해서도 조사해보시고요."

"일단 보험조사원을 만나보겠네. 자세한 얘기를 더 들어봐야겠어."

한상호 사장은 고뇌에 찬 표정으로 분양관을 나섰다. 난 주차장까지 그를 배웅했다. 한참 동안 서서 그의 차가 멀어지는 모습을 본다. 그는 부디 김호중 사장처럼 어리석은 전철을 밟지 말아야 할 텐데. 그가 내 얘기를 믿을지 안 믿을지는 모르겠다. 그러나 일단 시어머니의 정체에 대해 알렸으니 마음의 짐을 던 셈이다.

분양관으로 돌아와서 난 다시 일에 몰두했다. 사람들을 만나고 목이 마르도록 매물 설명을 하다 보니 퇴근 시간이 가까워졌다. 짬짬이 필주 씨에게 전화를 해봤지만 여전히 통화가 되지 않았다. 계약을 한 건도 따내지 못해 기분도 좋지 않았다.

시간은 지루하게 흘렀다. 내 실적은 기분만큼이나 저조했고, 내 목숨을 노리는 그들로부터 빠져나올 대책을 생각해내지 못해 답답했다.

남자는 지하 방에만 틀어박혀 지냈다. 또 무슨 꿍꿍이인지 알 수가 없어 난 불안해진다. 설마 내가 보험조사원을 만났던 걸 아는 건 아니겠지? 오늘도 그랬다. 1시간 뒤면 한상호 사장과 어머니를 만나러 가야 하는데 그는 코빼기도 보이질 않는다. 거울 앞에 앉아 메이크업을 하며 난 계속 시계만 들여다봤다. 그가 지하 방에서 올라오길 기다렸으나 그럴 기색이 없었다. 할 수 없이 내가 그의 방으로 내려갔다.

노크를 하고 들어가자 그가 신경질적인 반응을 보인다.

"준비 안 해? 한 사장님 만나기로 했잖아. 약속 시각이 다 되어 가는데, 아직 씻지도 않고 뭐해?"

난 애써 침착함을 유지하며 그에게 쏘아붙이듯 말했다. 내 말에 그가 화들짝 놀란다.

"아, 미안. 빨리 준비할게."

그제야 정신을 차린 모양이다. 그가 재빨리 준비했지만 늦게 출발한 덕에 약속 시각에는 당연히 늦었다.

레스토랑에 들어가니 한상호 사장과 시어머니는 이미 도착해 테이블에 앉아 있었다. 시어머니는 나를 보더니 두 팔을 벌리고 다가와 다정하게 안아준다.

"어머, 어서들 와. 생각보다 일찍 왔네."

어색했다. 어머니가 나에게 이렇게 친절한 적이 있었던가. 이 늙은 여우 같으니라고. 한상호 사장 앞에서 내가 절실히 필요하긴 한가 보다.

난 쭈뼛대며 그녀의 품에서 빠져나왔다. 시어머니는 내 손을 잡아끌며 한상호 사장의 옆자리에 앉혔다. 그에게 눈인사를 했다. 한상호 사장 역시 시치미를 떼며 인사를 받았다.

시어머니는 내가 들고 온 쇼핑백에 눈독을 들인다.

"근데 그거 뭐니?"

"아……, 한 사장님 생신이 다가와서, 작은 거로 하나 준비했어요."

선물이라 말하며 건네주니 그녀는 재빨리 상자를 풀어본다. 상자 안에서 붉은색 스트라이프 패턴의 넥타이가 나왔다. 예전에 김호중 사장이 즐겨 했던 스타일의 넥타이였다. 시어머니는 이를 아는 듯 모르는 듯 한상호 사장의 목에 대보며 신이 나있다.

"어머, 컬러 너무 괜찮다. 이 타이 하시면 훨씬 젊어 보이시겠어요."

시어머니는 한상호 사장이 하고 있던 기존의 넥타이를 풀고 내가 선물한 넥타이를 매준다. 김호중 사장을 생각하며 고른 건데 의외로 그와 잘 어울렸다. 한상호 사장은 내 의도를 알고 있을까? 이건 시어머니를 주의하라는 내 경고인데.

어쨌거나 테이블의 분위기는 화기애애하게 흘렀다. 요리는 맛있었고 이야기는 끊임없이 이어졌다. 대화 도중에 웃음도 간간이 나왔다. 며칠 동안 얼이 빠져 있었던 남자 역시 제정신을 차린 듯 분위기를 잘 맞췄다. 그리고 내가 예상했던 대로 시어머니는 자연스럽게 부동산 매물 이야기를 꺼냈다. 지인의 건물 매입을 한 사장에게 권유하면서 나에게도 동조를 바랐다. 시어머니가 원한다면 맞춰줘야지. 난 일부러 시어머니가 원하는 대로 얘기를 진행했다. 한상호 사장 역시 내 얘기를 귀담아들으며 시어머니 의견을 따르는 척했다.

"임 여사 말 믿고, 강남에 한번 나가봐야겠는걸."

"말씀만 하세요. 제가 바로 약속 잡을게요."

그가 매물에 관심을 보이자 그녀의 얼굴에 함박웃음이 퍼졌다. 좋아 죽겠다는 마음이 얼굴에 고스란히 드러났다. 저런 연기력으로 이제껏 사기를 쳤다니. 난 속으로 혀를 끌끌 찼다. 시어머니의 기분이 업되는 바람에 테이블 분위기는 정말 좋았다. 결혼해서 이런 훈훈한 광경은 처음이었다. 즐겁게 웃고 떠들며 즐기는, 모두가 만족스러운 식사 자리였다.

한상호 사장과 헤어지고 집으로 돌아온 나는 피곤하다는 핑계로 바로 2층으로 향했다. 남자 역시 컨디션이 이전 상태로 돌아간 듯 별말 없이 지하 방으로 내려간다.

침실로 돌아온 난 욕조에 물을 받고 몸을 담갔다. 뜨거운 물 속에 들어앉아 있으려니 아까 받은 스트레스가 다 풀리는 것 같았다. 얄팍한 수를 쓰는 시어머니의 얼굴이 떠올라 우습기까지 했다. 저런 연기를 했으니 김호중 사장이 넘어가질 않았지. 그러니까 젊은 여자를 끌어들여야 했을 테고. 보험조사원은 시어머니가 전문 사기꾼일 거라 말했지만 내가 보기엔 B급이다. 어쨌든 정효신, 성격에 안 맞게 시어머니 비위를 맞추느라 오늘 정말 고생했다. 난 스스로를 위안하며 잠자리에 들었다.

얼마쯤 잤을까. 부스럭거리는 소리에 눈을 떴다. 나 아닌 다른 사람이 내 방에 있었다. 난 잠을 자는 척 누군가의 동태를 살폈다. 그 사람은 뭔가를 뒤지는 것 같더니 곧 밖으로 나간다. 방문이 닫히자 난 참았던 숨을 내쉬었다. 그리고 그 누군가 뒤적거리던 곳을 더듬어보니 가방이 있었다. 난 불도 켜지 못한 상태에서 가방을 창가로 가져가 뒤집어봤다. 가방에서 파우치와 볼펜, 껌, 명함 지갑 등 잡다한 물건이 떨어졌다. 그런데 지갑이 없다. 남자가 내 생일 선물로 줬던 빨간색 지갑 말이다.

난 방문을 소리 안 나게 열고 계단 앞으로 갔다. 몸에 수건만 걸친 누군가 소파에 앉아 뭔가를 만지작거리는 게 보인다. 자세히 보니 그 남자다. 대체 무슨 수작인 걸까?

전기 스위치를 올렸다. 거실 불이 환하게 켜지면서 밝은 불빛 아래 그의 의심쩍은 모습이 드러났다.

"그거, 내 지갑 아니야? 당신 뭐야? 내 지갑을 왜 뒤지는 거지?"

남자가 당황해 어쩔 줄을 모른다. 수상한 짓을 한 게 분명했다.

"뭘 본 거야? 묻고 있잖아? 대답 안 해?"

"미안해."

"말로만? 왜 내 지갑이 여기 있는지 얘기해줘야 하지 않을까?"

"그냥…… 몇 장 슬쩍하려고 했어. 진짜 미안해."

남자가 말도 안 되는 거짓말을 한다. 퇴직금을 많이 받았다면서 이제는 돈이 없다고 둘러댄다. 난 믿어주는 척 카드를 건넸다. 그가 이 카드를 쓸 리 없겠지만, 혹시라도 사용하게 되면 난 남자의 동선을 알 수 있을 거다. 될 수 있으면 써주길 바랐다.

다시 2층 침실로 돌아온 난 지갑을 살펴본다. 없어진 것은 없었다. 카드와 현금, 신분증 모두 멀쩡하다. 하지만 그 남자를 믿을 수는 없다. 지갑 옆에 있던 눈썹 집게가 떠올랐다. 무엇인가를 빼내거나 감춘 것은 아닐까? 탁자 서랍에서 커터 칼을 꺼내 지갑 내부를 갈기갈기 찢었다. 아무것도 없었다. 로고도 뜯어냈지만 이상이 없었다. 난 남자의 알 수 없는 행동에 머릿속이 더 복잡해졌다. 뭘까? 남자가 내 지갑을 가지고 무슨 짓을 한 것일까?

그들은 이미 움직이기 시작한 것 같다. 나도 빨리 대책을 세우지 않으면, 정말, 정말로 목숨이 위험하다.

"교통이 불편하다니요. GTX가 개통되면 서울역까지 20분 거리인걸요."

난 오늘도 순진한 투자자를 상대로 계약에 열을 올리고 있었다. 20대 중후반 정도로 보이는 이 여자는 단지 몇천만 원으로 오피스텔급 근린생활 단지를 살 수 있다는 데 관심이 많았다. 조금만 더 설득하면 넘어갈 기세였다.

"일단 가계약금 걸고 가세요. 이런 자리 앞으로 나오기도 힘들어요."

"그럼 나중에 취소해도 돼요? 돈 돌려받을 수 있어요?"

"그럼요. 당연히 해드리죠."

간신히 계약서에 사인을 받아냈다. 그리고 여자에게 선물로 갑 티슈를 바리바리 챙겨줬다. 그녀는 기쁘면서도 왠지 걱정되는 표정으로 분양관을 나선다. 난 이렇게나마 실적을 올린 게 어딘가 싶었다. 지금은 가계약에 불과하지만 앞으로 잘 구슬려 잔금을 치르게 하면 된다.

"한 사장님이라는 분이 오셨는데요?"

경수 씨가 내 옆으로 오더니 한상호 사장의 방문 소식을 귀띔해 준다. 그는 오늘 일산 분양관에 첫 출근했다.

"VIP실로 모셨어요?"

"네. 커피 준비해드릴까요?"

"제가 직접 할게요. 고마워요."

자리에서 일어서려는데, 옆자리에 앉아 있던 나종범이 알은체를 한다.

"한 사장님이 무슨 일이시래? 방문을 또 하시고?"

"몰라도 돼. 일이나 봐."

난 서둘러 커피를 준비해 VIP실로 들어갔다. 한상호 사장은 내가 선물한 넥타이를 매고 소파에 앉아 있었다.

"잘 어울리시는데요?"

"그렇지? 내가 봐도 얼굴이 훤해 보여서 말이야. 고맙네."

그는 내가 준 커피를 한 모금 마셨다. 그리고 다시 침묵을 지킨다. 난 그가 먼저 입을 열 때까지 기다렸다.

"자네 말이 맞더군. 내가 큰 위험에 처할 뻔했어."

"보험조사원을 만나보셨나요?"

"만났지. 변호사도 만났고. 임 여사가 소개한 그 매물, 아주 엉터리더군."

"그럴 거예요. 알면서도 당하는 게 이 바닥 사기죠."

"아주 괘씸해. 나를 속일 생각을 하다니. 가만두지 않을 생각이네. 김호중 사장 아들과도 연락을 취해봐야겠어.”

“사기가 밝혀지면 아드님도 재산을 되찾을 수 있을까요?”

“노력은 해봐야지. 재산을 돌려받을 확률이 높진 않지만 형벌을 높일 수는 있겠지. 아무튼 고맙게 됐네. 정 과장 덕분에 살았어.”

“아닙니다.”

“나도 보답을 해야지. 내가 정 과장을 도울 일은 없을까?”

한상호 사장의 입에서 이 말이 나오기만을 기다렸다. 그들을 상대하기에는 필주 씨만으로는 벅차다. 보험조사원도 100% 믿을 수는 없다. 그러나 한 사장이라면 사정이 다르다. 그는 돈도 있고 힘도 있다.

“괜찮습니다…….”

“조 조사관에게 들었네만 자네 사정도 좋지는 않던데?”

“알고 있습니다. 하지만 제 일인 걸요.”

“정 과장, 사람은 서로 돕고 사는 거라네. 힘들 때 내게 도움을 요청해도 괜찮아.”

한상호 사장의 말이 너무도 고마워 눈물이 나올 뻔했다.

“그럼 부탁 한 가지 드려도 될까요?”

“뭔가?”

“김호중 사장님의 아드님을 만나게 해주십시오. 그분을 꼭 만나고 싶습니다.”

한 사장이 내 의도가 궁금한 듯 나를 뚫어지게 본다. 나도 그 눈길을 피하지 않고 그를 똑바로 바라봤다.

경수 씨가 출근하자 분양관의 분위기는 예전보다 더 화목해졌다. 싹싹한 그는 새로운 분위기에 재빨리 적응했고, 내 책상 위에는 용인에서와 마찬가지로 아침마다 박카스가 올려져 있었다. 난 그 보답으로 경수 씨에게 한약 파우치를 건넨다. 시어머니가 지어준 한약이라 수상했지만 이제껏 먹고도 멀쩡한 걸 보니 앞으로도 별일 있으랴 싶었다.

"어우, 여전히 찐하고 좋은데요?"

한약의 마지막 한 방울까지 빨아먹은 경수 씨가 만족스럽다는 듯 웃는다.

"여기서 근무하는 건 어때요?"

"집이 멀어서 그렇지, 분위기는 더 잘 맞는 것 같습니다. 좋으신 형님들도 많고, 누님도 계시고요."

"이제 일만 열심히 하면 되겠네요."

"열심히 해야죠. 아, 근데 계약 따기가 쉽지 않아요."

"처음이니 그럴 거예요."

경수 씨의 푸념 아닌 푸념에 난 박카스를 마시며 그의 얘기를 들어준다. 우리의 잡담이 조금 길어졌다.

"고객 없다고 너무들 하네. 사람 없으면 나가서라도 잡아 와야지, 뭣들 해?"

외근을 나간다던 정주 언니가 우리를 보고 눈치를 준다. 그녀의 말에 경수 씨가 벌떡 일어나더니 나갈 채비를 한다. 그리고 책상 아래 쌓여 있던 행주와 전단지를 주섬주섬 챙겼다.

"행주라도 돌리고 오겠습니다."

군기가 꽉 잡힌 경수 씨의 말에 언니는 고개를 끄덕이더니 밖으로 나갔다. 난 자리로 돌아와서 일하는 척, 필주 씨에게 또 전화를 걸었다. 역시나 신호음만 갈 뿐 그는 전화를 받지 않았다. 아무래도 오늘 중으로 청송에 가봐야 할 것 같다. 다행히 남자는 매일 늦게 들어왔고, 나도 친구를 만나 늦을지도 모른다고 얘기를 해뒀으니 외박을 해도 의심받지 않을 것이다.

퇴근 후, 필주 씨를 찾아 청송으로 갔다. 시내에 들어오니 가장 먼저 주유소가 눈에 들어온다. 일산에서 청송까지 그 먼 길을, 급한 마음에 쉬지 않고 달려와 화장실이 급했다. 차를 아무렇게나 세우고 볼일을 해결하고 나니 살 것 같았다. 난 홀가분해진 마음으로 주유를 한다. 주유 통은 이미 반쯤 채워진 터라 많은 양의 기름은 들어가지 않았다.

주유구를 닫고 차에 오르려는데, 맞은편 음식점에서 나오는 익숙한 모습이 보였다. 필주 씨였다. 반가운 마음에 나는 그의 이름을 부르려고 했다. 하지만 그의 옆으로 한 여자의 모습이 보인다. 모자를 쓰고 있어 얼굴이 잘 보이진 않았지만 어린아이와 함께 있었다.

흥, 뭐야? 저러느라고 내 전화를 안 받은 거였어? 내 이럴 줄 알았지. 배신감에 내 안에서 화가 끓어올랐다. 필주 씨와 여자의 모습을 휴대폰으로 촬영했다. 그리고 그에게 사진을 문자로 보냈다. 휴대폰을 사용하지 말라는 보험조사원의 충고가 떠올랐지만, 지금 그런 걸 신경 쓸 때가 아니었다. 나에게는 필주 씨와의 연락이 더 중요했다. 그 여자가 누구인지도 알아야 했다.

잠시 기다렸지만 휴대폰을 확인하지 않은 듯 그에게서 연락이 오지 않았다. 난 전에 갔던 국밥집으로 돌아가 식사를 하며 필주 씨의 전화를 기다렸다. 국밥을 다 먹고 커피까지 마셨는데도 연락이 오지 않자 할 수 없이 난 집으로 돌아갈 준비를 한다. 차에 시동을 걸고 서울 방향으로 가는데 톨게이트 가까이 다다라서야 그에게서 전화가 왔다.

"여보세요?"

[이 사진 뭐야? 날 스토킹했어?]

따지듯 묻는 필주 씨의 말에 참아왔던 내 분노가 폭발했다.

"스토킹? 필주 씨 말 웃기게 한다. 자기가 그럴 가치가 있긴 하니?"

[뭐? 가치?]

"말 이해하지 못했니? 싸게 굴지 말라고. 지금 애 엄마랑 뭐 하는 짓이니?"

[내 사정 알지도 못하면서, 무슨 말을 그렇게 막 해?]

"사정 좋아 보이는데, 뭐. 연애하고 참 좋았겠네. 그러느라고 내 전화를 안 받았구나? 우리 상황 몰라? 지금 연애할 때냐고!"

[내가? 자기야말로 그렇지 않아? 그 새끼에게 빠져 연락도 안 했잖아. 약속도 일방적으로 파기하고.]

"나야 일 때문에 그렇지. 내 목숨을 노리는 그 새끼랑 살면서 좋은 척하고 분위기 맞추느라 얼마나 힘들었는 줄 알아!"

[목숨? 그게 무슨 소리야?]

"말 그대로야. 그 남자, 내 목숨을 노리고 있대."

[누가 그래?]

"어떤 사람이."

[누가?]

"……."

[지금 어디니?]

"톨게이트 앞."

[당장 그때 본 카페로 와. 나도 지금 나갈게.]

전화가 끊어졌다. 난 차를 돌려 예전에 필주 씨를 만났던 카페로 갔다. 잠시 앉아 있으려니 창백해진 얼굴로 필주 씨가 들어왔다. 그는 하얗게 질린 얼굴로 내 맞은편에 앉는다. 주변을 두리번거리더니 나에게 인사도 없이 다짜고짜 물었다.

"그게 뭔 소리야? 목숨이라니? 그 새끼가 자기를 왜 죽이려고 하는데?"

"죽은 남편이, 그 새끼가 날 속였어."

난 필주 씨에게 보험조사원이 한 얘기를 그대로 전해줬다. 얘기를 듣는 그의 얼굴이 붉으락푸르락해진다.

"나한테 알렸어야지! 왜 진작 얘길 안 했어?"

"말할 시간을 줬어야. 자기가 전화를 하면 받긴 했어?"

"미안해……. 난 그것도 모르고."

"남자 간호사 조사하라고 보냈더니 일 안 하고 연애질만 한 거야?"

"아니라니깐! 그 여자 원무과 직원이야. 그래서 잘 보이려고 노력 중이었어. 뭔가를 빼낼 수 있을까 해서."

"그 말 진짜야? 내가 믿어도 될까?"

"당연히 믿어야지. 난들 그 여자가 좋아서 만나는 줄 알아? 그나저나 자기, 앞으로 어떻게 할 거야?"

"살려고 발버둥 쳐야지."

"그 새끼…… 자기가 이 사실 아는 거 알아?"

"글쎄? 어쩌면 오늘 자기랑 전화한 것 때문에 알게 될 수도 있겠네."

일부러 삐딱하게 말했다. 필주 씨가 입술을 깨무는 게 보인다.

"이런 얘기 해서 미안한데……, 난 이 일에서 빼줬으면 좋겠어."

"뭐?"

"난 더 이상 관여하고 싶지 않아. 그때 그 일도, 난 그냥 자기가 시체 옮기는 거 도와달라고 해서 도와준 것뿐이잖아."

"갑자기 왜 그래?"

"갑자기가 아니야. 여기 내려와서 계속 생각해봤어. 근데 아니야……. 간호사에 대한 정보는 어떻게 해서라도 모아서 전해줄게. 하지만 그 사건에 더 깊숙이 관여하고 싶지 않아."

"필주 씨, 겁나서 그래? 걱정하지 마. 한 사장님도 도와주기로 했고, 아, 한상호 사장 알지? 그리고 우리 뒤에는 보험조사원도 있어. 경찰 출신이래. 그리고 나 계획도 있어.”

“듣고 싶지 않아. 그냥 나 빼줘.”

“말 참 쉽게 한다.”

“…….”

“자기는 안 걸려들 것 같니? 솔직히 말할까? 자기 나랑 공범 자야.”

“공범? 내가 한 일이 뭔데?”

“일단 시체는 같이 유기했잖아? 사체유기죄. 그걸로 죄는 충분하지.”

“어떻게 나한테 그런 말을 해?”

“자기야말로 어떻게 발을 빼려고 해? 나 혼자 이 일 처리하라고? 그 남자가 내 목숨 노린다고 하니 무섭니?”

“그래, 무섭다. 내 발목 잡을까 봐 자기가 무서워.”

필주 씨가 자리에서 벌떡 일어났다. 그리고 나를 노려보며 말을 덧붙인다.

“나도 나대로 생각 있으니까, 맘대로 해. 하지만 분명히 말했다. 나, 이 일에 자꾸 끼워 넣지 마. 그 새끼 죽인 건, 자기야. 내가 아니라고.”

그는 뒤도 안 돌아보고 카페 밖으로 나갔다. 난 그 모습을 보며 허탈함에 젖는다. 필주 씨가 유약한 인간인 줄 알았지만 이렇게까지 나약할 줄은 몰랐다. 그들이 패거리로 내 목숨을 노리고 있다는 말에 바로 줄행랑을 놓다니. 하지만 난 그를 놔줄 생각이 없었다.

어제 밤늦게 집에 돌아온 탓에 아침에 일어나기가 힘들었다. 하지만 하루 일정이 바쁜 탓에 서둘러야 했다. 남자가 준비해 놓은 한약 파우치를 챙겨 들고 집에서 나왔다. 차가 막히지 않아 평소보다 30분 정도 빨리 출근했다. 주차를 하고 분양관으로 올라가자 경수 씨가 미리 나와 앉아 있었다.

"일찍 출근했네요? 매일 이렇게 와요?"

"집이 머니까 일찍 나오게 되네요."

오늘따라 경수 씨의 얼굴이 파리해 보였다. 그는 잠이 덜 깬 듯, 책상에 엎드린다.

"경수 씨, 피곤한가 봐요?"

"요즘 컨디션이 좋지 않아요."

"오픈 때까지 좀 쉬어요."

난 커피를 타서 한약과 함께 그의 자리에 놔뒀다. 그리고 내 자리로 돌아와 일정을 체크한다. 예약 상담으로 스케줄 표가 빼곡했다. VIP 면담과 현장 나가는 업무도 잡혀 있었다. 당분간 외근을 핑계로 누군가를 만난다는 것은 불가능할 것 같았다. 아, 어쩌지? 머릿속에는 필주 씨가 한 말이 자꾸 맴돈다.

'나, 이 일에 자꾸 끼워 넣지 마. 그 새끼 죽인 건, 자기야. 내가 아니라고.'

어젯밤에는 괘씸해서 잠도 제대로 못 잤다. 그에게 한 방 제대로 먹이고 싶었다. 그러나 내가 남편, 아니 박종대를 죽였다는 사실을 아는 한 그를 어찌할 방도가 없다. 비밀을 유지하기 위해서는 내 옆에 얌전히 묶어놓아야만 하는데.

갑자기 오 팀장이 떠올랐다. 나에게 필주 씨에 대한 경고를 하던 그가 뭔가 열쇠를 쥐고 있지 않을까 하는 생각이 들었다. 그를 만나고 싶었다. 전화를 할까 말까 망설이는데 유선 전화가 울렸다. 아직 분양 오픈 전이고 아르바이트생도 출근하지 않은 터라 아무도 전화를 받지 않는다. 벨 소리가 텅 빈 분양관 안을 크게 울렸다. 할 수 없이 내가 전화를 받았다.

"분양 상담사 정효신입니다."

[정 과장인가?]

전화기 너머로 들려온 것은 한상호 사장의 목소리였다.

"아, 사장님. 안녕하세요? 급한 일 있으신가요? 일찍 전화를 주셨네요?"

[우리 일정에 변동이 있어 연락을 했네.]

"일정 변동이요? 어머님 계약 건 말씀이신가요?"

[청담동 계약, 모레 오전에 진행하기로 했어.]

"다음 주가 아니고요?"

[김 사장 아들이 내일 밤 미국에서 들어오기로 했거든. 체류 일정이 빠듯한가 봐. 시간이 그렇게밖에 안 될 것 같네.]

"얘기는 전하셨나요?"

[모두 전했지. 그러니까 한국에 들어오는 거 아니겠는가.]

"알겠습니다. 일정 바뀐 것은 어머니도 알고 계시죠?"

[방금 얘기했네. 지금 동업자와 시간 조율 중이야. 어때, 시간 되면 정 과장도 올 텐가?]

"가봐야죠."

[아마 10시쯤 시간을 잡을 거야. 정해지는 대로 연락하겠네.]

전화가 끊어졌다. 난 수화기를 든 채로 잠시 멍하니 있었다. 모레라, 병가를 낸 지 얼마 안 됐는데 휴가를 또 낼 수 있을까?

다시 스케줄 표를 확인했다. 상담을 뒤로 미루고 현장 나가는 일을 하나 줄이면 충분히 가능할 것도 같았다. 정주 언니에게 도움을 요청하면 외근으로 오전 근무를 뺄 수도 있을 것이다. 안 된다고 하면 무단결근이라도 해야지.

난 씩 웃었다. 이제 모레면 시어머니의 죄를 밝힐 수 있다. 그리고 그녀의 정체도 알게 될 것이다. 시어머니라는 위치를 내세워 지난 6년 동안 날 지긋지긋하게 만들었던 그녀. 난 과연 그녀가 남편과 진짜 모자 관계인지 궁금하다. 아들이 바뀌었는지도 모르는 것을 보면, 아니 일부러 모르는 척을 한 것을 보면 절대 모자일 리가 없다. 한상호 사장이 개입한 게 나로서는 다행이었다. 그 덕분에 일이 생각보다 수월하게 진행되고 있다.

자, 그럼 이제는 그 남자를 해결할 방법을 찾아볼까? 나 모르게 내 앞으로 생명보험금을 여러 개 들어두고 날 기만한 김재우란 남자, 그가 내 감정을 갖고 놀았다는 게 분통이 터진다. 이를 갈았다. 내가 느낀 배신감을 그에게 몇 배로 갚아줄 것이다. 그전에 필주 씨를 잡아두는 것이 먼저겠지만.

일부 조명만 커진 병원 복도는 음산했다. 링거 줄을 들고 복도를 왔다 갔다 하는 환자들의 모습이 기괴하게 느껴질 정도였다. 난 손에든 주스 박스를 꽉 쥐었다. 그는 날 보고 싶어 하지 않았지만, 난 그를 꼭 만나야 했다. 업무를 마치고 10시가 다다라서야 오 팀장의 면회를 올 수 있었다. 다행히 종합병원이어도 규모가 작아서 면회 시간에 큰 제약이 없었다.

병실에 들어서니 6개의 침대가 모두 차 있다. 보호자들까지 합하면 꽤 많은 사람이 병실 안에 모인 셈이다. 난 창가 쪽으로 발길을 옮겼다. 오 팀장은 침대에 누워 휴대폰을 들여다보고 있었다.

"안녕하세요?"

내 인사에 오 팀장이 화들짝 놀란다.

"이 늦은 시각에…… 정말 오셨군요."

그가 주변을 둘러봤다. 병실 안 사람들의 시선이 온통 우리에게로 쏠려 있다.

"나가시죠. 휴게실에 가서 얘기합시다."

난 그의 자리 옆에 주스 상자를 내려놓았다. 그리고 목발을 잡고 뒤뚱거리며 걷는 그의 뒤를 따라 휴게실로 갔다. 휴게실은 비어 있었다. 그는 목발을 탁자에 기대고 힘겹게 의자에 앉는다.

"하실 말씀이라는 게……."

"조장현 씨를 만났습니다. 보험조사원이요. 오 팀장님께서 제 얘기를 하셨더라고요."

"아……, 조사관이 묻길래, 전 그저 아는 얘기만 했을 뿐입니다. 별 얘기 없었어요."

"필주 씨 얘기도 하셨나요?"

난 알면서도 모르는 척 그의 속을 떠본다. 보험조사원이 필주 씨 얘기를 듣고도 나에게는 못 들었다고 말했을 수도 있으니까.

"아, 아닙니다. 제가 어떻게 모르는 사람에게 정 과장님 사생활을 얘기하겠습니까?"

"그럼, 필주 씨와 저의 관계를 알고는 계셨군요."

"그게……."

"솔직히 말씀해주세요. 저에게 중요한 문제라서 그래요. 팀장님께서 왜 필주 씨와 만나지 말라고 했는지, 믿지 말라고 했는지 궁금합니다."

"……."

오 팀장이 뜸을 들인다. 얘기를 꺼내는 게 불편해 보였다.

"말씀해주세요, 팀장님."

"필주 씨와 무슨 문제가 생겼습니까?"

"아니에요. 아직은 아닙니다. 하지만 팀장님께서 제게 하셨던 얘기들이 계속 걸리네요. 말씀해주세요. 저 지금, 심각해요."

"사실은…… 이상한 것을 목격했습니다."

"이상한 것이오?"

"5년 전에 필주 씨와 같이 근무를 할 때…… 효신 씨가 가평 빌라로 옮겼을 때 말입니다. 그가 다른 사람의 지갑을 가지고 있더군요."

"다른 사람 지갑을요? 그걸 어떻게 알았는데요?"

"계산할 때 바로 옆에 있었거든요. 늘 보던 지갑이 아니었어요."

"새로 산 것일 수도 있잖아요."

"아니요. 그 지갑을 다시 주머니에 집어넣더니 다른 지갑을 꺼냈어요. 그때 꺼낸 지갑이 진짜 필주 씨 거였죠."

"누구 것을 맡아뒀나 보죠. 그걸 보고 이상하다고 말씀하시는 거예요?"

"그 뒤로 필주 씨를 계속 지켜봤습니다. 그 낯선 지갑에서 카드와 신분증을 꺼내 가위로 잘라버리더군요."

"……."

"궁금해서, 퇴근 후에 휴지통을 뒤져봤습니다. 지갑이 버려져 있었어요. 아주 새것이었는데 말입니다. 여러 개로 조각난 카드와 신분증 외에도 여러 장의 명함이 나왔어요. 누구 명함이었을 것 같아요?"

"……."

"정효신 씨 남편 것이었습니다."

"거짓말. 오 팀장님이 제 남편을 어떻게 안다고……."

"남편분 성함이 김재우 씨 아닌가요? 자동차 딜러 맞지 않습니까?"

"명함은, 필주 씨가 차를 사려 했거나 아니면 우연히 만나 받은 거겠죠."

"아니요. 받은 거라면 명함 한 장만 갖고 있었겠죠. 휴지통에서 제가 본 것은 여러 장의 동일한 명함이었습니다. 그건 그 낯선 지갑의 주인이 그 사람이란 얘기가 아닐까요?"

"⋯⋯."

"그래서 생각했죠. 효신 씨 남편의 실종과 필주 씨 사이에 어떤 연관이 있을지도 모른다고."

기가 막혔다. 그 멍청한 필주 씨 때문에 오 팀장이 의심하고 있을 줄이야.

"그때 제게 말씀하시지 그랬어요?"

"복잡한 일에 끼기 싫었습니다. 제가 억측한 것일 수도 있고 괜히 오지랖 부린다고 생각할 수도 있으니까요."

"그럼 왜 제게 필주 씨 얘기를 하신 거죠?"

"두 분이 사귄다는 것을 알게 됐거든요. 2년 전이던가요? 모텔에서 나오는 것을 봤습니다. 이미 5년 전부터 과장님은 필주 씨를 사귀고 있었던 거죠?"

뭐라고 대꾸할 말을 찾을 수 없었다. 그는 필주 씨와 나의 관계를 알고 있었다. 이건 전에 필주 씨에게도 들은 얘기니 큰 문제가 될 것은 없다. 문제는 그가 남편의 실종에 필주 씨가 관여했다고 생각하는 거다.

"필주 씨가⋯⋯ 그이의 지갑을 왜 갖고 있었을까요?"

"모르죠. 우연히 주운 걸 수도 있고 훔친 걸 수도 있겠죠. 만약 효신 씨 남편이 돌아오지 않았더라면 어쩌면 전 계속 필주 씨를 의심하고 있었을지도 모릅니다."

"그 지갑 때문에요?"

"네. 시기가 절묘하게 맞아떨어지잖아요."

오 팀장이 덤덤히 말했다. 하지만 난 머리가 아팠다. 그는 자리에서 일어나더니 자판기 앞으로 가 음료수 2개를 뽑아왔다. 그리고 그중 하나를 내게 건넨다.

"정 궁금하시다면 필주 씨에게 직접 물어보세요. 제가 아는 것은 그게 다입니다."

"그래야겠죠……."

난 힘없이 대답했다. 그나마 다행인 것은 그가 나를 의심하지 않는다는 거다. 오 팀장이 아는 필주 씨와의 관계는 2년 전 알게 된 게 전부이다. 만약 김재우란 사람이 나타나지 않았다면 나까지 의심했겠지. 그리고 보험조사원에게 이런 얘기를 전부 털어 놨을 것이다. 난 가슴을 쓸어내렸다.

"늦게라도 말씀해주셔서 감사합니다. 걱정해주신 것도 고맙고요. 전 정말 아무것도 몰랐어요."

"이필주 그 친구, 조심하세요. 제가 보기에는 질이 좋지 않아요."

"명심하고 있을게요."

"그리고…… 그 친구 대마 하는 거 알아요?"

"네? 대마요?"

예상치 않은 얘기에 난 당황한다. 이게 무슨 소리야? 갑자기 대마라니.

"필주 씨 몸에서 대마 냄새가 나요. 저도 피워본 적이 있거든요. 5년 전에도 났고 2년 전에도 났으니 아마 지금도 피우고 있을 겁니다. 가까이하지 마세요. 얌전해 보이지만 위험한 친구예요."

"네, 알았습니다……. 조심할게요."

이번에도 힘없이 대답했지만 속으로는 필주 씨를 옭아맬 무엇인가를 찾은 것 같아 기뻤다. 그가 나를 배신할 경우, 오 팀장이 증언해준다면 필주 씨를 공범으로, 아니 단독범으로도 만들 수 있을 것이다. 그는 당연히 부인하겠지만 마약 하는 사람의 말을 누가 믿을 것인가.

오늘 오 팀장을 찾아 병원까지 온 보람이 있었다. 그 덕에 필주 씨를 회유하고 협박할 무기를 획득했다. 빨리 그에게 전화하고 싶었다. 나는 늦었다는 핑계로 오 팀장에게 인사를 하고 병원에서 서둘러 나왔다. 그리고 근처에 있는 아무 공중전화 부스에나 들어갔다. 부스에서는 지린내가 났지만 지난번 오포에서 사용한 적이 있는 터라 낯설지 않았다. 신호음이 갔다.

필주 씨가 전화를 받았다.

[또 무슨 일이야?]

"만나자. 할 얘기가 있어."

[뭐? 이 시간에? 어딘데?]

"서울."

[미쳤구나? 나 청송에 있어. 지금 어떻게 만나?]

"그럼 전화로 얘기할까?"

[며칠 뒤에 보자. 내가 올라갈게.]

"아니. 난 지금 얘기해야겠는데?"

[왜 자꾸 날 힘들게 해? 지금 어떻게 만나겠다고 그러냐고!]

그가 고함을 질렀다. 난 괜히 강한 척하는 그가 가소로웠다. 그는 내가 지금 어떤 무기를 들고 있는지 알고나 있을까?

"왜 그 사람 지갑을 갖고 있었니?"

[뭐?]

"그날 슬쩍한 거 아니야?"

[아니야. 누가 그래!]

"누가 그랬든, 자기가 그 사람 지갑을 훔친 거 아니냐고. 카드랑 신분증 잘라버리는 것도 봤다던데?"

[오 팀장이 그랬구나! 그 망할 새끼, 자기 그놈 만났어?]

"만나든 말든. 그거 사실이지? 맞지?"

[아니야. 난 흘린 것을 주웠을 뿐이라고. 옮길 때…… 바지 뒷주머니에서 떨어졌었나 봐. 무심코 주운 거야.]

"어쨌든 갖고 있었던 건 맞잖아?"

[주운 것도 잊고 있다가 다음 날 안걸. 일부러 훔친 거는 아니었어. 진짜야.]

"왜 회사 휴지통에 버렸니?"

[당황했으니까……. 당황해서 깊게 생각하지 못했어. 원래 그런 거 갖고 있으면 안 되는 거잖아. 미안.]

"그럼 버릴 때 신분증이나 명함은 확인해봤어?"

[확인? 뭘 확인해?]

"그 사람 건지 아닌지."

[몰라. 그냥 잘라서 버렸을 뿐이야. 어차피 쓸모도 없을 거 아니야? 들여다보기 싫었어. 그 일이 자꾸 생각날까 봐.]

"그래, 그건 그렇다고 치자. 그런데 자기 웃기더라. 마약도 한다며?"

[마약? 내가?]

"대마 피운다던데?"

[그건 또 어디서 들은 거야? 설마 기숙사에 왔었어?]

"알아서 뭐 하게?"

[오호라, 뿌리째 뽑아간 게 누군가 했더니 자기가 시킨 거였구나? 그렇지?]

"대마를 재배까지 했었어? 웃기네, 진짜. 마음대로 생각해. 난 아니니까."

[이젠 내 뒷조사까지 시키는구나. 나한테 왜 이러니?]

"필주 씨, 우리 냉정해지자. 그 일은 우리가 같이 벌인 거야. 자기 혼자 발을 뺄 수는 없어. 자기야말로 자꾸 이렇게 나온다면, 나도 지갑이랑 대마 건에 대해 경찰에 불어버릴 거야. 증인도 있고 증거도 있으니까."

[치사하게 이러지 마.]

"치사한 건 자기지. 먼저 내빼려 했으면서."

[내가 어떻게 하길 바라는 건데?]

"앞으로 내가 시키는 대로 해야지."

[뭐? 자기야…….]

전화가 뚝 끊겼다. 필주 씨가 뭐라고 말하는지 더 듣고 싶었지만 동전이 더 이상 없었다. 신용카드를 쓸 수 있었지만 통화 내역을 남기기는 싫었다.

휴대폰이 바로 울렸다. 필주 씨였다. 난 전화를 바로 받았다.

"내 용건은 그게 다야. 앞으로 휴대폰으로 전화 걸지 마. 내가 다시 전화할 거니까."

[알았어…….]

내가 쏘아붙이자 그가 기어들어 가는 목소리로 전화를 끊었다. 흥, 진작 이렇게 나왔어야지. 나를 배신하는 건 더 이상 용납하지 않을 거다. 그 누구라도 말이다.

답답해서 드라이브를 하고 집으로 돌아오니 12시가 넘었다. 집은 어두웠고 아직도 남자는 집에 들어오지 않았다. 분명 무슨 꿍꿍이가 있어 늦는 걸 거다. 어쩌면 오늘 밤 집에 들어오지 않을지도 모른다. 그렇게 생각하니 가만히 있을 수가 없어 난 지하 방으로 내려갔다. 도움이 될 단서라도 있을까 싶어 방안을 샅샅이 뒤졌다. 그러나 의심쩍은 물건은 아무것도 발견되지 않았다.

난 다시 1층으로 올라와 랜턴을 챙겨서 밖으로 나왔다. 김재우와 박종대의 주소가 바로 옆집이었다는 보험조사원의 얘기가 자꾸 귓가에서 맴돌았다. 가로등 하나 없는 산속이라 주변이 깜깜했다. 조심스럽게 우리 집과 옆집 주변을 살폈다. 평소와 달라진 것은 없었다.

이번에는 옆집으로 가본다. 우편함에 우편물이 가득 쌓인 게 보였다. 옆집 여자가 오랫동안 집을 비운 것 같았다. 난 이런 기회도 흔치 않다 싶어 현관문 앞으로 간다. 집 안으로 들어가 보고 싶었다.

도어록 앞에 서서 잠시 망설였다. 혹시나 하는 마음으로 우리 집 비밀번호를 눌렀다. 삐빅- 삐빅- 삐빅- 삐비빅-. 이럴 수가……. 현관문이 찰칵 소리를 내며 부드럽게 열렸다. 죽은 남편과 그 남자는 집의 비밀번호를 공유하고 있었던 것이다.

난 떨리는 마음으로 조심스럽게 집 안으로 들어갔다. 그리고 랜턴으로 집 안 곳곳을 비췄다. 똑같은 구조, 똑같은 인테리어 그리고 똑같은 가구……. 어이가 없어 헛웃음이 나왔다. 두 남자는 취향까지 똑같았다. 어쩐지, 그 남자가 쉽게 집에 적응하더라니. 난 혀를 끌끌 차며 온 집 안을 돌아다닌다. 아이 방만 빼고는 2층마저 인테리어가 우리 집과 흡사했다.

이번에는 지하 방으로 내려가 본다. 지하 방 역시 우리 집과 비슷했지만 컴퓨터와 오디오 시설이 유독 잘 갖춰져 있었다. 컴퓨터는 계속 켜진 상태였다. 모니터의 창에는 누군가의 허름한 방이 비쳤다. 잠시 모니터를 들여다보다 시선을 돌리려는데 그때 누군가 방 안으로 들어오는 모습이 보였다. 필주 씨였다. 난 소스라치게 놀랐다. 언제부터였을까? 그 남자는 필주 씨까지 해킹하고 있었던 거다. 보험조사원의 말이 모두 맞았다.

난 의자에 앉아 컴퓨터의 바탕화면을 대충 훑어봤다. 폴더 안에는 여러 개의 파일이 있었으며 동영상과 음성 녹음 파일이 많았다. 그러나 겁이 나서 파일을 열어보지는 못했다. 파일을 작동시키면 그가 당장이라도 알고 달려올 것만 같았다. 여기 다녀간 흔적을 남겨서는 안 된다. 내가 이곳을 알고 있다는 사실을 그들이 알아서는 안 된다. 두근거리는 마음을 진정시키며 뒤돌아 나오려는데 뭔가 꺼림칙했다.

난 다시 뒤를 돌아다본다. 옆집의 지하 방은 우리 집의 지하 방과 비슷해 보이지만 뭔가 미묘하게 달랐다. 이 위화감은 뭘까? 계단에 올라서서 난 방 전체를 내려다본다. 그리고 그 차이가 무엇인지를 곧 깨달았다.

이 방에는 문이 있었다. 우리 집 지하 방에는 없는 문 말이다. 저 문은 어디로 통하는 걸까? 난 계단을 다시 내려가 문의 손잡이를 잡아당겼다. 그 문은 소리 없이 열렸고 안쪽으로 폭이 좁고 짧은 복도가 나타났다. 우리 집 방향으로 몸을 틀어 몇 발자국 가니 다시 문이 하나 더 나왔다.

문을 열어보니 우리 집 지하 방이었다. 우리 집 지하 방의 문은 책꽂이로 위장되어 있었다. 이 망할 것들! 이렇게 연결해놓고 나 몰래 오가며 작당질을 했구나! 화가 나서 몸이 부들부들 떨렸다. 6년이 넘는 긴 시간 동안 이들의 손안에서 놀아났다고 생각하니 참을 수가 없었다.

분을 삭이며 다시 집으로 돌아왔다. 마음을 진정시킬 겸 냉장고에서 캔맥주를 꺼내 들이켰다. 이 원통함을 어떻게 갚아줄 수 있을까 생각하고 또 생각했다.

그때 현관문이 열리는 소리가 들렸다. 그가 온 것이다. 기분이 안 좋아진 나는 한마디 쏘아붙이고 싶었다.

"이 시간까지 어디에서 뭐 하다 온 거야?"

그러나 그의 몰골을 보는 순간, 저절로 인상이 찌푸려졌다. 그는 온통 흙투성이가 된 상태로 계단 앞에 서서 나를 멍하니 보고 있었다.

다시 효신 이야기 #89 **나를 노린다**

"꼴이 그게 뭐야? 산에 가서 굴렀어?"

난 흙투성이가 되어 들어온 남자를 어이없이 바라봤다. 그는 내 시선에 무안해졌는지 말도 없이 지하 방으로 내려가려고 한다. 재빨리 그의 팔을 붙잡았다.

"묻고 있잖아? 당신 왜 그래?"

하지만 계속되는 물음에도 그는 내 시선을 피했다. 그리고 손을 뿌리치고 지하 방으로 내려갔다.

뭘까? 이 남자에게 무슨 일이 있었던 걸까? 내가 모르는 새로운 일들이 벌어진 건가? 옆집과 이어진 지하 방 통로도 충격적이고 그가 필주 씨를 해킹해 엿보고 있었던 것도 끔찍했지만, 외면하는 그의 수상한 모습이 나를 더 불안하게 만들었다.

눈을 뜨자마자 출근을 서둘렀다. 회사 유선 전화를 자유자재로 쓰려면 아무래도 사람이 적은 출근 시간 전이 편했기 때문이다.

1층에 내려가니 주방 테이블에는 여느 때와 마찬가지로 한약 파우치가 놓여 있다. 남자의 모습은 보이지 않았다. 지하 방에 내려가 볼까 잠시 고민하다가 그냥 한약 파우치만 챙겨서 집을 나섰다.

분양관에 도착하니 이른 시간이라 그런지 출근한 사람은 없었다. 난 필주 씨에게 분양관 대표 번호로 전화 달라는 문자를 남기고 그의 연락을 기다린다. 꼭 유선으로 전화 달라고 부탁했는데 그가 안 지킬까 봐 걱정하면서 말이다.

잠시 후 분양관 대표 번호로 전화가 왔다.

"분양 상담사 정효신입니다."

[나야. 왜 연락했어? 급한 일이야?]

필주 씨였다. 수화기 너머로 그의 볼멘 목소리가 들려왔다. 내 협박에 못 이겨 전화를 하긴 했지만 영 내키지 않는다는 반응이었다.

"아주 급한 일이야. 어제 내가 옆집 지하에서 뭘 발견했는지 알아?"

[내가 그걸 어떻게 알아?]

"자기 노트북 해킹당했더라."

[뭐? 해킹?]

"어제 옆집 컴퓨터에서 자기 기숙사를 봤어. 아주 선명히 잘 보이던데? 해킹당하는 거, 이제까지 몰랐어? 자기 그렇게 둔해?"

한번 떠나간 마음을 제자리에 돌려놓는다는 건 힘들다. 필주

417

씨에게서 내 마음이 떠나서인지 말이 예쁘게 나오지 않았다.

[내 노트북을…… 해킹했다고? 다 보고 있었단 말이야?]

"노트북뿐이겠어? 휴대폰도 마찬가지겠지. 그래서 내가 유선으로 전화하라는 거야. 이제 내 말 알아듣겠어?"

[…….]

"그리고 자기가 아무리 발을 빼려 해도 이젠 불가능해. 그 사람들, 우릴 같이 노리고 있다고. 나 하나만 죽고 끝나는 문제가 아니야. 자기가 살아남으려면 나한테 붙어야 할걸?"

[그럼 난…… 이제 어떻게 해야 해?]

"말했잖아, 내가 시키는 대로 해야 한다고."

[…….]

"이 번호는 뭐야? 병원 사무실 번호야?"

[공중전화야.]

"아, 그래? 그럼 내가 다시 문자 보낼게. 그때 지금 건 번호로 다시 전화해줘."

[언제 문자 줄 건데?]

"준비가 다 끝나면."

필주 씨와 전화를 끊었다. 그가 어제보다 훨씬 고분고분해졌다는 것을 느낄 수 있었다. 나에게서 벗어날 배짱도 없으면서 자신의 입장만 내세웠던 그가 여전히 얄미웠다.

"오늘도 일찍 출근하셨네요?"

분양관 문이 열리며 경수 씨가 들어왔다. 나도 굳었던 표정 근육을 펴고 밝게 인사를 한다. 오늘따라 그의 입술이 퍼렇게 보였다.

"저도 집이 멀어서요. 어제 잠은 잘 잤어요? 피곤해 보이는데?"

"요새 통 잠을 못 자요."

"커피 너무 많이 마셔서 그런가 보다."

"그런 것 같은데, 또 그거 없으면 정신이 흐리멍덩해져서 일을 못 하거든요."

그가 책상 서랍에서 박카스를 두 개를 꺼내더니 나에게 내민다.

"악순환이지만, 어떡해요? 마셔야죠."

난 웃으며 그가 준 박카스를 받아들었다. 우리는 사이좋게 박카스를 마셨고, 난 그에게 집에서 가져온 한약 파우치를 내밀었다. 경수 씨는 박카스에 이어 한약까지 마신다. 고단한 하루를 견뎌내기 위해서는 그에게 건강음료가 꼭 필요한 것 같았다.

분양관 오픈 시간이 다가오자, 사람들이 부지런히 출근하기 시작했다. 상담석의 빈자리를 다 채우고 아르바이트생들까지 다 집합한 상태였다. 경수 씨가 커피를 한잔 더 마시겠다며 자리에서 일어났다. 그런데 비틀비틀 걷는 폼이 왠지 불안해 보인다. 옆자리에 앉아 있던 나종범도 경수 씨에게 이상함을 느꼈는지 나에게 말을 건넸다.

"쟤 왜 저래?"

"아픈가 본데? 아까부터 얼굴이 안 좋아 보였어."

경수 씨가 탕비실을 향해 걷는다. 탕비실 입구 옆에서는 아르바이트생들이 일렬로 늘어서서 아침마다 반복되는 인사 연습을 하고 있다. 그 앞을 지나칠 즈음, 경수 씨가 그만 쓰러져버렸다.

"꺄악-."

놀란 아르바이트생들이 고함을 질렀고, 분양관 내 모든 시선이 경수 씨에게로 집중됐다. 바닥에 쓰러진 그는 온몸에 경련을 일으키며 비비적거리고 있었다. 입에서는 하얀 거품이 조금씩 흘러내렸다. 분양관 안이 웅성거렸고 김영조가 제일 먼저 그의 옆으로 뛰어갔다.

"방석! 아무거나!"

김영조의 외침에 누군가 방석을 가져다줬다. 그는 방석을 반으로 접어 경수 씨의 머리를 받치고 고개를 돌린다. 동시에 넥타이도 푸르고 허리띠도 느슨하게 만들었다.

3분 정도가 지나자 경수 씨의 경련이 잠잠해졌다. 나종범과 김영조가 그를 VIP실로 옮긴다. 뒤늦게 출근하던 정주 언니가 그 모습을 보고 따라 들어왔다.

"누구 119 불렀어?"

"연락했습니다. 올 때가 됐어요."

"아무나 한 명 나가서 119 오면 뒷문으로 안내해. 고객들 모르게 조용히 내보내야 해."

정주 언니의 말에 김영조가 뒷문으로 나갔다. 그 모습을 본 언니는 크게 한숨을 내쉬었다. 경수 씨가 쓰러진 일이 그나마 오픈 전에 벌어져서 다행이었다. 아니면 이 일로 고객도 줄고 꽤 소란스러웠을 거다.

정주 언니는 고객 맞을 준비를 하는 아르바이트생들에게 큰 소리로 외쳤다.

"아직 문 열지 마! 오늘은 오픈 시간 늦춘다."

시계는 이미 10시 정각을 가리키고 있었다.

곧 119가 도착했다. 응급구조 요원들이 들것에 경수 씨를 실어 후문에 주차한 앰뷸런스로 옮겼고, 정주 언니가 회사 대표로 병원에 동행했다.

119 앰뷸런스가 분양관을 떠났지만 내 가슴은 좀처럼 진정되지 않았다. 난 두근거리는 심장을 부여잡고 천천히 숨을 내쉬고 있다. 경수 씨가 쓰러지다니. 설마 죽는 건 아니겠지? 만약 그렇게 된다면 그건 저 한약 때문이다. 한약에 든 정체 모를 극약 때문일 거다. 경수 씨가 한약을 먹지 않았다면 아마 내가 119에 실려 갔겠지. 이로써 그 남자가 내 목숨을 노리고 있었다는 게 확실해졌다. 아마 그들은 내가 언제 쓰러질까 기다리고 있었을 거다. 하지만 그들이 원하는 대로 일이 진행되게 할 수는 없다. 난 이대로 당하고만 있지는 않을 거다.

오픈 시간 이후에도 분양관 분위기는 내내 뒤숭숭했다. 사람들은 고객의 눈과 귀를 피해 삼삼오오 모여 쑥덕거리기 바빴다. 나 역시 어수선한 분위기 속에서 어떻게 고객을 상담했는지 모를 정도였다.

점심때가 다 되어서야 정주 언니가 모습을 드러냈다. 분양관 안 모든 사람의 시선이 언니에게 집중됐다.

"본부장님, 경수 씨 큰일 난 건 아니죠?"

"원래 지병이 있었대요?"

"갔다 오셨으면 말씀 좀 해주세요. 저희도 걱정돼요."

몇몇 상담사들이 언니에게 다가가 경수 씨의 안부를 물었다. 정주 언니는 고객이 들을세라 목소리를 낮춘다.

"부정맥이 왔대."

"갑자기 웬 부정맥? 멀쩡해 보이던데?"

"카페인 과다 섭취 때문이래. 위세척도 했어."

"박카스와 커피를 그렇게 마셔대더니……."

"나도 조심해야겠다. 커피를 물처럼 마시는데."

"경수 씨 건강에 이상은 없는 거죠?"

"응. 다행히 큰 이상은 없어. 검사 결과 잘 나오면 빨리 퇴원할 수도 있대. 앞으로 조심해야겠지만."

"출근하자마자 이게 뭔 사달이야?"

"어쩐지 얼굴빛이 좋지 않다 싶었어."

상담사들이 웅성거린다. 정주 언니는 그들을 간신히 진정시키고 VIP실로 들어갔다. 소장에게 보고하기 위해서다. 언니가 VIP실로 들어가자마자 분양관 안은 다시 소란스러워졌다. 그러나 난 내 자리로 돌아와 조용히 VIP 리스트를 체크하기 시작했다. 그들 틈에 섞여 수다를 떨고 싶지 않았다.

집으로 돌아오니 남자가 혼자 와인을 마시고 있었다. 테이블에는 안주 없이 술과 와인잔만 놓여 있었고 그의 얼굴은 무척 예민해 보였다.

"잘 있었어?"

"새삼스럽게. 어제 봤잖아?"

"어제 하도 지저분한 모습으로 들어와서 안부 한번 물어봤어."

실없는 내 말에, 그가 피식 웃는다. 난 옷도 갈아입지 않고 그의 맞은편에 앉았다.

"한약 데워줄까?"

"아니. 그건 자기 전에 마실게. 나도 와인 마시고 싶어."

그가 와인잔을 꺼내왔다. 난 안줏거리가 있을까 해서 냉장고를 열어본다. 그러나 그 안은 텅 비어 있었다. 요 며칠, 그도 바쁘고 나도 정신이 없는 터라 장을 보지 않았기 때문이다. 할 수 없이 난 안주 없이 와인을 마신다. 빈속이라서 그런지 한 모금 마셨을 뿐인데 술기운이 확 올라왔다.

"어제는 왜 그랬어?"

"일이 좀 있었어."

"무슨 일? 어떤 대단한 일이기에 흙투성이가 됐던 거야?"

"……."

"싸웠어? 아니면 노가다라도 뛰다 온 거야?"

"아르바이트했어. 공사판에서."

그의 손을 힐끗 봤다. 평생 실내에서 컴퓨터 키보드만 두들긴 그의 손은 굳은살 하나 없이 희고 고왔다. 저 남자, 또 내게 거짓말을 하고 있다. 막노동하는 손은 저렇지 않다. 하지만 난 모르는 척한다.

"돈 필요하면 내게 말을 해. 그런 힘든 일 하지 말고."

"당신에게 미안하잖아."

"괜히 골병드는 것보다 낫지. 참, 나 내일 어머니 만난다?"

"한 사장님 계약하는 데 따라가는 거야?"

역시, 일정을 변경하는 것까지도 모두 공유하고 있구나. 남자
의 말에 난 그들이 생각보다 긴밀히 연락하고 있다는 걸 깨닫
는다.

"근무 중에 그런 데 가는 거야?"

"소장님에게 허락받았어. 한 사장님이 업계 VIP잖아. 잘 보여
야 하니까 보내주는 거지."

난 그의 눈치를 슬쩍 본다. 여전히 기분이 좋지 않아 보였다.
이럴 때 스킨십을 시도한다면 그의 반응이 어떨까?

"어때? 한 병 더 마실까?"

그가 고개를 끄덕였다. 난 와인셀러에서 레드와인을 하나 꺼
내왔다. 그의 빈 잔에 와인을 가득 따르고 기분 좋은 척 그의 옆
에 가서 앉는다. 그의 허벅지에 내 허벅지를 밀착시켰다.

"요즘 우리 너무 소원해진 것 같지 않아?"

남자가 나를 힐끗 본다. 알 듯 모를 듯한 그 표정에는 묘한 미
소가 담겨 있었다.

"또 복수하려고?"

"복수? 내가?"

"지난번에 모텔에서 내가 장난친 거, 그대로 따라 했잖아."

"아……."

나는 와인잔을 단숨에 비웠다. 그리고 그의 눈을 보면서 그의 허벅지를 천천히 쓰다듬는다.

"오늘은 진지한데……. 나, 하고 싶어."

난 블라우스의 단추를 모두 풀었다. 그의 시선이 내 가슴에 고정되어 있다는 게 느껴진다. 난 그의 몸 위로 올라가 정면으로 얼굴을 본다.

"지금 할 기분이 아니야."

내 아래로, 그의 몸이 흥분한 게 느껴지는데도 그가 거절을 한다. 그러면서 그의 말과는 반대로 손이 내 가슴 위로 올라갔다. 목걸이를 만지작거리는 그의 손이 가슴골을 스친다.

"그만하자……."

난 그의 말을 듣지 못한 척 허리와 엉덩이를 부드럽게 움직이기 시작했다. 그리고 그의 입술에 내 입술을 갖다 댄다. 그가 내 입술을 피하려고 하자 난 그의 머리칼을 잡고 진한 키스를 했다.

"미안, 오늘은 안 되겠어."

그가 못 참겠다는 듯 내 몸을 밀쳐냈다. 그 바람에 나도 모르게 그의 머리카락을 세게 쥐었다. 다시 키스를 시도하려고 했지만 그는 뒤도 돌아보지 않고 지하 방으로 내려가 버렸다.

거실에 홀로 남은 난 그의 뒷모습을 보다 내 손을 내려다본다. 내 손에는 그의 머리카락 몇 가닥이 남아 있었다. 머리카락을 보자 나도 모르게 입가에 미소가 지어졌다.

아침에 느긋하게 일어났다. 이미 소장에게 현지 출근해도 좋
다는 연락을 받았기 때문이다. 한상호 사장이 미리 연락해놓은
효과가 있었다. 소장은 내가 그에게서 계약이라도 따올까 싶어
흔쾌히 외근을 허락한 거다.

출근 준비를 마치고 거실로 내려가니 남자가 커피를 마시고
있었다. 평소와는 그의 분위기가 조금 달랐다. 왠지 기운이 없다
고나 할까.

"오늘은 출근이 늦네?"

"한 사장님 계약하는 데 따라가기로 했잖아."

"아……."

그는 이제야 기억난다는 듯 고개를 끄덕인다.

"어제도 얘기해놓고. 요즘 왜 이렇게 정신이 없어?"

"미안. 깜박깜박하네."

"오늘도 집에 있을 거야?"

"응. 당분간은."

"친구 사업 도와준다는 것은?"

"잘 안 되고 있어. 나도 손 떼려고. 계약 장소가 강남이랬지?
당신 늦겠다."

오늘도 남자는 자상하게 한약 파우치를 챙겨줬다. 난 그것을
받아들며 어제 분양관에서 쓰러졌던 경수 씨를 생각한다. 카페
인 과다로 부정맥이 와서 위세척까지 받았다는 경수 씨. 평소

카페인을 많이 섭취하는 습관 탓도 있지만 아마 이 한약의 영향을 무시하지 못할 거다. 지금 이 파우치에도 어마어마한 카페인이 섞여 있겠지. 난 손안에서, 내 목숨을 위협하는 한약 파우치의 무게를 느껴본다.

"다녀올게."

"약 잘 챙겨 먹고, 이따 봐."

집을 나왔다. 삼성역에 있는 호텔로 차를 몰면서, 남자에게 어떻게 복수해야 속이 후련할지 생각했다. 그는 내 마음의 변화를 아직 눈치채지 못한 것 같다. 내가 보험조사원과 연락하고 있다는 것도 모를 것이다. 그러나 나는 이제 많은 것을 안다. 그 남자의 이면을 알고 나니 그의 행동 하나하나가 다 수상하고 모두 가식적으로 보인다. 예전 같으면 감동했을, 아침마다 한약을 챙겨주는 그의 행위가 나를 죽음으로 몰아넣고 있다는 것을 안다. 소름이 끼치도록 그가 싫다.

호텔 주차장에 도착해 차를 세웠다. 엘리베이터를 향해 걸어가는데 누군가 나를 부르는 소리가 들린다. 돌아보니 검은색 벤츠 S클래스에 탄 한상호 사장이었다. 난 고개를 숙여 인사를 하고 그의 차 옆으로 갔다.

"정 과장이 일찍 올 줄 알았지. 잠깐 이거 볼 텐가?"

한 사장이 갈색 서류 봉투를 내밀었다. 난 그 안에서 종이 몇 장을 꺼냈다.

"내용을 죽 훑어보게. 미리 알고 들어가는 게 재밌을 거야. 정

과장이 소개해준 조사관, 그 사람 아주 능력 있는 사람이더군."

첫 번째 종이에는 시어머니의 인적 사항과 전과 기록이 적혀 있었다. 이름은 임난희, 내가 아는 그대로였지만 나이를 보고 난 코웃음을 친다. 만으로 50세라고? 뭐야, 서른을 훌쩍 넘은 아들을 두기에는 너무 젊잖아? 이제까지 연기를 했던 거였어? 수십 년 동안 저질러왔던 그녀의 행적이 화려했다.

"다른 사람도 잘 봐두게나. 이 중에서 공범이 있을지도 모르니까."

다른 종이에는 지난 몇 년간 그녀와 같이 부동산 사기 행각을 벌였던 이들의 사진과 명단이 적혀 있었다. 그러나 그 남자의 이름은 없었다. 그는 이런 종류의 사기에는 끼지 않는 것 같았다. 난 종이를 다시 서류 봉투에 넣어 한 사장에게 돌려준다.

"잘 봤습니다, 사장님."

"잠시 후 위에서 보자고. 난 조금 더 있다가 들어가겠네."

한 사장이 차 창문을 올렸다. 난 다시 고개를 숙여 인사하고 엘리베이터로 향했다. 1층에 내렸다. 일식 레스토랑에 가서 한 상호 사장의 이름을 대니 별실로 안내해준다. 8인용 테이블이 마련된 그곳에는 이미 시어머니와 그녀의 친구, 한 남자가 앉아 있었다.

"어머, 효신아, 너 근무 시간 아니니?"

"안녕하세요?"

난 예의 바르게 시어머니의 일행에게 인사를 했다.

"그이가 말 안 했나요? 저도 오늘 계약하는 데 나오기로 했는데.”

“얘기는 했지. 그런데 회사에서 그냥 보내줘? 일하는 시간인데?”

“한 사장님이 VIP시니까요. 잘 접대하고 오라던데요?”

“역시, 돈이 좋긴 좋네. 이리 앉아.”

시어머니가 자신의 옆자리를 가리켰다. 하지만 난 그녀의 맞은편에 앉았다. 그녀가 그걸 보고 입을 삐쭉거린다.

“어머, 얘. 섭섭하다. 거기 왜 앉아? 며느리를 꼭 빼앗긴 거 같네.”

“저 여기 온 거 한 사장님이 부르신 거잖아요. 계약할 때 서류 좀 봐달라고 부탁하셔서요.”

“그래도 그렇지, 알았어. 온 김에 인사나 해. 얘는 내 친구 미정이. 여기는 부동산 중개소 사장님이시고.”

난 또다시 그들에게 인사를 했다. 미정이라는, 통통한 50대 후반의 여자가 친근하게 말을 건다.

“얘기 많이 들었어요. 저 난희 친구예요.”

친구라는 여자는 짙게 화장을 했지만 시어머니보다 훨씬 나이가 들어 보였다. 누가 봐도 언니 같았다. 그도 그럴 것이 실제로는 나이 차가 10년이나 난다. 진짜 이름은 김미자. 아까 한 사장님이 보여준 두 번째 서류에 있던 여자다. 나와 대각선으로 앉은 남자는 내 얼굴을 힐끗 보더니 고개를 돌려 서류를 진지하게 들여다본다. 난 그도 기억해냈다. 이름이 최욱이었던가. 그 역시 서류에 있던 얼굴이었다.

"한 사장님은 언제 오신다니?"

"곧 오시겠죠."

"빨리 끝나고 식사했으면 좋겠다. 여기 스시가 그렇게 맛있다 잖아."

시어머니는 기분이 좋은 듯 목소리를 높였다. 난 물을 따라 마셨다. 나 역시 기분이 좋았지만 아직 기뻐할 단계는 아니었다.

잠시 후, 문이 열리고 한상호 사장이 두 명의 남자와 함께 들어왔다. 한 명은 변호사, 다른 한 명은 낯이 익은 얼굴이었다. 그는 김호중 사장의 장례식에서 본 그의 아들이었다. 나는 그에게 눈인사를 건넨다.

"어머, 어서 오세요. 아침 일찍 나오시느라 안 힘드셨어요?"

시어머니가 호들갑을 떨며 일어나 한 사장을 반겼다. 그리고 자신의 맞은편으로 에스코트를 한다. 한 사장이 자리에 앉자 그의 맞은편에 앉은 세 사람의 눈은, 살이 통통하게 오른 먹잇감을 노리는 맹수의 눈빛처럼 반짝거렸다.

"건물도 직접 가서 보시고 가격도 다 조율했으니까 이제 도장만 찍으시면 됩니다. 이건 오늘 아침에 뗀 건물 등기부 등본이고요. 확인해보세요."

중개인이 등기부 등본과 계약 서류를 건넸다. 한 사장은 이를 받아들고 대충 훑어보더니 옆에 앉은 변호사에게 넘긴다.

"계약서 여분이 있나?"

"네? 있기는 합니다만……."

남자 중개인이 의아한 표정을 지었다. 시어머니와 친구도 한 사장이 무슨 얘기를 하는지 주의를 기울인다.

"내가 나이도 있고 해서 말이야. 건물을 내 이름으로 하기보다는 조카에게 물려주는 게 좋을 것 같아."

"아……, 그러셔도 됩니다. 계약서 여분은 충분합니다. 혹시…… 조카님이신가요?"

중개인이 김호중 사장의 아들을 보고 물었다. 그가 조용히 고개를 끄덕였다.

"신분증 갖고 오셨겠죠?"

"네. 갖고 왔습니다."

"정말 좋은 삼촌 만나셨다. 이렇게 통 큰 분도 만나 뵙기 어려운데."

"그럼, 얼마나 배포가 큰 분이신데. 다정다감하시고."

시어머니와 친구가 한껏 한 사장의 비위를 맞춘다. 난 그들의 알랑거림에 헛웃음이 절로 나왔다.

"증여할 조카는 한 명이 더 있네. 오늘 사정이 있어 못 나왔지만 내 서류를 카피해 가지고 왔지."

"어머, 자상도 하셔라. 그 복 많은 조카님 얼굴 한번 볼까요?"

시어머니는 변호사가 내미는 종이를 받아 들었다. 그리고 종이의 내용을 확인하는 순간, 얼굴이 확 굳어버린다. 아랫입술도 파르르 떨렸다. 시어머니의 심상찮은 반응에 옆에 있던 친구가 종이를 들여다본다. 그녀의 얼굴색도 변했다.

"임 여사, 기억나는가? 자네가 소개해준 여자일세. 김 사장이 양녀로 삼으려고 했던."

한상호 사장이 침착하게 말을 이었다. 변호사가 전달한 종이는 그들이 김호중 사장을 사기 칠 때 사용했던, 젊은 여자의 가짜 신분증 카피였던 것이다.

"함정이야!"

시어머니 친구의 입에서 날카로운 소리가 새어 나왔다. 남자 중개인의 얼굴도 새파랗게 질려 밖으로 뛰쳐나가려는데, 문밖에 대기하고 있던 경찰들이 룸 안으로 들이닥친다. 경찰들은 달아나려는 세 사람을 붙잡아 쇠고랑을 채웠다. 미처 도망갈 새도 없이 붙잡힌 시어머니는 분한 눈빛으로 우리를 쏘아봤다.

"효신이 너! 이거 네가 한 짓이지? 시어머니에게 뭔 짓을 하는 거야?"

"아니, 시어머니라니요? 그 사람 어머니는, 몇 년 전 돌아가셨는걸요?"

"뭐? 걔네 엄마가 죽긴 왜 죽어?"

"어머? 진짜 시어머니를 알고 계시나 봐요?"

생각보다 그녀는 허술했다. 내가 아무렇게나 던진 말에 이렇게 쉽게 넘어갈 줄이야. 시어머니를 가장해온 그녀는 남자의 진짜 어머니를 알고 생사까지 파악하고 있었던 것이다.

"야! 정효신! 너!"

"제가 언제까지 속고 있을 거라 생각했어요?"

"야, 이 망할 것아! 내가 입 열면 넌 무사할 줄 알아?"

"사기꾼 얘기를 누가 믿는다고. 안 그래요? 부끄러운 줄이나 아세요."

난 그녀를 비웃었다. 진작부터 이렇게 하고 싶었다. 경찰에게 압박당해 발버둥 치는 그녀의 모습을 보니 속이 다 후련했다.

"한 사장님, 전 그냥 매물만 소개한 거예요. 아시잖아요."

시어머니는 한 사장에게 매달렸다. 얼굴은 이미 눈물과 콧물로 범벅이 된 상태였다. 처음 보는 시어머니의 눈물이었다.

"전 무고하다고요. 저도 이 사람들에게 속은 거예요. 절 도와주세요, 사장님."

"이제 그만 눈앞에서 치워주게. 식사나 해야겠어."

한 사장이 냉정하게 말했다. 시어머니는 끝까지 룸에서 나가지 않으려고 버둥거렸지만 경찰에 의해 결국 힘없이 끌려나갔다. 그 모습을 김호중 사장의 아들이 조용히 지켜보고 있다. 변호사가 그들의 뒤를 따라 나갔다.

그들이 떠난 룸은 테이블 시트가 벗겨져 엉망이었다. 부동산 서류도 여기저기 흩어져 난장판을 방불케 했다. 김호중 사장의 아들은 서류 중 하나를 집어 들고 자세히 들여다본다. 아까 시어머니가 보고 놀란 신분증 복사본이었다.

"죽은 제 여동생을…… 진짜 많이 닮았군요."

김호중 사장의 아들이 씁쓸하게 말했다. 나도 그에게서 그 종이를 받아 들고 자세히 들여다본다. 강보경, 그녀의 진짜 이름인지 아닌지 몰라도 옆집 여자가 확실했다. 역시 김호중 사장에게 사기 쳐 죽음에 이르게 한 건 그 일당들이었어.

"아직 서류를 갖고 계셔서 다행이었네요."

난 김호중 사장의 아들에게 위로의 말을 건넸다. 그가 고개를 끄덕거리며 복사본을 곱게 접어 주머니에 넣는다.

"정 과장, 자네 말이 맞았어. 자네 얘기와 조 조사관의 정보가 아니었더라면 큰일 날 뻔했네. 정말 다행이야."

한상호 사장은 엉망이 된 테이블에 앉아 물을 따라 마시며 말한다. 그는 다행이라고 말했지만 그의 얼굴은 아까보다 시름이 깊어 보였다. 얼굴의 깊은 주름이 더 두드러졌다. 재산을 지켰지만, 좋아했던 여자를 경찰에 신고해야 하는 자신의 처지가 무척 쓰라렸을 것이다.

"저는 이만 가보겠습니다, 사장님."

"식사하고 가게나. 자네를 내가 그냥 보낼 수야 없지."

한 사장의 만류에 테이블에 앉았다. 김호중 사장의 아들도 나를 따라 그의 옆자리에 앉는다.

"후련한가?"

한 사장이 김호중 사장의 아들에게 물었다.

"글쎄요……. 아버지가 바라신 게 이것인지는 모르겠습니다. 하지만 죄를 지었으면 벌을 받아야죠."

"난 내가 김 사장의 원한을 갚았다고 생각하네. 사람의 진심을 이용하는 것은 정말 화가 나는 일이거든. 용서하기 힘들지. 그때 도와주지 못한 게 내 한이었었네."

"고맙습니다."

"그 인사는 여기 정 과장에게 해야지."

그때, 노크 소리가 들리더니 경찰을 따라 나갔던 변호사가 룸으로 들어왔다.

"경찰서로 이송했는가?"

"네. 차에 타는 것을 확인하고 왔습니다. 그 사람들, 보통이 아니던데요? 사기 치려고 외국에서 들어왔대요. 두 명의 국적이 피지라 처벌하는 데 골치가 아플 것 같습니다."

"그래서 행방이 묘연했던 거군. 임 여사의 국적도 그런가?"

"아닙니다. 그분은…… 출국 준비 중이었어요. 빠르게 처리하길 정말 잘하셨습니다. 안 그랬다면 잡지 못했을 겁니다."

"단호하게 대응하세. 나에게 용서란 없어."

한 사장이 준엄하게 말했다. 그 얘기를 들으며 난 그가 내 지원군이라는 사실이 든든했다.

다시 효신 이야기 #91 **증거**

"당신 얼굴이 안 좋다? 왜 그래? 무슨 일 있어?"

난 핼쑥해진 남자의 얼굴을 보며 걱정스러운 듯 묻는다. 그는 어제 밤새도록 잠을 자지 못한 것 같았다.

"엄마랑 연락이 안 돼."

"어머니? 며칠 전에 연락했다며. 잘 계시겠지."

"어제 무슨 일이 있었던 건 아니지?"

"계약 잘하시고 즐거워 보이시던데? 난 회사 일 때문에 중간에 와서 잘 모르지만 별일 없었을걸?"

시치미를 뗐다. 시어머니는 어제 경찰서 유치장에 구속됐다.

당연히 그와 연락이 되지 않았을 거다. 고작 오늘 하루 연락을 하지 않았을 뿐인데, 그가 이토록 전전긍긍해하는 걸 보면 그녀의 연락을 몹시도 기다리고 있었나 보다.

"왜 그래? 마마보이처럼."

"매일 전화하는 엄마야. 연락이 없으니까 이상하지 않아? 아들로서 당연히 걱정되지."

아들? 난 웃음이 나온다. 어제 그녀의 나이를 똑똑히 봤다.

하지만 난 그를 걱정해주는 척 연기를 했다.

"여행 가신 거 아닐까?"

"갑자기?"

"어머니 원래 기분파이시잖아. 한 사장님이 계약 끝나고 여행 가신다고 했어. 거기 따라가신 게 아닐까?"

그를 슬쩍 떠봤다. 그는 고개를 좌우로 흔든다.

"그럴 리가 없어."

"그럴 리가? 어떻게 그렇게 단정을 해? 어머니 마음을 어떻게 알고?"

"엄마는…… 나한테 아무 말도 없이 여행 가고 그러는 사람이 아니라고."

남자가 신경질적으로 대답했다. 그는 계속 안절부절못하더니 결국 자리에서 일어섰다.

"차 좀 쓸게."

"이 시간에? 어디 가려고?"

"불안해서 안 되겠어."

"지금 몇 시인데 그래?"

"나 오늘, 안 들어올지도 몰라."

그는 내 질문에 답도 하지 않고 2층 침실로 뛰어 올라간다. 그리고 차 키를 들고나와 집 밖으로 나갔다. 창문 너머로 헤드라이트 불빛과 시동 거는 소리가 들려온다. 그는 지체하지 않고 차를 타고 어디론가 떠났다.

난 창가에 서서, 차 전조등 불빛이 사라질 때까지 바라본다. 그리고 주위가 다시 깜깜해지자 나도 서둘러 외출 준비를 했다. 택시를 타고 청담동에 있는 맥도날드 매장에 내렸다. 2층으로 올라가니 매장은 거의 비어 있었고, 보험조사원이 한쪽 구석에 앉아 햄버거를 먹고 있었다. 난 그의 앞으로 다가갔다.

"안녕하세요?"

"아, 오셨습니까? 이런 곳에서 뵙자고 해서 죄송합니다. 24시간 운영하는 곳이 술집 외에는 별로 없어서요."

그가 우물거리며 입가를 재빨리 닦았다.

"괜찮습니다. 어머니는, 어떻게 됐어요?"

"아시다시피 구속 중이고요, 경찰이 두 차례 취조했다고 합니다."

"뭐라던가요?"

"계속 오리발이죠. 그들의 수법이라는 게 뻔하지 않겠어요?"

"제 얘기나…… 박종대에 대한 얘기는 하지 않던가요?"

"경찰에게도 물어봤지만 그 사건에 대해서는 일체 입을 다물고 있어요. 그런데 박종대가 죽은 게 확실합니까?"

"확실해요. 그러지 않으면 김재우가 왜 제 앞에 나타났겠어요? 박종대가 죽었으니까, 못 나타나니까 그 사람이 등장한 거겠죠."

"어디까지나 추측 아닙니까. 그 사람들, 뭔가 결정적인 증거를 들이댈 때까지는 입을 열지 않을 겁니다."

"그 결정적인 증거라는 게 뭐죠?"

"말 그대로 살인을 했다는 증거죠. 시체가 발견됐다거나 목격자가 있다거나 하는. 아마 그런 증거가 나올 때까지는 부동산 사기만 인정할 겁니다. 이번에 현장에서 검거된 거라 그건 빼도 박도 못 하거든요."

"만약에 증거가 발견된다고 해도 자신들은 아니라고 잡아떼겠죠?"

"거짓말도 할걸요? 사기꾼들입니다. 둘러대는 데 아주 능숙해요."

보험조사원은 햄버거의 마지막 조각을 입에 넣었다. 그리고 콜라의 마지막 한 방울까지도 모두 마셔버린 후 만족스러운 듯 손을 닦는다.

"뭘 그리 겁내시는 겁니까?"

"전, 제가 상대해야 하는 이들이 몇 명인지도 모르잖아요."

"그 수가 아무리 많다 한들, 한 명이 잡힌 이상 나머지를 잡아넣는 건 시간문제예요. 너무 걱정하지 마십시오."

태평한 그의 대답에, 난 내가 지하 방과 옆집에서 발견한 것에 대해 말해줬다. 집이 똑같은 것을 넘어서 두 집을 오갈 수 있는 비밀 통로가 있으며, 옆집 지하 방의 컴퓨터를 통해 나뿐 아니라 필주 씨까지 감시하고 있었다는 것 등등.

"필주 씨라면……."

필주 씨의 얘기가 나오자 그가 얼굴을 찌푸렸다. 아차, 싶었다. 그를 처음 만났을 때, 필주 씨에 대해 얼버무렸던 게 그제야 떠올랐기 때문이다.

"오현철 씨 얘기할 때 잠깐 거론됐던 사람 아닙니까? 김재우가 그 사람을 왜 해킹했다는 거죠?"

보험조사원의 기억력은 좋았다. 그가 나를 의심의 눈초리로 훑어본다. 퇴로가 없었다. 지금 체면이 문제가 아니라 내 목숨이 문제다. 그에게 신뢰를 잃어서는 안 된다. 난 그에게 숨기고 있었던 필주 씨와의 관계를 할 수 없이 털어놓았다. 그는 진지한 태도로 내 이야기를 끝까지 들었다.

"지금 정효신 씨 말씀은 김재우가 박종대를 죽인 죄를 역으로 뒤집어씌우려고 한다, 이 말인 거죠?"

"네. 그러지 않고서야 왜 필주 씨를 해킹하고 감시했겠어요?"

"흐음……."

그가 미심쩍은 눈초리로 대한다. 난 가방에서 한약 파우치를 꺼냈다.

"이게 뭡니까?"

"시어머니가 제게 해준 한약이에요. 매일 그 남자가 챙겨줬어요."

그가 흥미롭다는 듯 한약 파우치를 받아들었다.

"아마 독극물이 섞여 있을 거예요."

"확실합니까?"

"성분 분석해보시면 알게 될 거예요. 그리고 선생님께서, 전에 그 사람들이 제 목숨을 노린다고 하셨잖아요? 그 증거입니다."

"좋습니다. 일단 받아두죠. 그런데 이것과 박종대를 죽인 죄를 정효신 씨에게 뒤집어씌우는 것이 무슨 관계가 있는 건가요? 저는 잘 이해가 가지 않습니다만."

"제 보험금만 노렸다면 필주 씨를 끌어들이지 않았을 거예요. 생각해보세요. 누군가에게 죄를 뒤집어씌워야만 그들도 빠져나갈 구멍이 생기지 않겠어요? 그 대상이 저 아니면 필주 씨라고요."

"그것도 추측이지 않습니까?"

"아뇨. 확실해요. 언제부터인지 모르지만, 꾸준히 우리 둘을 해킹해온 걸 보면 제 생각이 맞을 거예요."

"……."

"선생님, 경찰에게 미리 알려야 합니다. 그들이 거짓말로 꾸며대기 전에요."

"알겠습니다. 전달은 해놓도록 하죠. 하지만 너무 기대하지는 마십시오. 그리고 정효신 씨, 제가 누차 말씀드리자면 아무도 믿지 마십시오. 그게 이필주 씨라도요."

난 보험조사원의 말에 고개를 끄덕였다. 그리고 그가 내 말을 믿어주길 간절히 바랐다.

며칠 동안 많은 일이 있었다. 한상호 사장의 힘을 빌려 시어머니를 구속했고 보험조사원도 나름 잘 포섭했다. 계획한 대로 일이 착착 진행되고 있다고 생각하니 조증 상태가 지속됐다. 밤에 제대로 잠을 이루지 못하는데도, 그다음 날이 되면 몸과 마음이 붕 뜬 상태로 어떻게든 하루를 버텨낼 수 있었다. 내 머릿속은 결정적 증거를 만들어내야 한다는 생각으로 꽉 차 있었다.

"너 요즘 무슨 일 있니?"

VIP 목록을 보며 생각에 잠겨 있는데, 지나가던 정주 언니가 말을 걸었다.

"왜 이렇게 산만하고 볼 때마다 멍해 있어? 재우 씨랑 또 싸우고 그런 건 아니야? 재우 씨가 계속 의심해?"

"아, 아뇨. 그럴 리가요. 요즘 사이좋아요."

"그런데 왜 그래? 실적도 안 좋고. 소장이 지금 너 벼르고 있어."

"아……, 죄송해요. 주의할게요."

"대답만 하지 말고. 이따 현장 나가야 한다는 얘기 들었지? 이번 VIP 보통 까다로운 사람 아니니까 영조랑 둘이 나가."

난 정주 언니가 자리로 돌아가기 무섭게 서랍에서 작고 투명한 비닐봉지를 꺼냈다. 그리고 그 안에 있는 남자의 머리카락을 들여다본다. 이게 단초가 될 수도 있을 것 같은데 어떻게 해야 하나…….

오늘 퇴근 시간에 맞춰 필주 씨가 일산 분양관으로 찾아오기로 했다. 그때까지 난 있는 꾀를 다 짜내야 한다. 그러나 일은 내게 잠시의 여유도 주지 않았다. 정주 언니가 말한 대로 김영조와 함께 VIP를 모시고 공사 현장에 나가야 했다. 외근을 마친 후, 지친 몸을 끌고 분양관으로 돌아왔지만 일은 끝나지 않았다. 다른 고객의 상담이 또 나를 기다리고 있었다. 내리 두 팀의 상담을 끝내자 그제야 퇴근 시간이 된다. 분양관의 마지막 상담이 끝날 때까지 기다렸다. 고객이 돌아가자, 난 굴레에서 벗어난 듯 기지개를 쭉 켰다.

오후 6시 30분. 조금 있으면 필주 씨가 올 시간이다. 업무를 마칠 시간이 되자 사람들은 퇴근을 서둘렀고 분양관은 이내 텅 비었다. 혼자 자리에 앉아 시간을 죽이며 그를 기다렸다.

7시가 조금 넘자 사무실 전화가 울렸다.

"분양 상담사 정효신입니다."

나는 의례적으로 전화를 받았다. 수화기 너머로 친숙한 필주 씨의 목소리가 들려왔다.

[나야, 주차장에 차 세웠어. 올라갈까?]

"아니, 밖에서 만나. 이거 휴대폰으로 건 거 아니지?"

[공중전화야. 설렁탕집 앞에 있는.]

"그 집에서 보자. 정리하고 나갈게. 3분만 기다려."

서둘러 분양관의 불을 끄고 문을 잠금 다음 설렁탕집으로 향했다. 가게 안으로 들어가자 필주 씨가 손을 들어 자신이 있는 곳을 알린다. 주변을 둘러보니 다행히 아는 사람이 없었다.

"생각보다 일찍 왔네?"

"일 끝내고 오느라 서둘렀지. 왜 여기까지 오라고 한 거야?

442

전화로 얘기하면 되지.”

난 그에게 남자의 머리카락이 든 비닐봉지를 내밀었다.

“그게 뭐야?”

“김재우 머리카락.”

“이걸 뭐, 어쩌라고?”

필주 씨가 떨떠름한 표정으로 비닐봉지를 받아 든다. 난 때맞춰 나온 설렁탕에 밥을 말면서 말을 이었다.

“시어머니가 경찰에 잡혔어.”

“잘됐다. 결국 그렇게 됐구나? 지금 경찰서에 있어?”

“응. 취조 중이라나 봐. 그래서 고민 중이야. 그 여자가 우리 얘기도 경찰에 곧 할 것 같아.”

“그러면…… 우린 어떡해? 이제 걸리는 거야?”

“경찰은 당연히 안 믿지. 사기꾼 얘기잖아.”

필주 씨가 안도의 숨을 내쉬었다. 난 그의 안색을 살피며 그동안 생각해왔던 말을 꺼냈다.

“하지만 만에 하나, 우리를 조사할지도 몰라. 그전에 미리 손을 써둬야 해.”

“이걸로? 어떻게?”

“죽은 남편, 박종대의 시체가 있는 곳을 아는 사람은 우리 둘뿐이잖아?”

“그거야 그렇지만…….”

“자기가 그거, 김재우 머리카락을 시체에 두고 오는 거야. 경찰이 우리를 의심하더라도 시체가 발견됐을 때 그 의심을 돌려

버릴 수 있는 결정적 증거인 거지."

"경찰이…… 이런 걸 믿을까? 너무 허술하지 않아?"

"다른 방법이 있어?"

"아니. 그건 아닌데……. 누가 보기라도 하면 어떡해?"

"조심해야지. 자기가 집에 가면서 거기 들러줬으면 좋겠어."

"뭐? 오늘? 내가? 하우스 빌리지에?"

내 얘기를 들은 필주 씨가 화들짝 놀란다. 그리고 입맛을 잃
은 듯 수저를 내려놓았다. 그 반응을 이미 짐작하고 있었기에,
난 태연하게 설렁탕을 먹으며 말했다.

"그럼 누가 가겠어? 내가 가면 쉽게 의심받을 거라고."

"가평은 청송과 반대 방향이잖아?"

"그게 무슨 상관이야? 한시라도 빨리 움직여야지. 경찰이 조
사 들어올지도 모른다고. 어쩌면 시체도 금방 찾아낼지 몰라. 그
러면 우린 끝이야."

그의 얼굴이 사색이 됐다. 하지만 난 신경 쓰지 않는다. 오늘
따라 설렁탕이 더 맛있었다.

"나더러, 지금 거길 가라는 거야? 당장?"

"그럼? 지금 가야지. 아니면 낮에 가? 다른 사람 눈에 띄
려고?"

"……."

"필주 씨, 좀 대범해져 봐. 자기 행동 하나에 우리 둘의 목숨
이 걸려 있을지도 모른다고."

필주 씨가 다시 수저를 들었다. 그러나 그의 손은 가늘게 떨

리고 있었다.

다시 효신 이야기 #92 **드러난 비밀**

오늘은 아침부터 정주 언니와 분양 현장에 나갔다. 일산과 파주와의 거리는 멀지 않지만 VIP가 연달아 오는 바람에 점심시간이 넘어서까지 현장에서 안내 업무를 맡았다. 2시가 넘어서야 간신히 일이 끝났다. 허기에 지친 언니와 나는 주변에 있는 아무 백반집에나 들어갔다.

"오늘만 같으면 저절로 다이어트가 되겠다. 그치?"

정주 언니는 허겁지겁 밥을 먹으면서도 실없는 소리를 하며 웃었다. 나도 부지런히 수저를 놀리며 언니 얘기에 맞장구를 친다.

"이제 대표님 되시면 이렇게 현장에 나오지 않으실 거잖아요?"

"자리 잡을 때까지는 내가 직접 뛰어야지."

"준비는 잘되는 거죠? 저 기대하고 있단 말이에요."

"이번 일 끝나면 바로 시작할 거야. 아, 경수 씨 곧 퇴원한다."

"다행이네요. 괜찮아졌대요?"

"아주 쌩쌩해졌더라. 카페인 과다 섭취로 그렇게 고생해놓고 나한테 뭐라는 줄 알아? 커피는 못 끊는다는 거 있지?"

"언니 회사에 경수 씨도 합류하겠네요."

"그럼. 요즘 신입 중에 걔만큼 싹싹하고 일 잘하는 애가 어디 있겠니. 어머, 너 그 목걸이 예쁘다?"

정주 언니가 밥을 먹다 말고 갑자기 내 목걸이를 보며 말한다. 난 무의식적으로 목걸이를 만지작거렸다. 차가운 금속의 이니셜 라인이 손끝에 만져진다.

"어디서 샀어?"

"집 근처 쇼핑몰이오. 마음에 드세요?"

난 목에서 목걸이를 풀어 그녀에게 건넸다. 그녀가 꼼꼼히 목걸이를 살펴본다.

"나 전부터 이런 거 갖고 싶었는데. 어쩜 이니셜도 나한테 딱 맞는다."

"언니 가지세요."

"어? 그래도 돼?"

"제 취향은 아니라서요. 대신 밥 사주시면 되죠."

"고마워. 비싼 거 사줄게."

정주 언니의 입가에 웃음이 번졌다. 그녀는 사양도 하지 않고 목걸이를 덥석 받는다. 하지만 난 목걸이를 언니한테 준 것이 아깝지 않았다. 오히려 홀가분하다. 그 남자가 준 것을 내 몸에 착용하고 싶지 않았다. 무슨 의도로 줬는지 알 수 없지 않은가. 이제 와 생각해보면 그는 섹스할 때 유독 이 목걸이에 집착했던 것 같다. 분명히 이유가 있을 것이다. 남자의 끈적한 눈빛이 떠오르자 기분이 나빠졌다. 불쾌했다.

"거 볼륨 좀 높여 보소."

백반에 막걸리를 마시고 있던 한 남자가 식당 이모에게 주문하는 목소리가 들렸다. 식당 이모가 TV의 볼륨을 높였다. TV에서는 곱게 차려입은 여자 아나운서가 어젯밤 벌어진 사건 소식을 알리는 중이었다.

[가평에서 변사체가 발견돼 경찰이 수사에 나섰습니다.]

아나운서의 목소리에 내 신경이 곤두섰다. 가평? 변사체? 설마…… 거긴 아니겠지. 난 TV로 시선을 돌리지 않으려고 애를 썼다.

[가평경찰서에 따르면 전날 오후 2시경, 가평에 있는 하우스 빌리지 단지에서 인근 주민이 사체를 발견해 경찰에 신고했습니다. 사체는 20, 30대 남성으로 추정되며 하우스 빌리지는 5년째 공사가 중단된 폐가로 밝혀졌습니다. 경찰은 사체를 국립과학수사연구원에 보내 정확한 사인과 신원을 확인 중입니다.]

난 입술을 깨물었다. 드디어 발각됐다. 그토록 감춰지길 바랐던 일들이, 5년 동안 숨겨온 사실이, 세상에 드러난 것이다. 머릿속이 하얘진다. 어디선가 검은 손이 나타나 내 숨을 조여 오는 것 같다.

"어머, 저기 우리가 일했던 데 아니야?"

내 속도 모르고, 정주 언니는 호기심에 가득 찬 목소리를 내지른다. 난 고개를 끄덕였다. 우리가 일했던 곳이 맞다. 내가 죽인 남편을 숨긴 곳이 맞다.

"세상에나, 거기서 그런 끔찍한 일이 일어나다니……."

수저를 내려놓았다. 밥맛을 잃었다. 속으로는 필주 씨가 걱정

447

되기 시작했다. 박종대의 시체가 발견된 것도 모르고 어제 하우스 빌리지에 갔을 그를 생각하니 무슨 일이 생긴 건 아닐까 두렵다.

이제껏 전화 한 통 없는 것도 이상했다. 경찰의 눈에 띈 것은 아니겠지? 아, 왜 난 하필 어제 그곳에 가라고 그를 부추겼던 걸까? 빨리 사무실에 들어가 필주 씨에게 연락하고 싶었다. 그러나 정주 언니는 내 마음도 모르고 느긋하게 식사를 즐기고 있다. 마지막 반찬까지 오물거리며 맛있게 먹는다. 난 초조해진다.

"오늘, 날도 좋은데, 우리 커피 마시고 들어갈까?"

"언니, 안 돼요. 전화 오기로 한 곳이 있어서요."

"휴대폰 있잖아?"

"분양관으로 전화한다고 하셨어요."

"누가?"

"한 사장님이요."

난 거짓말을 했다. 하지만 VIP의 파워는 셌다.

"아, 한 사장님……, 여전히 까탈스러우시네. 알았어. 할 수 없지. 일찍 들어가자."

정주 언니가 투덜대며 자리에서 일어났다. 난 언니가 꾸물거릴까 봐 재빨리 계산을 하고 백반집에서 나왔다. 그리고 평균 이상의 속도를 내어 분양관으로 차를 몰았다. 운전하는 내내 심장이 두근거렸다.

분양관에 돌아오자마자 필주 씨에게 문자를 넣었다. 잠시 후, 책상 위에 있는 유선 전화의 벨이 울렸다. 아르바이트생이 대표

번호로 걸려 온 전화를 내게 돌려준 것이다.

"분양 상담사 정효신입니다."

[나야.]

필주 씨였다. 난 안도의 한숨을 내쉬었다. 그는 이상이 없다. 다행이다.

"자기 괜찮아?"

[한발 늦었어…….]

계획한 일은 생각대로 되지 않는다. 나의 얄팍한 수는 발휘할 기회조차 주어지지 않았다. 좀 더 일찍 손을 썼어야 했는데…….

"알아. 뉴스에 나오더라."

[TV 봤구나? 뭐래?]

"인근 주민이 20, 30대 남자 시체를 발견했대."

[역시 그랬구나……. 그거였어.]

"자기, 거기 간 거 경찰에게 걸렸어?"

[아니. 근처에 가기도 전에 경찰이 막았어. 도로에 경찰차와 앰뷸런스도 대기 중이라 뭔 일인가 했었지. 그런데 그 일일 줄은…….]

"됐어. 경찰은 모를 거야."

[우리…… 이제 어떻게 되는 걸까? 곧 걸리겠지?]

힘없는 필주 씨의 말에 화가 났다. 나도 모르게 큰 소리가 나왔다.

"무슨 소리야? 그럴 리가 없어!"

그리고 바로 목소리를 낮췄다. 주변의 시선이 내게 집중되면 안 된다.

"자기가 지갑을 빼낸 덕에, 그 사람 신원을 쉽게 찾지는 못할 거야. 우리에게 시간이 있어. 그때까지 내가 무슨 수를 써볼게. 너무 걱정하지 마."

난 필주 씨를 위로했다. 하지만 그 말은, 나 스스로 하는 말이었다. 일단 안심하자. 당황하거나 겁을 먹으면 누군가 나의 꼬리를 잡을 것이다. 틈을 보이면 안 된다. 난 심호흡을 여러 번 했다. 주변의 의심을 받지 않고 다시 업무로 복귀하기 위해서는 마음의 안정이 필요했다. 간신히 호흡을 골랐을 즈음, 아르바이트생이 내 곁으로 다가왔다.

"정 과장님, 예약 고객 오셨는데요?"

"나 오늘 잡힌 거 없는데?"

"이 시간에 예약 잡았다고 하시던데요?"

"누가?"

"저기 7번 테이블에 앉아 계시는 분요."

아르바이트생이 알려준 자리에는 우락부락한 남자 두 명이 앉아 있었다. 그들은 누가 봐도 분양관을 처음 방문한 듯, 주위를 두리번거렸다.

"알았어. 고마워."

난 아르바이트생을 돌려보내고 그들의 곁으로 갔다. 경찰일지 모른다는 생각에, 손바닥에 땀이 날 정도로 긴장된다.

"안녕하세요? 정효신입니다. 오늘 제게 상담 예약을 하셨다고요?"

난 애써 침착함을 유지하며 웃음을 쥐어 짜냈다. 입가에 경련이 일 지경이었다.

"상가와 오피스텔을 분양하는 건가요?"

"상가와 근린생활시설입니다. 오피스텔과 비슷하지만 차이가 좀 있죠. 물건 보러 오셨나요?"

"아니요. 정효신 씨를 만나러 왔습니다."

한 남자가 조용히 내게 무엇인가를 보여준다. 경찰증이었다. 예상한 대로 그들은 경찰이었다. 난 침을 꿀꺽 삼켰다.

"조용한 데서 얘기 좀 하고 싶은데요?"

"좋습니다. 이리 오시죠."

그들을 VIP실로 안내했다. 가슴이 쿵쾅거렸지만 난 태연한 척 고개를 빳빳이 들었다.

"무슨 일로 오신 거죠?"

"어제 가평에서 시체가 발견된 것 아십니까?"

"오늘 뉴스에서 봤습니다."

"예전에 하우스 빌리지에서 근무하셨죠?"

예상했던 질문이 나왔다. 대답은 쉽다. 가급적 정직하게, 그리고 곤란한 질문은 기억을 못 하는 척하면 된다.

"네. 두 달 정도 분양 홍보 일을 맡았습니다. 박정주 본부장님과 함께요. 왜 그러시죠?"

"저희가 변사체의 신원 파악차 관련자들을 조사하고 있습니다."

"제가 그 관련자란 말씀이시군요."

"맞습니다. 정황상 몇 가지를 여쭤보고 싶을 뿐이에요. 남편이 김재우 씨 맞죠?"

"그를 의심하시는 건가요?"

"용의 선상에 오른 사람 중 한 명인 거죠."

난 재빨리 머리를 굴렸다. 박종대를 죽인 범인으로 그를 몰아가기에는 스토리가 아직 충분치 않았다. 경찰에게 말하기 전에, 그가 박종대를 죽일 타당한 이유를 생각해내야 했다. 시간이 필요했다.

"지금 제가 업무가 바빠서…… 얘기가 길어질까요?"

난 시계를 보며 말했다. 시계는 어느덧 4시를 가리키고 있었다.

"아닙니다. 오늘은 확인차 나온 거고요, 자세한 얘기는 경찰서에서 진행할 겁니다. 내일 경찰서로 방문해주셨으면 하는데요, 시간을 내주실 수 있죠?"

부드럽게 돌려 말했지만 그건 경찰의 출두 명령이었다. 이를 어길 시 그들은 강압적으로 나올 것이다.

"본부장님도 함께인가요?"

"박정주 씨에게는 저희가 따로 연락할 겁니다."

"알았습니다. 내일 찾아뵐게요."

경찰이 내게 명함을 건넸다. 그 명함에는 가평경찰서 최근식 경사라고 적혀 있었다. 내가 명함을 받아 들자 그는 순순히 돌아갔다. 일단 눈앞의 위기는 모면한 셈이다.

그러나 경찰이 떠난 후에도 뛰는 가슴은 진정되지 않았다. 경찰은 전화로 해도 될 얘기를 왜 굳이 방문해 물어보는 걸까? 설마 현장에 내가 시체를 유기한 증거를 남긴 건 아니겠지? 어쩌면 경찰이 날 의심하고 있을지도 모른다는 생각에 불안해진다. 이럴 때 기댈 사람 하나 없다는 게 서럽다.

힘없이 자리로 돌아왔다. 일이 손에 잡히지 않았다. 분양관 안을 둘러보니 각자의 일에 바빠 한눈팔 겨를이 없어 보였다. 전화하기에 적기였다. 한참을 고민하다 나는 보험조사원에게 전화를 걸었다. 그리고 하우스 빌리지에서 시체가 발견됐다는 것과 그 일로 경찰이 분양관까지 찾아왔다는 사실을 알렸다.

"경찰은 아니라고는 하는데, 혹시 저를 의심하는 건 아니겠죠?"

너무 걱정이 된 나머지 그에게 솔직히 내 속을 드러내 보였다. 보험조사원의 목소리에서 의아한 기색이 묻어난다.

[왜 정효신 씨를 의심한다고 생각하는 겁니까?]

"그게……."

난 제대로 대답을 못 했다. 상대가 아무리 협력 중인 보험조사원이라 할지라도 경찰 출신인 그의 감은 매서웠다. 실수할까 봐 난 걱정이 된다.

"그 사람들이 제 목숨을 노리고 있으니까요."

기어들어 가는 목소리로 간신히 말을 이었다.

"선생님도 상대를 아시잖아요. 사기꾼 무리라고요. 저를 죽이고 저에게 죄를 뒤집어씌우려고 입을 미리 맞춰놨을 거예요."

최대한 머리를 짜내 말을 둘러댔다. 그가 이상하게 들을까 걱정하면서 말이다. 다행히 그가 나를 의심하는 것 같지는 않았다.

[경찰이 김재우 씨에 관해 묻지 않았습니까? 주변인 확인은 의례적으로 하는 업무예요. 방문한 것도 아마 정효신 씨의 근무지와 신원을 확인하러 나온 걸 겁니다.]

"그럼 다행이고요. 내일 경찰서로 나오라는데, 솔직히 좀 겁이 나요."

[내일 경찰서에 출두한다고요? 가평경찰서 말입니까?]

"아는 분이라도 계신가요?"

[제가 근무했던 지역이 아니라서…… 이제 알아봐야죠.]

보험조사원이 처음 반응과는 달리 내 일에 관심을 보인다. 내가 불쌍해 보인 걸까? 아니면 발견된 시체가 자신의 일과 얽혀 있다고 생각하는 걸까? 동아줄을 잡는 심정으로 그에게 경찰서 방문 시간을 알려주고 전화를 끊었다. 그가 조금이라도 내게 힘이 되어줬으면. 나는 길게 한숨을 내쉬었다. 오늘은 태풍이 몰아친 하루였다. 단시간 내 내게 너무 많은 일이 일어났다.

내일은 더 큰 일이 일어날까 봐, 두렵다.

다시 효신 이야기 #93 **심문**

오늘은 가평경찰서에 가야 하는 날이다. 일찍 일어나 얼굴에 팩을 하고 옅은 화장을 했다. 일부러 피부톤에 가까운 립스틱을 골라 입술에 발랐다. 누가 봐도 내가 가련한 피해자로 보이길 바랐다.

화장을 공들여 마치고 1층으로 내려갔다. 그는 오늘도 변함없이 주방 테이블에 앉아 커피를 마시고 있었다.

"잠깐, 얘기 좀 해."

나가려는데 그가 붙잡는다. 난 시계를 들여다봤다. 아직은 여유가 있었다. 난 테이블로 가서 그가 내려놓은 커피를 따라 마신다.

"무슨 얘기?"

"한상호, 그 사람과 연락돼?"

"글쎄? 안 될걸? 여행 가셨다고 말했잖아. 왜?"

"엄마와 연락이 안 돼."

"아직도?"

난 괜히 놀란 척 묻는다. 그가 걱정하는 모습을 보니 고소했다. 하지만 시어머니를 걱정하듯 말을 덧붙인다.

"경찰에 신고라도 해봐야 하는 거 아냐?"

"아니, 그럴 정도는 아니고……."

그가 말끝을 흐린다. 난 속으로 그를 비웃었다. 경찰에 전화를 못 하는 거면서 아닌 척은.

"정 걱정되면 어머님 댁이라도 다녀와."

"이미 다녀왔어."

"집에 안 계셔?"

그가 힘없이 고개를 끄덕였다. 근심 어린 그의 얼굴이 수척해 보였다.

"어머니 친구분은? 미정인가? 그 청담동 건물주 말이야. 당신도 잘 안다며?"

"……."

남자의 눈빛이 흔들리고 있다. 불안해 보였다. 난 속으로 쌤통이라고 생각하며 가방을 들고 일어섰다. 이번 기회에 속 좀 썩어봐. 그래야 내 심정을 이해할 수 있지 않겠어? 난 커피 메이커에 남아 있던 커피를 텀블러에 옮겨 담았다.

"너무 걱정하지 마. 곧 연락하시겠지. 나 늦기 전에 나가볼게."

내가 나가려 하자 그가 한약 파우치를 챙겨준다. 난 한약 파우치를 받아 가방에 넣었다. 이미 내 가방 속에는 며칠 전부터 모은 파우치가 몇 개 더 있었다.

1시간가량 차를 몰아 경찰서에 도착했다. 난 룸미러로 내 모습을 꼼꼼히 점검한 다음 차에서 내렸다. 가평경찰서 정문으로 들어가려는 찰나, 나를 부르는 소리가 들린다.

"정효신 씨."

뒤를 돌아다보니 보험조사원이었다. 그를 보자 반가운 기색을 숨길 수가 없었다.

"선생님, 여기까지 어떻게 오셨어요?"

"사실 어제 전화 끊고 고민 좀 했습니다."

그가 빙긋 웃어 보였다. 어제 내가 전화로 매달린 사실이 마음에 걸렸었나 보다. 그래도 이 먼 가평까지 이른 시간에 직접 와줄 줄이야. 난 그의 친절에 감격했다. 오늘은 일이 술술 풀릴 것만 같았다.

"시어머니는 어떻게 됐나요?"

"여전히 구치소에 있습니다. 모든 범죄 사실을 부인하고 있고요."

"시간이 꽤 걸리겠어요."

"아무래도 그렇지 않겠습니까? 상대는 프로입니다. 쉽게 인정하지 않겠죠. 그나저나 김재우는 지금 어떻습니까?"

"불안해하는 것 같아요. 어머니와 연락이 안 된다고 오늘 아침에도 걱정하던걸요."

"서둘러야겠네요."

"네? 무슨 말씀이신지?"

"임난희가 잡힌 걸 눈치채기 전에 움직여야겠다고요."

"아……, 그들이 무슨 수를 쓸까요?"

"그러지 않을까요? 일망타진하려면 우리도 긴장의 끈을 놓아서는 안 됩니다."

그의 말에 난 고개를 끄덕였다. 나를 기만하고 내 목숨을 노린 자들을 잡아 한꺼번에 벌을 줄 수 있다니, 이 얼마나 통쾌한 일인가.

"이번에 시체 발견된 거, 박종대가 맞죠?"

"아직 신원 파악 중입니다."

"그이가 범인인 걸까요?"

"정효신 씨 말대로 김재우를 가장 유력한 용의자로 보고 있어요. 하지만 아직 모릅니다. 결론이 난 게 아니니까요. 경찰은 그가 범인이라고 섣불리 말하지 않을 겁니다."

"얘기 들으신 게 있군요?"

"일부는요."

"경찰이 뭐라던가요?"

"살해 원인을 동업자의 배신이 아닐까 추측하더군요."

난 속으로 쾌재를 불렀다. 경찰의 수사 방향이 내가 원하는 쪽으로 흘러가고 있었다.

"경찰이 유도신문을 할지도 모릅니다. 거기에 넘어가서는 안 돼요. 어쩌면 정효신 씨를 공범으로 보고 있을 수도 있으니까요."

그의 말에 심장이 쿵 떨어지는 것 같았다. 공범이라는 단어에 머리끝이 쭈뼛 섰다.

"그럼 전…… 어떻게 해야 하죠?"

"정효신 씨가 아는 것만 솔직히 얘기하면 됩니다."

보험조사원은 인자한 표정을 지으며 나에게 충고를 해준다. 그가 눈물 나게 고마웠다. 난 그의 지원에 힘을 얻어 경찰서 안으로 들어갔다. 두근대는 마음이 좀처럼 진정되지 않는다.

강력 1반 사무실로 들어가니 어제 분양관에서 만났던 우락부락한 형사가 눈에 띄었다. 내게 명함을 준 최근식 경사였다. 그가 나를 보자마자 하던 일을 멈추고 다가왔다.

"일찍 오셨군요. 이리로 오시죠."

그는 나를 데리고 작은방으로 들어갔다. 한쪽 벽면이 유리로 되어 있고 방 안에는 책상과 의자 두 개만 있는, 영화나 TV에서 봤던 취조실이었다. 난 침을 꿀꺽 삼켰다. 긴장돼서 입안이 바짝 마른다. 다른 경찰이 한 명 더 들어오더니 내게 음료수를 건넸다.

"하우스 빌리지에서 근무하셨다고요?"

"네……."

"그게 언제입니까?"

"5년 전입니다."

"하우스 빌리지에 대해 잘 아시겠네요. 다시 한번 묻겠습니다. 김재우 씨가 남편 맞죠?"

"네. 맞습니다."

"5년 전 그곳에서 근무하실 때, 김재우 씨도 종종 들르곤 했나요?"

"그러진 않았습니다만…… 제가 어디서 일하는지는 알고 있었을 거예요. 그이가, 이번 사건의 범인인가요?"

난 남자를 걱정하는 척 애처롭게 묻는다. 연기를 더 실감 나게 하기 위해 눈을 내리깔고 손도 살짝 떨었다.

"아직 단정 짓지 않았습니다. 국과수에서도 결과가 아직 나오지 않았고요. 정효신 씨는 김재우 씨가 범인이라고 생각하시는 건가요?"

"아, 아니요. 그 사람이 그럴 리가 없겠지만……."

일부러 부인했다. 그가 범인이라도 크게 외치고 싶었지만 지금 난 아무것도 모르는 살인자의 부인 역할이었다. 그것에 충실해야 했다. 조금이라도 경찰의 의심을 사서는 안 된다.

"만약에 말입니다. 아주 만약에요, 김재우 씨가 살인한 거라면 왜 시체를 하우스 빌리지에 유기했다고 생각하십니까?"

경찰이 나를 공모자로 볼 수도 있다는 보험조사원의 말이 떠올랐다. 난 최근식 경사를 바라봤다. 그의 눈에서는 아무런 감정도 엿보이지 않았다.

"하우스 빌리지는 정효신 씨가 근무했던 곳이지 않습니까? 이곳에 시체를 유기했다는 사실이 발각되면 오히려 얽혀 들어갈 위험이 클 텐데요."

그가 의심스러운 목소리로 물었다. 침착해야 한다, 침착해야 한다……. 나는 책상 위에 있는 음료수를 마시고 마음을 간신히 진정시켰다.

"그건…… 그때 하우스 빌리지 공사가 중단됐기 때문이에요."

"공사 중단이오? 그게 언제입니까?"

"5년 전입니다. 그때 빌라 공사가 중단돼서 드나드는 사람이 거의 없었습니다. 그 넓은 부지에 사람은 저와 박정주 본부장님뿐이었어요. 밤에는 물론 아무도 없었고요. 누구나 제한 없이 드나들 수 있는 곳이었어요. 또 대부분이 짓다 만 건물이라 하우스 빌리지에는 시체를 숨길 만한 곳도 많았겠죠."

"정효신 씨는 사체가 유기된 시점이 언제라고 생각하십니까?"

"그이가 실종되기 바로 전이겠죠."

"그이라면, 김재우 씨 말입니까?"

"그게……."

숨을 크게 들이마시고 경찰을 똑바로 바라봤다. 내가 어떻게 말하고 어떻게 경찰을 설득시키느냐에 따라서 내 미래가 결정될 것만 같았다.

"이런 얘기를 믿으실지 모르겠지만……."

난 남편이 사라진 것부터 그가 다른 남자가 되어 나타났고, 내 생명보험금을 노리고 있으며 현재 시어머니가 구치소에 있다는 것까지 솔직히 다 털어놨다. 그리고 그들이 내 목숨을 노린 증거로 가방에 넣어뒀던 한약 파우치를 꺼내 건넸다. 의외로 그는 친절하게 내 얘기를 끝까지 들어줬다.

"알았습니다. 그 내용은 제가 다른 경찰서에 연락해 확인해보죠. 실종된 남편 성함이 뭐라고 했죠?"

"박종대요. 그게 그 사람 진짜 이름이었어요."

"돌아온 현재 남편은 김재우 씨가 맞고요?"

"네."

"두 사람의 얼굴이 확연히 다를 텐데, 정효신 씨는 김재우 씨를 보고 남편이라 믿었습니까? 의심하지 않았어요?"

"당연히 의심했죠. 하지만 아무도 제 말을 믿지 않았습니다. 경찰까지도요."

"두 사람이 같이 있는 것을 본 적은 있습니까?"

"아니요."

"이번에는 5년 전, 정효신 씨 남편의 실종 건에 대해서 묻죠. 박종대 씨 말입니다. 실종 원인이 뭐였습니까?

"그, 글쎄요……."

"5년 전에, 무슨 일이 있었던 건 아닙니까?"

최근식 경사가 서류철을 뒤적이며 묻는다. 난 너무 긴장한 나머지 쓰러질 지경이었다. 하지만 정신을 바짝 차리고 얘기를 그럴듯하게 둘러대기 위해 온 힘을 모았다. 경찰이 나를 의심할 여지를 주면 안 된다.

"남편이 사라진 날, 그이가 누군가와 싸웠던 것 같아요."

"싸워요? 몇 시쯤이었습니까? 기억나십니까?"

"아마 12시가 넘어서였을 거예요. 제가 그때 2층에 있었는데 지하 방에서 큰 소리가 들렸어요. 다른 남자와 싸우는 소리요. 그 소리는 옆집에도 들렸을 겁니다."

"그래서 내려가 보셨습니까?"

"아니요. 그이가 내려오지 말라고 했거든요."

"누가 박종대 씨를 찾아왔는지는 모르시고요?"

"다른 사람이 찾아오진 않았어요. 그런데……."

"그런데요?"

"이건 제가 얼마 전 알게 된 건데…… 저희 집 지하가 옆집이랑 연결돼 있었어요."

"네?"

"그때 그 남자가, 김재우가 옆집을 통해 찾아왔는지도 몰라요. 아니, 그 사람 맞을 거예요. 그러니까 제 남편인 척을 했겠죠. 옆집 여자와 시어머니와 짜고요. 그래서 어쩌면…… 그 시체가……."

난 횡설수설한다. 거짓말로 짜 맞추려니 생각보다 쉽지 않았다. 경찰의 눈이 날카롭게 빛났다.

"박종대 씨라는 얘기죠?"

고개를 끄덕였다. 경찰의 입가에 미소가 살짝 떠올랐다 사라졌다. 나는 이렇게 쉽게 내 얘기를 받아들여 주는 그가 고마웠다.

"박종대라, 정효신 씨는 시체의 신원이 박종대 씨라 생각하시는군요. 알았습니다…… 참조해보죠. 다시 김재우 씨 얘기로 돌아가 보겠습니다. 최근, 김재우 씨 행동이 수상하다거나 하는 게 있었습니까?"

"시어머니가 연락이 안 된다고 불안해했어요."

"구속된 걸 모르나 보죠?"

"네. 제가 얘기를 안 했으니까요."

"또 다른 건 없습니까? 김재우 씨 신변에 변화가 있다던가, 하는?"

"회사에서 잘렸다는 거 외에는 없는데요. 아, 며칠 전 흙투성이가 돼 집에 돌아왔어요."

최근식 경사의 눈이 번뜩였다. 그의 날카로운 눈이 더욱 매섭게 보인다.

"그게 언젭니까?"

"어머니가 구속되기 전날인가……? 일주일도 안 됐을 거예요."

"왜 흙투성이가 됐다고 하던가요? 물어보셨습니까?"

"실직 상태라 노가다를 뛰었다고는 하는데, 제가 보기엔 거짓말이었어요. 손에 굳은살 하나 없었거든요."

그는 몇 가지 시답잖은 질문을 더 하고 심문을 끝냈다. 보험조사원의 걱정은 기우였다. 그가 걱정한 만큼 경찰은 나를 의심하는 것 같지 않았고, 범인은 그 남자로 확신하는 듯 보였다.

"며칠 내로 다시 연락을 드리겠습니다."

"제게 물어볼 게 더 남았나요?"

"아니요. 정효신 씨 대답은 이것으로 충분합니다. 이제 김재우 씨를 만날 차례라서요. 혹시라도 그의 행동이 수상하거나 변화가 생긴다면 바로 연락 주십시오."

최근식 경사에게 인사를 하고 취조실을 나왔다. 취조실 앞 복도에는 20대 초반으로 보이는 남녀가 시끄럽게 떠들고 있었다. 그들은 쉴 새 없이 웃고 얘기하면서 고함도 지르고 발도 구른다. 복도를 울리는 소음에 난 눈살을 찌푸렸다. 하지만 취조를 무사히 마친 내 발걸음은 구름을 밟는 듯 가벼웠다. 난 그 사람들 사이를 헤치고 경찰서 밖으로 향한다.

문을 나서니 햇살이 따사로웠다. 어느새 계절은 여름으로 바뀌어 있었고, 내 몸을 움츠리게 만든 싸늘한 억압과 공포에서 벗어날 때가 된 것 같았다.

다시 효신 이야기 #94 **아무도 믿지 말라**

이른 시간부터 VIP를 모시고 현장에 나갔다. 상가와 근린생활시설이 들어설 부지를 둘러보고 교통 입지를 설명하는데, 내 신경은 온통 다른 곳에 가 있었다. 그래서 자꾸 헛말이 나왔다. 할 수 없이 난 VIP에게 양해를 구하고 분양관으로 급히 돌아왔다.

자리에 앉았지만 딱히 할 일은 없었다. 초조해진 난 탕비실을 괜히 들락거리며 시간만 보내고 있다. 보험조사원이든 경찰이든 내게 전화를 해서 사건의 경과를 알려줬으면 하는 마음이 간절했다.

그렇게 얼마나 지났을까. 드디어 나를 찾는 전화가 걸려왔다. 반가운 마음에 전화를 받았다.

"정효신입니다."

[접니다, 조장현.]

"아, 선생님. 일은 잘 진행되고 있어요?"

[김재우가 해외로 출국하려는 정황이 포착됐습니다.]

"네? 언제요? 오늘 아침만 해도 그런 낌새가 없었는데요?"

[30분 전에 필리핀으로 가는 표를 발권했어요. 18시 출발하는 비행기 표입니다. 문제는 아직 체포 영장이 나오지 않았다는 거예요. 오후에 나올 것 같은데, 그때까지 정효신 씨가 시간을 끌어주실 수 있습니까?]

"당연히 그래야죠. 당장 집으로 가보겠습니다."

난 급히 전화를 끊고 정주 언니에게로 갔다. 남자에게 문제가 생겨 병원에 빨리 입원해야 한다고 둘러댔다. 사정을 솔직하게 털어놓을 수는 없었다.

"재우 씨가? 지금? 왜 갑자기 병원에 입원해야 하는 건데?"

"언니도 그이 정신 상태 아시잖아요? 자세한 것은 다녀와서 알려드릴게요. 한시가 급해요."

난 그를 대놓고 미친 사람 취급했다. 일전에 흘린 얘기가 있어서인지 정주 언니는 미심쩍어하면서도 수긍하는 분위기였다. 덕분에 난 조퇴를 할 수 있었고 서둘러 집으로 향했다.

운전대를 잡은 내 심장이 콩닥콩닥 뛴다. 집에 도착하기도 전에 그가 공항으로 떠날까 봐 난 애가 탄다.

필주 씨에게 전화를 걸었다. 낯선 사람이 전화를 받았다.

"이필주 씨와 통화 가능할까요?"

[누구시라고 전해드릴까요?]

"집이에요. 지금 좀 급해서……."

상대는 내가 말을 하기도 전에 수화기를 내려놓았다. 난 대기 상태에서 잠시 기다렸다. 조마조마해 죽을 맛이었다. 곧 필주 씨가 전화를 받았다.

[여보세요?]

"자기, 나야. 급한 일이야. 지금 우리 집으로 올 수 있어?"

[지금? 나 근무 중이야. 당장은 곤란하다고.]

"급해. 김재우가 출국하려고 한대. 그걸 막으러 조퇴하고 집으로 가는 중이야."

[급한 건 알겠는데, 그래도 안 돼. 나도 사정이 있어. 우리도 난리 났다고.]

"왜? 무슨 일 있었어?"

[갑자기 경찰이 들이닥쳐서 원무과 직원을 데려갔어. 자기도 봤지? 나랑 저녁 먹었던 그 여자 직원.]

"응?"

[요양원이 비상사태야. 갑작스러운 조퇴는 받아들여지지 않을 거라고. 미안. 근무 끝나고 올라갈게.]

필주 씨가 전화를 끊었다. 그의 도움을 기대했던 마음을 접었다. 근무를 끝내고 그가 집으로 오면 자정 가까이 될 것이다. 그때는 늦는다. 나 혼자라도 그를 막아내야 한다. 내가 실패하면 그는 필리핀행 오후 6시 비행기를 타고 이곳을 떠나겠지.

가속 페달을 힘껏 밟았다. 차는 서울외곽순환도로를 최고 속도로 달렸다. 덕분에 나는 1시간 만에 집에 도착할 수 있었다. 현관문을 열고 집으로 들어가니 집 안이 조용했다. 겁이 더럭 났다. 혹시나 하는 마음에 난 지하 방으로 내려간다. 심호흡을 하고 문을 열었다. 다행히 집에는 남자가 있었다. 그는 멀리 여행을 가는 듯 트렁크에 짐을 싸는 중이었다.

"어디 가려고?"

그가 놀라서 나를 바라본다. 내가 나타나리란 것을 전혀 예측하지 못한 얼굴이었다.

"여행 좀 가려고……. 당신은 이 시간에 웬일이야?"

"조퇴했어. 요즘 너무 무리한 것 같아서. 점심 먹었어?"

"어, 대충."

"그럼 시간 있으면 커피나 한잔할래?"

"이것만 다 정리하고. 먼저 올라가 있어."

그가 다시 짐 싸는 데 열중하며 말한다. 난 1층으로 올라와 커피를 내렸다. 시계를 보니 아직 12시 30분이다. 커피잔을 세팅하면서 난 고민을 했다. 경찰이 언제 올지 모른다. 체포 영장이 오늘 나오리라는 보장도 없다. 하지만 난 이 남자를 못 떠나게 붙잡아야만 한다. 최후의 수단을 써야 하는 건가…….

마침내 지하 방에서 남자가 올라왔다. 그가 테이블에 앉자 난 잔에 커피를 따라준다. 오늘따라 그와 나를 둘러싼 공기가 팽팽하게 느껴졌다.

"어디를 가려는 건데?"

"제주도. 이틀 밤만 자고 올게."

"아무리 제주도라지만 너무 했다. 나한테 말도 없이 가려고 했어?"

"전화로 얘기하려고 했지."

"그래도 그렇지, 왜 이렇게 갑자기야?"

"아……, 엄마가 바람 쐬고 싶다고 해서."

엄마? 지금 구치소에 있는 가짜 시어머니? 우스웠다. 남자의 허술한 거짓말이 불쌍하게 느껴질 정도로 웃겼다. 그녀가 어떤 처지에 있는지 알려주고 싶어 입이 간질간질하다. 지금 자신의 동료가 구치소에 있다는 것을 얘기해주면 그는 어떤 반응을 보일까? 그가 놀랄 것을 생각하니 통쾌했다. 하지만 이르다. 아직은 얘기를 꺼낼 때가 아니었다. 난 말하고 싶은 욕구를 간신히 억눌렀다.

"밥은 먹었어?"

남자가 자상하게 물어온다. 난 고개를 흔들었다. 지금 흥분 상태라 배고픔 따위는 신경 쓸 겨를이 없었다.

"안 먹었으면 시리얼이라도 먹어. 과일을 먹던가."

"괜찮아."

난 상냥하게 대꾸했지만 자상한 척하는 남자의 가식이 정말 싫었다. 웃는 저 얼굴로 날 죽이려 하다니. 나를 빤히 바라보는 그의 시선이 느껴진다.

"조퇴는 왜 한 거야?"

"그냥. 일하기 싫어질 때가 있잖아. 모든 게 지겹고, 다 그만 두고 싶고. 오늘이 그랬어."

"안 믿어지는데? 당신이 그럴 사람은 아니잖아."

"당신이 날 어떻게 안다고."

"솔직히 말해. 진짜 왜 온 거야?"

"당신이야말로 솔직히 말해. 갑자기 짐은 왜 싸는 거야?"

내가 반격을 했다. 그가 피식 웃는다. 그 웃음이 한 대 치고 싶을 만큼 얄미웠다. 구역질이 났다. 하지만 그는 내 속을 모르 겠지.

"말했잖아. 여행 간다고."

"누구랑?"

"엄마랑. 설마 내가 다른 여자와 갈까 봐 그러니?"

"진짜…… 어머니랑?"

"그래."

"어머니는 지금 구치소에 계시지 않나?"

결국, 속에 있던 말을 내뱉었다. 내 말을 들은 그는 돌처럼 딱딱하게 굳어 커피잔을 테이블에 떨어트린다. 잔에서 흘러나온 커피가 테이블 위로 넓게 퍼졌다. 그의 얼굴에서 웃음기가 걷혔다. 그의 뻔뻔스러움에 한 방 먹이고 싶어 한 말인데, 그 여파는 컸다. 나를 둘러싼 시간이 멈춘 것 같았다.

"지금…… 뭐라고 했니? 그게 무슨 말이야?"

그가 얼이 빠진 목소리로 물었다. 내 경솔함을 후회했지만 어차피 흘러나온 말이었다.

"못 들었어? 당신 어머니, 지금 경찰에 구속돼 있다고."

난 다시 한 자, 한 자 또박또박 말했다. 그의 얼굴이 일그러졌다.

"알고 있었던 거야? 왜 나에게 말을 안 했어!"

"그걸 내가 왜 알려줘야 하는데?"

"걱정하는 거 안 보였어? 바로 옆에서 보고 있었잖아?"

"내가 사기꾼 걱정까지 해줘야 하니?"

남자가 테이블 위로 올라와 내 멱살을 잡았다. 난 의자가 뒤로 넘어간 상태에서 그의 손에 매달려 버둥거린다.

"다시 한번 말해봐. 뭐라고?"

"시어머니 전과가 아주 화려하시더라? 내가 언제까지 모를 줄 알았어?"

그가 내 옷깃을 놓았다. 의자가 쓰러지면서 난 바닥에 머리를 세게 부딪힌다. 얼얼하고 아팠지만 그의 손아귀에서 벗어난 게 다행이다 싶었다.

테이블 위에 있는 그를 올려다보니 눈이 악귀처럼 빛나고 있다. 피해야 한다. 정상적인 사람의 눈이 아니다. 난 재빨리 일어나 집 밖으로 피신하려고 했다. 그러나 소파 앞에서 그에게 발목을 잡혀 다시 넘어졌다. 난 손을 허우적대며 반격할 뭔가를 찾았지만 손에 잡히는 게 없었다. 어느새 그가 내 몸에 올라타고 머리채를 쥐었다.

"어디까지 아는 거야?"

그가 내 머리채를 잡아당기자 머리가 뽑힐 듯 아프다. 그러나 왠지 이 상황이 웃겼다. 5년 전, 여기서 죽은 남편, 아니 박종대와도 이렇게 싸웠는데. 악연은 반복된다는 말이 떠올랐다. 난 웃음을 터트린다.

"어디까지 아는 거냐고!"

"네가 짐작하는 대로지. 다 알고 있어. 모두 다."

"뭐?"

"여기서 박종대가 죽은 것까지도."

"종대를 죽인 건 너잖아!"

"당신 말을 누가 믿어줄까? 사기꾼 말인데?"

그 말을 듣자 내 머리채를 잡은 그의 손에서 힘이 풀렸다. 그리고 바닥에 깔린 나를 싸늘하게 내려다본다.

"목걸이가…… 없잖아?"

"개 줄 따위는 진즉에 버렸지."

그가 내 뺨을 쳤다. 맞은 부위가 얼얼했지만 난 두렵지 않았다.

"이제 드디어 진짜 모습을 드러내는군. 이 살인마야."

"종대는 네가 죽였어! 네가 죽였다고!"

"그래, 제대로 알고 있네. 내가 죽였어. 바로 이곳에서."

남자의 눈이 붉게 타오른다. 그는 두 손을 내 목에 가져다 대고 목을 조르기 시작했다. 미처 피할 새도 없었다. 난 발버둥을 쳤지만 그는 끄떡하지도 않는다.

"이제는 네 차례야. 어차피 널 죽이고 떠나려고 했거든."

숨이 막혀왔다. 난 그를 떼어내려고 안간힘을 썼지만 그럴수록 내 목은 더 조여 왔다. 목에서 컥컥 소리가 나왔다.

"잘난 척도 여기까지야. 넌 종대를 죽인 대가를 치러야 한다고!"

그는 이미 이성을 잃은 상태였다. 시계를 보니 아직 2시도 되지 않았다. 이러다 난 죽는 걸까? 경찰이 빨리 와야 할 텐데. 시계의 숫자가 흐릿해진다. 그에게 저항하던 내 몸에서 힘이 점점 빠진다.

정신을 잃을 때쯤, 요란하게 현관문을 여는 소리가 들렸다. 그리고 이어지는 발소리. 놀란 그가 내 목에서 손을 떼고 지하 방으로 급히 뛰어 내려간다. 그러나 그는 지하 방에서 올라온 경찰들에 의해 곧 체포됐다. 경찰에게 미리 집 구조를 알려준 보람이 있었다. 난 얼얼해진 목을 만지며 경찰들에게 포박된 그를 바라본다. 그 역시 나를 매섭게 쏘아보며 말했다.

"너는 무사할 줄 알아?"

난 얼굴에 미소를 띠며 그의 악다구니를 흘려들었다. 고소했다. 경찰은 악을 써대는 그를 포위하고 손에 수갑을 채웠다. 찰칵하는 소리가 경쾌하게 들린다.

이겼다. 드디어 이겼다. 내가 승리했다는 짜릿함이 온몸을 휘감았다.

"김재우 씨, 이지혁의 살인 및 사체유기죄로 체포합니다."

난 순간 내 귀를 의심했다. 자, 잠깐, 뭐라고? 이지혁? 박종대가 아니고? 갑자기 이지혁이라니, 이게 무슨 소리지? 이지혁이 누구야? 경찰이 잘못 알고 온 게 분명했다.

내가 그를 멍하니 보는데, 또 어디선가 수갑 채우는 소리가 들려왔다. 찰칵. 내 손목에서 차가운 금속성의 물체가 느껴진다. 내려다보니 수갑이었다.

"정효신 씨, 박종대의 살인 및 사체유기죄로 체포합니다."

청천벽력 같은 소리였다. 하늘이 무너지고 발밑의 땅이 꺼지는 것 같았다. 아니, 경찰이 왜 나, 나를…….

"왜 이러세요? 살인은 저 사람이 했어요. 전 아니라고요. 경사님, 아시잖아요. 뭐라고 말씀 좀 해주세요!"

"정효신 씨, 박종대의 살인과 사체유기를 먼저 인정하지 않았습니까?"

"제가요? 언제요?"

"어제 정효신 씨 다음에 학생들에게 진술을 받았습니다. 그 학생들이 김재우 씨를 만난 과정을 얘기하기 전까지, 저희는 박종대의 죽음에 대해서 전혀 몰랐어요. 그런데 정효신 씨는 뭐라고 했죠?"

“…….”

“사체가 박종대일 거라 추측했고 유기된 장소까지 언급하지 않았습니까?”

“그건…… 경사님이 그이가 범인이라고 했으니까…….”

“저희가 김재우 씨가 용의자라고 얘기한 건, 이지혁 씨 살인에 관해서였습니다. 저흰 박종대 씨에 대해서는 거론한 적이 없어요. 사체유기 장소도 마찬가지입니다. 언론에 발표된 사체유기 장소도 하우스 빌리지 단지 내였지, 건물이라고 말한 적은 없거든요.”

“말도 안 돼…….”

당황한 나는 경찰 뒤에 서 있는 보험조사원을 바라봤다. 그가 나와 눈이 마주치자 빙긋 웃는다. 난 다리에 힘이 풀려 바닥에 주저앉고 말았다. 속았다! 저 늙은 능구렁이 같은 보험조사원에게 나는 속았다. 그는 처음부터 내가 박종대를 죽였다는 사실을 알고 있었다. 그런데도 바보같이 난, 경찰서 입구에서 만난 그의 말에 속아 경찰에게 동문서답을 했던 것이다. 김재우가 이지혁을 죽인 사건에 대해 난 박종대의 얘기를 했으니……. 망했다. 취조실에서 주절거린 내 얘기는 고스란히 박종대의 살인 입증 자료로 쓰이겠지. 속에서 화가 치밀어 올랐다.

“뭐야? 알고 있었어? 일부러 날 속였던 거야?”

보험조사원을 죽일 듯 노려봤다. 손만 자유롭다면 당장이라도 달려가 그를 한 대 치고 싶었다. 옆에서 나를 비웃는 남자의 웃음소리가 크게 들려왔다.

"아아아악."

나는 분을 참을 수 없어 악을 쓰며 고함을 질러댔다. 이제 끝났다. 난 끝장난 것이다. 보험조사원은 나를 똑바로 보면서 미소를 지어 보였다.

"제가 분명히 말씀드리지 않았습니까? 아무도 믿지 말라고요."

보험조사원 이야기

어느 날, 전화 한 통이 걸려왔다.

[선배님? 이윤세입니다.]

"어어, 이 경장. 잘 지냈나?"

오랜만에 듣는 이윤세 경장의 목소리가 반가웠다. 남양주경찰서에 근무 중인 그는 내가 경찰청에서 근무할 때 밑에 있던 후배였다.

[그때 얘기하셨던 김재우 말입니다. 드디어 그가 돌아왔습니다.]

"김재우가? 그러면 박종대는?"

[박종대의 소식은 아직 없습니다. 그런데 선배님, 뭔가가 좀 이상해요. 딱히 뭐라고 말할 수는 없는데 제 촉이 그렇습니다.]

"뭐가?"

[김재우의 가족을 만났는데 말입니다. 부인이 자꾸 자기 남편이 아니라고 하는 거예요. 신원도 확실하고 어머니도 맞는다고 하는데.]

"뒷조사 좀 해보지, 그랬어?"

[어휴, 제가 신경 쓸 게 그거 하나인가요? 그것 외에는 의심할 만한 징후가 없어서 그냥 돌려보냈습니다. 그런데 자꾸 신경이 쓰이네요.]

"자료를 공유해줄 수 있나?"

[선배님이 한번 살펴보시겠습니까?]

"관이 안 나서면 민이 나설 수밖에. 김재우와 박종대도 어차피 내가 조사하던 사람들이었잖은가."

그렇게 난, 5년 전 미뤄둔 업무에 다시 손을 댔다. 김재우와 박종대는 내가 쫓는 보험 사기의 일원이었고, 그는 전과가 없었지만 함께 움직이는 사람들의 전력이 화려했다. 그래서 처음에는 정효신도 의심했다. 김재우와 박종대의 실종 뒤에 그녀가 관계돼 있다고 생각했기 때문이다. 하지만 그녀 앞으로 가입된 생명보험을 보자 생각이 바뀌었다. 정효신은 사기 일당의 일원이 아니라 그들에게 이용당하고 있거나 타깃일 거로 추측했다.

과감하게 그녀에게 접근했다. 내 예상대로 그녀는 김재우나 박종대와는 무관했다. 자신이 속은 것을 모르고 사기꾼과 결혼한, 평범한 사람일 뿐이었다. 난 그녀와 손을 잡았다. 그녀는 사기꾼의 의도를 안 이상, 당하고 있을 사람은 아니었다. 머리를 쓸 줄 알았고 자신에게 유리한 거짓말에도 능숙했다. 나는 그녀를 충분히 이용했다. 그녀 또한 나를 잘 써먹었다.

그러나 정효신이 착각하는 게 하나 있었다. 난 보험사의 이익을 보호하고자 움직이는 보험조사원이지, 정의를 구현하는 경찰이 아니라는 거다. 그녀는 이 차이를 잘못 이해하고 있었다.

난 그녀의 범죄를 알고 있었다. 그녀가 불가피하게 살인을 저지른 것도 짐작하고 있었다. 그러나 이윤세 경장이나 최근식 경사에게 얘기하지 않았다. 수사 과정에서 그녀가 경찰에게 도움받을 수 있는 여지를 묵살한 것이다.

정효신이 박종대를 실수로 죽였건 고의로 죽였건 그건 내게 중요한 문제가 아니었다. 그 일을 빌미로 보험 사기꾼들을 적발하는 게 내 목표였다. 그것을 위해 나는 경찰과 공조를 하고 한상호에게도 임난희의 정보를 넘겼다. 그런데 그녀는 그렇게 생각하지 않았던 것 같다. 내가 자신의 편이라 생각하고 날 너무 믿었다. 어쨌거나 그녀 덕분에 나는 김재우의 무리를 일망타진할 수 있었다.

사건이 해결되고 홀가분한 마음으로 이윤세 경장과 최근식 경사를 만났다. 두 사람은 같이 일한 적은 없지만 이 사건을 계기로 친분을 텄다. 우리 셋은 포장마차에서 만나 술잔을 기울이며 회포를 풀었다.

"선배님 덕에 좋은 성과 올렸습니다."

"내가 한 일이 뭐 있다고."

"아유, 일은 다 하셨죠. 선배님 정보 덕에 사기꾼들 잡아넣은 것 아니겠습니까?"

"운이 좋았지."

"그것도 그래요. 김재우와 임난희, 오범이, 강보경 이것들, 사기에나 능한 잡범이지, 흉악범이 될 위인들은 아니었거든요. 살인을 뭐 아무나 하나?"

"맞아요. 지나친 욕심이 화를 부른 거죠. 하던 대로 사기나 치지 괜히 범죄 영역 확장했다가 발목 잡힌 꼴이에요."

이지혁을 죽인 후 그들이 판 구덩이는 너무 얕았다. 개 두 마리와 함께 산책 나온 인근 주민에 의해 이지혁의 사체는 너무도 쉽게 발견됐다. 김재우는 도로의 CCTV 영상을 모두 지워 그들의 행적을 감췄지만, 폐가 탐험을 왔던 학생들이 타고 온 차의 경로는 일부 놓쳤다. 우리는 그 일대의 CCTV를 모두 뒤져 학생들의 차를 발견해냈고, 그들을 심문해 하우스 빌리지에서 마주친 김재우 일당에 대한 얘기를 들을 수 있었던 것이다. 그들의 작은 실수가 완전범죄를 막았다. 그리고 그 실수가 도화선이 되어 정효신의 범죄까지 밝혀낼 수 있었다

"그런데 그 정효신이란 여자, 호락호락하지 않던데요?"

"어휴, 자신을 죽이려 한다는 증거도 혼자서 직접 모으고 대단하죠. 부동산 사기도 막아냈다면서요? 선배님도 알고 계셨던 거죠?"

"정효신이 한상호와 나를 연결해줬거든. 예전부터 임난희의

정체를 의심하고 있었던 것 같아. 한상호를 이용하려고 한 것인지, 아니면 김호중이라는 사람에게 죄책감이 있었는지 모르겠어. 덕택에 사건 하나는 잘 막았지만."

"그 사람들, 전과가 아주 화려하더라고요."

"전문범이에요. 워낙 미꾸라지처럼 잘 빠져나가서 선배님의 언질이 없었더라면 짐작하지도 못했을걸요."

"역시 선배님의 경력과 연륜은……."

"처음 연락하셨을 때는 보험조사원이라 소개하셔서 긴가민가했는데, 공조하기 진짜 잘했어요. 앞으로도 종종 협조 부탁드리겠습니다."

최근식 경사가 공손히 말하며 내게 술잔을 건넸다. 난 그가 따라주는 술을 받아마셨다. 나도 가평경찰서와의 공조가 보람 있었다. 어떤 식으로든 정효신의 자백을 이끌어낼 수 있었으니까.

"이제 실형이 모두 선고된 건가요?"

"아뇨, 아직 재판 중이에요. 그 사람들, 죄가 하도 얽혀 있어서."

최근식 경사의 말에 따르면 김재우는 정보통신망법상 침입죄를 비롯해 이지혁의 살인죄와 사체유기죄, 그리고 정효신의 살인 예비 음모죄가 추가됐다고 한다. 김재우가 일했던 곳의 강석호 대표는 이지혁이 모았던, 그와 관련된 데이터를 기꺼이 내어줬다. 이 일에 연루시키지 않겠다는 조건하에 말이다. 데이터는 그들이 정효신의 살인 음모를 입증하는 유용한 자료로 쓰였다.

"이제껏 용케 빠져나갔는데, 드디어 잡혔네요."

"이지혁이 해킹한 덕분이죠."

"호랑이는 죽어서 가죽을 남긴다더니 해커는 죽어서 데이터를 남기는군요."

"이제 김재우와 손잡고 일한 사람들은 다 걸려든 건가?"

"네. 그것 때문에 저희가 얼마나 바빴는데요. 어디 한두 명이어야죠."

강보경 집의 지하 방 컴퓨터에서도 수많은 자료가 발견됐다. 이외에도 한약에 들어간 성분과 동일한 카페인 약병, 이필주를 감시했던 해킹 프로그램 그리고 정효신의 목소리를 녹음한 파일 등이 나왔다. 아마도 김재우는 음성 녹음 파일을 조작해 정효신의 유서를 만들 계획이었던 것 같다. 이 증거만으로도 김재우는 실형을 받기에 충분했다.

김재우의 어머니 역할을 했던 임난희는 역시 살인 예비 음모 죄를 받았으며 김재우보다 먼저 구속됐다. 한상호라는 재력가를 상대로 사기를 치려고 했던 그녀는 정효신이 머리를 쓴 끝에 경찰에 걸려들었고, 공동정범인 최욱과 김미자 역시 잡을 수 있었다. 그들은 김호중이라는 또 다른 자산가의 재산을 가로챈 혐의도 받고 있다.

역시 같은 사건으로 검거된 강보경도 정효신의 살인 예비 음모 죄에서 자유롭지 않았다. 박종대의 실제 부인이기도 했던 그녀는 이필주에게 접근해 모략을 꾀했으나 너무 일찍 잡히는 바람에 원하는 바를 이루지 못했다.

마약 소지와 이지혁의 사체유기죄, 살인 예비음모죄가 확실한 오범이의 집에서는 피해자의 피가 묻은 헬멧, 살인 현장을 훼손한 페인트가 묻은 점퍼 등이 발견됐다. 경찰은 그의 집에서 마루 조각도 적발했는데, 거기에 묻어 있던 DNA는 박종대의 것과 일치했으며 김재우의 집 거실에서 채취한 것으로 확인됐다. 정효신은 김재우가 박종대를 죽인 것으로 꾸며대며 살해 현장이 지하 방이라 말했지만, 사실은 범행 장소는 거실이었던 것이다. 약으로 흥한 자는 약으로 망한다고 했던가. 오범이는 소지한 마약이 이필주의 집에서 가져온 것이라 우겼지만 그 주장은 받아들여지지 않았다.

그리고 몇 년 전, 오범이가 죽은 부인의 생명보험을 타낸 이력도 재수사에 들어갔다. 그의 집에서 각종 약물이 발견된 터라 경찰은 그 사건을 재조사하는 한편, 그와 연계된 청송 정신요양원도 수색에 들어갈 계획이다.

이필주는 정효신이 검거된 날 바로 체포됐다. 그가 머문 기숙사에서는 야생 대마가 나왔으며, 그는 경찰서에서 박종대의 사체유기 혐의를 순순히 인정했다. 하지만 정효신은 아직도 입을 열고 있지 않다. 구속 수감 중인데도 자신의 범죄를 인정하지 않는 것이다.

"증거가 다 드러났는데도 버티네요."

"그러게요. 그런다고 무죄가 되는 것도 아닐 텐데."

"판사가 정당방위로 볼까요?"

"아무래도 부장 판사 출신의 변호사가 대거 투입됐으니 영향이 있긴 있겠죠. 정상참작해서 감형될 것 같아요."

"운이 좋네요."

"사람은 역시 돈이 많고 봐야 해. 그 변호사 비용, 한상호가 댄 거라면서요?"

"약속을 지킨 거지. 힘들 때 도와준다고 했다나?"

"의리 있네요."

"에이, 재산 날릴 뻔한 것을 정효신이 구해준 거나 다름없는데 그 정도는 해줘야죠."

"그런데 선배님, 선배님은 왜 정효신을 의심한 거예요?"

"처음부터 의심하셨던 거죠?"

난 정효신을 만난 날을 떠올렸다. 내가 보여준 김재우와 박종대의 사진을 보고 소스라치게 놀랐던 그녀. 그녀는 내 명함을 보고 손끝을 떨었다. 마치 죄라도 지은 사람처럼.

"처음 봤을 때, 겁먹은 게 보였어. 그게 오히려 수상했지."

"촉이 왔던 겁니까?"

"그렇다고 할 수 있지. 하지만 그때까지만 해도 정효신이 박종대를 죽였을 거라고는 생각하지 않았어."

"언제 확신하신 겁니까?"

"한밤중에 만나자고 하더군. 임난희가 구속되고 나서 말이야."

"만나서 뭐라고 하던가요?"

"임난희가 경찰에게 자기나 박종대 얘기를 하지 않았냐고 묻는데, 갑자기 등줄기가 오싹한 거야. 뭔가 있다 싶었지."

"사실을 말할까 두려웠군요. 그들은 그녀가 박종대를 죽인 사실을 알고 있었을 테니까요."

"그리고 이필주와의 관계도 내게 숨겼었어. 나중에 듣고 나서 그게 정효신의 아킬레스건이라 생각했지."

"이필주는 아주 순박한 청년이던데요?"

"마음도 약해. 첫 번째 취조에서 모든 걸 얘기한 것을 보면."

"정효신이 바로 그걸 걱정했었군요."

"김재우 일당이 살인죄를 자신에게 뒤집어씌우려 한다고 주장하는 것도 터무니없었지. 박종대가 죽었다고 확신하지 않고서는 나올 수 없는 생각이었어."

"정효신이 역으로 김재우에게 살인죄를 뒤집어씌우려 했을까요?"

"그러지 않았을까?"

"이필주의 말에 의하면 정효신이 김재우 머리카락을 주면서 박종대 시체에 두고 오라고 시켰다더군요."

"세상에……."

"그걸 또 이필주는 시킨다고 했답니다. 그가 가평을 다녀간 게 CCTV와 검문 기록에 남았어요."

"그 여자, 보통이 아닌데요?"

"말했지 않나. 만만한 여자가 아닐세."

"정효신이 시체가 두 구였다는 것을 몰랐다는 게 아주 천운이었습니다."

"한약을 먹지 않고 동료에게 준 행동도 아주 교묘했지 않은가?"

"알면서도 줬다? 굉장히 잔인한 여자네요."

"먹은 사람은 멀쩡한가요?"

"카페인 과다 섭취로 병원에서 신세 좀 졌다나 봐요."

정효신이 건네준 한약을 먹고 병원에 실려 갔던 백경수는 얼마 전 퇴원을 했다. 다시 분양관으로 복귀한 그는 그 고초를 겪고도 아직도 커피와 박카스를 입에 달고 산다고 한다. 우리는 그에게 한약에 카페인이 들어 있었다는 사실을 알리지 않았다.

"박정주인가요? 정효신과 함께 일했던 동료가 크게 쇼크를 받았대요."

"저 같아도 그랬을걸요? 친한 사람이 내가 모르는 이면이 있다고 생각해봐요. 무섭지."

"하우스 빌리지 분양 때도 같이 일했다니까 더 끔찍했을 것 같아요. 박종대를 죽인 날도 태연히 출근했다는 거 아니에요?"

"정효신도 어떻게 보면 피해자예요. 처음부터 박종대를 죽일 생각을 한 건 아닐 거예요. 우발적인 범죄죠."

"그래도 살인은 살인이니까요. 죗값은 달게 받아야죠."

"어쨌든 무사히 끝나서 다행입니다. 우리, 사건의 종결을 자축하며 건배나 할까요?"

김재우와 임난희, 오범이, 강보경 그리고 박종대가 시작한 이번 사기 사건은 정효신을 비롯한 관련자가 모두 수감되고 벌을 받는 결말로 끝을 맺었다. 늦든 빠르든 악인은 결국 그 죗값을 치르게 된다. 죄의 무게는 피해자가 당한 고통의 결과인 만큼 결코 가볍지 않을 것이다.

권선징악, 내가 추구해온 이 결과는 이번에도 해피엔딩이 었다.

〈끝〉

죽은 남편이 돌아왔다 2

2023년 11월 20일 초판 1쇄 | 2024년 11월 19일 2쇄 발행

지은이 제인도
펴낸이 이원주

콘텐츠개발실 정혜경, 홍윤선 **디자인** 정은예
마케팅실 양근모, 권금숙, 양봉호, 이도경 **온라인홍보팀** 신하은, 현나래, 최혜빈
디자인실 진미나, 윤민지 **디지털콘텐츠팀** 최은정 **해외기획팀** 우정민, 배혜림, 정혜인
경영지원실 홍성택, 강신우, 김현우, 이윤재 **제작팀** 이진영
펴낸곳 팩토리나인 **출판신고** 2006년 9월 25일 제406-2006-000210호
주소 서울시 마포구 월드컵북로 396 누리꿈스퀘어 비즈니스타워 18층
전화 02-6712-9800 **팩스** 02-6712-9810 **이메일** info@smpk.kr

쌤앤파커스(Sam&Parkers)는 독자 여러분의 책에 관한 아이디어와 원고 투고를 설레는 마음으로 기
다리고 있습니다. 책으로 엮기를 원하는 아이디어가 있으신 분은 이메일 book@smpk.kr로 간단한
개요와 취지, 연락처 등을 보내주세요. 머뭇거리지 말고 문을 두드리세요. 길이 열립니다.